Der Fluß

Für Tanni.
In memoriam

*Sometimes voices in the night will call me back again
Back along the pathway of a troubled mind.*
                                        Joni Mitchell, »Clouds«

*Aufgetaucht aus dem Schwall der am Strand
                              aufspritzenden Brandung
Schwamm er herum, hinschauend zum Land,
                              abhängiges Ufer
Irgendwo zu erspähn, und sichere Busen des Meeres.*
                        Homer, »Die Odyssee«, Fünfter Gesang

1. Teil

Der Schiffbruch Der Wind hat stark aufgefrischt, hat jetzt Sturmstärke erreicht. Die Yacht segelt hart am Wind, der von Westen bläst. Ich betrachte sie mit schläfrigem, uninteressiertem Blick, so viele Boote kommen im Laufe eines Tages vorbei. Ich habe in diesem Sommer eine Menge gelernt über das Meer, das Salzwasser und den Wind. Ich habe gelernt, daß es eine Art von Glück gibt, ohne Sinn und Zweck, ohne Leidenschaft, beinahe ohne Musik. Rebecca hat es mir beigebracht. Weil ihr Freund mit seinen Eltern in Frankreich Ferien macht, weil ihre Eltern auf Jungfernfahrt sind mit dem neuen Flaggschiff der Reederei Frost, von Bergen an der Küste entlang bis nach Kirkenes und zurück. Weil sie mich mag und weil das Leben nicht länger ist, was es war, bin ich mit ihr allein in dem Ferienhaus der Frosts. Wir leben wie Geschwister, nur ohne die üblichen Streitereien, die Spannung und die Unruhe, die ich manchmal mit meiner Schwester Cathrine erlebe, die jetzt, Ende Juli, mit Interrail auf dem Balkan unterwegs ist. Hier, im Schärengarten vor Tvedestrand, läuft der Sommer 1970 vor meinen Augen ab, und ich muß nicht daran teilnehmen. Obwohl Rebecca zu mir sagt: »So ist das Leben, Aksel,« merke ich, daß ich nach wie vor außerhalb stehe, keine Beziehung habe zu all den Ereignissen und Dingen, von denen sie redet. Trotzdem mache ich gerne mit, trinke Wein mit ihr, pule Garnelen, höre mir jeden Morgen ihre Lieblingsmusik an, die kompromißlose C-Dur-Tonleiter am Anfang von Tschaikowskis Streicherserenade. Sie will mich mit dieser Art von Musik ärgern, und eines Morgens standen mir die Tränen in den Augen. Da lachte sie. »Ich juble, und du weinst. Sind wir nicht ein Spiegelbild des Lebens?« An diesem Tag führte sie ein ernstes

Gespräch mit mir, sagte, ich würde zuviel grübeln, zuviel üben und müsse aufpassen, mich nicht in der Vergangenheit zu vergraben, müsse das *gute* Leben annehmen. Dieses Leben wollte sie mir zeigen in diesem Ferienhaus am Meer, mit einem ausgezeichneten Steinway-Flügel Modell B und dem Blick auf den Skagerrak, bis hin zum Horizont, der Felseninsel Målen und dem Leuchtturm Møkkalasset. Es ist schön hier. Die Sommerabende sind blau und ganz still, wenn der Mond aus dem Meer steigt. Abend für Abend sind wir hier gesessen und haben uns unterhalten, haben Musik aufgelegt zu dem leichten italienischen Weißwein, den Rebecca so liebt, haben die ersten Grillen gehört und die Freizeitboote vorbeisegeln sehen. Gelächter. Grillgeruch. Die Nächte haben wir in getrennten Zimmern geschlafen. Bei mir regte sich ein Anflug von Spannung, wenn wir uns in der Tür gute Nacht wünschten, ein unanständiger Gedanke ohne Zukunft. Ja, ich sehe uns so viele Jahre später von meinem Schreibtisch aus, Rebecca Frost und mich, Aksel Vinding. Wie zwei Freunde, fast wie Geschwister, eingehüllt in das verzauberte Licht der nordischen Sommernacht, waren wir uns näher, als es die Leidenschaft damals vermocht hätte, ewig verbunden, ohne daß wir es merkten.
Die Yacht lag jetzt so stark auf der Seite wie nur möglich. Dieses Draufgängertum der Segler hatte ich schon mehrfach beobachtet. Rebecca spaßte gerne darüber, wenn sie sagte: »Genau an dieser Stelle ist Richard Wagner in Seenot geraten, was ihn später auf die Idee des *Fliegenden Holländers* brachte.«
In dem starken Sonnenlicht, bei dem scharfen Wind kann man die Schären unter Wasser deutlich sehen. Die Wellen haben Schaumkronen. Eine Wolke schiebt sich vor die Sonne und ein dunkler Schatten fällt auf das Meer. Kein anderes Boot ist zu sehen. Rebecca blickt für einen Moment von ihrem Buch auf. »Spürst du, wie es kühler wird?« Ich spähe

hinauf zum Himmel, halte Ausschau nach dem Habicht, der mich und Anja vor einigen Monaten verfolgt hat, aber da ist keiner. Und Anja ist tot.

Ein Windstoß erfaßt den Sonnenschirm beim Swimmingpool und kippt ihn um. Das Meer ist bleigrau, fast schwarz. Das weiße Segel der Yacht liegt beinahe auf den Wellen. Vier Gestalten hängen nebeneinander auf Backbord im Trapez, berühren nur mit den Füßen das Deck. Am Ruder steht ein Mann in einem grünen T-Shirt, halb liegend hält er Kurs Richtung Land.

»Schau dir das an«, sagt Rebecca. »Muß er so verrückt segeln?«

Man hört das scharfe Knattern des flatternden Segels, als das Boot wendet. Dann greift der Wind wieder an, und die vier Gestalten wechseln hinüber auf Steuerbord. Die Yacht schießt nun in voller Fahrt auf die Felseninsel zu, die in der schäumenden Gischt kaum sichtbar ist. Da kommt eine kräftige Bö. Rebeccas roter Sonnenhut fliegt davon.

In dem Moment bricht der Mast. Die Yacht kentert. Jemand schreit. Das Segel wird von den Wellen verschlungen. Die Mannschaft fällt ins Wasser. Der glatte Rumpf wälzt sich nach oben, obszön in seiner Nacktheit, hilflos wie ein sterbender Fisch.

Rebecca springt vom Liegestuhl auf. »Mein Gott, Aksel. Was sollen wir tun?«

»Das fragst du *mich*?«

»Wir müssen sie retten.«

»Wie sollen wir sie retten?«

»Sie haben kein Schlauchboot. Siehst du irgendwo ein Schlauchboot?«

»Nein«, sage ich und stehe dabei auf, spüre, wie meine Knie zittern, laufe aber mit Rebecca die Treppe hinunter zum Anlegesteg in der kleinen Bucht unterhalb des Ferienhauses.

»Wir sind die einzigen Zeugen, Aksel. Außer uns hat es niemand gesehen. Jetzt sind wir gefragt, verstehst du?«
Rebecca, die nie Angst gezeigt hat, nicht einmal, als sie bei ihrem Debüt in der Aula der Länge nach auf das Podium fiel. Jetzt hat sie Angst, sind ihre Augen schwarz. Und trotzdem ist sie mir weit voraus. »Schneller, Aksel!« Sie hat die Wahl zwischen der 32 Fuß langen Motoryacht und der 17 Fuß langen Askeladden-Jolle. »Ich nehme die Motoryacht«, sagt sie. »Aber da mußt du mir helfen.« Sie springt an Bord, ruft mir zu, die Leinen zu lösen, und startet den Motor. Der ängstliche Pianist in mir will seine Finger schonen, aber Rebecca fährt bereits los. Ich springe im letzten Moment ins Boot.
»Beinahe Sturm, wenn doch Mama und Papa hier wären«, sagt sie verzweifelt. Ich lege ihr tröstend den Arm um die Schulter, fühle ihre Gänsehaut. Zum erstenmal berühre ich sie so, daß ich ihre Haut spüre. Sie ist die Stärkere von uns beiden. Sie ist immer der Chef gewesen. Jetzt auch. Obwohl sie zerbrechlich und verloren wirkt, wie sie da am Ruder dieses viel zu großen Bootes steht.
»So etwas habe ich noch nicht erlebt, Aksel.«
»Ich auch nicht.«
»Aber deine Mutter ist doch im Wasserfall ertrunken.«
»Das hier ist kein Wasserfall, Rebecca. Außerdem haben sie Schwimmwesten.«
Sie antwortet nicht, hat genug damit zu tun, das große Boot in dem Wellengang zu halten. Mir fallen idiotische Dinge ein. Die Motoryacht heißt »Michelangeli«. Nicht nach dem Maler, sondern nach dem Pianisten. Arturo Benedetti Michelangeli. Rebecca sollte Pianistin werden. Jetzt wird sie Ärztin. Vielleicht heißt das Boot im nächsten Sommer »Albert Schweitzer«.
Wir kommen hinaus aus der Bucht und werden vom ablandigen Wind abgetrieben. Die Wellen sind klein und hart. Nicht sie haben die Segelyacht zum Kentern gebracht, das

war der Wind. Jetzt liegt sie direkt vor uns. Fünf Mann Besatzung, denke ich. Wie Holzstücke schwimmen sie im Wasser, und ich soll sie rausziehen, während Rebecca das Boot neben die kieloben treibende Yacht manövriert. So stellt sie sich das vor. Die Segler sind alle auf einer Seite. Die Sonne ist wieder herausgekommen. Das Meer glänzt. Die orangefarbenen Schwimmwesten schaukeln wie kleine Bojen auf dem Wasser. Aber es sind lebendige Menschen.
»Du mußt nach hinten gehen, Aksel!« ruft Rebecca. Sie dürfen nicht in die Schiffsschraube geraten, wenn ich plötzlich manövrieren muß!«
Da fällt mir ein, daß das Schiff keine Badeleiter hat. Sie ging zu Beginn des Sommers kaputt. Rebecca stellt sich also vor, daß ich die Schiffbrüchigen aus eigener Kraft an Bord ziehe.
Ich erkenne den Mann, der am Ruder stand. Das grüne T-Shirt. Er kämpft gegen die Wellen an, gibt aber seine Rolle als der starke und souveräne Kapitän nicht auf, als er seiner Besatzung befiehlt: »Ruhe bewahren! Wartet auf meine Anweisungen! Achtet auf die Propeller!«
Rebecca hat die Motoryacht voll unter Kontrolle. Immer noch ein Teenager. Im Profil sieht sie schön und stolz aus. Ich warte auf ihre Befehle. Rebecca fährt rückwärts.
»Jetzt mach dich fertig, Aksel.«
Ich habe keine Ahnung, was von mir erwartet wird. Gesichter im Wasser, nasse, angstvolle, erwachsene Gesichter. Vierzigjährige auf einem Segeltörn. Sie hätten es besser wissen können, denke ich und bin beinahe wütend auf sie, weil sie sich auf diese Weise in mein Leben einmischen. Als mich Rebecca in das Ferienhaus der Frosts einlud, war ich ziemlich am Ende. Ich tat ihr leid. Ich hatte Anja verloren. Und meine Familie hatte sich mehr oder minder aufgelöst. Mutter war vor längerer Zeit in einem Wasserfall ertrunken. Vater hatte eine neue Frau gefunden und unser Haus verkauft,

und Cathrine hatte verzweifelt das Weite gesucht. »Das ist nun wirklich genug«, hatte Rebecca gemeint. Genug, um mir ein paar friedliche Tage am Kilsundfjord zu schenken, in ihrer unwirklichen Luxuswelt.

Jetzt stelle ich fest, daß einer fehlt. »Wo ist der fünfte?« rufe ich. Sie fangen an zu rufen, fuchteln mit den Armen. »Erik? Wo ist Erik geblieben?« Sie versuchen, über die Wellenkämme zu spähen.

»Vielleicht ist er unterm Boot gefangen«, sagt der Steuermann. »Ich tauche nach ihm.«

»Nein!« schreit ein Mann. »Doch!« schreit eine Frau. Im Wasser liegen zwei Männer und zwei Frauen und gestikulieren, direkt unter dem Heck der »Michelangeli«. Der Steuermann verschwindet in den Wellen. Die andern schreien durcheinander. Ich strecke die Arme aus, bereite mich auf das Hochziehen vor, erwachsene Körper, die eineinhalb Meter nach oben zur Reling gebracht werden müssen. Aber sie wollen nicht nach oben. Noch nicht. Sie sind Sportler, Segelsportler, gesund und fit. »Erik!« rufen sie, schreien sie, aber die Laute verschwinden im Sturm. Rebecca dreht sich zu mir, wagt ihren Platz am Ruder nicht zu verlassen.

»Was ist los, Aksel?«

»Einer fehlt!«

»Das ist nicht wahr!«

Sie fängt zu weinen an. Mir verkrampft sich der Magen. Ich muß in jedem Fall gleich die vier aus dem Wasser ziehen. Der Steuermann taucht wieder auf, schnappt nach Luft. Das Gesicht ist verzerrt vor Verzweiflung.

Eine der Frauen beginnt hysterisch zu kreischen.

»Zieh Marianne zuerst raus!« kommandiert der Steuermann und fixiert mich dabei. Jetzt erkenne ich, welche Angst er hat.

Ich greife nach ihren Armen. Sie wehrt sich. Will nicht nach oben.

»Du *mußt* hinauf, Marianne!« ruft der Steuermann. »Wir suchen weiter nach Erik!«
»Vorsicht mit dem Propeller!« ruft Rebecca. »Ich muß rückwärts fahren, damit ich nicht in der Takelage hängenbleibe.«
Sie setzt zurück, während ich diese Marianne aus dem Wasser ziehe. Wie schwer sie ist, denke ich. Ich hätte nicht gedacht, daß ein Mensch so schwer sein kann. Und obwohl ich die heulende und hysterische Frau bereits in diesem Augenblick wiedererkenne, wage ich erst viel später, die Wahrheit zu akzeptieren: daß es Marianne Skoog ist, die ich da ins Boot hole. Daß das mehr als ein Zufall sein sollte. Daß ich nie mehr von ihr loskommen sollte, so wie eine Katastrophe auf die andere folgt, so wie Menschen miteinander verbunden werden, wieder und wieder, um sich gemeinsam zu ergründen.

Wir sitzen auf der Terrasse des Ferienhauses. Draußen im Wasser liegt das gekenterte Boot. Manchmal, wenn sich das Heck aus den Wellen hebt, sehen wir seinen Namen. »Furchtlos« heißt es. Selbst der Steuermann mußte sich übergeben. Ich zog ihn als letzten heraus. Jetzt fliegen zwei Hubschrauber niedrig über dem Meer, und das Seenotrettungsschiff »Odd Fellow« aus Arendal ist eingetroffen. Einige kleinere Schiffe beteiligen sich an der Suche. Aber der Sturm hat kaum nachgelassen. Die vier Schiffbrüchigen sitzen auf den Steinbänken um den Grill und versuchen, einander zu trösten. Aus ihren Nasen rinnt immer noch Rotz und Salzwasser.
»Vergeßt nicht, Erik hält einiges aus!« sagt der Steuermann.
»Vielleicht hat ihn der Großbaum erwischt, und er war bewußtlos, als er ins Wasser fiel«, sagt der andere Mann, ein eher schüchterner Typ. Ich wage Marianne nicht anzusehen.

Sie sorgt sich am meisten um den Vermißten. Mich scheint sie allerdings nicht wiedererkannt zu haben. Vielleicht hat sie einen Schock, denke ich. Alle verfolgen wir die Suche draußen auf dem Meer. Rebecca hat heißen Johannisbeerwein gebracht, den sie kaum trinken können, so zittern ihre Hände.
Da sehen wir, daß einer der Hubschrauber tiefer geht. Gekentert sind sie vor eineinhalb Stunden.
»Sie haben ihn gefunden!« ruft der Steuermann.
Im Gegenlicht wird die Silhouette des Mannes, der sich hinunterläßt, deutlich sichtbar. Rebecca setzt sich neben mich und umklammert mit beiden Händen meinen Arm.
»Er *muß* leben«, murmelt sie mehr zu sich selbst.
Marianne Skoog steckt den Kopf zwischen die Knie. Sie weint nicht.
Der Mann aus dem Rettungshubschrauber greift nach etwas im Wasser. Es ist ein Mensch, den er an sich festbindet. Die Silhouette eines Mannes. Zwei Männer werden langsam hinauf zum Hubschrauber gezogen. Und obwohl beide wie leblos in der Luft hängen, wissen wir alle, der eine lebt, der andere ist tot.

Nachbeben Erst als der Krankenwagen aus Arendal vorfährt, um die Überlebenden zu holen, begegnet Marianne meinem Blick. Ihre Haare sind noch naß. Das Gesicht ist ungeschminkt und ihr Ausdruck verzweifelt, wie vor einigen Wochen, als sie ihre Tochter begrub.
»Ich habe nicht erwartet, dich so bald wiederzusehen, Aksel«, sagt sie matt.
Ich weiß nicht, was ich antworten soll. Ich fühle mich beklommen. Zuviel Trauriges verbindet uns bereits.
»War er ein guter Freund von dir?« höre ich mich sagen und möchte nicht zu neugierig erscheinen.

Sie starrt mich nur hilflos an. Ist unfähig, zu antworten. Dann verschwinden sie, in Decken gehüllt, man hilft ihnen in den Krankenwagen, als seien sie behindert. Aber sie sind die Überlebenden. Sie sollen ärztlich untersucht werden. Dann wird die Polizei ihre Fragen stellen. Rebecca steht neben mir und flüstert mir ins Ohr:
»Unfaßbar, daß das Anjas Mutter ist. Unfaßbar, daß sie *das* auch noch durchmachen muß.«

Am Abend ist es wieder still und ruhig. Als sei nichts geschehen. Nur die Dünung ist geblieben. Ein Schlepper hat die »Furchtlos« mitgenommen. Auf dem Meer wimmelt es von Sportbooten. Schaulustige, die von dem Schiffbruch gehört haben. Ich sitze neben Rebecca auf der Terrasse, habe den Arm wieder um sie gelegt, weil sie gehalten werden will.
»Erinnerst du dich, was du mir über das Haus der Skoogs erzählt hast? Daß es dir plötzlich wie ein Tatort erschien? Jetzt ist das Ferienhaus auch zum Tatort geworden. Aber genau *hier* ist einmal mein Glück gewesen! *Hier* waren die Sommer meiner Kindheit! Und auf einmal alles vorbei. Plötzlich verstehe auch ich, daß es schwierig sein kann, älter zu werden, Aksel.«
Sie versucht zu lächeln, schafft es aber nicht.
»Warum mußte er *sterben*?«
Ich lasse sie reden. Sie hat länger in einer Unschuldswelt gelebt als ich. So lange lebte sie mit dem Gefühl, frei zu sein, Möglichkeiten zu haben, wählen zu können. Aber das, was an diesem Tag geschehen ist, läßt ihr keine Wahl. Es empört sie, daß auch *sie* mit dieser Tragödie verknüpft ist, als Zeugin, und fast noch mehr empört es sie, daß *ich* dem ausgesetzt werde.
»Wie werden wir das in Erinnerung behalten, Aksel?« fragt sie in kindlicher Unschuld. »Wird das Boot in unseren Köpfen wieder und wieder kentern? Siehst du jede Nacht,

bevor du einschläfst, deine Mutter, wie sie im Wasserfall ertrinkt?«
Ich denke nach. »Nein, jetzt nicht mehr«, sage ich. »Aber sie ist mir nach wie vor sehr nahe. So wie mir Anja nahe ist. Die Toten leben mit uns, ob wir wollen oder nicht. Manchmal denke ich, daß *sie* bestimmen, wie lange sie als Tote leben, mit uns, den Lebenden.«
»Du hast so viele seltsame Gedanken, Aksel.«
»Aber du wirst Abstand gewinnen von diesem Ereignis. Du hast den Ertrunkenen ja nicht einmal gekannt.«
»Nein, aber ich werde nie seine Arme vergessen. Sie hingen so schlaff in der Luft.«
»Hast du sehr viel Angst vor dem Tod?«
»Ja.«

Es wird kühl. Wir gehen hinein, entzünden das Gas in dem protzigen Kupferkamin, der keine Wärme spendet. Ich überlege, ob es eine Musik gibt für einen Abend wie diesen, sehe aber ein, daß das nicht der Fall ist. Als Mutter starb, hatte ich Brahms vierte Sinfonie im Kopf, aber nur, weil es an jenem Sonntag als Morgenkonzert im Radio gespielt worden war und weil Mutter mitgesungen hatte. An *ihr* Lied erinnerte ich mich, als sie der Fluß mit sich riß. Und als ich die Nachricht von Anjas Tod erhielt, klang in mir Schuberts »C-Dur-Quintett«, woran aber Anja schuld war, weil sie über Schubert gesprochen hatte, weil ihr Schubert soviel bedeutete. Aber für dieses Ereignis, für diese Tragödie, die man als sinnlos bezeichnen könnte, obwohl es nur die natürliche Folge der maskulinen Selbstüberschätzung des Steuermanns war, gab es keine Musik. Die Musik, die uns immer Schutz gegeben, die uns Auswege gezeigt hatte, existierte nicht. Ich sage es zu Rebecca. Sie nickt, hört nur halb zu.
»Leg trotzdem eine Platte auf«, sagt sie.

Sie sieht klein und verängstigt aus auf der Couch, die Beine angezogen und die Arme darum geschlungen, gleicht auf beinahe komische Weise einer Spinne, die sich bedroht fühlt und sich zusammenrollt, wie eine Kugel. Während ich die aufwendige Plattensammlung durchgehe, liest sie meine Gedanken:
»Glaubst du, der Tote war der Freund von Anjas Mama?«
»Nein«, sage ich rasch, als wolle ich verhindern, daß sich der Gedanke weiter ausbreitet. »Bei dem, was sie alles mitgemacht hat. Der Ehemann, der sich erschießt. Die Tochter, die an Unterernährung stirbt. Innerhalb weniger Wochen verliert sie *alles*.«
»Ja, aber du vergißt eines, Aksel«, sagt Rebecca in ihrer bekannten, rationalen Art. »Die Trauer ist nicht ohne Sinnlichkeit.«
»Wirklich?«
»Ja. Es gibt doch viele Menschen, die in der Trauer zueinanderfinden. Die Trauer frißt sich tief in uns hinein. Das hat Papa einmal gesagt. Sie öffnet uns, macht uns empfindsam. Und was heißt das? Wir werden empfänglich, sehnen uns nach Trost. Wir suchen, ohne daß uns das bewußt ist. Glaubst du nicht?«
Ich stehe vor der Plattensammlung und betrachte auf einem Cover Dinu Lipatti. Das junge Gesicht. Das Bild muß aufgenommen worden sein, kurz bevor er an Krebs starb. Jetzt weiß ich, welche Musik paßt. »Jesu, Joy of Man's Desiring«. Die Klavierfassung des Chorals aus der Bach-Kantate Nr. 147 von Myra Hess. Die berühmte Aufnahme aus den fünfziger Jahren. Ich lege die Vinylplatte auf den Teller. Merkwürdigerweise trägt die schlechte Wiedergabe dazu bei, den künstlerischen Genuß zu erhöhen. Seine übersensible Spielweise. Gedämpft bis zum Unerträglichen, als würde bereits der Verstorbene spielen. Gespenstermusik, die das Leben preist.

Suchen, ohne sich dessen bewußt zu sein? Rebeccas Worte klingen in meinem Kopf, während ich mich frage, ob Dinu Lipatti, als er diese Musik spielte, wußte, daß er krank war und sterben würde. In jedem Fall ist es eine tote Person, die spielt. Sie spielt immer noch für uns. Seelenwanderung durch Technologie. Große Wunder, über die wir längst vergessen haben, uns zu wundern. Ich starre auf die Nadel in den Plattenrillen. Die schwarzen Rillen als Symbol für das Leben des Menschen. Wenn eine LP vierzig Minuten spielt, denke ich, sind das vierzig Minuten in Rillen geprägtes Leben von Dinu Lipatti. Viele Jahre nach seinem Tod stehe ich in einem Ferienhaus an der Küste Südnorwegens, im hohen Norden Europas, und höre Dinu Lipatti, wer er war, wer er sein wollte. Ich kann seine Gedanken nicht lesen, aber das wäre mir auch zu seinen Lebzeiten nicht gelungen. Während ich den Klaviertönen lausche, fällt mir ein, daß Gedanken transformiert werden können. Hätte der Mann, der ertrunken ist und einst Erik getauft worden war, ein Aufnahmegerät gehabt, hätten wir gewußt, wie es ist, dieser Erik zu sein, der an einem Sommertag vor Kilsund, als die Sonne schien und niemand etwas Schlimmes ahnte, sterben mußte.
Dinu Lipatti spielt, als wäre er am Leben.
»Diese Musik macht alles noch trauriger und unheimlicher«, sagt Rebecca.
»Entschuldigung«, sage ich.

Ereignisse am Meer Es ist spät, als wir schlafen gehen. Rebecca hat zuviel Wein getrunken. Ihr graut davor, ihren Eltern zu erzählen, was geschehen ist. Ihr graut auch davor, die Tragödie ihrem geliebten Christian zu erzählen, weil er so zartfühlend ist, wie sie sagt, und weil er dieses Ferienhaus liebt – der einzige Ort, an dem er sich von seinem Studium erholen und glückliche Gedanken denken kann.

Ich bin mir über meine Gedanken und Gefühle noch nicht im klaren. Rebecca hat den ganzen Abend meine Aufmerksamkeit in Anspruch genommen. Sie, die ständig betont, wie wichtig es ist, glücklich zu sein, denkt jetzt düstere Gedanken. Und vielleicht hat sie recht. Vielleicht öffnet die Trauer. Vielleicht wird man empfänglich. Wir stehen in dem kleinen Flur vor den Schlafzimmern. Sie hält meine Hand.
»Ich kann heute nacht nicht allein schlafen«, erklärt sie.
Ich sehe ihr Schlafzimmer vor mir, mit dem Doppelbett, vorbereitet auf künftige Ehenächte mit dem zartfühlenden Christian, mit dem sie sich an Mittsommer verlobt hat. Ein großes Fest, mit Schubert im Freien, das Hindar-Quartett unter Apfelbäumen, die Liebeslieder von Grieg, dargeboten von Ingrid Bjoner persönlich. Die Fenster des Zimmers gehen nach Osten, fangen das erste Morgenlicht. Rebeccas Vater wollte immer auf alles beizeiten vorbereitet sein.
»Ich kann auf dem Boden schlafen«, sage ich pflichtschuldigst.
»Willst du das tun?« sagt sie und drückt mich kurz an sich.
»Da brauchst du eine Matratze.«
»Ich brauche wirklich keine Matratze«, sage ich und verstehe nicht, warum ich das sage. Ich spüre jetzt meine Arme, sie schmerzen vom Hochwuchten der Schiffbrüchigen. Und ein Ziehen im Kreuz spüre ich ebenfalls.
»Du willst dich auf den blanken Fußboden legen?« fragt sie ungläubig.
»Ist da kein Teppichboden?« sage ich und versuche, witzig zu sein.
»Nein«, sagt sie kurz. »Eichenparkett. Aber mach, wie du willst. Es war nur ein Angebot. Du solltest wenigstens ein Handtuch unterlegen.«
»Ein Handtuch ist in Ordnung«, sage ich und reibe mir den Rücken.

Ich stehe im Bad. Betrachte mich im Spiegel. Deutliche Spuren der Erschöpfung. Worauf habe ich mich da eingelassen? Warum bin ich so schwach? So nachgiebig? Warum habe ich nicht gesagt, daß ich eine Matratze möchte? Will ich der frisch verlobten Rebecca imponieren? Ja. Das ist es. Obwohl meine Gedanken bei Marianne Skoog sind. Ihre Verzweiflung erregt mich. In dem nassen, nackten Gesicht sah ich Anja. Das Sanfte, Nachgiebige. Genau wie in meinem Spiegelbild. Und daneben der Trotz: Ich mache, was ich will. Und es ist *mein* Wille!
Mein Wille ist es also, in Rebecca Frosts Zimmer auf dem Boden zu schlafen. Mit dem gestreiften Pyjama komme ich aus dem Bad und gehe ins Gästezimmer, um Decke und Kopfkissen zu holen. Rebecca steht in der Tür und kichert, obwohl ihre Augen vom Weinen rot sind.
»Du bist so süß, Aksel.«
Nur der Teddy fehlt noch, als ich ihr mit meiner Decke ins Zimmer folge.

Sie liegt im Bett. Ich liege auf dem Fußboden, in Embryohaltung, horche auf eine Grille vor dem offenen Schlafzimmerfenster. Ich drehe mich um, versuche eine bequeme Position zu finden.
»Ist der Boden zu hart?« Ihre Stimme klingt dunkler als sonst.
»Alles in Ordnung«, sage ich.
»Ich kann nicht schlafen, solange du am Boden liegst. Willst du nicht ins Bett kommen? Es ist groß genug, und ich kann mich doch auf dich verlassen, oder?«
»Natürlich kannst du dich auf mich verlassen«, sage ich und ziehe mit meiner Decke nach oben.
»Gut«, sagt sie. »Jetzt kann ich endlich schlafen.«

Woher wissen wir, daß wir beide wach sind? Ihr Atem geht regelmäßig und tief. Trotzdem weiß ich, daß sie nicht schläft.
»Schläfst du?« fragt sie leise.
»Nein«, sage ich. Dann liegen wir wieder still da. Versuchen, zu schlafen.
Schließlich schlafe ich ein.

Ich erwache von einem Laut. Zuerst glaube ich, daß da jemand lacht. Dann höre ich, daß es Rebecca ist, die weint. Ich verhalte mich ruhig, weiß nicht, was ich tun soll. Ich hatte geträumt. Im Traum waren Wellen, aber nicht aus Wasser, sie waren aus Haut. Anjas Haut. Die Haut, die ich auf ihren Knochen spürte, weil sie so abgemagert war. Aber im Traum war nur die Haut, die Wölbungen, die Wellen. Anja lachte. Rebeccas Weinen im Dunkeln wird im Traum zu Anjas Lachen. Zwischen uns ist plötzlich kein Abstand mehr. Ich liege in einer Umarmung.
»Ich habe Angst«, sagt sie und drückt sich an mich. »Halt mich fest.«
»Hast du schlimm geträumt?«
»Ich habe nicht geschlafen.«
»Was kann ich für dich tun?«
»Es fühlt sich so an, als ginge es eher darum, was ich für *dich* tun kann.«
Sie kichert. Ich erröte.
»Reg dich nicht auf, Aksel. Das Phänomen des Trostes wird in dieser Welt unterschätzt.« Sie greift mit der einen Hand nach mir. »Wir brauchen ja nicht miteinander zu schlafen.«

Sie atmet tief und erregt, als wir es tun. Ich komme schnell und heftig in ihrer Hand. Sie streichelt meinen Kopf. Ich suche ihren Mund, und sie läßt zu, daß ich es auch mit ihr

mache. Sie ist schüchterner, als ich gedacht hatte. Sie flüstert mir unverständliche Wörter ins Ohr. Danach murmelt sie und weint nicht mehr: »Wie oft habe ich davon geträumt, daß du das mit mir machst, Aksel.«
»Hast du das? Wirklich?«
»Ja, aber das war vor Christian. Und was gerade war, darüber dürfen wir nie reden. Verstehst du? Diese Nacht ist eine Ausnahme und kehrt nie wieder. Wir haben nicht miteinander geschlafen. Was wir getan haben, passierte nur, weil es nicht anders ging. Weil wir Trost brauchten. Weil wir in einer tiefen Not waren.«
Ich nicke gehorsam. Sie merkt es. Sie hat den Arm um meinen Nacken und ihre Handfläche an meiner Wange. Ich streiche ihr sachte über den Bauch, als wären wir ein altes Ehepaar.

Das Licht des Morgens Sie hat geschlafen. Sie liegt voller Vertrauen in meinem Arm, leise schnarchend wie ein kleines Mädchen. Sie hält mich mit festem und geübtem Griff. Als hätte sie sich in der Not an einem Pfosten im Hafen vertäut. Sind wir einander wirklich so nahe? Der Gedanke ist mir ungewohnt. Ein altmodisches Wort taucht plötzlich in meinem Bewußtsein auf. Begehrenswert. Ja, Rebecca Frost ist begehrenswert. Die blauen, lebhaften Augen, die plötzlich ganz schwarz werden, die Haut mit den winzigen, fast unsichtbaren Sommersprossen. Die schmale, muskulöse Taille, der kräftige Rücken. Sie ist so unerschrocken, und sie hat mit mir über das Glück gesprochen. Daß ich danach greifen solle und es nicht verspielen dürfe. Warum bemühe ich mich nicht um Rebecca? Ist nicht jetzt der günstigste Augenblick, wo sie an mich geschmiegt im Bett liegt, wo ich sie erst vor ein paar Minuten besessen und liebkost habe? Ist nicht jetzt der richtige Augenblick, nachdem sie

mich eben aus einem Traum geholt und das vollbracht hat, was der Traum nicht zu vollbringen imstande war? Ist sie nicht eine perfekte junge Frau? Hat sie nicht mehr Mut als wir alle? Sie, die Unbestechliche, die trotzdem so etwas wie gerade eben geschehen läßt? Sie wartet nicht auf das Leben wie ich, denke ich. Sie ergreift es. Bestimmt darüber. Und wenn sie nicht bestimmt, wenn etwas Schreckliches passiert, dann findet sie die beste Lösung.
Ich liege da, höre sie im Schlaf ruhig atmen, und mich streift ein unheimliches Gefühl. Es war Anja, von der ich träumte. Ich träumte vom Tod. Vom Unmöglichen. Und wenn ich nun falsch geträumt habe? Wenn die Haut, die ich spürte, gar nicht die von Anja war? Vielleicht war es die Haut ihrer Mutter? Sie wäre beinahe ertrunken. Ich begehre sie schamlos. Sie heißt Marianne Skoog. Sie ist über dreißig Jahre alt.
In dem Augenblick erwacht Rebecca.
»Du bist ein lieber Junge, Aksel Vinding. Weißt du das?«
»Nein«, sage ich aufrichtig. »Das weiß ich nicht.«
Sie greift nach mir. Kichert wieder.
»Es ist, wie ich dachte, Aksel. Wir müssen das, was so schön war, noch mal machen. Auf diesem Erdball werden nicht allzu viele gute Taten vollbracht. Aber dann, mein Freund, ist Schluß. Versprichst du mir das?«
»Ja, ich verspreche es.«

Abschied vom Paradies Es ist schon lange Tag. Die Uhr zeigt nach zwölf. Wir kamen nicht aus dem Bett, weg vom befleckten Laken, vom befleckten Gewissen. Jetzt sitzen wir in der Küche, sind beide hungrig, rühren aber kaum einen Bissen an. Die Erinnerung an das Bootsunglück überfällt uns mit aller Macht. Ich merke, daß es Rebecca schlechtgeht.

»Du denkst an Christian«, sage ich.
»Nicht mehr als an dich oder an das, was gestern passiert ist«, erwidert sie. »Außerdem weiß ich, daß Christian einmal etwas Ähnliches gemacht hat.«
»Dann war das mit uns nur ein Racheakt?«
»Nein, du verstehst mich falsch. Ich *wollte* es. Habe es gebraucht, für mich!«
Sie schaut mich mit einem fast bittenden Blick an.
»Wir reden nicht mehr darüber.«
»Nein, nie mehr.« Sie greift über den Tisch nach meiner Hand. »Aber ich weiß, daß ich dich von jetzt an jeden Tag vermissen werde.«
»Du entscheidest dich für Christian«, erkläre ich.
»Ich habe mich für Christian entschieden. Das ist etwas anderes. Man setzt nicht einfach leichtfertig nach ein paar Monaten eine Verlobung aufs Spiel, nur weil man etwas verwirrt im Kopf ist.«
Nein, denke ich, das tut man wohl nicht.
»Ich halte es hier nicht mehr aus«, sagt Rebecca. »Merkst du, daß nichts mehr ist wie vorher? Nicht einmal das Licht ist wie vorher. Ich muß Mama und Papa anrufen. Und Christian. Es ist so schrecklich. Fährst du heute nachmittag mit mir zurück nach Oslo?«
Ich nicke.
»Was wirst du jetzt machen, Aksel?«
»Ich weiß es nicht.«
»Das hast du immer gesagt. Du mußt bald eine Entscheidung treffen. Aber man entscheidet leicht falsch.«
»Das hast du mir auch schon einmal gesagt.«
»Deshalb ist es nicht weniger richtig.«
»Du bist dir jedenfalls sicher, richtig entschieden zu haben?«
»So sicher man sein kann, ohne unmenschlich zu werden. Das, was heute nacht geschehen ist, war menschlich.«

Die Rückfahrt Die Ferien sind jetzt auch für alle anderen zu Ende. Wir haben beide nicht daran gedacht, daß Sonntag ist und das Ende der großen Ferien. Wir sitzen in Rebeccas neu erworbenem Mercedes Cabrio. Fabian Frosts Geschenk an seine Tochter zum bestandenen Führerschein. Eine träge und schwüle Hitze hat sich auf das Land gelegt. Auf der E 18 bewegen wir uns im Schneckentempo vorwärts hinauf zur Telemark. Keiner von uns sagt etwas. Die Stimmung zwischen uns ist angespannt. Ich habe den Eindruck, daß Rebecca das, was passiert ist, totschweigen will, daß sie jetzt bewußt Abstand von mir hält. Vielleicht haben wir eine Freundschaft zerstört, denke ich. Vielleicht wird sie mich ab jetzt meiden. War es das wert? Eine enge und lange Freundschaft, voller Vertrautheit und Nähe, gegen ein paar Minuten sündiges Glück? Ich weiß, daß mir die langen Abende im Ferienhaus der Frosts fehlen werden, die Musik, die wir auflegten und die ich wieder auflegen werde, allein. Die Gespräche über das Leben, über die Zukunft. Die gesalzenen Garnelen. Der trockene Wein. Tschaikowskis Streicherserenade. Ich will diese plötzliche Distanz nicht. Ich lege behutsam eine Hand auf ihr Knie.
»Laß das«, sagt sie, beide Hände am Lenkrad und die Augen unverwandt auf die Straße gerichtet. Ich betrachte sie im Profil. Wie gut sie aussieht, denke ich. Die teure Sonnenbrille steht ihr. Und trotzdem hat das Leben sie hart angepackt. Nächstes Jahr wird sie zwanzig. Sie hat bereits eine Pianistenkarriere hinter sich, ein Debütkonzert, an das man sich erinnern wird, nicht an die Musik, die sie darbot, sondern weil sie über ihr eigenes Kleid stolperte. Kleine, schnelle, aber entscheidende Fehler. Wie der von heute nacht.
Wir sprechen erst wieder kurz vor Porsgrunn.
»Du mußt mir Zeit lassen, Aksel«, sagt sie. »An diesem Tag ist einfach zuviel geschehen. Verstehst du?«
»Ja.«

»Was wirst du diesen Herbst machen? Das Abitur nachholen? Das solltest du tun. Jeder braucht eine Ausbildung.«
»Vielleicht. Mal sehen, was Selma Lynge meint.«
»Selma Lynge? Sie will nur neue Klaviervirtuosen hervorbringen. Die große Pädagogin braucht dringend einen großen Erfolg, nachdem sowohl ich wie Anja versagt haben. Wirst du dieser Erfolg sein? Ja, das wird sie sich wünschen. Du mußt dich hüten vor ihr, Aksel. Sie ist falsch. Sie hat Anja in den Abgrund gestürzt. Hat Selma eigentlich jemals über Anjas Tod getrauert?«
In mir zieht sich etwas zusammen, als sie das sagt. Ich habe selbst daran gedacht. Vor einer Frau wie Selma Lynge muß man sich hüten. Aber wie soll ich das anstellen? Sie hat schließlich ganz auf mich gesetzt. Es ist zu spät, jetzt abzubrechen.
»Wir sind in derselben Situation, du und ich«, sage ich und zünde ihr die Zigarette, die sie sich zwischen die Lippen gesteckt hat, mit dem Anzünder vom Armaturenbrett an. »Wir haben ja zu etwas gesagt, haben ein Versprechen gegeben, das wir nicht brechen wollen. Im Augenblick ist Selma Lynge der einzige Halt, den ich habe.«
»Mich hast du auch«, sagt sie nüchtern und zieht den Rauch tief ein. »Uns verbindet das Schicksal, vergiß das nicht. Uns verbindet ein Geheimnis. Uns verbindet eine Lüge.«

Weltschmerz Spätsommer in Oslo. Selma Lynge macht mit ihrem Philosophen noch Urlaub in München. Morgens sitze ich am Küchenfenster meiner Wohnung in der Sorgenfrigata und beobachte die Spatzen. Jeden Vormittag, sobald Frau Evensen in der Wohnung unter mir zur Arbeit gegangen ist, übe ich auf Synnestvedts altem Blüthner, der dringend gestimmt werden müßte. Nachmittags radle ich hinaus nach Bygdøy, suche mir einen glatten Felsen am Ufer mit Ausblick nach Fornebu und den Flugzeugen, die Richtung Süden starten, betrachte die Mädchen in ihren Bikinis und erinnere mich, was zwischen mir und Rebecca geschah. Ich höre die Musik, die meine Altersgenossen auf ihren kleinen, tragbaren Plattenspielern spielen oder die aus den rosafarbenen oder hellblauen Kofferradios tönt. Musik, mit der mich nichts verbindet, die ich aber immer besser kenne, weil sie mich überall umgibt, die Rolling Stones und die Beatles, ja, ich kann schon die Texte, ertappe mich dabei, die bekanntesten Songs mitzusummen, solche, die schon jahrelang Schlager sind. »Can't buy me love.«

Da sitze ich und sehe aus wie die anderen, fühle mich aber nicht wie diese braungebrannten Jungen mit langen, blonden Haaren, die dicht bei den Mädchen liegen, sie mit Sonnencreme einschmieren, mit den Fingern schnippen, wenn die Rolling Stones loslegen, und in tiefen Zügen Zigaretten rauchen.

Es ist ungewohnt, allein zu leben, ohne Mutter und ohne Cathrine. Ungewohnt, nicht im Elternhaus in Røa zu sein. Jeden Samstag stehe ich im Untergeschoß der Musikalienhandlung an der Karl Johan und verkaufe Noten. Ich habe Geldprobleme, habe in der letzten Zeit über meine Verhältnisse gelebt. Ich kann mir keine Noten leisten und leihe mir heimlich die am wenigsten nachgefragten Komponisten aus. Das ist kein Diebstahl, denke ich. Eines Tages werde ich alle zurückgeben. Auf diese Weise lerne ich Prokofjew und Skrjabin spielen. Oben in der Plattenabteilung erfahre ich alles über die neuesten Aufnahmen. Aber irgendwie habe ich gar keine Lust mehr, Klaviermusik zu hören. Ich sehne mich nach einem anderen Ausdruck, nach anderen Klängen als die, die ich Tag für Tag höre, wenn ich systematisch, aber ohne besondere Freude die Russen übe und mich außerdem durch die vierundzwanzig Etüden von Chopin quäle, wieder und wieder, weil genau diese intrikaten

Klavierstücke meine Technik verbessern sollen, wie Selma Lynge gesagt hat. Die Tage sind nicht mehr so spannend wie eine Wundertüte. Die Angst vor der Zukunft und vor Selma Lynge überfällt mich. Überall ist soviel Licht, aber ich sehe nur Schatten. Ich habe zuwenig geübt. Selma Lynge wird das sofort merken. In mir ist eine Verzweiflung, die mich schon frühmorgens weckt, zusammen mit dem Dröhnen der ersten Straßenbahn. Die Musik ist kein Trost mehr. Rebecca war ein Trost. Aber Trost ist wie eine Droge. Trotzdem sehne ich mich nicht nach ihr. Die Gefühle sind heftig, aber unverbindlich. Ständige Taktwechsel. Wenn nichts anderes mehr wirkt, wenn die Sorge zur Depression zu werden droht, suche ich Zuflucht bei Brahms. Die Kammermusik. Violine, Bratsche und Cello. Ich spiele diese Trios mit Melina und Tibor, zwei jungen, verliebten Ungarn, die noch nicht wissen, ob sie ganz auf die Musik setzen sollen. Sie haben die Wohnung eines Psychiaters in Slemdal gemietet. Dreimal die Woche fahre ich mit der Straßenbahn dorthin. Ich möchte mit Melina schlafen, so wie ich es mit Rebecca getan habe, egal wie Rebecca das nennt. Unverbindlich. So, daß ich sie unmittelbar danach vergessen kann. Was stimmt nicht mit mir? Intensives Verliebtsein, das zwei Tage dauert. Dann eine andere. Aber jedesmal ist es Anja Skoog, und jedesmal sind es Selma Lynges Erwartungen, und jedesmal ist es Brahms. Eine Welt, in der das Klavier trotz einer gewaltigen Partitur eine untergeordnete Rolle spielt, wenn es in den Sonaten auftaucht, in den Trios, in den Quartetten und in den anstrengenden f-Moll-Quintetten. So wie ich eine untergeordnete Rolle in Anjas Leben spielte und sie nicht retten konnte, wenn ich es gewollt hätte.

Aber mit den beiden spiele ich Trios, mit ersten Sätzen so langgezogen wie ein Traum, in dieser Zeit meines Lebens, in der ich unsicher und introvertiert bin und in der Melina und Tibor meine Ferienbetreuer sind. Ich kann mit ihnen momentan nichts anderes machen als Trios spielen. O Melina, du hast deinen Tibor gefunden! Du wirst nie eine Cellistin werden! Du wirst dich zur Ärztin ausbilden lassen, den Beruf nicht ausüben und viele Kinder bekommen! Ich habe mich bereits entschieden, sowohl für die Musik wie für die Scham. Das ist keine Scham, die einen konkreten Anlaß hat, jedenfalls nichts, was an das erinnert, was zwischen mir und Rebecca geschah. Die Scham hängt mit Anjas Tod zusammen, und darüber kann ich mit Melina und Tibor nicht reden. Melina spielt in trägerlosen Sommerkleidern. Ist schüchtern und zugleich willig, schickt mir ihre schwarzen Blicke, wenn sich die Musik dem Höhepunkt nähert, flirtet offensichtlich, ist aber trotzdem ihrem Tibor hoffnungslos treu. Worüber kann ich mit ihnen reden? Ich kenne Ungarn nicht, und sie sprechen kaum Norwegisch. Wir trinken nach dem Üben Egri Bikaver, aber Melina bekommt jedesmal Kopfschmerzen und muß sich schon vor neun Uhr hinlegen, küßt mich mit schwellenden Lippen auf die Wange, bittet mich, sie zu entschuldigen. Wofür entschuldigen? Ich habe keine Lust, allein mit Tibor über seinen Vater und den Aufstand von 1956 zu reden. Das ist das einzige, über das er reden kann, obwohl er damals erst fünf Jahre alt war. Er erinnert sich nicht einmal an seinen Vater, muß aber ständig von ihm reden. Ich erinnere mich immerhin an meine Mutter und kann sie nicht vergessen. An einem Sonntagnachmittag Anfang September 1970 suche ich wieder die Tatorte auf. Das Tal der Kindheit. Das verlorene Paradies. Ich nehme die Røa-Straßenbahn, wie wir immer gesagt haben, obwohl sie nach Lijordet fährt. Ein sinnloses Zurücksehnen. Das frühe Herbstlicht ist scharf. Die Schatten sind ebenfalls scharf. Nichts mehr wirkt schmerzstillend. Keine glänzenden und goldenen Punkte zum Festhalten. Die große Mattigkeit des Sommers hat mir jede Kraft genommen, jede Initiative. Was im Sommer geschieht, ist nicht wirklich. Mutters Tod war nicht wirklich. Anjas Tod auch nicht. Nur Rebeccas Hand war wirklich. Die Segelyacht mit dem Rumpf nach oben. Mariannes verzweifelter Blick.

Die Annonce Der Herbst ist ein Freund. Kühle Luft. Klare Gedanken. Die Sorgen und das innere Chaos werden von neuen Vorhaben verdrängt. Menschen mit roten Wangen und wachem Blick. Sternenschein. Der Herbst ist verbindlich. Ich habe nicht mehr soviel Angst vor dem Wiedersehen mit Selma Lynge. Es war Herbst, als ich Anja Skoog kennenlernte. Im Herbst trifft man neue Freunde und knüpft künftige Beziehungen. Im Herbst debütieren die jungen Talente. Im Herbst ist Parlamentswahl und Schicksalswahl. Im Herbst kommen die größten Solisten und spielen mit der Philharmonie. Heuer wird Swjatoslaw Richter kommen, denke ich auf meinem Sitzplatz in der Straßenbahn. Die Straßenbahn war immer der Weg zur Musik. Die Straßenbahn war der Weg zur Stadt, fort von der Vorstadtidylle und der Geborgenheit.
Und hinterher, wie eine Bedingung, brachte uns die Straßenbahn sicher zurück in unsere Vorstadtleben. Zurück nach Røa, der Haltestelle, die ich besser kenne als jede andere, wo die Wohnhäuser nicht auffällig groß sind, wo einmal ein Bauernhof war, ein gutes Stück entfernt von den Gütern Bogstad und Fossum. Ich denke an Anja und an meine Mutter. Marianne Skoog ist Anjas Mutter. War es. Ich frage mich, ob sie wieder im Elvefaret ist, ob sie trauert, ob sie krank geschrieben ist, ob sie den verfluchten Tatort verkaufen will. Wenn ich Elvefaret hinuntergehe bis zum Erlengebüsch, erfahre ich vielleicht mehr. Da stehe ich nun in der vertrauten Gegend, und plötzlich beschleicht mich ein komisches Gefühl. Ich habe im Grunde kein Ziel, kein wirkliches Motiv für mein Hiersein. Wo finde ich *mich* hier?

Beim Wasserfall, wo Mutter ertrank? In dem Haus, in dem Cathrine und ich unsere Kindheit verlebten?
Meter um Meter passiere ich meine eigene Vergangenheit. Da bin ich mal gestolpert. Dort führt der Weg zum Zigeunerfelsen und zum Wasserfall. Da hörte ich an einem Herbstabend Anjas Schritte. Da lag der Stein, wo mich die Brüder des Nachbarn einmal verprügelten. Wieder in der Kindheit, in der Erniedrigung, der Langeweile, der flüchtigen Vertrautheit mit den Erwachsenen. Kein Ausgleich für das Alleinsein. Zurückgekehrt ins Land der Ängste. Es ist an einem Dienstag im September 1970. Ich gehe den Melumveien hinunter, bin verlegen. Schäme mich irgendwie. Daß es da etwas gibt, mit dem ich nicht fertig werde, das mich an dieses anspruchslose, schöne und zugleich so traurige Tal bindet. Ich bleibe vor dem Elternhaus stehen, schaue auf unsere Fenster, aus denen fremde Menschen schauen, wenn überhaupt jemand zu Hause ist. Es ist beinahe eine Provokation, daß mein Elternhaus, dieses gewöhnliche gelbe Haus, leer ist. Wissen sie nicht, daß ich in diesem Augenblick vorbeigehe? Ich, Aksel Vinding. Erfahren in der Liebe. Eine tiefe und komplizierte Natur.
Und auf der anderen Seite des Flusses: Selma Lynge, die auf ihr junges Genie wartet.

Am Lichtmast vor dem Elternhaus fällt er mir ins Auge, der weiße Zettel: »Zimmer zu vermieten. Ideal für musikbegeisterten Studenten. Konzertflügel vorhanden. Geringe Miete, wenn kleinere Gartenarbeiten erledigt werden. Interessenten bitte wenden an Marianne Skoog« usw.
Ich fange an zu würgen, übergebe mich, sehe einen Schatten in meinem ehemaligen Schlafzimmer. Ein Zeuge. Aber er oder sie können keine Diagnose stellen. Ich weiß nicht einmal, ob es eine Krankheit ist. Es ist eine Sehnsucht. Ein Schock. Marianne sucht einen Mieter. Anjas Zimmer

steht leer. Ich erröte, aus Scham ebenso wie vor Freude. Ich könnte also, wenn mir das Geld reicht, zurückkehren in ihre Welt. Aber will ich das denn? Ist es vernünftig? Was würde Mutter dazu sagen? Ich stehe neben dem Lichtmast, schlucke und denke. Es ist schon Nachmittag, und die Menschen kommen von der Arbeit nach Hause. Der Septemberhimmel färbt sich rot. Jetzt kann alles geschehen. Kleine Entscheidungen. Große Irrtümer. Mariannes Annonce trifft mich wie eine Kanonenkugel in die Magengrube. Ich *habe* kein Geld. Viel zu lange habe ich den Entschluß vor mir hergeschoben. Daß ich die Wohnung in der Sorgenfrigata vermieten müßte. Daß ich es mir nicht leisten kann, dort zu wohnen. Daß die Klavierstunden bei Selma Lynge Geld kosten. Daß ich einen besser bezahlten Job haben müßte. Daß ich nichts unternommen habe, weil ich einen Ort zum Üben brauche. Bei Marianne kann ich üben. Bei Marianne kann ich bei Anja sein, in ihrem Bett schlafen, in ihren vier Wänden leben, die Träume träumen, die ihr nicht mehr vergönnt waren, auf den Tasten spielen, die sie so liebte. Ebenholz. Elfenbein. Was wäre die Geschichte des Pianos ohne den Elefanten?

Zögernd gehe ich den Melumveien hinunter zum Elvefaret. Als hätte sich meine Kindheit selbst eingesperrt, wäre zu einem versperrten Raum geworden, zu dem ich den Schlüssel verloren habe. Aber es ist ja noch alles da! denke ich. Die Bäume, die Häuser, der Asphalt, die Türen, der Flieder. Meter um Meter erobere ich verlorenes Leben zurück. *Da* sind Anja und ich nach dem Ausflug auf den Brunkollen stehengeblieben. *Da* stand ich und blickte zur letzten Kurve vor ihrem Haus. Sie wollte nicht, daß ich sie ganz bis dorthin begleite. Aber jetzt sehe ich das Haus wieder. Das Haus der Skoogs. Dunkel und düster steht es hinter den hohen Bäumen. Ich sehe den Plattenweg zur Treppe und die braune

Eingangstür mit dem kleinen Bleiglasfenster. Auf dem alten Messingschild steht immer noch Skoog. Ich bin jetzt da und an dem Lichtmast rechts vom Gartentor entdecke ich den gleichen, etwas hilflos maschinengeschriebenen Zettel mit der Annonce. »Zimmer zu vermieten. Ideal für musikbegeisterten Studenten.« Da stand eine Telefonnummer. Aber die brauche ich nicht. Ich bin persönlich gekommen. Und weiß, daß ich vielleicht eine Wahl fürs Leben treffe. Dieses Haus ist ein Tatort. Hier hat sich im Keller Bror Skoog erschossen. Hier ist Anja gestorben, Tag für Tag. Nur die Mutter ist noch da, Marianne Skoog. Die Witwe. Warum vermietet sie? Arm ist sie nicht, stammt aus reichen Verhältnissen. Und ist erst fünfunddreißig Jahre alt. Hat bei einem Segelunfall einen Freund verloren. Kann immer noch Kinder bekommen.

Ich öffne das Gartentor und gehe hinein, eigentlich ist es noch zu früh am Nachmittag und sie wird nicht zu Hause sein, wird noch in ihrer Gynäkologenpraxis in der Pilestredet mit Dingen beschäftigt sein, die ich mir lieber nicht vorstellen möchte. Ich habe eine Wahl getroffen und rechne mit einer Ablehnung. Nervös stehe ich vor ihrem Haus und weiß, daß das eine Totgeburt wird. Oder vielleicht eine überflüssige, nutzlose Demütigung.
Dann drücke ich auf den Klingelknopf.

Klingeltöne Ich wußte nicht, daß die Erinnerung des Gehörs so stark ist. Ich fühle mich zurückversetzt zu jenem Dienstag, als gelbes Laub von den Bäumen fiel und ich zum erstenmal in diesem Haus Elgar hören sollte. Anja erwartete mich. Das war ein Gefühl, als würde man ein Kloster betreten. Sie wollte mir Jacqueline du Pré vorspielen. Was sich sonst noch ereignete, habe ich mir stibitzt, wie ein

kleiner Taschendieb. Denn sie war ständig irgendwo anders.
Die Klingeltöne. Danach Schritte. Marianne Skoog öffnet. Dann ist sie sicher den ganzen Tag zu Hause gewesen. Ist vielleicht immer noch krank geschrieben. Aber was hat sie gemacht. Als sie die Tür öffnet, sehe ich eine Frau im Baumwollkleid, fast ungeschminkt und nicht auf Besuch eingestellt. Bevor sie mich erkennt, ist die Körpersprache ablehnend. Dann merkt sie, wer ich bin.
»*Du!*« sagt sie vorwurfsvoll.
Ich deute auf den Lichtmast.
»Die Annonce«, sage ich.
Sie mustert mich mißtrauisch. Die Haut ist blaß und trocken. Vielleicht ist sie noch krank. Wir sind siebzehn Jahre auseinander.
»An *dich* habe ich nicht gedacht«, sagt sie und schüttelt fast verärgert den Kopf.
»Obwohl ich direkt um die Ecke gewohnt habe. Obwohl ich Musikstudent bin. Obwohl Anja und ich ...«
»Ebendeshalb«, sagt sie kurz, macht aber die Tür ganz auf und bittet mich herein. Ich sehe, daß sich die Gedanken in ihrem Kopf überschlagen. Daß sie intensiv überlegt. Bin ich der Richtige? Bin ich der Falsche? Noch im Flur zündet sie sich eine Zigarette an. Eine selbstgedrehte. Ich sehe, daß ihre Finger gelb sind. Das habe ich bisher nicht bemerkt. Ihre Erschöpfung. Ihr elendes Aussehen. Eine Gynäkologin mit Tabakfingern. Ich stutze, will es nicht wahrhaben. Sie spürt meinen Blick.
»Das mit dem Rauchen konnte ich nicht mehr steuern«, sagt sie entschuldigend. »Ich habe es so viele Jahre in Schach gehalten. Filterzigaretten. Ascot. Damenzigaretten. Seit diesem Sommer sind es Selbstgedrehte. Willst du eine?«
»Nein danke. Noch nicht.«
»Du bist jung und fehlerlos.«

»Sag das nicht.«
Wir gehen ins Wohnzimmer. Alles noch, wie ich es in Erinnerung habe. Die großen, abstrakten Bilder an den Wänden. Jens Johannesen und Gunnar S. Gundersen. Zu beiden Seiten des breiten Panoramafensters, das zum Tal und zum Fluß zeigt, stehen immer noch die AR-Lautsprecher, wie zwei Tempel. Die exklusiven McIntosh-Verstärker und der große, flache Garrard-Plattenspieler füllen fast die ganze Fensternische. In richtiger Entfernung für den optimalen Hörgenuß stehen zwei Barcelona-Stühle. Zur Sitzgruppe gehören die beiden Le-Corbusier-Zweisitzer und die Wassily-Stühle. Alles in schwarzem Leder. Und der Salontisch aus Glas sieht immer noch teuer aus. Und da, gegenüber aufgeklappt, der Steinway. Das edle A-Modell. Marianne beobachtet mich aufmerksam, wie einst Anja, als sei sie für jeden Gegenstand verantwortlich. Sie erwartet, daß ich etwas sage.
»Wie in einer Schöner-Wohnen-Zeitschrift«, sage ich beeindruckt.
»Das Wohnzimmer war Brors ganzer Stolz«, sagt sie. »Der Tisch zum Beispiel. Eero Saarinen.«
»Ich weiß«, sage ich. »Anja hat mich ausdrücklich darauf aufmerksam gemacht.«
Ich betrachte den Glasschrank, in dem die Platten stehen. Ich betrachte das Panoramafenster mit den Bäumen dahinter, erinnere mich, was Anja sagte, voller Stolz darüber, daß das ihre Welt war.
»Ist alles so, wie du es in Erinnerung hast?« fragt sie beinahe unsicher, als hätte sie Angst davor, etwas zu berühren, oder als wolle sie jemandem eine Freude machen.
»Du hast überhaupt nichts verändert«, sage ich. »Es ist, als könnte Anja jeden Moment die Treppe von oben herunterkommen.«
Sie freut sich über das, was ich sage.

»Ja, nicht wahr?« sagt sie. »Bror dagegen ist weg für immer.«
»Trauerst du um ihn?« frage ich.
Sie schaut mich verwundert an.
»Natürlich trauere ich um ihn«, sagt sie.

Wieder in der Küche Wir sitzen in der Küche, sitzen uns gegenüber. Espresso aus einer kleinen, matt glänzenden Maschine. Die grünen Augen schauen mich an. Anjas Blick, der nie auswich, immer direkt war. Wie können sich Mutter und Tochter so ähnlich sein? denke ich. Weil Marianne so jung war, als sie Anja bekam, erst 18 Jahre? Ihr Gesicht wirkt müde. Eine ungesunde Blässe. Die sommerliche Bräune ist verschwunden. Sie tut mir leid. Es ist zweifellos nicht einfach, unter solchen Umständen Marianne Skoog zu sein. Der Tod ist in diesem Haus gewesen und hat zwei mitgenommen. Es ist noch kein Jahr her seit unserem gemeinsamen Essen im Blom. Da war ich noch 17 Jahre und sie 35. Was uns damals verband, war die Sorge um Anja. Sie erzählte mir intime Dinge aus ihrem Eheleben. Und sie vertraute mir an, daß sie sich entschlossen habe, ihren Mann zu verlassen. *Mir* hat sie das gesagt! Mir, den sie kaum kannte, mit dem sie bisher kaum ein Wort gesprochen hatte.
Als ich ihr in die Augen schaue, weiß ich, daß auch sie sich an unser Gespräch erinnert. Werden wir weiterhin so offen miteinander umgehen? Es fällt ihr schwer, die richtige Tonlage zu finden.
»Aber du hast doch eine Wohnung in Majorstuen geerbt?« sagt sie nervös.
»Das schon, aber ich verdiene nicht genug, um sie behalten zu können. Das beste wäre, sie zu vermieten und woanders billiger zu wohnen. Ein Tauschhandel. Jedenfalls für einige Zeit. Ich habe lange darüber nachgedacht. Für einen Tag in

der Woche habe ich einen Job in der Notenabteilung der Musikalienhandlung. Die übrige Woche muß ich konzentriert üben. Selma Lynge wird wahrscheinlich von mir erwarten, daß ich nächstes Jahr debütiere oder das Jahr darauf. Als ich deine Annonce an dem Lichtmast sah, traute ich meinen Augen nicht. Das war zu schön, um wahr zu sein.«
Ihre Augen wirken auf einmal leer. »Zu schön, um wahr zu sein? In *diesem* Haus zu wohnen?«
»Für mich ist dieses Haus ein gutes Haus, egal, was hier geschah.«
»Weil Anja hier gewohnt hat?«
»Ja.«
Sie lächelt. »Ich mag es, daß du über Anja sprichst«, sagt sie.
Ich höre meine Worte und weiß nicht genau, wohin das führen soll. Vor wenigen Minuten übergab ich mich an einem Lichtmast. Jetzt sitze ich in dem Haus, das mich verwandelte, in mir eiskalte Muster schuf, und möchte Untermieter werden.
»Und warum möchtest du vermieten?«
»Ich werde am Mittwoch wieder anfangen, voll zu arbeiten. Das ist mir aus verschiedenen Gründen wichtig. Der Verein der Sozialistischen Ärzte, das sagt dir vermutlich nicht sehr viel?«
»Stimmt!« gebe ich zu und erinnere mich daran, daß mir Anja einmal etwas über ihre Mutter erzählte, was mich allerdings kaum interessiert hat. »Aud Blegen Svindland?« frage ich.
Marianne Skoog sieht mich überrascht, fast anerkennend an. »Du hast von ihr gehört? Sie hat eine Praxis für Verhütung und Abtreibung eröffnet, und jetzt wollen wir noch die Klinik für sexuelle Aufklärung wiedereröffnen. Das bedeutet viel Arbeit. Viele Überstunden. Aber ich brauche jetzt eine sinnvolle Beschäftigung, und ich brauche jemanden,

der sich um das Haus kümmert. Außerdem steht ein Zimmer leer, Anjas Zimmer. Soll das niemand bewohnen? Und dann der Flügel. Er soll besonders gut sein. Trifft das zu?«
»Natürlich ist er gut. Steinway stellt nichts Schlechtes her. Und der hier gehört zu den besten A-Modellen, auf denen ich gespielt habe. Der Widerstand der Tastatur entspricht ganz meinen Vorstellungen. Fein gestimmt. Exakt das, was ich jetzt brauche.«
Sie nickt, ist mit ihren Gedanken woanders.
»Ich klebte also diese Zettel an die Lichtmasten. Ich war mir nicht ganz sicher, ob ich das wirklich wollte. Deshalb setzte ich keine Annonce in die Zeitung.«
»Weil du dir nicht sicher warst, ob du einen fremden Menschen hier haben möchtest?«
»Du bist nicht fremd«, sagt sie.
»Und die Miete ist 500 im Monat?«
»Findest du das zu teuer?« fragt sie.
»Nein«, sage ich.

Anjas Zimmer Sie will mir das Zimmer im ersten Stock zeigen. Es hätte auch das Gästezimmer sein können. Es steht ebenfalls leer. Aber sie will wieder Schritte in Anjas Zimmer hören. Es ist kompliziert für mich, hinter Marianne Skoog die Treppe hinaufzugehen und an das letztemal zu denken, als ich hier ging. Das war kurz vor Weihnachten, und ich ging fast schlafwandlerisch, die ohnmächtige Anja auf meinen Armen. Wie zerbrechlich sie war, fällt mir ein, obwohl sie den dicken lila Pullover anhatte. Sie konnte kein Blut sehen. Die kleine Wunde, die sie sich aus Versehen mit dem Küchenmesser beigebracht hatte, genügte. Aber ich handelte geistesgegenwärtig und trug sie in ihr Bett. Damals hatte ich gedacht, das sei die beste Lösung. Jetzt denke ich, daß ich sie ebensogut auf die Couch im Wohnzimmer hätte le-

gen können. Aber ich wollte eine intimere Umgebung. Ich wollte in ihr Zimmer. Zu ihrem Bett. Und sie wußte das. Ich erinnere mich, wie sie leise sagte: »Du darfst gerne mit mir schlafen.« Und ich, wie ich verlegen antwortete: »Das meinst du nicht ernst.« Heute denke ich, sie hat das nicht wirklich ernst gemeint. Aber jetzt ist es zu spät. Und ich tat es. Dabei war ihr Körper viel zu dünn, und sie hatte sicher keine Freude daran. Aber von dem Augenblick an hatte ich das Gefühl, als seien wir für immer miteinander verbunden.
Die Türen im oberen Stockwerk stehen offen wie damals auch. Ich werfe einen Blick in das Schlafzimmer von Bror und Marianne Skoog. Da stand ein lächerliches Bett mit Motor, es konnte wie ein Krankenhausbett in alle Positionen gehoben und gesenkt werden. Das steht nicht mehr da. Ein neues Doppelbett hat diesen Platz eingenommen, weniger technisch und aufwendig, dafür femininer. Ich wüßte gerne, ob sie schon mit jemandem darin geschlafen hat. Schmutzige Gedanken, die ich nicht haben sollte. Das Bad ist wie immer, kalt und silbern, mit riesigen Spiegeln. Dann kommen wir in Anjas Zimmer, und es ist ein leeres und schmerzhaftes Gefühl, hinter Marianne hineinzugehen. Auch wenn sie nicht hier gestorben ist, der Tod ist hier gewesen, hat zugepackt, hat geatmet. Ja, denke ich, diese abgestandene Luft ist der Atem des Todes. Das breite französische Bett steht noch da, das Hochzeitsbild von Marianne und Bror Skoog wurde entfernt. Nur Bach und Beethoven hängen beiderseits der leeren Fläche.
Wir blicken uns um. Ich spüre, daß es auch für sie schmerzlich ist, daß wir beide dagegen ankämpfen, zu weinen, in Gefühlen zu versinken. Sie will nicht bemitleidet werden. Sie will nicht, daß ich sie in den Arm nehme.
»Anja liebte dieses Zimmer so sehr«, sagt sie leise.
»Und trotzdem gibt es fast keine Einrichtung hier?«

»Sie lebte und atmete für die Musik.«
»Ja, aber ich weiß noch, daß ich bei diesem Anblick dachte, Bach und Beethoven an der Wand seien eine eher maskuline Gesellschaft für ein junges Mädchen.«
Marianne lacht. »Du kanntest sie ja. Du weißt, wie asketisch sie war. Wie wenig sie brauchte. Und falls du das Zimmer nehmen willst, steht es dir natürlich frei, die Bilder abzunehmen. Dieses Zimmer ist für mich kein Mausoleum. Du kannst es nach deinen Vorstellungen gestalten.«

Wieder im Erlengebüsch Ich stehe im Flur und höre wie ein Echo, was ich gerade gesagt habe, daß ich am nächsten Montag um 18 Uhr einziehen werde. Sie ist um diese Zeit aus der Praxis zurück. Und ich erinnere mich, was *sie* gesagt hat, daß ich in Anjas Zimmer wohnen kann, daß ich den Garten in Ordnung halten muß, ein Minimum an Hausarbeit, sie ist da nicht kleinlich, daß ich täglich von 8 bis 17 Uhr am Flügel üben kann. Ein Meer von Zeit! Neun Stunden üben jeden Tag! Daß ich neben der Gartenarbeit im Winter Schnee räumen muß, daß ich den Amazon in der Garage benützen kann, sobald ich den Führerschein habe, daß ich in Ausnahmefällen für sie einkaufen muß, daß sie abends ihre Ruhe braucht und das Wohnzimmer dann ihr gehört und nur ihr allein, genauso wie das Bad von 7 bis 8 Uhr und zwischen 23 und 24 Uhr für sie reserviert ist, da kann ich, wenn nötig, die kleine Toilette im Flur benutzen, daß wir getrennt unsere Mahlzeiten einnehmen, daß ich mir also entweder eine Kochplatte für das Zimmer oben besorge oder die Küche in ihrer Abwesenheit benutze, jedenfalls in der Regel. Ich habe meinen Platz im Kühlschrank, zweites Fach links. Die Tiefkühltruhe und die Waschmaschine im Keller stehen mir ebenfalls zur Verfügung, wenn es mir nichts ausmacht, daß sich in diesem Raum Bror Skoog er-

schossen hat. Marianne Skoog kann sehr lakonisch sein, sie neigt zum Galgenhumor. Die Annonce, so hat sie mir erzählt, hänge erst seit einigen Tagen an den Lichtmast, ohne daß sich jemand gemeldet habe. Sie wollte schon fast aufgeben. Daß nun ausgerechnet *ich* angebissen habe, sei fast komisch.
Wirklich? Komisch? denke ich, als ich ihr zum Abschied die Hand gebe. Sie zu umarmen wage ich nicht, obwohl ich das machte, als Anja noch lebte, obwohl ich sie triefend naß aus dem Meer gezogen habe. Sie macht ihrerseits auch keine Anstalten.
Und was meint sie mit dem Anbeißen?
Ich gehe durch die Tür nach draußen.
»Nur noch eine Sache«, sagt sie hinter mir.
»Ja?« Ich bleibe stehen und drehe mich um. Sie sieht blaß aus, wie sie da steht.
»Das Gästezimmer«, sagt sie. »Mein Mann hat es als Büro benutzt. Die Tür ist immer geschlossen. Betrete es niemals.«
»Natürlich nicht«, sage ich.
»*Niemals*«, wiederholt sie ruhig und mit einer deutlichen Handbewegung.
»In Ordnung«, sage ich.
Dann drehe ich mich wieder um und gehe.

Ich fühle mich erleichtert und zugleich verwirrt. Das Unglück mit dem Segelboot haben wir mit keinem Wort erwähnt. Wir haben uns ziemlich lange unterhalten, aber ich erinnere mich nicht mehr an alles, weil mich das Wiedersehen mit ihr und das Betreten dieses Haus so stark berührt haben. Mir ist jedenfalls klar, daß ich eine wichtige Entscheidung getroffen habe, daß meine finanzielle Lage geregelt ist, daß ich genügend üben kann für das, was von mir verlangt werden wird. Ich muß mich selbst dazu ermahnen, mehr zu üben. Besser werden, viel besser, darum geht es, wenn ich weiterhin Schüler bei Selma Lynge bleiben will. Ich brauche nur an Selma Lynge zu denken und bekomme ein seltsam schweres Gefühl im Magen. Die erste Begegnung im Herbst steht bald bevor. Dann muß ich das durchmachen, was Rebecca schon hinter sich hat: die Vorbereitung auf ein Debüt.

Der Pakt, denke ich auf meinem Weg in mein altes Versteck, der Pakt mit Selma Lynge. Aber die Abmachung mit Marianne Skoog ist auch ein Pakt. Sie läßt mich in ihrem Haus wohnen. Sie läßt mich der Student sein, der in Anjas Bett schlafen darf, während sie hart arbeitet für gesundheitliche Aufklärung und das Recht der Frauen auf Abtreibung. Ich soll währenddessen Gärtner, Hausmeister und Schneeräumer sein. Manchmal der Hausfreund. Außerdem der, der einmal Anja liebte. Das ist keineswegs unwichtig. Ich mag Marianne Skoog. Das Verhältnis zu ihr ist immer einfach gewesen. Aber sie hat auch Autorität. Eine andere Art von Autorität als Selma Lynge sie hat. Selma Lynge ist wertekonservativ, kulturell geprägt. Marianne Skoog ist radikal und politisch geschult. Sie hat sich früh emanzipiert. Bekam früh ein Kind, in einer Zeit, als sozialistisch sein noch nicht so einfach war wie heute. Was denkt sie von mir? Wie sehe ich aus, in *ihren* Augen? Ein achtzehnjähriger Klavierschüler, mit dem man leicht Mitleid haben kann. Mutter gestorben, ohne Elternhaus, Schule abgebrochen, voller Selbstzweifel. Aber wer zweifelt nicht an sich? War nicht auch Marianne Skoog voller Zweifel, als sie an der Tür stand und mich einließ?
Ich gehe wieder ins Erlengebüsch. Ein beklemmendes, inzwischen verlorenes Versteck. Was will ich da unten? Werde ich nie fertig mit der Vergangenheit, dem Geräusch des Flusses, des Wasserfalls, des Raschelns in den Bäumen? Im Erlengebüsch verwandelt sich das Herz, Träume werden geboren.

Hier kann ich den Mond im tiefen Wasser anschauen, wie er langsam versinkt, hier bin ich in meiner eigenen Landschaft. Der Wasserfall, in dem Mutter ertrank, ist nur einige hundert Meter entfernt. Hier kann ich mich auf den Abend einstimmen und auf neue Gedanken hoffen. Ich schlüpfe durch die Äste, die noch keine gelbe Herbstfärbung zeigen. Da sitze ich und denke an alles und nichts. Mein Herz hämmert wie damals, als Anja noch lebte. Ist mein Schicksal besiegelt? Habe ich etwas Endgültiges gemacht? Ist es richtig, bei Marianne Skoog einzuziehen? Instinktiv weiß ich, daß Selma Lynge nicht begeistert sein wird. Sie wohnt auf der anderen Seite des Flusses, wo das Licht ist. Sie hat sich entschlossen, auf mich zu setzen, mich zum Debüt in der Aula zu führen. Nicht jeder kann von sich sagen, Schüler der berühmten Selma Lynge aus Deutschland zu sein. Sie thront ganz oben, zusammen mit Robert Riefling. Rebecca stolperte über ihr Kleid und machte alles zunichte, und auch Anja, ihr Juwel, scheiterte. Jetzt bin ich an der Reihe. Durch die Umstände im Zusammenhang mit Anjas Tod ist es um so wichtiger, daß ich nachrücke.
Ich sitze tief im Erlengebüsch und denke diese Gedanken, schlage mich mit meinen Zweifeln herum, tröste mich aber damit, daß ich so mit dem Geld besser klarkomme. Außerdem mag ich nicht in der Stadt wohnen. Ich bin zum Spielball zwischen zwei Selbstmorden geworden. Synnestved nahm sich das Leben in der Sorgenfrigata. Bror Skoog nahm sich das Leben im Elvefaret. Ein Ort schlimmer als der andere. Aber ich fürchte mich nicht. Die Vorstellung, in Anjas Bett zu schlafen, ist gut. Mit Bach und Beethoven an der Wand.

Da höre ich Schritte. Die Sonne ist soeben hinter den Bäumen auf der anderen Seite untergegangen. Die Dämmerung erzeugt Wehmut, aber jetzt ist es unheimlich. Ich glaube, daß es mich betrifft. Und ich habe recht. Es ist Marianne Skoog, die den Weg herunterkommt, im grünen Anorak, verwaschenen Jeans und braunen, altmodischen Gummistiefeln. Auf zwanzig Meter Entfernung gleicht sie aufs Haar ihrer Tochter. Dann tritt sie gleichsam aus ihrer Jugend heraus, geht vorsichtig in meine Richtung, aber ohne mich zu sehen. Mit jedem Schritt wird sie älter, verliert aber nicht an Schönheit. Nur die Details werden deutlicher. Und ich weiß nicht, ob es das Dämmerlicht ist, das sie verzaubert, oder ob es meine Gefühle sind, die sich danach sehnen, die Lücke zu füllen. Ich verspüre einen Stich. Bald wird der Mond aufgehen. Ja, bald kommen komplizierte Nächte, denke ich. Aber ich bin innerlich voller Jubel. Weil sie nach mir sucht. Und ich fühle mich sowohl dumm wie beschämt, weil ich mich vor ihr verstecke, überzeugt, daß sie mich nicht findet, denn so ist das Erlengebüsch – für mich gemacht. Und trotzdem ein Jubel, weil sie nach mir sucht, weil sie gesehen hat, wie ich den Weg hinunterging, weil sie neugierig ist und vielleicht auch ein bißchen furchtlos. Dieser steile Weg ist nicht für jeden. Außerdem führt er nirgends hin. Wenn der Wasserstand niedrig ist, kann man den Fluß überqueren, aber das hat Marianne Skoog nicht vor an diesem Spätnachmittag. »Aksel?« ruft sie. »Bist du da?«

Ich stehe mitten im grünen Laub und antworte nicht. Da kommt mir plötzlich ein anderer Gedanke. Sie hat sich anders entschieden. Will doch nicht vermieten. Will mir das mitteilen.

»Aber du bist diesen Weg gegangen! Ich weiß, daß du hier bist.«

Stille.

Sie ist nur fünf Meter von mir entfernt. Sie ist ziemlich mutig, denke ich wieder. Hier habe ich Anja einmal den Schreck ihres Lebens eingejagt. Ich höre das Blut pochen. Es darf nicht zu laut pochen. Jetzt sehe ich sie von der Seite.

Ich sehe ihr Alter. Lebenslinien in der Haut. Sie ist nicht Anja. Ich sehe, daß sie stehenbleibt, in den Taschen kramt, sich eine Zigarette rollt. Wenn ihr Mann der Taschenlampenmann ist, dann ist sie die Flußfrau, dünne Beine, Hohlkreuz und gelbe Finger. Mir wird heiß. Ich schäme mich, in dieser für uns beide von Trauer erfüllten Zeit, daß ich daran denke, was jetzt mit uns geschehen könnte, plötzlich und befreiend, daß ich sie rufen und sie zu mir kommen könnte, daß wir gemeinsam die Trauer vertreiben könnten.

Sie steht da und blickt hinunter zum Fluß. Macht einen tiefen Zug an dem gerollten Glimmstengel. Mir gefällt die Art, wie sie raucht. Als könnte der Rauch nicht tief genug in sie eindringen. Dann dreht sie sich um und geht wieder nach oben, zögert, hebt ein bereits verwelktes Laubblatt am Weg auf, zerknüllt es in der Hand. Als würde sie die Liebe zerknüllen, in der sie so tief gesunken ist. Oder zerknüllt sie den Gedanken, den sie vielleicht eben dachte? Ich blicke ihr nach. In allem, was ich denke, ist so viel Anja. Ich murmle vor mich hin: »Anja, geliebte Anja. Möchtest du, daß ich an deiner Stelle bei deiner Mutter wohne? Möchtest du das wirklich?«

Aber ebenso, wie Marianne Skoog keine Antwort bekam, höre auch ich niemanden, der sich aus dem Totenreich oder der Dämmerung meldet.

Eine halbe Stunde später husche ich wieder hinauf zur Straße und nehme die Straßenbahn in die Stadt.

Ich muß schnell handeln, denke ich. Muß meine Wohnung im »Aftenposten« annoncieren. Damit sie sich nicht anders entscheiden kann.

Aber im Innersten weiß ich, daß sie das nicht tun wird. Sie hat mir Anjas Zimmer gezeigt.

Jetzt ist es zu spät.

Schubert In der Nacht träume ich von Schubert. Spiele Schubert-Sonaten. Schubert hatte Freunde. Was mich angeht, herrscht überall Chaos. Aber ich habe einen Flügel. Ich sitze und übe. Spiele nur Schubert, und er sitzt direkt neben mir, wie Selma Lynge es manchmal tut. Die langen Passagen. Die sachten zweiten Sätze. Die Nebenmotive gestalten den eigentlichen Inhalt. Dort sind die Gefühle, ist die Wahrheit. Schubert spielen heißt wissen, was man lieben soll. Aber diese Noten verschwimmen, werden unleserlich. Die ersten Notenblätter verstand ich. Dann weiß ich plötzlich nicht mehr, in welcher Tonart ich bin. Aber Schubert sitzt neben mir und hört zu. Ich darf ihn nicht enttäuschen. Er und ich haben vieles gemeinsam. Er verlor auch als Jugendlicher seine Mutter. Er verlor seine Geliebte. Die junge, pockennarbige Therese Grob durfte er nicht heiraten. Kleinliche Gesetze standen zwischen ihnen. Trotzdem liebte er sie. Es gab in Schuberts Leben keine anderen Frauen. Die beiden waren füreinander geschaffen. Sind es etwa die Gefühle für Therese Grob, die ich jetzt gestalten soll? Und wenn ja: Warum sehe ich keine Noten mehr? Sie zerlaufen vor meinen Augen, tropfen auf die schwarzen Tasten und verschwinden zwischen den Ritzen.
Aber ich spiele weiter! Muß es tun, solange Schubert neben mir sitzt. Kann ihn nicht enttäuschen. Schubert neben sich, das ist nicht jedem vergönnt. Diesen dicken, kleinen Mann. Wer hätte gedacht, daß er ein begabter Komponist ist. Ich muß seinen Erwartungen gerecht werden. Ich spiele, obwohl das Notenblatt weiß ist. Sind wir jetzt in C-Dur? Oder in b-Moll? A-Dur vielleicht? Das ist am sichersten. Viel A-Dur bei Schubert. Ich schwitze, kann nur raten, was musikalisch abläuft, während die Finger über die Tasten laufen. Ich spüre, daß das, was ich wiedergebe, genial ist, daß ein Meister seine Verzweiflung spielend zum Ausdruck bringt. Ich bin das Werkzeug, bin das Instrument. Ich kann

ihn nicht enttäuschen. Und Therese Grob auch nicht. Schubert beugt sich über mich, horcht, ist völlig konzentriert. Verzweifelt versuche ich, Noten zu erkennen. Nichts. Nur das weiße, leere Blatt! Eine Kälte steigt auf. Eine Angst. Hier versage ich. Hier wähle ich c-Moll. Aber das ist falsch. Ich schlage einen Akkord an, wieder und wieder. Er ist falsch, falsch, falsch. Ich schäme mich. Ich fange an zu heulen. Ein fürchterliches Versagen.
Schubert klopft mir auf die Schultern, versucht mich zu trösten. »Na, na. Was du gerade spielen willst, habe ich noch gar nicht geschrieben.«
Ich nehme die Hände von den Tasten, schaue ihn erschrocken an.
Schubert lacht vielsagend.
»Spiel weiter. Dann wirst du sehen, was geschieht.«
Die Tasten verschwinden. Ich spiele und spiele. Es kommt kein Laut. Schubert fängt zu lachen an. Er lacht und lacht. Das dumme Lachen hallt im Kopf wider. Ich erröte und merke, daß ich wach bin. Der helle Morgen in der Sorgenfrigata scheint durch die Fenster.

Konfrontationen bei Tageslicht Dann ist Selma Lynges Tag, und ich seufze wie ein alter Mann, bin gar nicht mehr zuversichtlich. Ja, wieder Selma Lynge, die Urmutter. Nach einem langen Sommer. Da muß ich anständig aussehen. Da muß ich mich rasieren. Da muß ich beweisen, daß ich geübt habe in den Sommerferien, muß mir ihre Ansichten über Liebe, Schönheit und Freundschaft anhören. Da muß ich zeigen, wie recht sie hat, auf mich zu setzen. Da muß ich Tee trinken. Da muß ich die Straßenbahn bis hinaus nach Lijordet nehmen. Und vielleicht muß ich sagen: »Es reicht jetzt. Zuviel hat sich ereignet. Vielleicht sollten wir ab jetzt getrennte Wege gehen.«

Aber bin ich dazu stark genug? Da stehe ich an diesem Septembernachmittag des Jahres 1970 vor dem großen, düsteren Haus im Sandbunnveien und spüre, wie mich der Mut verläßt. Hinter diesen Wänden wohnen zwei weltberühmte Menschen mit großem Ansehen.

Torfinn steht bereit. Der begnadete Philosoph. Ich hatte ihn fast vergessen, trotz all der Artikel in den Zeitungen. Keine Woche vergeht ohne einen Artikel von Torfinn Lynge. Sein Meisterwerk »Über das Lächerliche« ist ein unerschöpflicher Brunnen. Die Journalisten stehen Schlange: Was meint er eigentlich? Warum grinst er immer, wenn er von sich spricht? Welche internationalen Preise hat er in letzter Zeit bekommen?

Mir gegenüber wirkt Torfinn Lynge liebenswürdig und sanft, wie er an der Tür steht und mich ins Wohnzimmer bittet.

»Willkommen, willkommen! Das junge Genie hatte einen angenehmen Sommer?«

»Ja, vielen Dank«, sage ich und schaue in das verwirrte Professorengesicht. Etwas an seinem Blick gefällt mir. Ist es wirklich wahr, daß ihn Selma Lynge mit einem Jüngeren betrügt? Eine Bestätigung fand ich nie. Keiner der beiden sieht so aus, als könne er ein solches Doppelleben führen. Jetzt sehe ich, daß er mich wiedererkennt, mich einordnet als Anjas Freund. Er wird sofort ernst, nimmt noch mal meine Hand.

»Wirklich schlimm, was mit deiner Liebsten geschehen ist.«

Ich mag es, daß er Anja als meine Liebste bezeichnet. Ich würde das Wort nie benutzen. Es klingt etwas altmodisch. *Er* kann es benutzen. Lange sah es so aus, als sei er ein Dummkopf, nett und fügsam, der sich abgefunden hat mit den unsinnigen, gemeinen Einfällen seiner Frau, wenn sie ihn mit der Straßenbahn hinein nach Oslo schickt, um ein spezielles deutsches Schwarzbrot zu besorgen. In der Aula hat sie ihn wie ein Maskottchen benutzt, einen Schmuckgegenstand, obwohl man Torfinn Lynge alles andere als eine Schönheit nennen kann. Sein Name ist es, mit dem sie sich schmückt. Der weltberühmte Name. Für mich ist er bisher auch nur diese Weltberühmtheit gewesen. Aber jetzt blicke ich plötzlich in das alternde Gesicht eines Mannes, der versucht, aufrichtig mit mir zu reden, ein Ereignis zu beklagen, meine Ohnmacht zu respektieren. Er nimmt meine Hand zwischen seine beiden Hände, als sei er ein naher Freund in der Trauer, und das rührt mich tiefer, als ich gedacht hätte. Ich fange an zu weinen. Ein schlechtes Zeichen, fährt es mir durch den Kopf. So wollte ich eigentlich nicht erscheinen. Derart weich und sentimental. Ich wirke jetzt lächerlich. Ich schäme mich. Aber der Blick des Professors ist voller Verständnis, eine Aufmerksamkeit, die mir Rebecca nie gezeigt hatte, weil ihre Lebenseinstellung hell und freundlich ist. In ihr findet sich fast nichts Dunkles. Und jetzt verstehe ich auf einmal, wie schwarz es die ganze Zeit in mir gewesen ist. Ich spüre eine Erschöpfung, die mir angst macht. Torfinn Lynge sieht es, klopft mir auf die Schulter, läßt mich ausweinen.

»Selma kann dir helfen. Selma ist klug.«

Ich nicke dankbar. Sie sitzt da drinnen im Wohnzimmer, wie eine Königin, intensiv duftend, sorgfältig gekleidet, sogar die Haare in Form – und ich habe das Gefühl, das, woher ich komme, bietet nicht genug, um darüber zu reden, entspricht nicht ihren Erwartungen. Auch kann ich nicht aussprechen, was ich noch vor wenigen Minuten dachte: »Selbständigkeit für meinen kleinen Freistaat!«

»Kümmere dich um diesen jungen Mann«, sagt Torfinn Lynge und schiebt mich hinein zu ihr, als verstünde er intuitiv meine Situation. Dann schließt er die Tür hinter mir und läßt uns allein. Und kaum sehe ich sie wieder, diese schöne, große und schlanke Frau zwischen den schweren,

deutschen Möbeln vor dem Bösendorfer Flügel, die schlafende Katze in der Ecke, spüre ich die Nervosität kommen, erkenne meine Minderwertigkeit. Obwohl ich größer bin als sie, werde ich ihr nie das Wasser reichen können. Sie besitzt einen Standard, hätte Anja gesagt, einen Standard des Lebens, den sie nicht nur in allem, was sie sagt, offenbart, sondern auch in ihrer Professionalität. Augenblicke, in denen sie mir vorgespielt hat, um mir zu demonstrieren, was ich noch viel besser machen könnte. Kurze Passagen in Scherzi von Chopin oder Fugen von Bach. Da spielt sie mit der Autorität des Genies. Da beuge ich mich vor ihr in den Staub. Da verehre und bete ich sie an wie ein gehorsamer Schüler.
Sie genießt es.

Wir trinken Tee. Selma Lynges Tee. Kein Tee schmeckt wie Selma Lynges Darjeeling. Sie wirkt angespannt. Will mir offenbar etwas mitteilen. Etwas Wichtiges. Vielleicht mustert sie mich deshalb so forschend, fast ein bißchen mißbilligend. Ich weiß, es hat ihr nicht gepaßt, daß ich eben weinte. So hatte sie sich das nicht vorgestellt, unsere erste Begegnung im neuen Semester. Sie zählt sich zu den abgefallenen Habsburgern, halb spanisch, spricht nie über das Jüdische. Sie will mich stark haben und voller Unternehmungsgeist für die gewaltige Aufgabe, die sie für mich in diesem vielleicht entscheidenden Herbst vorgesehen hat. Sie akzeptiert keine Schwäche, keine Schwäche des Geistes. In Selma Lynges Welt sind wir alle *Einzelindividuen* mit einem freien Willen. Sie nimmt die Anforderungen des Lebens an, ein Leben, das keine Sonntagsschule ist, denn in ihren Augen sind wir dazu verpflichtet, uns zu veredeln. Deshalb weint man auch nicht zur Unzeit, wie ich es gerade getan habe.
Sie sitzt mit übereinandergeschlagenen Beinen da, trägt die türkise Bluse mit den zwei offenen Knöpfen am Hals. Ohne

daß wir darüber gesprochen hätten, weiß sie, daß ich die Bluse besonders gerne mag. Sie zieht diese Bluse häufig an, so als sei sie Teil des ungeschriebenen Pakts zwischen uns. Vom ersten Moment an war mir klar gewesen, daß sie um ihr Genie, ihre Stärke und ihre Anziehungskraft weiß. Der Sommer hat ihr gutgetan. Ihre Haut ist gebräunt, sie wirkt ausgeruht und tatkräftig. Ihr schönes, schwarzes Haar hat ein paar graue Strähnen bekommen. Das steht ihr. Sie ist Mutter von drei Kindern. Aber über die Kinder redet sie nie. Sie versteckt die Mutterrolle hinter einer beinahe kindischen Putzsucht. Ich weiß, daß sie sich vor jeder Klavierstunde extra herrichtet. Tut sie das etwa für mich? Es ist erstaunlich, wieviel Zeit sie für ihr Aussehen verwendet, für Schmuck, Ohrringe, Kleider, dazu ein sorgfältiges Makeup mit verjüngenden Cremes, obwohl sie auf innere Werte setzt und die äußere Staffage verachtet. Was denkt sie wohl, überlege ich, wenn sie da vielleicht Stunden vor dem Spiegel verbringt und sich schön macht? Auf den alten Künstlerfotos, die im Flur hängen, sieht sie aus wie ein feuriger und dunkelhaariger Hollywood-Star der fünfziger Jahre. Wie Gina Lollobrigida oder Sophia Loren. Und mit den Rehaugen von Audrey Hepburn.

»Zeige nur deine Trauer«, sagt sie sanft. »Die Trauer gehört zum Leben. Ich weiß, es ist hart. Anja war einzigartig. Aber in der Trauer kannst du Klarheit finden. Ich bin überzeugt, daß du das getan hast. Die Trauer erzeugt Askese und Willenskraft. Ich weiß, daß du hart an dir gearbeitet hast. Ich sehe dir das an. Wie war dein Sommer? Nein, laß mal. Spiele zuerst, reden können wir hinterher.«

Septembernachmittag im Sandbunnveien. Die Sonne ist hinter den hohen Fichten im Westen verschwunden. Der Herbsthimmel zeigt sich mit einem tieferen, flammenderen Rot als in den Sommernächten. In dem großen Wohnzimmer herrscht Dämmerlicht. Die Katze ist erwacht, betrachtet mich mit skeptischem Blick, bis sie mich wiedererkennt. Ich spüre einen Hauch von Unheil. Jetzt wird es offenbar, was der Sommer mit mir gemacht hat. Ich gehe hinüber zu dem schwarzen Flügel und setze mich. Übelkeit steigt in mir hoch. Ein Flügel versteht keinen Spaß. Die Größe des Instruments, Farbe und Gewicht machen ihn zu einem Monster in der Musik, das nur von der Kirchenorgel übertroffen wird. Ein Flügel weckt Feierlichkeit und Ernst. Ein Flügel weckt Gedanken an den Tod. Meine Finger sind klamm. Mein schlimmster Alptraum erfaßt mich, die Vorstellung, in der vollbesetzten Aula zu sitzen und etwas spielen zu müssen, von dem ich *weiß*, das kann ich nicht, das habe ich nie geübt. Trotzdem sitze ich auf dem Podium und tue so, als ob. Was hat mich hierhergebracht? Aber das ist kein Traum. Das ist mein wirkliches Leben im wachen Zustand. Ich komme unvorbereitet zu Selma Lynge. In einigen Sekunden wird sie erkennen, daß ich unseren gemeinsamen Pakt gebrochen habe, daß ich ihr Vertrauen mißbraucht habe. Bald wird sie die Patzer hören, die Unsicherheit, die fehlende Kraft des Ausdrucks, alles sichere Zeichen, daß man zuwenig geübt hat. Ich weiß nicht, ob es schon einmal ein Student gewagt hat, unvorbereitet zu Selma Lynge zu kommen. Mit mir muß etwas nicht in Ordnung sein, daß ich jetzt an ihrem Bösendorfer sitze und etwas Halbherziges abliefere, das weder ihrer noch meiner würdig ist. Sie ist auf dem obersten, internationalen Niveau. Sie ist mit Pierre Boulez befreundet, hat mit Ferenc Friscay gespielt und kritisiert ganz selbstsicher Glenn Gould. Ich habe diese Situation verdrängt, habe den ganzen Sommer mit dem Gedanken geliebäugelt, bei ihr aufzuhören, damit mein Leben leichter und gefahrloser würde ohne sie. Denn Selma Lynge ist gefährlich. Hat mich Rebecca zu faulen Tagen und einem Luxusleben an der Südküste verführt? Haben mich ihre Worte mehr beeinflußt, als ich glaubte? Die wohlmeinenden Ratschläge, das Glück zu suchen und zu leben, bevor es zu spät ist. Und ich bin nicht glücklich. Ich bin nervös und ängstlich. Ich bin gefühlsmäßig aus dem Gleichgewicht, bin freischwebend. Warum geht man zu Selma Lynge? Man geht dorthin, um korrigiert zu werden, um etwas Neues zu lernen, um der Beste zu werden. Sie ist der Meister. Ich bin ihr auserwählter Schüler. Zwischen uns besteht vom ersten Augenblick an ein besonderes Verhältnis. Warum sitze ich hier im Sandbunnveien und spiele Musik, die ich nicht kann? Ich habe Rubinsteins Ausspruch wörtlich genommen: »Es gibt Bücher, die ich lesen muß, Frauen, die ich kennen muß, Bilder, die ich sehen muß, Wein, den man trinken sollte« – das sagte er. Deshalb übe er nur drei Stunden jeden Tag, sagte er. Eine gefährliche Lebensweisheit für einen jungen Studenten, der noch nicht debütiert hat. Ja, diesen Sommer habe ich an Mädchen gedacht, an Wein und Gesang, und ich bin nicht einmal glücklich gewesen. Ich habe zu wenig geübt. Ich habe das Wichtigste vergessen: daß ich mich noch nicht auf dem Niveau befinde, auf dem man weniger üben darf. Wenn man Rubinstein oder Kempff heißt, kann man sich erlauben, nur drei Stunden täglich zu üben. Da hat man sein ganzes Leben damit verbracht, sich eine Technik und Erfahrung anzueignen. Ich heiße Aksel Vinding. Ich bin einer der einfachen Burschen von Røa. In der letzten Stunde, bevor wir uns für den Sommer trennten, hat mir Selma Lynge eingebleut, daß ich jetzt, in dieser Phase meines Lebens, das Technische ernst nehmen müsse. Das sagte sie auch bei unserem ersten Treffen. Wie hatte ich das vergessen können? Das ganze Spektrum der Chopin-Etüden. Die teuflische D-Dur-Etüde mit None-Intervallen aus op. 10. Die fürchterliche gis-Moll-Etüde mit den Terzen aus op. 25. Sie hatte mir Henles Ausgabe im Urtext zum Geschenk gemacht. Das war nicht nur ein Geschenk, das war ein Befehl. Den Rest meines Lebens, sagte sie, solle ich keinen Tag ohne diese Etüden verbringen. Die haarsträubende h-Moll-Etüde mit den Oktaven, die berühmte a-Moll-Etüde aus dem ersten Band, auf die sie mich speziell hinwies, weil sie wußte, daß der vierte Finger der rechten Hand mein Schwachpunkt ist. Ich hätte ihren Ratschlägen folgen sollen, aber Anja war gestorben. Die Trauer war zu groß. Der Trotz nach diesem erneuten Verlust. Das sollte ich Selma Lynge erzählen, jetzt sofort! Ich sollte mich ganz klein machen, berichten, wie mein Sommer verlief. Statt dessen begebe ich mich freiwillig in meinen schlimmsten Alptraum, setze mich an den Bösendorfer und tue so, als könnte ich etwas, was ich nicht kann. Vielleicht hat sie es gemerkt, in der letzten Stunde vor den Sommerferien, daß sich in mir etwas veränderte, daß sie mich nicht mehr in der Hand hatte, daß Anjas Tod ein so erschütterndes Ereignis war, daß ich mich aus Selma Lynges Magnetfeld entfernen könnte. Vielleicht hatten sowohl Selma Lynge wie auch ich zu hohe Erwartungen an unseren stillschweigenden Pakt, an unsere gemeinsamen Möglichkeiten. Eine Skepsis war in mir gewachsen und ist geblieben, denn das Schicksal wollte, daß ich den Sommer mit Rebecca Frost, die abgesprungen war, verbrachte. Aus Selma Lynges Perspektive war Rebecca Frost die schlechteste Gesellschaft, die ich mir aussuchen konnte.

Sie will, daß ich die Etüden spiele. Die Etüden des genialen Chopin, der um die Schwächen der menschlichen Hand wußte, der vierundzwanzig Lösungen für die Probleme des Pianisten fand. Vierundzwanzig Wege, technische Mängel zu entlarven. Vierundzwanzig Geschenke für den, der sie mochte. Meisterte man diese vierundzwanzig höllischen Stücke, stand einem die gesamte Musikliteratur offen. Das war Selma Lynges Standpunkt. Dann ist man gerüstet für die ganz großen Aufgaben: Brahms B-Dur-Konzert, Rach-

maninows Nr. 2 und 3, Ravels »Gaspard de la Nuit«, Bachs Gesammelte Klavierwerke, Busonis überdimensionierte Transkriptionen, Skrjabins Dekadenz, Beethovens »Hammerklavier«. Ganz zu schweigen von Chopins eigenen Werken, die haarsträubenden Sonaten, Scherzi, die Fantasie in f-Moll.
Ich beginne mit der ersten Etüde, der Nonen-Etüde in C-Dur. Das geht gut, denn ich habe sie so viele Jahre geübt. Aber bereits in der Etüde Nr. 2 zeigt sich meine Schwäche. Der vierte Finger ist noch nicht stark genug. Ich komme nicht in Schwung, spiele zu schwerfällig und werde bereits in der Hälfte steif. Sie hört es. Natürlich hört sie es. Ich spielte das viel besser vor einem Jahr. Aber sie läßt sich nichts anmerken.
In der Etüde Nr. 3 passiert es. Die sentimentale E-Dur-Etüde mit dem schönen Hauptthema und den gemeinen Sechzehnteln im Mittelteil, ein Prüfstein für die technische Kraft und die Konzentration. Bereits in der ersten Passage Tricksereien. Ich pfusche nicht nur in der Treffsicherheit, ich drücke das rechte Pedal ganz durch, um alles möglichst zu vertuschen. So etwas machen nur die schlechtesten Pianisten. Ich mache es in höchster Not. Und jetzt kommt der Schweiß, die Panik. Tropft von der Stirn. Die Fingerkuppen hinterlassen auf jeder Elfenbeintaste, die ich berühre, kleine Tropfen. Die Tasten werden glatt, die Finger rutschen und die Patzer häufen sich.
Aber ich spiele weiter! Noch viele Jahre später weiß ich nicht, warum das geschah, im Dämmerlicht im Sandbunnveien. War es eine Beichte? Wollte ich bekennen? Sehnte mich im Innersten danach, mich von Selma Lynge zu befreien? Ihren Erwartungen zu entkommen? Auf der Stelle von ihr heimgeschickt zu werden? Nein, meine Erinnerung sieht anders aus! Als ich da am Klavier saß, wollte ich ihr imponieren, wollte ihr zeigen, daß ich den Sommer dazu genutzt

hatte, ihren Anforderungen nachzukommen. Technisch besser zu werden. Aber während ich mich in eine immer schrecklichere Version von Chopins berühmtester Etüde verstricke, rückt Selma mit ihrem Stuhl näher, als wolle sie die Sache noch schwerer für mich machen. Tut sie das, um mein Gefühl von Freiheit einzuengen? In diesem Zimmer gibt es nur Selma Lynges Freiheit. Ihren Willen. Ihren Duft. Chanel Nr. 5, der Duft nach Frau und Autorität. Und die Übelkeit, die ich jetzt verspüre, verheißt nichts Gutes. Aber ich beiße die Zähne zusammen und spiele zu Ende, komme zurück zu dem ruhigen E-Dur-Thema, versuche, möglichst viel Gefühl in den Ausdruck zu legen. Dann folgt die Stille. Die furchtbare Stille. Es ist zwecklos, denke ich und wage es nicht, sie anzuschauen. Als ich mit der Etüde Nummer 4 beginnen soll, der frechen cis-Moll Etüde mit dem wahnsinnigen Tempo, verläßt mich der Mut. Ich weiß, daß das noch schlimmer enden wird. Ich sitze ganz still auf dem Klavierhocker. Sie sitzt still auf dem Biedermeierstuhl, den sie zum Flügel gezogen hat. Sie sagt kein Wort.
Es vergeht eine Minute. Mindestens. Ich spüre, daß ich kurz davor bin, mich zu erbrechen.
»Hast du nichts zu sagen?« frage ich schließlich mit schwacher Stimme.
Sie blickt starr vor sich hin.
»Nein, was sollte ich zu sagen haben?« sagt sie tonlos in den Raum hinein.
»Du kannst dir denken, daß ich den Sommer anders verbrachte als geplant.«
»Was hast du gemacht?«
»Ich war im Sommerhaus der Frosts.«
Ich sehe ihren ungläubigen Blick. Ich sehe die Enttäuschung, die sie empfindet. Sie hat Konzepte für mich entwickelt. Sie kennt Rebeccas Einstellung. Über Rebeccas Verrat wird sie nie hinwegkommen.

Ihre Augen sprühen jetzt. Sie ist außer sich vor Wut.
»Wie kannst du es wagen, meine Zeit auf diese Weise zu vergeuden!« Ihre Stimme ist laut und gellend.
»Ich weiß nicht, warum ich es getan habe«, sage ich mit puterrotem Gesicht.
»Du weißt das nicht? Das ist ein schlechtes Zeichen. Du solltest es am besten wissen. Es sind deine Hände. Es ist deine Entscheidung. Dein Ausdruck.«
»Ich habe zuwenig geübt«, sage ich. »Tut mir leid.«
»Tut dir leid?« schreit sie und kehrt die Augen gen Himmel. »Das ist eine absolute Beleidigung! Ich hätte mir irgendeinen Schüler vom Konservatorium holen können. Er würde besser spielen als du. Ist dir das klar? Begreifst du überhaupt, wie untalentiert du bist? Wo fange ich an? Gut, nehmen wir deine Wurstfinger. Diese ekligen, roten Finger, die mich schon im ersten Moment an dir zweifeln ließen. Sind sie nicht dicker geworden im Laufe des Sommers? Wieviel Bier hast du getrunken? Wieviel Wein? Rebecca ist hinterhältig. Du bist in ihr Luxusleben gestolpert und hast dabei dein Ziel aus den Augen verloren. So wie du die E-Dur-Etüde gespielt hast, kann jeder Bar-Pianist Chopin spielen. Das war widerlich, kraftlos, oberflächlich und fade. So spielt man für Nutten und Zuhälter. Willst du lieber Barpianist werden? Mit dem Whiskyglas auf dem Flügel?«
Sie verhöhnt mich, wie sie es schon einmal gemacht hat, aber diesmal verwandelt sie sich in einen Menschen, den ich nicht kenne, wütend und verletzt, bereit, mich zu vernichten, mich mit Worten zu erdolchen, mir alle Würde zu nehmen. Ja, ich habe sie beleidigt. Sie hatte sich mehr erwartet. Ich sinke vor ihren Augen zusammen. Ich bin unfähig, zu antworten, unfähig, ein Wort zu meiner Verteidigung zu sagen. Wo ist die Kraft geblieben, die ich in den letzten Tagen spürte, bevor ich in den Sandbunnveien ging. Bewußt hatte ich Rebecca-Gedanken gedacht, daß ich vielleicht den

Pakt mit Selma Lynge löse, daß ihre Erwartungen zu hoch sind, daß ich mich ein für allemal von ihr trennen sollte. Aber das kann ich nicht! Ich fühle es mit allen Fasern des Körpers, daß sie eine Art absoluter Verfügungsgewalt über mich besitzt, daß sie mich hochgehalten hat, aus mir etwas anderes gemacht hat als den unförmigen Teigklumpen, der ich leicht hätte werden können. Sie ist gerade jetzt mein fester Punkt. Die Wörter brennen, treffen eine Wunde, deren Dasein ich vergessen hatte, die aber trotzdem *meine* Wunde ist, meine grenzenlose Abhängigkeit von ihr. Denn nur *sie* kann die Türen zur Welt öffnen. Nur *sie* kann aus mir den Musiker machen, der ich gerne einmal sein möchte. Solange sie sich für mich interessiert, habe ich eine Chance. Sie war einmal mit Hindemith befreundet. Sie hat einmal mit Rafael Kubelik für die Deutsche Grammophon die Brahms-Konzerte eingespielt. Sie kennt Lutoslawski und Ligeti, kennt Kempff und Haitink. So viele Geschichten aus ihrer Vergangenheit. Ich bin in der Bibliothek gewesen, habe in den Archiven nach Selma Liebermann gesucht. Ja, es gibt sie, und sie strahlt. Die legendären Konzerte, die sie am Ende der fünfziger Jahre gegeben hat, mit berühmten Orchestern und Dirigenten. Dann traf sie die Liebe, begegnete sie ihrem Professor, zog nach Norwegen, warf ihre Karriere hin. Und es ist nach wie vor ein Rätsel für mich, wie diese Leidenschaft aussieht, wie Torfinn Lynge, mit Schuppen auf der Stirn, über den Ohren und auf den Schultern, Speichel in den Mundwinkeln und Rotz in der Nase, eine gute Figur im Bett macht, am Mittagstisch, wo auch immer. Trotzdem erwählte sie ihn, wie Sophia Loren ihren Carlo Ponti wählte, wie die Schöne immer wieder das Biest sucht.

Aber die Schöne hat selbst das Biest in sich. Und jetzt läßt sie es los, jagt mich zu einem Weltuntergang, mit dem ich in meinem jugendlichen Übermut nicht gerechnet habe. Sie weiß, daß es mir schlechtgeht. Und sie will, daß es mir noch schlechter gehen soll.

In dem Augenblick hätte ich gehen können, hätte meine Fehler zugeben und einen Rest von Würde bewahren können. Statt dessen sitze ich mit gekrümmtem Rücken da und höre sie an. Sie hat ja recht mit allem, was sie sagt. Ich spiele schlecht, noch schlechter als vor dem Sommer. Es ist abwärts gegangen mit mir. Ich habe die letzten Monate nicht genutzt. Ist das der Grund, warum ich bei Marianne Skoog einziehe? Ins Totenhaus? Das noch düsterer ist als Selma Lynges Haus? Das ein Tatort ist? Glaube ich in meiner Verzweiflung etwa, ich könne an Anjas Flügel das Gleichgewicht wiederfinden und mich auf die Musik und das Üben konzentrieren?
»Was ist eigentlich mit dir passiert?« faucht Selma Lynge plötzlich. »Du hast dich entschieden, kein Abitur zu machen, um dafür alles auf die Pianistenkarriere zu setzen. Ich habe dich angenommen. Ich habe an dich geglaubt. Ich ließ dich bei mir studieren, unter der Voraussetzung, daß du auf mich hörst und *große* Fortschritte machst. Deine Darbietung war das Gegenteil, Aksel. War Schrott. Wieviel Zeit glaubst du denn noch zu haben? Es gibt überall auf der Welt Achtzehnjährige, die besser spielen als du jetzt. Was hat das für einen Sinn, Pianist zu werden, wenn du keinen Einsatz bringst? Ist es die tägliche Schinderei wert, um dann mittelmäßig zu werden? Was? Antworte! Antworte zum Teufel!«
Ich sitze auf dem Klavierhocker, mir ist übel, und ich schreie sie an.
»Versuch doch bitte zu verstehen, wie es mir ging!«
»Wie es dir ging? In Rebecca Frosts Luxuswelt? Soll ich dich deshalb bemitleiden?«
Sie hört mich nicht an. Will nicht hören. Ich habe sie verletzt. So viele Jahre später erinnere ich mich, als sei es ge-

stern gewesen: An diesem Septembertag des Jahres 1970 breche ich in Selma Lynges Wohnzimmer zusammen. Hier, im finsteren Wohnzimmer im Sandbunnveien, verwandle ich mich innerhalb von Minuten in einen Fünfjährigen, einen hilflosen Knaben, der in seinem infantilen Übermut glaubte, dem Rektor trotzen oder ihn hintergehen zu können. Sie steht auf und geht zum Salontischchen, um etwas zu holen. Ich sehe, daß sie mit dem Lineal wiederkommt und mir einen schmerzhaften Schlag auf die Finger versetzt. Das ist ein psychischer und ein physischer Schock. Ich bin nicht vorbereitet. Das Lineal hat immer da gelegen, aber ich habe nie geglaubt, daß sie es benutzen würde. Ich fange an zu weinen. Sie läßt mich weinen, betrachtet mich ohne Mitgefühl, packt das Taschentuch, als ich die Nase putzen möchte, und dreht mir die Nase herum, um mich noch mehr zu strafen. Ein enormer Haß ist jetzt in ihr. Einen Augenblick denke ich, ob sie wohl imstande ist, meine Finger ernsthaft zu verletzen. Sie rennt wortlos im Zimmer herum, hält die Hände an den Kopf, bringt sich in einen zunehmend hysterischen Zustand. Murmelt. Schreit. Dann bleibt sie unvermittelt stehen. Sie fordert mich auf, die einfachsten Bach-Inventionen zu spielen, jede viermal, zur Strafe. Sie knallt die Noten auf das Notenpult und befiehlt: »Spiel jetzt! Spiele!« Ich heule und spiele. Rotz und Tränen rinnen. Plötzlich entdeckt sie Flecken auf meiner Hose. Sie regt sich darüber auf, während ich spiele. Schnaubt verächtlich. Das Lineal knallt auf den Flügeldeckel, auf den Klavierhocker, auf meinen Rücken. Sie schreit etwas auf deutsch. Ich verstehe die Wörter nicht. Sie hat recht. Hat immer recht gehabt. Sie kreischt, daß ich schlecht und sündig rieche. Ich weiß, daß das nicht stimmt. Ich dusche zweimal täglich. Aber wenn sie es sagt, ist es, als würde ich trotzdem den Geruch wahrnehmen. Daß ich stinke. Ja, wirklich. Es ist eine alte Hose, die ich aus dem Schrank geholt habe. Ich

dachte, sie sei sauber. Sie nennt mich verweichlicht. Das ist ein Wort, das schmerzt. Verweichlicht. Charakterlos. Mittelmäßig. Obendrein mit Spermaflecken auf der Hose! All das schreit sie, während ich um mein Leben spiele. Aber die Bach-Inventionen sind nicht Strafe genug. Wir müssen noch tiefer. Sie will, daß ich Czerny spiele. »Nein, nicht Czerny!« sage ich. »Ruhe!« sagt Selma Lynge und versetzt mir mit dem Lineal einen Hieb auf die Nase. Ich fange an zu bluten. Das stört sie nicht. Neue Noten werden geholt. »Spiele!« befiehlt sie. »Spiele!« Sie weiß, daß ich diese Stücke hasse. Wir nähern uns dem tiefsten Punkt. Kein Bitten hilft. Das Blut läuft von der Nase, tropft zusammen mit dem Rotz und den Tränen auf die Klaviertasten. Aber ich tue, was sie sagt. Ich spiele Czerny. Ich spiele um mein Leben.
Und noch so viele Jahre danach spüre ich den brennenden Schmerz des Lineals, mit dem die rasende Selma Lynge schließlich mit voller Kraft auf meinen Rücken schlägt, und ich vom Hocker kopfüber auf den Boden falle, auf dem Kaschmirteppich aus Seide liege und mich erbreche, bis mir schwarz vor Augen wird und ich das Bewußtsein verliere.

Versöhnung und Empfängnis Als ich zu mir komme, steht Selma Lynge mit einem feuchten Lappen über mir. Sie jammert.
»Ach Aksel! Aksel! Was ist passiert? Was soll mit uns werden!«
Benommen murmle ich etwas, versuche, auf die Beine zu kommen, habe zittrige Knie, will aber vor allem mein Erbrochenes aufwischen, gelb, sauer und unangenehm riechend. Sie besteht darauf, mir zu helfen. Sie hat zwei Lappen. Aber ich greife nach beiden. Die Nase hat aufgehört zu bluten.
»Das tut mir so leid«, sage ich und habe ein enormes Schuldgefühl, als hätte ich das allein angerichtet.

Da fängt auch sie zu weinen an. Selma Lynge weint. Dieser Anblick tut weh. Sie ist es nicht gewohnt, zu weinen, versucht, es zu verbergen. Versucht statt dessen zu lachen. Fletscht die Zähne. Dadurch sieht sie noch hilfloser aus. Aber Selma Lynge darf nicht hilflos sein! Wenn *sie* nicht stark ist, sinkt meine ganze Welt in Trümmer. Sie ist schokkiert von dem, was eben geschehen ist. Das, was sie mit mir gemacht hat, könnte fatale Folgen haben. Das weiß sie sicher. Aber was habe ich ihr nicht alles angetan? denke ich. Aus der Ecke starrt uns die Katze abwartend an. Sie hat einen geheimen Namen, den nur Selma Lynge und die Katze kennen. Für alle andern heißt sie Katze. Ich schaue ängstlich Selma Lynge an, versuche zu verstehen, was in ihrem Kopf vorgeht. Selbst wenn sie sich einmal als temperamentvollen Abkömmling der Habsburger bezeichnet hat und ich spanisches Blut in ihren Adern vermutete, sind Szenen wie die, die sich eben abgespielt hat, nicht alltäglich für sie. Das tröstet mich. Demnach muß ich besonders wichtig für sie sein, ein Auserwählter. Sie tätschelt meinen Rücken, während ich das Erbrochene aufwische. Sie geht mit mir, zuerst zum Klo, wo ich das Erbrochene beseitige, danach in die Küche, wo ich beide Lappen mit heißem Wasser ausspüle und sie in einen Eimer mit warmem Wasser und Seife lege. Die Tür zum Flur öffnet sich. Sie hört es nicht. Aber ich drehe mich um. Es ist Torfinn Lynge. Er schaut mich erschrocken an, mit zerzausten Haaren und hervorquellenden Augen. Ich lasse mir nichts anmerken. Vergesse, daß mein Gesicht von Blut und Rotz verschmiert ist. Wenn er das Schreien und Toben gehört hat, kann *ich* dazu nichts sagen. Hier ist alles normal. Ich habe nur den intensiven Wunsch, Selma Lynge zu beschützen, damit der Professor nicht erfährt, was sich eben im Wohnzimmer abgespielt hat. Ich bin davon überzeugt, daß auch Selma Lynge die Angelegenheit vor ihm verbergen will. Als sich die Tür wieder schließt und wir allein sind, bin

ich auch fertig mit dem Säubern der Lappen. Während ich sie auswringe, über den Wasserhahn hänge und den Eimer in den Besenschrank stelle, steht Selma Lynge wie in Trance da. Sie schwankt leicht, und ich habe Angst, daß jetzt sie in Ohnmacht fällt. Aber kaum habe ich mir die Hände gewaschen und abgetrocknet, umarmt sie mich. Heftig, fordernd und verzweifelt, als wolle sie sichergehen, daß sie mich nicht verloren hat, daß ich immer noch ihr gehöre. Ich drücke sie an mich, eine instinktive männliche Bewegung, spüre ihre Brüste, ihr betäubendes Parfüm, ihr schwarzes Haar kitzelt mich am Hals. Sie ist begehrenswert, aber ich habe nie gewagt, über sie zu phantasieren, wie ich es mit Frauen mache, die ich auf der Straße sehe, obwohl mich der Gedanke erregt, daß sie vielleicht einen jungen Liebhaber hat, der in der Philharmonie Cello spielt. Als könne sie meine Gedanken lesen, zieht sie sich zurück und geht ins Wohnzimmer. Wir haben endlich unsere Tränen unter Kontrolle. Jetzt stehen wir beide unschlüssig und zitternd mitten im Zimmer. Da schaut sie mich erschrocken an.
»Aber Aksel, wie sieht denn dein Gesicht aus! Du mußt das Blut abwaschen! Geh sofort ins Bad!«
Ich tue, was sie sagt.
Torfinn erwartet mich im Flur. Sein Blick ist noch verrückter als sonst.
»Was geht hier vor?« flüstert er und deutet mit einem Finger auf die Wohnzimmertür und mit einem andern auf mein Gesicht.
»Nichts«, flüstere ich. »Nur ein bißchen Nasenbluten.«
Er winselt wie ein Hund, schaut mich angstvoll und ratlos an. Dann läuft er laut jammernd die Treppe hinauf in sein Arbeitszimmer.

Als ich gewaschen zurückkomme, sitzt Selma Lynge mit gekrümmtem Rücken wartend im Wohnzimmer. Sie hatte noch nie einen krummen Rücken. Als sie mich sieht, richtet sie sich auf, versucht, die Position einzunehmen, die ich kenne.

»Wir müssen miteinander reden, Aksel«, sagt sie.

»Ja«, sage ich und habe Angst vor dem, was jetzt kommt. Vielleicht ist nun Schluß. Vielleicht gibt sie mich auf. Gerade jetzt wäre das schrecklich. Ich ertrage nicht noch mehr Schläge.

»Ich hatte mich so gefreut, dich wiederzusehen«, sagt sie. »Ich habe den Sommer genutzt, große Pläne für dich zu machen.«

»Du bist immer so besorgt um mich«, murmle ich.

»Große Pläne, Aksel.«

Ich nicke, schlucke, trinke Tee.

»Du weißt, gut spielen heißt mit innerer Kraft spielen. Heute hattest du keine innere Kraft. Hattest fast keine Technik mehr. Als du Chopin spieltest, hast du etwas Wichtiges verraten. Du weißt, daß Tausende von Pianisten diese Etüden spielen, diese technischen Alpträume. Für manche sind sie nur eine Strafe. Aber für die Besten, die Auserwählten, ist es Musik. Phantastische Musik mit vielen Schichten. Deshalb ist Chopin dieser Chopin und Czerny dieser Czerny. Aber du hast Chopin so gehorsam und talentlos gespielt, wie diese Etüden täglich von Tausenden junger Pianisten gespielt werden. Außerdem warst du technisch schlecht. Aber schlechte Technik ist keine Entschuldigung dafür, nicht zu interpretieren, keine Form zu finden. Das hast du nicht begriffen. Du warst völlig auf die Technik fixiert. Du dachtest, ich sei auch nur darauf fixiert. Du hast nicht begriffen, daß ich, als ich mich näher zu dir setzte, die *Musik* hören wollte, ungeachtet deiner technischen Leistung. Hast du immer noch nicht begriffen, was ich dir immer klarmachen will? Erinnerst du dich nicht mehr an deine Kindheit? Du warst wie alle andern ein kleiner Rotzbengel. Dein einziges Ziel war die nächste Dreckpfütze. Immer wieder. Das ist bei allen Kindern so. Warum war Gott so böse? Warum hat er es so eingerichtet, daß das Ziel aller Kinder, die geboren werden, die Dreckpfütze ist? Warum gibt es nicht von Anfang an das Saubere und Reine als Ziel? Wir sind offensichtlich dazu geboren, uns schmutzig zu machen. Gleichzeitig sind wir Menschen. Wir haben einen Willen. Wir wissen, daß wir sterben werden. Verbietet uns jemand die Dreckpfütze, heulen wir vor Verzweiflung und brüllen: »*Ungerecht!*« Aber wir kommen nicht weiter. Die Erwachsenen, die diesen Weg vor uns gegangen sind, sagen uns, daß das, was wir in den ersten Jahren unseres Lebens instinktiv tun wollen, falsch ist. Wir sind dazu geboren, Dreck zu lieben, uns im Schlamm zu wälzen. Im günstigsten Fall werden wir zu der Einsicht erzogen, daß dieser Instinkt nicht unser Freund ist. Trotzdem gelangen viele aus unterschiedlichen Gründen nie zu dieser Einsicht. Du kannst es an deinen Zeitgenossen sehen. Die, die ihre Kleidung nicht waschen, bevor sie jemand dazu auffordert. Sie sind verdreckt, unappetitlich, sie haben fettiges Haar und Schuppen. Sie haben schmutzige Hände, und ich wage nicht einmal daran zu denken, wie ihre Kleidung riecht. Aber sie sind stolz darauf! So wie kleine Kinder stolz sind auf ihre Flegeleien, ohne zu begreifen, daß genau dieser Trotz ihnen selbst schadet. Sie revolutionieren nicht die Gesellschaft, wie das bei Lenin der Fall war. Sie schaden nur sich selbst. Eigentlich sehnen sie sich zurück in den Sandkasten, wollen sich im Dreck wälzen und die Spielkameraden mit Steinen bewerfen. Als Erwachsene werden sie tolpatschig, können rechts und links, süß und sauer, warm und kalt nicht unterscheiden. Schließlich enden sie im Altenheim, griesgrämig und grantelnd und mit verbissener Freude daran, sich zu bekleckern. Sie sind wieder am Ausgangspunkt. Die Forderungen und Verpflichtungen der Erwachsenen kümmern sie nicht mehr. Sie leben in glücklicher Unwissenheit dessen, was ihnen entgangen ist. Aber ist das wirklich deine Absicht, Aksel Vinding, im Mittelmaß zu versinken? Denk an Bach. Sein künstlerischer Erfolg zu Lebzeiten war nicht sonderlich groß, aber er arbeitete wie eine Ameise. Tag für Tag. Nacht für Nacht. Wie lange, glaubst du, brauchte er für die »Matthäuspassion«? Nicht sehr lange. Er schüttelte sie sozusagen aus dem Ärmel, denn er hatte das dazu nötige Wissen. Um Künstler zu werden, brauchst du innere Kraft. Kraft in den Fingern. Kraft im Denken. Kraft im Leben. Aber bist du dazu bereit? Bereit für diese tägliche Anstrengung, diese Philosophie der Genügsamkeit, um dich zu einer wahren Meisterschaft zu veredeln und aufzusteigen aus der Verweichlichung? Die Entscheidung liegt bei dir.«

Mit dem Kopf in den Händen sitze ich da. Jetzt hätte ich mich entscheiden können. Hätte gehen können. Hätte frei sein können. Aber statt dessen höre ich mir ihre Tirade an, die Nachbeben ihres Wutausbruchs, die Rechtfertigung des Geschehenen. Glaubt sie selber daran? Immerhin gelingt es ihr, wieder die Positionen festzulegen. Das Machtverhältnis. Ich spiele den reuigen Sünder, obwohl ich mich völlig leer fühle. Ich weiß, daß ich für sie wichtig bin, daß ich es als Privileg ansehen sollte, einen solchen Wutausbruch zu erleben. Ich weiß, daß die Entscheidung, die ich jetzt treffen muß, die ich im Begriff bin, zu treffen, weil ich sitzen bleibe, lebenswichtig ist, lebensbestimmend. Wäre ich jetzt aufgestanden und gegangen, würde ich frei sein, und alles könnte geschehen. Ich entscheide mich, sitzen zu bleiben, weil ich weiß, daß diese Entscheidung für mein Leben wichtig ist, vielleicht am wichtigsten. Selma redet weiter, rechtfertigt sich weiter, versucht ihre Wut und ihre Enttäuschung über mich zu rationalisieren. Und auf diese Weise löscht sie mich aus, pulverisiert sie jeden selbständigen Gedanken, den ich gehabt hatte. Das, was gerade geschehen ist, erklärt sie zum Irrtum. Sie glaubt schließlich nach wie vor an mich! Und ich bestätige alles, wieder und wieder. Ich bin zu nichts anderem imstande, als ihr ewig gehorsamer, schwanzwedelnder Hund zu sein. Entzückt darüber, auserwählt zu sein, trotz meines großen Verrats. Nach wenigen Sätzen ist alles wie vorher, doch die Abhängigkeit, die wir *jetzt* voneinander spüren, ist womöglich noch stärker geworden. Wir haben beide in etwas hineingeschaut, was wir nicht hätten sehen sollen. Wir waren vertrauter miteinander geworden als leidenschaftliche Liebhaber. Und das erschreckt mich, daß sich die Verwandlung so rasch vollzieht, daß meine eigene Stärke verschwindet, daß alles, was ich in meinem Leben höre, wenn ich mich in diesen vier Wänden aufhalte, Selma Lynges psalmodierende Stimme ist, wieder und wieder. Dabei schaut sie in den kleinen Make-up-Spiegel und renoviert ihr Gesicht ohne eine Spur von Scham.

Dann wird es auf einmal still. Sie hat endlich gemerkt, wie erschöpft ich bin. Es ist Abend. Es ist ganz dunkel im Zimmer. Selma Lynge hat kein Licht eingeschaltet. Ich höre den Laut der Schritte von Torfinn Lynge im oberen Stockwerk.
»Was machen wir jetzt?« fragt sie.
Sie beugt sich zu mir. Tätschelt mir den Kopf, streichelt meine Wangen, als sei ich ein Kind. Aber sie läßt mir keine Zeit, um zu antworten.
»Du mußt mir verzeihen, wenn ich so bin«, sagt sie und das schöne, ernste Gesicht ist meinem sehr nahe. Ich kann ihren Atem riechen, der mich an Anja erinnert, als wir uns liebten. Ein warmer und dumpfer Geruch, der aus dem Bauch kommt. »Ich habe es nicht böse gemeint. Aber auch in meinem Leben gibt es Dinge, die etwas bedeuten. Du bedeutest etwas, Aksel. Als ich dich zum erstenmal sah, erkannte

ich, daß du ein seltenes Talent bist. Ein Auserwählter. *Du* hast mich beeindruckt. Anja und Rebecca haben mich auch beeindruckt, aber anders. Rebecca besaß die innere Kraft, aber keinen Willen. Anja hatte den Willen, aber keine Kraft. Du kannst sowohl den Willen wie die Kraft erringen. Aber dazu mußt du zuallererst *wollen*. Die harten, einsamen Tage. Stunde um Stunde am Flügel. Willst du das? Gerade jetzt überlege ich, ob du genügend Kraft und Willen hast, um in neun Monaten zu debütieren.«

Ich schaue sie an, unsicher und verlegen.

»Habe ich das? So schlecht, wie ich spielte?«

Sie zuckt die Schultern. »Jeder kann einmal schlecht spielen. Ich habe dich gut spielen hören. Es hängt von deinem Willen ab, Aksel. Jeder hat eine Rebecca Frost in seinem Leben.«

»Debütieren? Nächstes Jahr im Juni?«

»Ja, am Mittwoch, den neunten Juni.«

»Ein bekanntes Datum.«

»Wirklich?« Sie lächelt verlegen. Ich habe sie noch nie verlegen gesehen.

»Dein Geburtstag«, sage ich.

Sie errötet.

»Ja, an dem Tag habe ich Geburtstag. Bitte, sage es niemandem. Es ist nicht deshalb. Das spielt keine Rolle. Ich möchte mich nicht selbst feiern. Das muß geheim bleiben. Ich habe den fünfzigsten Geburtstag auch nicht gefeiert. Bei solchen Anlässen geht es darum, auf das Herz zu hören.«

»Und was sagt dein Herz?«

»Daß mir das Leben viel geschenkt hat und ich nur noch wenig verlangen kann – und daß *dein* Durchbruch mein schönstes Geschenk sein würde.«

Ich küsse ihre Hand, die sie mir vor die Lippen gehalten hat. So möchte sie es haben. Sie liebt es, von mir verehrt zu werden. Sie erwartet das. Ich wiederhole die Geste, das

Versöhnungsritual. Wir brauchen vermutlich diese rituelle Spannung, die jederzeit ins Lächerliche umschlagen kann. Aber wir wissen beide, wo die Grenze ist.
Im richtigen Moment zieht sie ihre Hand zurück.

»Was, meinst du, habe ich den ganzen Sommer in München gemacht?« sagt sie.
»Du hast an mich gedacht«, sage ich mit einem müden Lachen.
»Ja, ich habe an dich gedacht. Willst du wissen, was ich dachte? Ich dachte, daß du mein letzter Schüler sein wirst.«
»Was sagst du da?«
»Doch, es genügt jetzt. Ich bin über Fünfzig. Ich habe gewaltige Enttäuschungen hinter mir. Sowohl Anja wie auch Rebecca waren meine großen Hoffnungen. Warum habe ich mich als Konzertpianistin zurückgezogen? Warum beschloß ich, den Namen Liebermann nicht weiter zu benutzen? Ich wollte mein Können an andere weitergeben. Ich war noch jung und übermütig. Ich glaubte, das Leben hätte viel mehr Möglichkeiten. Als ich von Deutschland nach Norwegen zog und von Torfinn den Namen Lynge annahm, war ich davon überzeugt, daß sich alle an mich erinnern würden, daß mich die alten Freunde anrufen und auf dem laufenden halten würden. Vor allem liebte ich Torfinn. Ich wünschte mir viele Kinder. Wie du weißt, bekam ich drei. Und Katzen waren noch mehr da. Und ich fand ein wunderschönes Haus mit einem Bösendorfer-Flügel. Trotzdem war das nicht genug. Die Schüler wurden die Voraussetzung für mein Leben. Ohne sie hätte ich nicht durchgehalten. Aber es gibt nicht allzu viele wirkliche Talente in Norwegen. Und die beiden letzten Jahre sind eine Katastrophe gewesen, weil Anja ebenso wie Rebecca, auf die ich gesetzte hatte, total scheiterten. Ich werfe ihnen nichts vor. Die eine ist unter tragischen Umständen gestorben. Die andere entschied sich

für die Mittelmäßigkeit und wird damit glücklich werden. Nun denn. Aber jetzt bist du an der Reihe. Jetzt habe ich keine Zeit mehr für weitere Fehlgriffe.«
»Was willst du von mir?« frage ich leise.
Sie schaut mich liebevoll an. Sie ist nicht länger die wahnsinnige Frau, die mit einem Lineal um sich schlägt. Sie ist die starke, ruhige, einsichtige Klavierpädagogin, die alle respektieren und bewundern.
»Ich will, daß du nächstes Jahr am neunten Juni debütierst«, wiederholt sie. »Weißt du, warum?«
»Nein.«
»Weil das in neun Monaten ist. Weil das organisch ist, dem ewigen, grundlegenden Zyklus für uns Menschen entspricht. Weil es das letzte Debüt sein wird, hinter dem ich stehe. Weil ich danach zu unterrichten aufhöre und lieber über Richard Strauss und sein Verhältnis zur bayerischen Volksmusik promovieren will. Weil ich einige prominente Freunde zu einem nachträglichen Jubiläum eingeladen habe. Sie können nicht absagen. Lutoslawski wird dabei sein, vielleicht sogar Boulez. Weil sie nicht wissen werden, daß du es bist, den sie hören, und weil sie kommen, um dich zu hören. Weil wir im Laufe dieser neun Monate Zeit haben, dich nach Wien zu schicken, wo mein guter Freund Dr. Bruno Seidlhofer dich in der Zielgeraden ein paar Tage korrigieren und meinen Unterricht ergänzen kann. Weil es das Ende meiner Karriere sein wird und der Beginn der deinen. Und so habe ich mir das immer vorgestellt. Daß es *Ernst* sein wird zwischen uns. Wenn du willst.«

Ich weiß nicht, was ich erwidern soll.
»Ich habe bereits mit W. Gude gesprochen, deinem Impresario«, sagt sie.
»Du hast mit ihm gesprochen?«
»Er sagt, daß du imstande bist, das Debüt des Jahrhunderts

zu liefern. Er wird alles tun, was in seiner Macht steht, um diesen Abend zu einem großen Ereignis zu machen.«
Ich muß nachdenken. Immerhin bin ich derjenige, der da spielen soll. Ist es ihr wirklich Ernst? Hat sie sich in diesem Sommer so viele Gedanken über mich gemacht? Oder bin ich nur ein einfacher Bauer in ihrem Schachspiel?
Sie bemerkt mein Zögern.
»Ist dir denn nicht bewußt, daß ich an dich glaube, trotz allem?«
»Woran glaubst du?«
»Daß du ein Auserwählter bist. Ein ganz spezielles Talent, wenn du in der Lage bist, das zu verstehen. Was, glaubst du, *läutert* einen Menschen? Rückschläge. Wiederholtes Scheitern. Wille und innere Kraft. Das Gegenteil von Verweichlichung. Bist du jetzt geläutert? Hast du schlecht genug gespielt? Hast du dich tief getroffen gefühlt? Ungerecht behandelt? Verstehst du immer noch nicht, daß du mein begabtester Schüler überhaupt bist? Begreifst du nicht, daß ich deine Gefühle wahrnehme? Deine Stärke? Deine sichtbaren Schwächen? Die Schönheit, die ganz tief in dir verborgen ruht? Merkst du nicht, daß ich für dich blute? Aber dann darfst du mir nicht derart Mittelmäßiges servieren wie eben. Die Entscheidung liegt bei dir, Aksel. Ich werde dich wieder hochbringen, wenn du mir vertraust. Aber dann mußt du wirklich beherzigen, was ich sage. Dann mußt du die Etüden von Chopin *üben*. Dann fängst du keine verwirrenden Beziehungen mehr zu dummen, reichen und genußsüchtigen Frauen an. Dann entgleitet dir dein Leben nicht. Dann lebst du streng und genügsam. Fange kurze Beziehungen an, wenn du mußt. Aber binde dich an niemanden. In deinem Alter kann die Liebe ein Feind sein. Dir fehlt noch der Überblick über das Leben und deine Gefühle. Die größte Gefahr für dich besteht in einer zu intensiven Empfindung. Verstehst du, was ich meine? Wer Selbstmord begeht, ist

häufig in deinem Alter. In meinen Augen beging Anja eine Art von Selbstmord, egal was ihr Vater getan oder nicht getan hat. Willst du ihr etwa nachfolgen? Willst du, bildlich gesprochen, im Dreck liegen, bis man dich in fünfzig Jahren unbeachtet einscharrt? Weil du vergessen bist, weil niemand sich an dich und an den Mist und die Mittelmäßigkeit, die du geboten hast, erinnern will. Du wirst weggefegt, so wie ein Hagelschauer im April in wenigen Minuten eine fruchtbare Landschaft in eine Wüste verwandeln kann.«

Es ist immer noch dunkel im Zimmer. Ich sehe sie nur als Schatten. Die Katze ist endlich eingeschlafen und hat sich in ihrer kleinen Welt auf dem Lehnstuhl eingerollt. Will sie wirklich kein Licht anmachen? Torfinn Lynge läuft oben im Kreis herum.
»Als du heute kamst, hatte ich einen fertigen Plan für dich.«
»Ja?«
»Was du an besagtem Abend spielen sollst.«
»Ja?«
»Ich habe den ganzen Sommer darauf verwandt. Du mußt auf mich vertrauen. Ich erzählte Pollini von dir. Maurizio und ich haben zusammen vierhändig gespielt. Maurizio und ich sind sehr verschieden. Er ist genauso kopfgesteuert, stur und von sich überzeugt wie Glenn Gould, und ich habe des öfteren heftig mit ihm gestritten, auch wenn wir uns nur bei einer Tasse Kaffee trafen. Aber im Unterschied zu Glenn ist er offen für die Welt, ein temperamentvoller Italiener. Glenn ist eigentlich ein Blender. Seine Askese ist aufgesetzt, windig und falsch. Außerdem kann man mit überkreuzten Beinen nicht gut Klavier spielen. Glenn ist dabei, sich ins Abseits zu manövrieren mit seinen verdrehten Ideen, seinen Hirngespinsten, in Kanada, dieser ungesund überdimensionierten Provinz, ein leeres Land mit der Einsamkeit als Postanschrift. Ein lebensgefährlicher täglicher Einfluß von sei-

ten der Natur, die dich allmählich krank im Geiste macht. Glenn steht jetzt mehr und mehr als Feigling da, der nur mit den Goldberg-Variationen überlebt. Womit sonst wird er uns in Erinnerung bleiben? Maurizio ist anders, mutiger, unberechenbarer, hat überall seine Finger im Spiel, obwohl er weniger begabt ist als Glenn. Aber er kann es sich leisten, sentimental zu sein, Gefühle zu zeigen. Und er hat nicht vergessen, was es heißt, jung zu sein. Ich habe von dir erzählt und deinen Qualifikationen. Er gab mir einen Rat: Beginne mit etwas Unerwartetem. Etwas Neuem und Frischen. Von dort kannst du dich zurückbewegen in der Musikgeschichte. Seinem Rat folgend, schlage ich vor der Pause Fartein Valen vor, zwei Präludien op. 29. Danach Prokofjew, die 7. Sonate. Mit dem wahnsinnigen zweiten Satz, den auch Anja Skoog spielte, als sie dich besiegt hat. Erinnerst du dich? Aber du wirst besser spielen, Aksel. Das Publikum wird dir aus der Hand fressen. Und dann bietest du etwas Schönes zum Ausruhen: Chopins f-Moll-Fantasie. Nach der Pause dann der tödliche Ernst: Beethovens op. 110. Warum? Weil es ein Leben umfaßt. Und schließlich Bach, die eigentliche Voraussetzung für die spätere Entwicklung der Musikgeschichte. Das cis-Moll-Präludium und die Fuge aus dem ›Wohltemperierten Klavier‹ erster Teil. Zugabe? William Byrd. Zuerst ›Pavan‹, dann ›Galliard‹.«
Sie schaut mich enthusiastisch an, wie eine gleichaltrige Freundin. Flammende Begeisterung für ihr eigenes Projekt, das ja eigentlich *meines* sein soll. Jetzt ist sie die junge Studentin aus Deutschland. Glühende Wangen. Strahlender Blick. Von überfließender Zutraulichkeit. Die schreckliche Szene von vorhin ist vergessen. Es ist zu spät, sie zu lieben. Deshalb liebe ich sie. Das ist verläßlich. Das ist unmöglich. Rebecca war es, die warnend sagte: »Hüte dich vor Selma Lynge. Sie verführt junge Männer.« Aber vielleicht ist sie meine einzige Freundin momentan.

»Ja«, sage ich dankbar. Irgendwie gelingt es ihr, mir vorzugaukeln, daß das machbar ist. Das Programm ist schwierig. Halsbrecherisch. Aber ich sollte es meistern können.
»Ich finde keine Worte für deine Aufmerksamkeit«, sage ich. »Ich verspreche, zu üben, zuzuhören und zu lernen. Ich werde alles tun, was du sagst. Neun Monate ab heute?«
Sie nickt vielsagend. »Neun Monate. Abgemacht?«
»Abgemacht.«
Sie nimmt meine beiden Hände. Das tut weh. Dann lacht sie glücklich, wie ein kleines Mädchen.
»Endlich winkt mir das Leben zu«, sagt sie. »Endlich kann ich wieder an etwas *glauben*!«

Auf dem Heimweg   Nichts ist wie vorher.
Die Angst hat sich in mir festgebissen. Draußen in der Sternennacht schlendere ich hinunter zum Fluß. Bald höre ich das Rauschen. Aber ich gehe nicht den steilen Abhang hinunter. Ich bleibe oben stehen und schaue hinüber zum Wasserfall, in dem Mutter ertrank. Dann drehe ich mich um und schaue nach der anderen Seite. Da leuchtet ein Fenster. Das Haus liegt schwarz und düster zwischen hohen Bäumen. Drinnen sitzt Marianne Skoog und wartet auf mich, denke ich.

Und ich verspüre eine stechende, triste kleine Freude, bald wieder in dieser Umgebung zu wohnen. Was wird in diesem Haus mit mir geschehen? Werde ich mich dort einleben? Was wird zwischen mir und Marianne ablaufen? Gelingt es uns, die Trauer zu überwinden? Jede Minute wird sie mich an Anja erinnern.
Der Mond starrt mich an, groß und voll, steht knapp über den Baumspitzen mit seinem gespenstischen Licht. Ich stehe im Wind und bin zu dünn angezogen. Dann schaue ich auf

die Uhr und stelle erschrocken fest, daß Mitternacht bereits vorbei ist. Höchste Zeit, wenn ich die letzte Straßenbahn nach Hause erreichen will. Ich haste hinüber zur Haltestelle Lijordet. Kein Mensch ist auf der Straße, im Waggon bin ich mit dem Schaffner allein.
Ich fühle mich erschöpft von all dem, was hinter mir liegt. Und als ich daran denke, was auf mich zukommt, erfaßt mich eine nie gekannte Müdigkeit. Das Debüt-Programm, das Selma Lynge für mich ausgesucht hat, macht mir angst. Besonders Beethovens op. 110. Warum will sie mich älter machen als ich bin? Diesen Fehler hat sie mit Rebecca auch gemacht. Ihr verordnete sie op. 109. Vielleicht bestand ihr ursprünglicher Plan darin, ihre drei Maskottchen, die gewissenhaften Schüler, Jahr für Jahr nebeneinander wie Perlen auf einer Schnur glänzen zu lassen? Rebecca mit op. 109, Anja mit op. 110 und mich mit op. 111? Ja, so könnte sie sich das gedacht haben. Aber Anja ist tot. Und jetzt habe ich op. 110 bekommen. Wie kann ich wissen, ob sie nicht einen weiteren Schüler in der Hinterhand hat, der op. 111 spielen soll? Wie auch immer, diese Sonaten sind von einem alternden Beethoven geschrieben worden, sind seine letzten. Warum läßt sie mich nicht die »Appassionata« spielen? Warum darf ich nicht jung sein und Leidenschaft zeigen? Es paßt nicht zu einem Neunzehnjährigen, der ich dann sein werde, op. 110 zu spielen, ebensowenig wie es zu einem Wunderkind paßt, die »Hammerklaviersonate« zu spielen. Rebecca spielte op. 109 ziemlich mittelmäßig, und das nicht nur, weil sie vorher über ihr Kleid gestolpert war.
Ich kann kaum sitzen auf dem Platz im Waggon. Der Rücken schmerzt. Die Finger fühlen sich an, als hätte ich sie in einer Tür eingeklemmt. Selma Lynge hat mit unheimlicher Präzision getroffen.

Haltestelle Røa. Kein Mensch. Nur die Nacht. Und unterhalb der Melumveien, der sich vorbei an meinem Elternhaus bis hinunter zum Elvefaret zieht.
Nie mehr werde ich auf diesem Weg mit Anja zur Straßenbahn gehen.
Aber vielleicht mit Marianne Skoog? Aus der Entfernung sieht man ihr Alter nicht, denke ich. Aus der Entfernung könnte man sie für Anja halten.
Aber sie ist nicht Anja. Es gibt keine Anja mehr.

Die Straßenbahn stoppt im Tunnel unter Valkyrien plass. Ich steige aus, wünsche dem Schaffner höflich eine gute Nacht. Ich bin noch nie vorher mit einer ganz leeren Straßenbahn gefahren. Ein gewaltiges Gefährt nur für mich.
Ich steige die Treppe hinauf zur Straße und denke an Selma Lynge und daß ich vielleicht nach Wien soll. Gibt es auch in Wien Straßenbahnen? Ich bin achtzehn Jahre alt und nie von Norwegen weg gewesen. Mein geographischer Radius beschränkt sich auf höchstens 300 km. Ich hatte immer Angst, zu verreisen. Das Unheil, das große Unheil, lauert in der Fremde. Aber das stimmt nicht. Das große Unheil lauert hier zu Hause.
Und trotzdem habe ich nicht den Wunsch, wegzugehen, bewege mich im Gegenteil zurück zu den Tatorten. Zum Wasserfall. Zu Anjas Haus.
Ein Ausspruch von Rebecca klingt plötzlich in meinem Kopf. Ging es nicht um Entscheidungen? Richtig entscheiden? Falsch entscheiden?
Benommen biege ich in die Straße mit dem ironischen Namen ein, wo meine Wohnung liegt. Sorgenfrigata. Die Straße frei von Trauer. In dieser Wohnung starb Synnestvedt. Er wollte nur mein Lehrer sein. Ich aber entschied mich für ein Monster. Und bekam zum Dank die Wohnung.
Ich schließe die Tür zu einer Wohnung auf, die ich dem-

nächst verlassen werde. Abgestandene Luft schlägt mir entgegen, obwohl ich seit meiner Rückkehr von den Ferien hier gelebt, geschlafen und gelüftet habe.
Da wird mir klar, daß ich von einem Tatort zum nächsten umziehe.

Wiedersehen mit Rebecca Frost Ich habe die Wohnung im *Aftenposten* annonciert, und sie kommen wie die Ameisen, die neuen Studenten, klopfen an und wollen mieten. Aber es ist ihnen zu teuer und zu klein. Die wenigen Quadratmeter, die ich anzubieten habe, eignen sich nicht für eine Wohngemeinschaft. Junge Menschen, die sich zusammentun. Gutgläubige Seelen, die ihr Schicksal besiegeln. Aber ich brauche 1500 Kronen.
Da steht Rebecca vor der Tür. Es ist Nachmittag, sehr herbstlich, grelles Licht, Sonne und Wolken. Sie trägt ihre lächerliche grüne Jacke und teure Jeans. Aber das paßt zu ihren knallblauen Augen. Sie wirkt jünger als beim letztenmal, fröhlicher. Sie küßt mich auf die Wange, streift aber mit der Hand über meine Taille, als wolle sie mich an alles erinnern, was sie nicht vergessen hat. Ich schäme mich meiner Gedanken. Es ist ungeheuer, daß ich auch über Marianne Skoog solche Gedanken habe und nach wie vor über Anja, die tot ist. Etwas stimmt nicht mit mir. Eine ernste Persönlichkeitsspaltung. Vielleicht war es das, was Selma Lynge durchschaut hat.
»Was ist denn mit deinen Händen passiert?« fragt Rebecca erschrocken.
Ich schaue sie an, habe bis jetzt nicht darauf geachtet. Nun sehe ich, wie geschwollen sie sind. Die Blutstreifen von den Linealschlägen sehen entzündet aus.
»Ich bin gestürzt«, sage ich. »Gestern auf dem Heimweg von Selma Lynge. Ein umgefallener Lattenzaun.«

»Du Armer!«
»Geht schon wieder.«
»Geht es mit Selma Lynge auch?«
Ich nicke und brühe dabei in der Küche einen Kaffee auf. Ich sehe, daß sie sich genau in der Wohnung umsieht, jedes Detail in Augenschein nimmt. Endlich geht mir ein Licht auf, warum sie gekommen ist.
»Ja«, sage ich. »Aber darüber können wir später reden. Ich nehme an, du hast die Annonce in der Zeitung gelesen?«
»Ja. Willst du wirklich diese Perle vermieten? Diese perfekte Junggesellenwohnung?«
Ich nicke beinahe schuldbewußt.
»Aber war das nicht ein Geschenk?« sagt Rebecca in ihrer direkten Art. »Hat sich der arme Kerl nicht deinetwegen aufgehängt?«
»Sage nicht so was! Ich weiß nicht, was passiert ist. Hoffentlich nahm er Tabletten. Ach, was reden wir da. Ein paar schmerzhafte Sekunden. Ich weiß nichts über die Einzelheiten. Ich weiß nur, daß mir Synnestvedt die Wohnung und den Flügel testamentarisch vermachte.«
»Während du, ein herzloser Rohling, zu Selma Lynge übergelaufen bist.«
»Sag nicht so was, sage ich!«
»Ich sage nur, was alle in den Musikerkreisen klatschen. Daß du ein Verräter bist. Ich sage das, weil du ein Freund bist. Du hast eine Wohnung von dem Musiklehrer Synnestvedt bekommen. Er nahm sich das Leben, das steht fest. Und bevor er sich das Leben nahm, hast du bei Selma Lynge angefangen. Verstehst du, was ich meine?«
»Ich ertrage nicht noch mehr Verurteilungen«, sage ich matt.
»Warum vermietest du eigentlich?«
»Weil ich Geld brauche. Weil ich üben muß. Studieren muß. Gut werden muß. Ich nehme mir ein Zimmer mit Flügel für

500 Kronen. Für diese Wohnung bekomme ich 1500. Aber für dich ist die Bude doch viel zu klein und primitiv? Du bist reich genug und kannst dir eine super Penthauswohnung in bester Lage leisten!«

»So einfach ist das nicht. Papa erzieht uns streng. Zwar werden wir vermutlich einmal einiges erben, aber vorläufig müssen wir selbst sehen, wie wir zurechtkommen, obwohl wir ein gutes Taschengeld erhalten. Diese Wohnung wäre für uns in jeder Hinsicht perfekt. Zentral gelegen, so wie Christian und ich sie brauchen. Wie du weißt, studiert er Jura und ich Medizin.« Sie blickt sich um. Mustert das große Zimmer, die kleine Küche, wirft einen Blick ins Bad, das zum Glück sauber ist.

»Perfekt. Wir wollen es ja nicht zu groß«, kichert sie. »Und der Flügel erspart es mir, zum Üben nach Hause zu Mama und Papa zu müssen. Ich möchte den Kontakt zur Musik nicht verlieren, verstehst du.«

Dann schaut sie mir in die Augen.

»Wo wirst du wohnen?«

Ich weiche ihrem Blick aus.

»Anjas Mutter hat ein Zimmer nebst Benutzung des Flügels annonciert.«

Die Reaktion läßt nicht auf sich warten.

»*Anjas* Haus? Anjas *Mutter*? Du bist *krank*, Aksel.«

»Hört sich vielleicht krank an. Andererseits ist es sinnvoll.«

»Man kann doch nicht in einem Haus wohnen, wo sich die Tochter zu Tode gehungert und der Vater mit der Schrotflinte erschossen hat!«

»Aus meiner Sicht ist das machbar.«

»Zurück ins Tal deiner Kindheit? Ist es das?«

»Vielleicht. Außerdem bin ich näher bei Selma Lynge. Sie hat beschlossen, daß ich debütieren soll. In neun Monaten.«

Rebecca verdreht die Augen gen Himmel. »Mal wieder typisch Selma. Überdeutliche Metaphern. Und jetzt habt ihr sozusagen ein Kind zusammen – oder einen Embryo?«
Ich lache über ihre Ironie. »Ja«, nicke ich. »Heute ist der Tag eins.«
»Da ist der Embryo ziemlich empfindlich! Aksel, nimm dich zusammen! Willst du das wirklich?«
»Natürlich.«
Sie überlegt. Schüttelt den Kopf.
»Nun ja. Dich kann ich ohnehin nicht mehr retten. Ich schlage ein. Sorgenfrigata ist perfekt. Mir hat diese Gegend immer gefallen. Und hier habe ich Christian unter Kontrolle.«
»Muß er kontrolliert werden?«
»Wir sind glücklich, Aksel. Wir heiraten am zweiten Weihnachtsfeiertag.«
»Glückwunsch.«
»Danke.«
»Ich freue mich, daß ihr glücklich seid. Ich weiß, daß dir das Glück wichtig ist.«
»Nimmst du mich auf den Arm?«
»Nein«, sage ich jetzt nachdrücklich. Mir gefällt wirklich der Gedanke, daß Rebecca und Christian meine Wohnung nehmen. Eine perverse Besitzerfreude, die ich von meinem Vater geerbt haben muß. Und ich brauche nicht mehr samstags im Musikhaus Noten verkaufen. Das verschafft mir noch mehr Zeit zum Üben. Außerdem bleibe ich mit ihr in Verbindung. Ich möchte nicht, daß Rebecca Frost aus meinem Leben verschwindet.
»Machen wir einen Mietvertrag?« sagt sie.
»Brauchen wir wirklich etwas Schriftliches?« frage ich.
»Ja«, sagt Rebecca altklug. »Christian studiert Jura. Was ist, wenn du stirbst? Oder geisteskrank wirst?«
»Dann soll er einen Vertrag aufsetzen und zu mir kommen.«

»Nein. Ich möchte nicht, daß ihr zwei euch trefft. Noch nicht.«
»Warum nicht?«
»Christian ist ein eifersüchtiger Typ.«
»Weiß er von uns?« frage ich erschrocken.
Sie schaut mich ausdruckslos an. »Nein, was sollte er denn wissen? Außerdem glaubt er, daß du schwul bist. Das mußte ich ihm erzählen, weil er erfahren hat, daß du mich im Ferienhaus besucht hast.«
Wir sitzen auf einmal auf dem abgewetzten Sofa, das Synnestvedt mir mit der Wohnung und dem Flügel vermacht hat. Zwischen uns ist eine Trauer, denke ich. Eine Trauer über das, worüber wir nicht sprechen können. Das, was in den letzten Jahren geschehen ist. Unsere Leben. Daß sie mich zuerst wollte. Daß sie mich zuerst küßte. Daß ich damals nicht für sie bereit war. Daß sie trotzdem die Tür einen Spalt offenhielt. Wir können nicht darüber reden. Können nie darüber reden, denke ich.

»Wie steht es mit dem Ferienhaus?« frage ich schließlich.
Sie lächelt traurig. »Kein Problem. Alles in Ordnung. Aber nach allem, was geschehen ist, mußten wir einiges verändern, um das traurige Ereignis zu verbannen. Das Boot heißt nicht mehr ›Michelangeli‹.«
»Warum nicht?«
»Ich bin ja keine Konzertpianistin mehr. Weißt du, wie es jetzt heißt?«
»Soll ich raten?«
»Ja, rate mal!« sagt sie mit kindlichem Eifer.
Ich kann mich nicht zurückhalten. »Albert Schweitzer«, sage ich.
Sie schaut mich überrascht an mit ihrer Stupsnase und den winzigen Sommersprossen.
»Aber Aksel! Woher weißt du das?«

»Ein wenig kennt man schließlich seine engsten Freunde, oder?«
Sie küßt mich schnell und zufrieden auf den Mund.

»Du studierst also weiter Medizin und spielst in der Freizeit Klavier?« sage ich, als das Praktische erledigt und der Vertrag unterschrieben ist. Nun steht sie in der Tür und will gehen.
»Ja, so ist es gut.« Sie lächelt. »Und ich bin froh, der Herrschaft von Mama und Papa zu entkommen.«
Ja, denke ich. Aber sie ist stinkreich. Sie hätte sich etwas Schöneres suchen können. Das ist merkwürdig an den Millionären. Sie sind geizig. Sie kalkulieren immer. Rebecca kalkuliert. Sogar wenn sie mit jemandem ins Bett geht, kalkuliert sie, denke ich traurig.
Aber dann umarme ich sie plötzlich. Ich will ihr nicht die Freundschaft kündigen. Sie hat mir immer geholfen. Ich habe ebenfalls versucht, ihr zu helfen.
»Du bist ein lieber Junge, Aksel«, sagt sie.
»Was soll ich über dich sagen?« sage ich verlegen.
»Sage etwas Liebes. Etwas, das mir Mut gibt für meinen Alltag.«
»Brauchst du das denn?«
»Jeder braucht das.«
»Dann sage ich, daß ich dich mag. Daß ich dich bewundere. Daß ich mich nach dir sehnen werde. Vielleicht dich auch brauche.«
»Sag nichts mehr«, sagt sie.

Abschied von der Sorgenfrigata Ich stehe in Synnestvedts Wohnung, habe meine Sachen in vier Pappkartons verpackt. Mehr habe ich nicht. Die Platten und einen Teil der Bücher lasse ich für Rebecca und Christian da. Die Plat-

tensammlung von Bror Skoog ist ohnehin viel größer und enthält alle *meine* Platten und noch dreitausend mehr. Ich nehme nur einige Noten, Kleidung, Toilettensachen, Handtücher, einen Morgenrock und ein paar ausgewählte Bücher mit.
Ich fühle mich wie frisch gewaschen. Geübt habe ich nicht, konnte ich auch nicht mit den geschwollenen Fingern. Zum Glück ist es noch eine Woche bis zur nächsten Stunde bei Selma Lynge. Wenn ich in das Haus im Elvefaret komme, wird alles besser werden, denke ich.
Die Uhr zeigt halb fünf, und es klingelt an der Tür. Rebecca Frost ist stets pünktlich, denke ich. Sie hat mir angeboten, mich hinaus nach Røa zu fahren. Ich hätte mir gerne ihren kritischen Blick auf meine Vorhaben erspart, bin aber gleichzeitig gerührt über ihre Teilnahme an meinem Leben. Sie trägt Arbeitsklamotten, abgewetzte Jeans und eine Jacke, die sicher in den letzten zwanzig Jahren jedes Ostern zum Bootputzen diente. Dazu eine kecke Schirmmütze.
»Zum Dienst angetreten«, sagt sie und deutet einen militärischen Gruß an.
»Oho«, sage ich mit einem Lächeln. »Du wirst ja jedesmal hübscher.«
»Spar dir deine Komplimente, Casanova. Ich bin vergeben, wie du weißt.« Sie blickt enttäuscht auf die Pappkartons. »Ist das alles?«
»Ja, die Platten lasse ich euch da, wenn du nichts dagegen hast. Anjas Vater hat ja eine Plattensammlung, die es mit der des staatlichen norwegischen Rundfunks aufnehmen kann.«
Sie schaut sich prüfend um, will wissen, ob ich saubergemacht habe.
»Ich habe saubergemacht«, sage ich. »Überzeuge dich.«
Sie inspiziert jede Ecke. Sogar den berühmten Finger läßt sie über den Fenstersims gleiten.

»Hm«, sagt sie erstaunt. »Wen hast du angeheuert, um sauberzumachen?«
»Habe ich selbst gemacht«, sage ich.
Sie schaut mich anerkennend an. »Daß du ordentlich bist, war mir klar. Aber das hier!? Männer sind doch nicht so?«
»Mutter war so«, sage ich. »Das ist alles.«
Sie wirft einen Blick ins Bad. Späht in die Kloschüssel.
»Dir wird es gutgehen im Leben«, sagt sie mit einem Lächeln.
»Ja, wenn dazu sonst nichts nötig ist«, sage ich.

Wir sitzen im Auto, ein amerikanischer Jeep, von denen es zu dieser Zeit nur wenige in Norwegen gibt.
»Papas Firmenwagen«, erklärt sie mit einem Grinsen.
»Dachte ich mir fast«, sage ich und hole eine Packung Zigaretten hervor, um sie zu überraschen.
»Mensch, Aksel«, sagt sie begeistert. »Ist es jetzt bei dir auch soweit?«
»Nein, nicht wirklich«, gebe ich zu, »aber Marianne raucht doch.«
Sie dreht die Augen gen Himmel. »Ja, aber sie ist doch nicht deine Geliebte? Dann wäre es verständlich. Aber die Gewohnheiten seiner Zimmerwirtin zu übernehmen? Sie ist doch deine Vermieterin, oder?«
»Natürlich«, sage ich, »aber es riecht im ganzen Haus nach Rauch.«
»Na dann«, sagt sie und fährt los.

Dann fällt ihr etwas ein.
»Wie viele Jahre sind eigentlich zwischen dir und Anjas Mama?«
»Siebzehn«, antworte ich.
»Also ist sie fünfunddreißig.«
»Ganz genau.«

»Sie könnte deine Mutter sein.«
»Stimmt. Sie war achtzehn Jahre, als sie Anja bekam.«
Pause. Wir passieren Heggeli.
Dann wirft sie mir einen vorsichtigen Blick zu. »Du Aksel?«
»Ja?«
»Was würde eigentlich deine Schwester zu dieser Aktion sagen? Daß du bei Skoogs einziehst, meine ich. Cathrine war doch auch Anjas Geliebte?«
Ich erröte leicht. Es ist mir unangenehm, darüber zu reden.
»Was heißt schon Anjas Geliebte? Cathrine hat völlig mit diesen Beziehungen aufgehört, jedenfalls vorerst. Letzten Mittwoch erhielt ich eine Postkarte von ihr. Rate woher?«
»Ist sie nicht mit Interrail in Europa unterwegs?«
»Aus Srinagar«, sage ich.
Rebecca stößt einen Pfiff aus. »Alle müssen jetzt nach Indien. Daran sind die Beatles schuld.«
»Wer sind die Beatles?« frage ich.
»Aksel, verarsch mich jetzt nicht. Hast du nicht mitgekriegt, daß sie auseinandergegangen sind?«
Ich schüttle den Kopf. »Wann sollte ich Zeit haben, Popmusik zu hören.«
Sie verdreht die Augen gen Himmel. »Die Beatles, das ist keine Popmusik. Das ist Kunst! Auf einer Stufe mit Richard Strauss!«
»Selma Lynge will ein Buch über Richard Strauss schreiben«, sage ich.
»Dachte ich mir fast. Merkst du übrigens, wie du ständig vom Thema ablenkst?«
»Du hast die Beatles erwähnt. Ich habe über Cathrine gesprochen.«
»Und was hält sie deiner Meinung nach von der Sache?«
»Dürfte ihr schnurzegal sein. Obwohl das natürlich auch für sie mit viel Gefühl verbunden ist.«
»Weiß sie schon, was sie mit ihrem Leben machen will?«

»Nein.«
»Tröste dich, Aksel, du weißt es immerhin. Du wirst in neun Monaten debütieren.«
»Ja, entgegen deinem Rat.«
Sie streichelt kurz meine Wange.
»Ich werde trotzdem auf deiner Seite sein, mein Freund.«

Einzug im Elvefaret Die Sonne steht noch hoch über den Bäumen auf der anderen Seite von Lysakerelven, als Rebecca vom steilen Melumveien nach rechts abbiegt. Sekunden später parken wir vor dem Skoog-Haus, und beim Öffnen der Autotür spüre ich die Kälte. Ich friere, ohne eigentlich zu wissen, warum. Kaum haben Rebecca und ich unsere Türen mit einem Knall zugeschlagen, da öffnet sich die Haustür, und Marianne Skoog tritt heraus, in Jeans und einem hellblauen Baumwollpulli. Die Farben machen sie jünger. Die Ähnlichkeit mit Anja ist so frappant, daß Rebecca mühsam einen Schrei unterdrückt. Jetzt fällt mir auch auf, daß sich Marianne Skoog im Sommer die Haare hat wachsen lassen. Dadurch ähnelt sie Anja noch mehr. Erst als sie näher kommt, erkennt man die kleinen, fast unsichtbaren Falten in ihrem Gesicht. Auch die Stimme ist wie die von Anja, klingt dunkler, als man es dem Aussehen nach vermutet hätte.
»Willkommen Aksel«, sagt sie und streckt mir die Hand hin, blickt mir fest in die Augen, als wolle sie sagen, daß sie ihren Entschluß nicht bereut habe.
»Vielen Dank«, sage ich und befinde mich auf einmal in gehobener Stimmung, weil dies geschieht, weil mein Leben eine Wendung nimmt, weil die Gespenster im Skoog-Haus aus irgendeinem Grund weniger unheimlich sind als das arme, unbeachtete Gespenst in Synnestvedts Wohnung.
»Wir werden sicher gut miteinander auskommen«, sagt Marianne Skoog und richtet dann den Blick auf Rebecca.

»Dich habe ich schon einmal gesehen«, sagt sie und reicht ihr die Hand.
»Ja, wahrscheinlich damals, als ich mit Anja um den *Juniormeister Klavier* konkurriert habe.«
Marianne Skoog nickt. »Wie schön, daß Aksel eine Freundin gefunden hat. Du kannst ihn natürlich jederzeit besuchen. Hier wird es nun etwas mehr Rock 'n' Roll geben, aber Aksel kennt ja die Hausordnung.«
»Wir sind kein Paar«, sagt Rebecca und drückt kurz meine Hand.
»Dann habt ihr etwas mit den Rollen mißverstanden«, lacht Marianne Skoog. »Ihr seht aus wie füreinander geschaffen. Aber dazu sollte sich ein älteres Semester wie ich nicht äußern.«
»Wir sind gute Freunde«, sagt Rebecca, während sie die Hecktür des Autos öffnet und nach einem der Pappkartons greift. »Herzensfreunde. Lebensfreunde. Das kann sehr wichtig sein in Zeiten wie diesen.«
»Was für Zeiten?« sagt Marianne Skoog und greift ebenfalls nach einem Karton. Ich nehme die beiden letzten, stapele sie aufeinander.
»Moderne Zeiten.«
Marianne Skoog nickt. »Verstehe, was du meinst. Ich war vorige Woche im Råsunda-Stadion und habe die Rolling Stones gehört. Das Publikum hat sich anders verhalten als in meiner Jugend. Aber es gefällt mir.«
»Sie gehen auf Rockkonzerte?« sagt Rebecca, offensichtlich beeindruckt.
»Natürlich. Anja hat euch sicher erzählt, daß ich im vergangenen Jahr mit einer Freundin in Woodstock war?«
»Tatsächlich?« Rebecca läßt beinahe ihren Karton auf der Treppe fallen. Marianne Skoog zeigt den Weg in den ersten Stock.
»Sie erzählte nie etwas«, sage ich.

Marianne Skoog bleibt einen Moment stehen. »Das ist seltsam. Aber vielleicht gefiel es ihr nicht, daß ich so weit weg gefahren bin, auch wenn es nur für ein paar Tage war. Ich wollte damit meine Eigenständigkeit erklären. Weder Anja noch Bror konnten Rock ertragen. Ich bin vor allem gefahren, um Joni Mitchell zu hören. Leider kam sie nicht.«
»Ich liebe Joni Mitchell«, sagt Rebecca.
»Hast du ›Ladies of the Canyon‹ gehört?« frage Marianne Skoog. »Da ist ein Spitzensong über Woodstock drauf, obwohl sie nicht dort war.«
Rebecca schüttelt den Kopf. »Ich werde das rauskriegen«, sagt sie.
Ich merke, daß sich die beiden sympathisch sind. Sie haben beide etwas Burschikoses.
»Ich möchte übrigens auch Ärztin werden«, sagt Rebecca.
»Du weißt also, was ich mache?« sagt Marianne Skoog überrascht.
»Verein Sozialistischer Ärzte«, sagt Rebecca. »Ihr seid wahnsinnig engagiert. Eine Freundin von mir war vor kurzem bei Ihnen, um ... na, Sie wissen schon. Sie haben ihr einige sehr gute Ratschläge gegeben. Sie wußte wirklich nicht mehr weiter.«
»Wie heißt sie?«
Rebecca nennt den Namen. »Margarethe Irene Floed.«
»*Die?*« entfährt es mir.
»Ja, aber das war nach dir, du Wicht«, sagt Rebecca in überraschend scharfem Ton. »Sie hatte eine ernste Affäre mit einem Trottel von Mann, kurz bevor sie nach Wien ging.«
Wir stehen alle drei mit unseren Kartons vor Anjas Zimmer.
»Ich erinnere mich an sie«, nickt Marianne Skoog. »Schön, wenn ich ihr helfen konnte.«
Ich merke, daß wir alle beim Betreten des Zimmers andäch-

tig werden, so als gingen wir in eine Kirche. Hier lebte sie ihr Leben.
Wir stellen die Kartons ab.
»Hier werde ich also hausen«, sage ich, um den Druck wegzunehmen.
Aus den Augenwinkeln beobachte ich Rebecca. Sie saugt jedes Detail in sich. Ich kann ihre Gedanken lesen. Dies ist eigentlich kein gemütliches Zimmer, wirkt spartanisch wie eine Gefängniszelle. Keine positiven Schwingungen, hätte Cathrine gesagt. Immerhin hat Marianne Skoog eine Vase mit rosa Nelken auf den Tisch gestellt. Nicht gut ausgesucht, diese Blumen, denke ich. Bei dem schrecklichen Begräbnis von Anja nur zwei Wochen nach der Beisetzung von Bror Skoog war der Kirchenboden mit Nelken übersät. Billige Trauer, denke ich. Eine Ausnahme bildeten nur die Rosen von Marianne und von mir.
Keiner von uns sagt etwas. Als würde uns der Respekt vor der Toten die Sprache rauben. Sogar Marianne Skoog, die einen so offenen und frischen Ton anschlug, hat Probleme. Erst jetzt fällt mir auf, daß das Fenster eine Aussicht hinunter zum Fluß hat. Es steht offen, und ich kann das entfernte Rauschen hören.
»Wie schön«, sage ich schließlich. »Ich liebe dieses Rauschen des Flusses.«
»Es ist ein Westzimmer«, sagt Marianne Skoog.
»Aha«, sage ich und sehe, daß die Sonne bereits hinter den hohen Tannen vor dem Fenster untergeht.

»Zeit, aufzubrechen«, sagt Rebecca.
»Möchtest du nicht noch eine Kleinigkeit essen?« sagt Marianne Skoog.
Sie schüttelt den Kopf. »Ich treffe mich mit Christian. Meinem Verlobten.«
»Ach so«, sagt Marianne Skoog mit einem Lächeln.

Ich merke, daß ich es lieber hätte, wenn Rebecca bliebe, daß mir davor graut, mit Marianne Skoog allein zu sein. Ich wußte nicht, daß sie etwas zu essen vorbereitet hat.
»Komm doch gelegentlich vorbei«, sagt Marianne Skoog. »Wenn du magst, spiele ich dir dann ›Ladies of the Canyon‹ vor.«
»Gerne«, sagt Rebecca.
Ich stehe zusammen mit meiner Vermieterin in der Tür und merke, daß ich erröte. Rebecca sieht es und muß es kommentieren:
»Warum wirst du rot, Aksel?«
»Die Kartons waren schwerer, als ich dachte«, sage ich.
»Ach so.« Sie küßt mich demonstrativ auf den Mund.
»Alles Gute, lieber Freund.«
»Vielen Dank und danke für deine Hilfe. Gruß an Christian, unbekannterweise.«
»Wird erledigt«, sagt Rebecca. »Passen Sie auf ihn auf«, sagt sie mit einem Blitzen in den Augen zu Marianne Skoog. »Bringen Sie ihn dazu, Joni Mitchell zu mögen. Draußen in der großen Welt ist er völlig hilflos. Er übt und übt, der arme Kerl. Er übt viel zuviel. Er weiß nicht einmal, wer die Beatles sind.«
»Ich werde mich bemühen«, versichert Marianne Skoog.
»An den Abenden ist ihm ohnehin das Üben untersagt. Viel mehr kann eine Zimmerwirtin jungen, entschlossenen Männern kaum verbieten.«
»Das ist wahr«, nickt Rebecca. Dann streckt sie die Hand aus. »Danke, Frau Skoog, es war sehr nett.«
»Marianne«, sagt Marianne Skoog. »Nenn mich einfach Marianne.«
»Einverstanden«, sagt Rebecca und geht zum Auto. Winkt zurück, sie muß wieder in die Stadt, in meine Wohnung, zu ihrem Geliebten. Herrgott, denke ich, was habe ich gemacht?

Hähnchenbrust mit Marianne Skoog In der Küche sehe ich, daß Marianne Skoog eine Flasche Rotwein bereitgestellt hat. Warum hab ich soviel Lust auf Wein? Mir wird schmerzlich bewußt, welche Bedeutung Alkohol in unserer Familie hatte. Mutter war betrunken, als sie im Wasserfall starb. Ist das erblich? Ich habe den ganzen Sommer dieses Bedürfnis verspürt. Mit Rebecca gewöhnte ich mir an, Weißwein zu trinken. »Davon wird man kreativ«, sagte sie. Ich merkte, daß sie recht hatte. Weißwein regt an. Wenn ich Weißwein trank, machte ich Konzertpläne, entwarf raffinierte Programme, stellte Beziehungen zwischen Komponisten her, sprach über Bücher, die ich nicht gelesen hatte, und über große Sinfonien. Mit Rotwein war es anders. Der Rotwein war wie eine Spritze ins Blut, eine willkommene Betäubung, ohne daß die Gefühle verschwanden. Aber er macht mich schwer, allzu schwer, dachte ich. Rotwein ist für Leute, die sich nach etwas sehnen, und sei es eine Erholung von sich selbst. Weißwein ist für Leute, die nie genug Anregung bekommen können. Es gibt Rotweinmenschen und Weißweinmenschen. Rebecca ist definitiv ein Weißweinmensch. Marianne Skoog war offenbar ein Rotweinmensch. Was ich war, wußte ich nicht. Ich wußte nur, daß ich gerne trinke und daß das für einen Konzertpianisten schädlich ist.
Marianne steht hinter mir und liest meine Gedanken.
»Du kannst eine Cola haben, wenn du willst.«
»Rotwein ist gut.«
»Ich erinnerte mich, daß du Rotwein bestellt hast, damals im Blom.«
Sie hat unseren gemeinsamen Restaurantbesuch nicht vergessen, denke ich.
»Da war ich erst siebzehn Jahre alt«, sage ich.
»Das wußte ich nicht. Ich dachte, du seist achtzehn. Aber du wirkst nun mal ziemlich erwachsen, Aksel.«

Sie macht ein Zeichen, daß ich mich hinsetzen soll.
»Mutter liebte Rotwein«, sage ich.
Sie nickt. »Ja, ich hatte sie seinerzeit als Patientin. Weil sie tot ist, kann ich darüber reden. Jedenfalls mit ihrem Sohn. Sie war nicht sehr glücklich über ihre Trinkerei.«
»Nein. Der Alkohol kostete sie das Leben. Sie hatte damals, bevor der Unfall am Zigeunerfelsen passierte, zwei Flaschen Rotwein intus. Der Rotwein machte sie schwermütig. Die letzten Jahre merkte ich, daß sie schneller zornig wurde, schon nach einigen Gläsern. Es schmerzt, daran zu denken, daß sie zornig war, als sie starb.«
»Bei manchen läuft das so«, nickt Marianne und mischt ein Dressing in der Salatschüssel.
»Kann ich dir helfen und Brot schneiden?« frage ich.
»Gerne. Willst du noch weiter über deine Mutter reden?«
»Nein«, sage ich und erkenne das Messer wieder, mit dem sich Anja schnitt, bevor sie ohnmächtig wurde. »Ich habe das sicher nur erwähnt, weil ich wußte, daß du sie als Patientin hattest.«
»Was ist denn aus deinem Vater geworden?« Marianne Skoog verteilt die Hähnchenbrust und den Salat zuerst auf meinen Teller, dann auf ihren.
»Er ist mit einer geschäftstüchtigen Frau namens Ingeborg nach Sunnmøre gezogen. Sie verkaufen Damenunterwäsche. Er läßt nichts mehr von sich hören.«
»Männern fällt es sehr schwer, Trauer zu ertragen«, sagt sie. »Und sie mögen nicht allein sein. Die meisten finden sofort wieder eine neue Frau.«
Ich erröte wieder. Ich sehe, daß sie es sieht, und fühle mich ertappt. Es dauerte nur etwas mehr als zwei Monate nach Anjas Tod, bis Rebecca und ich miteinander schliefen, obwohl Rebecca meinte, wir hätten es nicht getan. Aber ich habe nicht vor, Marianne Skoog das zu erzählen. Sie wäre

sicher der Ansicht, daß das jungen Leuten in meinem Alter erlaubt sei. »Rock 'n' Roll«, wie sie sagt.

Wir essen die Hähnchenbrust, plaudern über Themen, die ernster sind, als sie sich anhören. Die Hähnchenbrust ist trocken und langweilig. Der Salat schmeckt auch nicht besonders. Mir gefällt es, daß auch sie etwas nicht kann. Sie wirkt auf allen anderen Gebieten absolut professionell. Ich betrachte sie, während sie redet. Sie ist ruhig und ausgeglichen, hört aufmerksam zu, wenn ich etwas sage, reagiert mit intelligenten Kommentaren oder Gegenfragen. Unvorstellbar, daß sie erst vor einigen Monaten ihren Mann und ihr Kind verloren hat.
Aber über den Bootsunfall haben wir noch nicht geredet. Welche Rolle spielten diese Menschen in ihrem Leben? Und wer war der, der ertrunken ist?
Ich wage nicht, danach zu fragen. Die Zeitungen waren diskret. Sie schrieben, es sei ein Arzt namens Erik Holm gewesen. Mehr will ich nicht wissen. Vorerst.

Der Rotwein wirkt, beruhigt die Nerven. Wir sind mit dem Essen fertig. Ich sehe, daß ihr Blick unruhig wird, daß ich aufstehen und gehen sollte.
»Danke für die Mahlzeit«, sage ich.
»Nur mit der Ruhe«, sagt sie. »Ich bin nicht so rigide. An diesem ersten Abend kannst du gerne noch etwas bleiben, wenn du willst. Ich habe ein Dessert. Rote Grütze mit Sahne.«
»Nein danke. Der Rotwein genügt mir.«
»Als junger Mensch sollte man vorsichtig sein mit dem Alkohol«, sagt sie ernst und dreht sich eine Zigarette. Dann lacht sie, erkennt den Widerspruch in ihrer Mahnung. »Das war natürlich der Grund, warum ich dich zum Wein eingeladen habe.«

Sie ist reizend, wenn sie sich selbst korrigiert, denke ich. Anja war auch so. Selbstkritisch bis zum letzten. Sie greift sich ins Haar.
»Heute brauche ich einfach noch mehr Wein«, sagt sie und schielt zu der zweiten Flasche, die auf der Anrichte steht. Gleich, als ich sie bemerkte, dachte ich, daß die auch getrunken werden soll. »Aber ich möchte dich nicht auf Abwege führen«, sagt sie.
»Ein Glas vertrage ich noch«, sage ich, froh darüber, daß sie sofort aufsteht und die Flasche öffnet. Ich habe jetzt Lust, mit ihr zusammen zu rauchen, und hole meine Filterzigaretten heraus. Sie ist schneller als ich und zündet für uns beide ein Streichholz an.
»Fein«, sagt sie und macht einen tiefen Zug. Dann schenkt sie ein.
»Aber ich gehe bald auf mein Zimmer und packe aus«, versichere ich.
Sie nickt, etwas in Gedanken versunken. »Es gefällt mir, daß du bereits von deinem Zimmer sprichst«, sagt sie.

Wir haben uns auf einmal nichts mehr zu sagen. Wir rauchen und trinken nur zusammen und starren vor uns hin. Ich merke, daß ich es mag, mit ihr zusammenzusein, daß ich jetzt entspannter bin. Ihr geht es offenbar ähnlich, falls es nicht nur die Wirkung des Weines ist.
»Wir haben beide einen großen Verlust erlitten«, sagt sie plötzlich, ohne mich anzusehen.
Ich wollte mich gerade erheben, beschließe aber, noch einige Minuten sitzen zu bleiben.
Es rutscht mir einfach heraus: »Wer war der, der starb?«
»Wer?« Sie schaut mich verwirrt an. »Meinst du Bror?«
»Nein. Der im Boot.«
Sie schüttelt den Kopf. »Über ihn wollen wir nicht reden«, sagt sie.

Es ist, als hörte ich nicht, was sie sagte.
»Er war Arzt, nicht wahr?«
»Ja. Erik war Arzt im Ullevål-Krankenhaus.«
»Was für ein Arzt?«
Sie schaut mich warnend an. »Es genügt jetzt.«

Erste Nacht im Elvefaret Ich bleibe noch einige Minuten sitzen, aber wir finden kein neues Gesprächsthema, und sie wirkt abgespannt. Es ist immer noch viel in der Flasche. Ich leere mein Glas und erhebe mich.
»Vielen Dank«, sage ich. »Es war ein gemütlicher Abend.«
Sie lächelt müde. »Für mich auch. Es ist gut, dich im Haus zu haben, Aksel. Ach übrigens, ich vergaß die Schlüssel.«
Sie zieht einen Schlüsselbund aus der Tasche und reicht ihn mir.
»Hier. Ein Schlüssel für die Haustür. Ein anderer für Anjas Zimmer ... also *dein* Zimmer. Der dritte ist für den Keller.«
»Danke.«
Sie bleibt sitzen und lächelt hinauf zu mir. »Dann hoffe ich, daß du eine gute Nacht in deinem neuen Haus hast.«
»Habe ich gewiß.«
»Rebecca ist nett. Du solltest sie dir sichern, bevor es zu spät ist.«
»Es *ist* bereits zu spät«, lächle ich.
Sie zuckt die Schultern. »Das Leben ist voller Möglichkeiten.«
Ich nicke.
»Und morgen ist ein normaler Tag. Du erinnerst dich daran, was wir abgesprochen haben?«
»Ja. Ich habe mir alles aufgeschrieben und werde es an die Wand hängen. Das Bad gehört dir zwischen sieben und acht und so weiter.«

»Findest du, ich bin rigide?«
»Nein, du bist großzügig. Du wolltest nicht einmal eine Kaution.«
Ich ziehe einen Fünfhunderterschein aus der Tasche.
»Für September«, sage ich.
Das kommt überraschend für sie, und der Schein ist so groß.
»Danke«, sagt sie trotzdem. »Wenn überall Chaos herrscht, ist es schön, irgendwo Ordnung zu haben.«
Ich verbeuge mich und werfe dabei einen raschen Blick auf ihren Teller. Sie hat fast nichts gegessen.

Sie hat fast nichts gegessen. Ich gehe hinauf in »mein Reich«. Es ist, als habe das Zimmer auf mich gewartet. Jetzt ist es kalt hier drinnen. Ich trete ans Fenster, höre das Rauschen des Flusses, das sich mit dem Rauschen der hohen Tannen vermischt. Septemberwind. Genau so muß Anja gestanden haben. Abend für Abend. Was dachte sie dann? Ich denke daran, daß ich mich jetzt konzentrieren muß. Mir stehen große Aufgaben bevor. Ich freue mich bereits auf den morgigen Tag. Da werde ich sieben Stunden am Stück üben.
Ich schließe das Fenster.

Dann packe ich die Kartons aus. Das ist rasch erledigt. Anjas Kleider sind aus dem Schrank entfernt. Ich kann meinen Konzertanzug, die Jeans und die Hemden aufhängen. Ich lege T-Shirts, Unterhosen und Socken in die Schubladen. Mutter hat mir das Wichtigste beigebracht: Ordnung und Selbständigkeit. Das muß für eine Weile reichen.
Nach einer halben Stunde ist fast alles an seinem Platz. So geht das als Untermieter. Ich sehe die Blumen, die Marianne Skoog in eine Vase gestellt hat. Ich entdecke auch eine Kerze und Zündhölzer. Soll ich sie anzünden? Ich zögere, mache es dann doch und merke sofort, daß mir der Plattenspieler

aus der Sorgenfrigata fehlt. Die Abendstunden sind wichtig für große Gedanken und große Musik. Mahlers Sinfonien. Bruckner, Brahms und Schostakowitsch. Ich beschließe, mir einen tragbaren Plattenspieler mit Kopfhörer zu kaufen.
Dann sitze ich im Korbstuhl am Schreibtisch und betrachte die brennende Kerze. Mir fällt ein, daß ich an Anja denken sollte, aber jetzt, wo ich in ihrem Zimmer bin, erscheint das überflüssig. Außerdem bin ich müde.
Ich weiß nicht, wie lange ich so saß. Als ich auf die Uhr schaue, ist es nach Mitternacht. Nun kann ich ins Bad, denke ich.

Zum Glück hat das Bad ein Schloß. Es gibt Menschen, bei denen man das Bad nicht zuschließen kann. Ich schließe sorgfältig ab. Habe den Bademantel dabei, mein eigenes Handtuch und meinen Kulturbeutel. Marianne Skoog ist noch nicht im Bad gewesen. Also sollte ich mich beeilen. Ich dusche, stelle erfreut fest, daß der Strahl stark ist, daß das Wasser warm ist, daß ich lange hätte stehen können und daß auch die eiskalte Dusche, mit der ich mein Ritual zu beenden pflege, kalt genug ist. Es ist seltsam, daran zu denken, daß auch Anja hier gestanden hat, Jahr für Jahr, daß Bror Skoog hier stand, daß Marianne Skoog bald hier stehen wird. Sie waren eine so enge Gemeinschaft. Ich fühle mich wie ein Eindringling, wenn ich die schwarzweißen Fliesen aus den fünfziger Jahren sehe und meinen Körper in den riesigen Spiegeln.
Dann drehe ich den Hahn zu, putze die Zähne, gurgle und mache mich bereit für die Nacht.
Ich betrachte mich im Spiegel.
Würde dir das gefallen, Anja? Würde dir das gefallen, daß ich hier bin, in *deinem* Zimmer?

Ich gehe zurück in Anjas Zimmer, in meine neue Studentenbude. Die Kerze brennt noch. Ich blase sie vorsichtig aus.
Dann schlüpfe ich aus dem Bademantel und lege mich nackt ins Bett.
Seltsam, hier zu liegen. Als ich das letztemal hier lag, war es mit Anja, und ich war bekleidet.

Die Nacktheit macht mich unruhig. Ich weiß nicht, was ich mit meinem Körper anfangen soll. Das Bettzeug ist von Marianne Skoog, sie hat es aufgezogen. Es ist weiß, kühl und glatt. Sicher von hoher Qualität. Alles in diesem Haus ist von hoher Qualität.
Da höre ich plötzlich von unten Musik.
Sie dringt aus dem Fußboden, direkt unter mir.
Demnach befindet sich Anjas Zimmer direkt über den AR-Lautsprechern, dem McIntosh-Verstärker und dem Garrard-Plattenspieler. Das ist lauter, als ich gedacht habe. Ich höre eine Gitarre und eine Stimme, die auf englisch singt. Sicher diese Joni Mitchell, denke ich. Klingt einfach und schön. Es wundert mich, daß Anjas Mutter diese Art von Musik mag, aber ich möchte darüber kein Urteil fällen.
Der Körper beruhigt sich. Schließlich schlafe ich ein.

Als ich wieder erwache, weiß ich, daß ich in Anjas Zimmer im Elvefaret bin. Ich weiß, daß es spät ist und daß Marianne Skoog noch nicht schlafen gegangen ist.
Der kleine Wecker zeigt 02.34.
Von unten klingt immer noch Musik nach oben. Dieselbe Musik. Habe ich geschlafen? Nein, denke ich. Eine Plattenseite ist sehr kurz. Maximal 24 Minuten. Und ich erkenne die Melodie wieder. Etwas mit »Morgantown ...«. Das erste Stück auf der Platte, jedenfalls beim vorigen Mal, als ich es hörte.

Dann hat sie wieder angefangen. Bin ich deshalb wach geworden?
Ich liege still im Bett und denke, verspüre eine Unruhe. Muß sie nicht morgen früh in die Arbeit? Will sie nicht zwischen 7 und 8 im Bad sein?
Es kommt noch ein Lied. Etwas mit »For free ...«. Und danach ein wilder Lärm mit vielen Gitarren. Die helle Jungmädchenstimme. Ja, sie ist schön. Joni Mitchell. »He comes for conversation ...«
Die Neugier nimmt überhand. Ich stehe auf, ziehe mir den Bademantel an. Von der untersten Treppenstufe kann man gleichzeitig in die Küche und ins Wohnzimmer sehen.
Ich schleiche nach unten, stelle zu meiner Freude fest, daß die Treppe nicht knarrt. Jetzt ist die Titelmelodie an der Reihe. »Ladies of the Canyon«.

Sie sitzt in der Küche. Ich stehe im Schatten und kann sie sehen. Sie kann mich nicht sehen. Sie ißt die Reste der Hähnchenbrust. Den Salat. Sie geht zum Kühlschrank. Holt die Milch heraus, trinkt direkt aus der Flasche.
Es ist merkwürdig, sie in der Küche hantieren zu sehen. Sie ißt im Stehen. Ihre Bewegungen sind langsam, erinnern an einen Schlafwandler. *Schläft* sie in Wirklichkeit?
Ich ziehe mich zurück und gehe hinauf in mein Zimmer, lege mich ins Bett. Ich möchte sie nicht heimlich beobachten, denke ich beschämt.
Die Musik klingt immer noch.

Ich schlafe todmüde mit einem traurigen und unruhigen Gefühl in mir ein.
Als ich am nächsten Morgen erwache, ist es halb neun. Ich erwache vom Zuschlagen der Haustür. Es ist Marianne Skoog, die zur Arbeit geht.

Allein im Elvefaret Das Haus ist so still, denke ich, als ich im Bad fertig bin und die Treppe zur Küche hinuntergehe. Seltsam, hier ganz allein zu sein. Ich habe das Gefühl, etwas Unerlaubtes zu tun, als würde mich ein unsichtbares Auge beobachten, als würde jeden Moment ein Alarm ausgelöst werden. Dabei denke ich vor allem an Bror Skoog. Er mochte es nicht, wenn ich mit Anja allein war. Er würde es noch viel weniger mögen, daß ich hier ganz allein bin, während Marianne Skoog in der Praxis ist. Vor einigen Monaten lebte er noch. Anja lebte auch. Sie war so entkräftet, daß sie meistens in ihrem Zimmer im Bett lag – wie auch an dem Tag, an dem er sich ohne Vorwarnung im Keller erschoß. Ich muß Marianne fragen, was eigentlich passiert ist, denke ich. Außerdem muß ich mit meinem Leben vorankommen. Dieser Tag soll einen Neuanfang darstellen. Ich verlasse das Haus und gehe den Melumveien hinauf zum Røa Sentrum, wo ich bei Randklev einkaufe. Milch, Kaffee, Brot, Käse, etwas Wurst. Das reicht für eine Weile. Ich brauche in diesen ersten Tagen keine große Mahlzeit. Wenn ich Lust auf etwas Warmes habe, kann ich mir einen Käsetoast machen. Wieder im Haus, richte ich mir ein Frühstück, versuche, mich hinzusetzen und zu essen, bin aber zu unruhig. Ich laufe mit meiner Scheibe Brot von Zimmer zu Zimmer, es kommt mir alles so unwirklich vor. So muß sich Schneewittchen gefühlt haben, denke ich, in den ersten Tagen im Haus der Zwerge, bevor die Zwerge heimkamen. Aber das hier ist kein Märchen. Das ist von jetzt an meine *Wirklichkeit*. Und die Zeit vergeht, es ist bereits später Vormittag. Ich muß üben. Mir graut davor, zu spüren, wie steif meine Finger vermutlich sind, von den Schlägen mit Selma Lynges Lineal. Aber vorher betrachte ich mir die Bilder von Anja, Marianne und Bror, die auf dem Regal mit den Platten stehen. Unterschiedliche Bilder, am Badestrand, in den Ferien, in einer Stadt, die ich nicht kenne. Das Hochzeitsbild

von Marianne und Bror, auf dem Marianne ihrer Tochter zum Verwechseln ähnlich sieht und von Bror mit Besitzerstolz festgehalten wird. Das Bild von Anja in der Aula unter Munchs »Sonne«, als sie den Wettbewerb »Juniormeister Klavier« gewann. Anja unter den Bäumen daheim im Garten. Anja, Anja, Anja. Marianne und Bror.
Nachdenklich setze ich mich an den Flügel, der großzügig mit geöffnetem Deckel dasteht, und versuche vorsichtig, das D-Dur-Präludium aus dem 1. Teil des »Wohltemperierten Klaviers« zu spielen. Ein Test für meine Technik. Die Töne sollen am besten wie Perlen an einer Schnur kommen, in der genau gleichen Intensität; ich höre, daß es nicht funktioniert. Da spiele ich dasselbe Stück langsam, klopfe sozusagen Ton für Ton wie ein Verschalungsarbeiter. Das klingt besser. Die Schwellung der Finger ist weg. Die Blutstreifen auch. Aber das D-Dur-Präludium ist für die rechte Hand. Ich muß auch die linke Hand ausprobieren. Chopins »Revolutionsetüde«. Schon nach wenigen Takten merke ich, wie der vierte Finger versagt. Ein sicheres Zeichen, daß ich viel zuwenig geübt habe. Ich kann das Tempo nicht bis zum Ende halten. Der ganze Arm wird steif. Würde ich jetzt im Meer schwimmen, müßte ich ertrinken. Ich sitze etwas unschlüssig am Flügel und ruhe den Arm aus. So muß auch Anja gesessen haben. Obwohl, sie erlaubte sich gewiß nie, so aus der Übung zu sein wie ich im Moment, und sie ist auch nicht mit Selma Lynge so in Konflikt geraten, wie ich es gewagt habe.
In neun Monaten werde ich debütieren. Es eilt, denke ich. In neun Monaten werde ich vermutlich an diesem edlen Steinway sitzen, Modell A mit speziellem Anschlag und einem brillanten Klang dank der sorgfältigen Wartung des Instruments durch Bror Skoog, und zum letztenmal Beethovens op. 110 spielen, bevor ich auf das Podium in der Aula gehe. William Nielsen persönlich hat sich all die

Jahre um das Stimmen gekümmert, er, der auch den Flügel in der Aula und die Flügel des Norwegischen Rundfunks stimmt. Sein Kollege Trygve Jacobsen von Grøndahl & Søn übernahm die technische Wartung. Der Flügel hat sich unter seinen erfahrenen Händen »gesetzt«. Er ist nicht ungestimmt, obwohl die letzte Stimmung einige Zeit her ist. Ich könnte Prokofjews ganze siebte und achte Sonate mit voller Kraft spielen, ohne daß sich das Instrument verstimmt. Aber ich habe nicht die Kraft. Die muß ich wiedererlangen durch ein langsames Anschlagtraining, so daß die »Revolutionsetüde« zu einer bloßen Etüde für Fortgeschrittene verkommt. Da bleibt nicht viel Musik. Das ist überhaupt keine Musik mehr. Aber ich muß da durch, muß jedem Anschlag die maximale Stärke geben, wie ich es bei Selma Lynge gelernt habe. Und wenn ich es tatsächlich schaffe, diese Prozedur all diese Monate durchzuhalten, werde ich das Debütkonzert Anja widmen, ja, es soll ein Gedenkkonzert werden für dieses große Talent, das aus noch unbekannten Gründen dahinstarb, aufhörte zu essen, unheimlich abmagerte und wahrscheinlich aus purer Schwäche mitten in Ravels D-Dur-Konzert, das sie mit der Philharmonie spielte und das ihr großer Triumph werden sollte, aus der Solopartie fiel.

Ein bißchen sentimental, aber trotzdem stärker motiviert, bleibe ich Stunde um Stunde an Anjas Flügel sitzen und übe, finde langsam zu meiner alten Form. Zwischendurch ertrage ich kein stures Üben mehr, da breche ich aus, spiele ein Präludium von Debussy oder »Clair de Lune«, das mir nicht aus dem Kopf geht, weil mir die Vergangenheit so nahe ist. Ich spiele mich auch durch den letzten Teil des Debüt-Programms, das Selma Lynge zusammengestellt hat. Ich will es so schnell wie möglich studieren, um es dann in den Monaten bis Juni parat zu haben, damit ich die Musik nicht auf einmal satt habe. Beethovens op. 110. Das meiste ist übersichtlich, aber vor den langen Passagen gegen Ende, in den Fugenpartien, graut mir, und bereits von Beginn an ist da eine undefinierbare Innigkeit im Ausdruck, die weit größere Pianisten als ich nicht gemeistert haben. Die Sonate muß Gewicht haben, und sie muß auf hohem Reflexionsniveau gespielt werden. Das hat mit dem Alter zu tun, denke ich. Diese Musik *kann* nicht mit jugendlichem Überschwang gespielt werden. Da würde sie lächerlich wirken. Es handelt sich um eine Musik, von einem Menschen geschrieben, der auf etwas zurückblickt. Er sehnt sich nicht nach etwas, das werden soll, sondern trauert über etwas, das gewesen ist, das bereits vorüber ist, und so gesehen, versteht mich Selma Lynge vielleicht besser, als ich mich selbst verstehe. Die schrecklichen Ereignisse des Frühsommers und das, was auf dem Meer vor Rebeccas Ferienhaus passierte, haben mich verändert. Vielleicht besteht gerade eine Verbindung zwischen den übertrieben unbekümmerten Klängen zu Beginn von Beethovens op. 110 und meinen Erinnerungen an Anja. Beethoven geht bis an die Grenzen seiner Persönlichkeit. Dasselbe machte Anja, während ich an der Auslinie stand, mich von ihr in der Konkurrenz besiegen ließ, in meinem Leben den Anschluß verlor, ständig dazu verführt, mich in Trauer oder hoffnungsloser Sehnsucht zu verlieren. In Beethovens Welt ist es ein einundfünfzig Jahre alter, tauber Mann, der das Leben preist, der die Musik preist, und das in der vielleicht unbewußten Gewißheit tut, daß ihm nur noch eine bescheidene Zahl von Jahren bleibt, um zu komponieren, weil in sechs Jahren der Tod wartet. Er war damals schon dreizehn Jahre taub. Er hatte sich das Leben nehmen wollen. Er hatte nie eine glückliche Beziehung mit einer Frau gehabt. Er sollte nie heiraten. Ach, wie traurig sind sie alle, diese Komponistenschicksale, diese vertanen Leben, geopfert auf dem anspruchsvollen Altar der Musik. Und als er diese Sonate schrieb, wählte er die schwierige

und selten benutzte Tonart As-Dur, für die Chopin und Schubert eine Vorliebe hatten. Jedesmal, wenn ich As-Dur spiele, denke ich an Glas. Aber Beethoven wählte diese Tonart, um *Innigkeit* und *Schönheit* auszudrücken. In diesen drei letzten Sonaten gab er sich trotz allem dem Leben hin. Ja, denke ich ehrfürchtig, wie ich da an Anjas Flügel sitze und zu den Tannen hinausschaue, es ist dieses »trotz allem«, das die Dimension im Kunstwerk schafft. Eine Gewißheit. Eine Trauer.
Dann hat Selma Lynge vielleicht doch die richtige Wahl für mich getroffen.

Mein Rücken schmerzt, und als ich auf die Uhr schaue, ist es bereits drei Uhr nachmittags. Nun gut, denke ich. Fünf Stunden Üben muß für den ersten Tag genügen. Für die Finger ist es auch besser, aufzuhören, geschädigt von den Linealschlägen Selma Lynges. Ich sehne mich nach etwas, das mich erlösen kann von den tristen Gedanken, die ich die ganze Zeit während des Übens hatte. Die Gedanken an vertane Leben in der Vergangenheit und in der Gegenwart. In diesem Haus hat man das Gefühl, als sei es nur ein kurzer Weg bis zum Tod.

Mahlers dritte Sinfonie Als ich mich endlich von den Klaviertasten losreiße, gehe ich zur Plattensammlung und stelle zu meiner Freude fest, daß alle »Music Minus One«-Platten noch da sind. Das bedeutet, ich kann Mozart, Beethoven und Brahms mit vollem Orchester spielen. Der Klavierpart fehlt. Und damit der Pianist den Takt halten kann, tickt während der Klaviersoli ein Metronom. Bei den großen begleitenden Solo-Partien ist es am einfachsten und erfüllendsten. Da bekommt man wirklich das Gefühl, mit einem großen Orchester zu spielen. Aber ich habe jetzt keine Lust mehr zu spielen, weil ich kein Klavierkonzert richtig in mir habe, nicht einmal Mozarts c-Moll-Konzert, das ich bereits seit zwei Jahren übe. Statt dessen finde ich Bernsteins Einspielung von Mahlers dritter Sinfonie. Das ist es, denke ich, wie ich da mitten im Wohnzimmer stehe mit dem Panoramafenster, das zum Tal hin zeigt und zum Fluß. Hohe, ernste Tannen, wie in einem Krematorium. Mutter, Bror Skoog und Anja, alle wurden sie verbrannt. Kein wurmzerfressener Finger ist übrig. Ich weiß nicht, ob die Vorstellung, daß sie Asche sind, besser ist als die Vorstellung, sie würden in der Erde liegen und verfaulen. Aber diese Aussicht, die Bror Skoog einmal für sein Haus gewählt hat, paßt mir gerade jetzt gut. Ich lege die Platte auf den Garrard-Plattenspieler und setze mich in einen der zwei Barcelona-Stühle. Ich merke, daß ich ein schlechtes Gewissen, habe, weil ich mir mitten am Tag diesen Luxus gönne, tröste mich aber damit, daß meine Finger heute kein weiteres Üben aushalten.

Mahlers dritte Sinfonie. Zu den Quellen gehen und sein Selbst überschreiten. Die Nachmittagssonne scheint auf das große Fenster. Die Tannen glänzen sonnengrün. Die Musik bewegt sich in Wellen. In dieser Sinfonie hebt sich ständig der Horizont. Ich kann mir keine genauere Beschreibung der Kontraste des Lebens vorstellen, jedenfalls nicht in diesem Stadium meines Lebens. Aber es ist noch möglich, an das Leben zu glauben, denke ich, sein Selbst zu formen, weiterzugehen trotz all des Schmerzlichen, das geschehen ist. Bror Skoogs McIntosh-Verstärker und die zwei AR-Lautsprecher erzeugen mit dem Plattenspieler und dem Tonabnehmer eine Illusion, die mit der Wirklichkeit konkurriert. Die New Yorker Philharmoniker sitzen hier, direkt vor mir, und spielen. Bernstein dirigiert in Marianne Skoogs Wohnzimmer. Die Bläser bauen vertikale Säulen in all das Horizontale, glänzende Lichtblicke inmitten der untergründigen Trauer, der Erfahrung, des gelebten Lebens, der teuer erkauften Erfahrungen, die Mahler zu Mahler machten. Und als die Freude, der Ernst, die Versöhnung am Ende des letzten Satzes an ihren höchsten Punkt gelangt sind, sitze ich plötzlich in Tränen aufgelöst da, verzweifelt über alles, was ich verlor, voller Angst vor dem, was mich erwartet. Und in diesem deprimierten Zustand findet mich Marianne Skoog, läuft ins Wohnzimmer, wo ich sitze, beugt sich zu mir, drückt mich an sich, läßt mir gerade genug Luft in ihrer Halsgrube, der weichen Halsgrube von Anjas Mutter.

»Verzeih«, schluchze ich. »Versteh das nicht falsch. Es geht gut. Ich bin so froh, hier zu sein.«

»Mein Junge«, sagt sie still und streichelt mir immer wieder über den Kopf, und wir hören beide Mahler. »Ich wußte nicht, daß du sie so sehr geliebt hast.«

Zweite Nacht im Elvefaret An diesem Abend trinken wir keinen Wein zusammen. Gleich, nachdem ich mich wieder gefangen habe und sie sicher sein kann, daß alles in Ordnung ist, gehe ich in die Küche, schmiere mir ein paar Brote und ziehe mich auf mein Zimmer zurück, damit sie das Gefühl bekommt, daß ich in der Lage bin, unsere Absprache einzuhalten. Jetzt bin ich der Untermieter Aksel Vinding. Ich habe begonnen, mich in große Romane zu stürzen, wie Cathrine es gemacht hat, als sie zwölf war. Am laufenden Band lese ich »Die Brüder Karamasow«, »Schuld und Sühne«, »Krieg und Frieden« und »Anna Karenina«. Jetzt gerade ist es »Der Idiot«. Die Russen leiden und lieben. Mich fesselt die Intensität, der Lebensernst. Ich liege auf Anjas Bett und verschlinge jedes Wort, denke, daß sie jung sind, diese Menschen mit den tiefen Gedanken. Ich bin selbst jung, aber ich fühle mich nicht tief, nicht klug, nicht selbständig. Ich genoß es, mit dem Mund in Marianne

Skoogs Halsgrube gewesen zu sein. Sie erregt mich mit ihrer Anwesenheit, mit allem, was sie tut. Es erregt mich, daß sie siebzehn Jahre älter ist als ich. Es erregt mich, daß wir die Trauer gemeinsam haben. Ich merke, daß ich an sie denke, während ich auf dem Bett liege und lese. Was tut sie jetzt gerade? Es ist so still da unten. Liest sie Zeitung? Wird sie bald Joni Mitchell auflegen? Ja, wahrhaftig. Da kommen die Lieder erneut. Ich erkenne die Einzelheiten, den reinen Ausdruck. Mir gefällt es, daß Marianne Skoog laut aufdreht. Es stört meine Gedanken. Ich *will* zur Zeit immer gestört werden, abgelenkt werden.

Aber als sie fertig ist mit »Ladies of the Canyon«, wird es wieder still. Ganz still. Erst nach einer Stunde, kurz vor Mitternacht, kommt sie die Treppen herauf. Braucht sie so wenig Schlaf? Sie geht nicht in ihr Zimmer, nicht ins Bad. Sie geht ins Gästezimmer, das verbotene Zimmer. Ich höre, daß sie telefoniert. Mit leiser Stimme, die durch die Wand kaum hörbar ist. Mit wem redet sie so spät? Hat sie einen Geliebten? Ich will nicht, daß sie einen Geliebten hat.

Ich liege wach und lausche. Sie spricht lange und monoton, als würde sie sich anvertrauen. Wem vertraut sie sich an? Das könnte natürlich eine Freundin sein. Ja, ich hoffe, es ist die Freundin, mit der sie im Vorjahr in Woodstock war.

Dann muß ich aufs Klo und pinkeln. Draußen auf dem Gang ist es leichter, sie zu hören, aber ich bleibe nicht stehen, um zu lauschen. Ich gehe ins Bad und pinkle, und danach gehe ich wieder hinaus auf den Gang.

Und da steht sie.

Sie hat sich ein Nachthemd angezogen. Es ist kurz und weiß, und sie ist barfuß. Das Haar ist offen, so wie Anja es hatte, als sie vor Publikum spielte. In diesem Halbdunkel ist sie beinahe überirdisch schön.

»Habe ich dich wach gehalten?« sagt sie.

»Nein«, sage ich.

Sie kommt zu mir, streicht mir über den Arm, lächelt vorsichtig.
»Ich werde nicht mehr telefonieren. Geh jetzt schlafen. Ich bin froh, dich im Haus zu haben, Aksel.«
»Und ich bin froh, hier zu sein.«
Ich fühle mich verlegen. Sie nickt.
Dann geht sie die Treppe hinunter ins Wohnzimmer und legt wieder Joni Mitchell auf.
Ich schlafe mitten in »Rainy Night House« ein.

Tage und Nächte im Regen Ja, der Regen kommt. Das paßt mir gut. Auch Anja liebte den Regen. Die Tage finden ihr Muster. Marianne geht morgens zur Arbeit. Ich warte mit dem Aufstehen, bis ich höre, daß die Haustür ins Schloß fällt. Dann gehe ich ins Bad, dusche lange, genieße ihren Duft, der noch im Raum hängt. Der Geruch nach weiblicher Haut und frischem Parfum. An manchen Tagen ist es der Geruch nach Calendula. Die gleiche Creme, die Anja benutzte. Meistens ist es Lilienduft. Lily of the Valley.
Nach dem Anziehen frühstücke ich in der Küche und stelle voller Freude fest, daß langsam die alte Arbeitslust wieder da ist. Das sture Anschlagstraining hat gewirkt. Der Flügel fängt an, sich meinem Willen zu unterwerfen. Ich starre auf die nassen Tannen vor dem Fenster und empfinde Dankbarkeit für diesen Kontakt mit Anja durch Marianne Skoog, durch das Haus, durch das Bett, in dem sie schlief. Die Trauer fängt allmählich an, zu verschwinden.

In den folgenden Nächten forme ich große Städte, Konzertsäle, nackte Brüste, Menschen mit konkreten Gesichtern, Stimmen und Lauten. Ich träume wieder von Mutter. Sie kommt zu mir und ist liebevoll. Ich liege in ihrem Schoß. Dann träume ich plötzlich etwas unerträglich Süßes mit

Anja. Aber als ich erwache und Rebeccas zärtliche Hand vermisse, ist es nur Marianne Skoog, an die ich denke.

Eines Vormittags steht Rebecca vor der Tür, sie sagt, sie komme mitten aus einer ekligen Vorlesung über das Gehirn und das, was ein alter, übelriechender Pathologe darüber weiß.
»Ich mußte sehen, wie es dir geht, weißt du«, sagt sie und küßt mich schnell auf den Mund. »Es dreht sich nicht nur darum, Arzt werden zu müssen.«
»Fehlt dir Beethoven nicht?« sage ich. »Fehlt dir nicht unsere Musikgemeinschaft? Fehlt dir nicht all das, was du nicht weißt?«
»Schluß damit«, sagt sie trocken. »Außerdem wollten wir über *dich* reden.«
»Mir geht es bestens«, sage ich und lasse sie ins Haus.
Sie mustert mich, wie nur eine Frau einen Mann mustern kann, der ihr etwas bedeutet. »Du bist blaß«, sagt sie. »Gehst du nicht an die frische Luft?«
»Selma hat mir das Messer an die Kehle gesetzt.«
»Das glaube ich gerne. Aber egal, wie verrückt sie ist, verfügt sie nicht über all deine Zeit. Ach Aksel, jedesmal, wenn ich dich sehe, habe ich Lust, mit dir zu schlafen, weißt du das? Psst, nichts sagen! Ich weiß, was du denkst. Aber ich habe meinen Christian, daran ist nichts zu ändern. An dir ist nun mal etwas unheimlich Sexuelles. Ich glaube, männliche Pianisten hätten schweißnasse Finger und einen hohlen Kopf. Du bist nicht so. Außerdem hat dieses Haus etwas Mystisches. Etwas Übererotisches. Ist es Marianne Skoog? Oder ist es Anja, die noch so stark zu spüren ist? Ich liebe dich, wenn du mutig bist. Gleichzeitig mache ich mir Sorgen, daß du dich in eine Beziehung zu dieser Frau verstrickst. Sie ist sogar in *Woodstock* dabeigewesen ...«
»Ich scheiße auf Woodstock. Und Marianne Skoog? Sie könnte meine Mutter sein.«

»Für Männer ist das Alter kein Hindernis. Schlimmer ist es mit uns Frauen, und es ist zum Glück schwer zu glauben, daß sie wirklich etwas in dir *sieht*. Wenn man fünfunddreißig Jahre alt ist, hat man noch genügend Gleichaltrige oder etwas Ältere zur Auswahl. Aber vielleicht schmeichelt es ihr, daß du sie mit verliebten Blicken anschaust. Widersprich mir nicht. Ich habe es gesehen. In deinem Kopf vermischst du momentan Marianne und Anja. Und das ist es, was mir Sorgen macht.«

»Was macht dir Sorgen?«

»Daß du falsch entscheidest, Aksel. Daß du im Tragischen hängenbleibst. Daß du dich in etwas Hoffnungsloses verrennst und das Glück sausen läßt. Das haben schon viele vor dir getan. Als du sagtest, daß du dich bei Marianne Skoog einmietest, dachte ich, das ist krank. Jetzt, nachdem ich sie kennengelernt und gemerkt habe, daß sie mir sympathisch und ein Supertyp ist, befällt mich trotzdem eine gewisse Unruhe. Deshalb bin ich rasch mal rauf zu dir. Also: Wie geht es dir eigentlich?«

Ich erzähle ihr von meinem Tagesablauf und meiner Arbeit. Ich erzähle ihr von dem fast ereignislosen Leben und daß mich Marianne Skoog jeden Abend mit Joni Mitchell wach hält. Ich erzähle ihr, daß ich jeden Tag sechs bis sieben Stunden übe und daß ich, wenn ich mit dem täglichen Pflichtprogramm fertig bin, die großen Konzerte mit »Music Minus One« spiele. Das akzeptiert sie.

Dann ist sie an der Reihe. Sie erzählt mir, daß sie und Christian die Wohnung in der Sorgenfrigata lieben, daß sie das Gespenst von Synnestvedt mit Seufzen und Stöhnen zum Fenster hinausgejagt haben, daß es ungewohnt und erregend ist, mitten in der Stadt mit jemandem Liebe zu machen, mit Menschen an allen Ecken. Diese Erfahrung hat sie weder in der elterlichen Villa auf Bygdøy gemacht noch im Ferienhaus an der Südküste. Ich werde eifersüchtig, wenn

sie das so offen erzählt, und sie merkt es und ist befriedigt. Sie hat mehr von der Hippie-Zeit gelernt als ich. »Du besitzt ein Stückchen von mir, das Christian nie bekommt«, tröstet sie mich. »Hättest du dich damals nicht in Anja verliebt, wäre aus uns etwas geworden. Ist dir das klar? Ich hatte mich für dich entschieden, auch wenn du mit Margrethe Irene rumgemacht hast. Du warst mein Held, mein Idol. Niemand kann mich so erregen wie du, weißt du das? Aber an dem Tag, an dem ich meinte, ich würde es schaffen, dich in mich verliebt zu machen, tauchte Anja auf, und ich hatte keine Chance. Da blieb mir nur eines, ich mußte mich nach einem anderen umschauen. Dieses Leben vergeht zu schnell, Aksel. Davon bin ich überzeugt. Und ich bin nicht dafür geschaffen, mich Jahr für Jahr mit aussichtslosen Liebesprojekten herumzuschlagen. Christian hat seine Qualitäten. Deshalb muß ich jetzt gehen.«
Sie legt mir die Arme um den Hals, sieht mir mit ihrem blauen, intensiven Blick tief in die Augen. Dann küßt sie mich rasch auf den Mund.
»Wir könnten es wieder tun«, murmle ich.
»Nein«, sagt sie mit einem strengen Finger auf meinen Lippen. »Ich will ein ehrliches Leben führen. Ich will meinem Verlobten treu sein.«
»Und wenn ich um dich werben würde?« sage ich plötzlich mit klopfendem Herzen. »Wenn ich sagen würde, daß du die einzige bist, die ich haben möchte?«
Sie bohrt einen spitzen Nagel in meinen Nacken.
»Damit spaßt man nicht, Aksel. Das ist zu ernst für mich. Außerdem ist es zu spät.«

Danach sitze ich wieder am Flügel, nicht in der Verfassung, zu üben. Die Erinnerung an die letzte Nacht im Ferienhaus der Frosts an der Südküste überwältigt mich. Und zusammen mit den Erinnerungen kommen die Erinnerungen an

all die anderen Tage zusammen mit Rebecca. Es war gut, mit ihr zusammenzusein. Ich empfand eine Art Ruhe, fast Glück. Habe ich sie übersehen? Habe ich sie immer übersehen? Begriff ich nie, was sie mir sagen wollte über die Wahl des richtigen Lebens?
Es wird bereits dunkel. Die Tage werden kürzer und kürzer. Ich sehne mich nach Rebecca, freue mich aber, nicht mehr allein zu sein.
Bald kommt Marianne Skoog von ihrer Arbeit nach Hause.

An diesem Abend bleiben wir sitzen und plaudern. An diesem Abend will keiner von uns allein sein. An diesem Abend wollen wir beide Wein trinken. Rebecca hat mich entflammt. Ich sehe, daß sie sich ähnlich fühlt. Sie hat mich eingeladen, mit ihr zu essen, eine einfache Spaghettimahlzeit. Sie ist keine Meisterköchin. Aber das macht nichts. Ich mag es, mit ihr zu plaudern. Sie fragt nach meinem Tag, wie es gewesen ist. Ich erzähle ihr, daß Rebecca hier war. »Ich mag Rebecca«, sagt sie. »Du solltest mit ihr zusammensein.«
»Das sagt sie auch. Aber es ist zu spät.«
»Nichts ist zu spät, solange du lebst«, sagt sie.
»Aber sie ist verlobt. Eine Millionärstochter aus Bygdøy. In solchen Kreisen trennt man sich nicht. Das kann für die Familie peinlich sein.«
»Ach was«, sagt Marianne Skoog mit einem Lächeln.
»Mir geht es ausgezeichnet hier«, sage ich.
Wir sitzen jeder in seinem Le-Corbusier-Zweisitzer, aber nahe genug, um uns mit ausgestreckten Händen rasch berühren zu können, wenn wir wollen.
Dann frage ich sie nach ihrer Arbeit. Sie wird ernst, sagt, es sei schwierig, daß sie eine lange Liste von Patientinnen habe, die schlecht behandelt wurden, daß sie morgens mit bleiernen Gliedern erwache. Sie gibt zu, daß sie zuwenig

schlafe, hofft, mich mit der Musik, die sie spielt, nicht zu stören. Joni Mitchell bis spät in die Nacht.
»Mir gefällt sie«, sage ich. »Die helle, klare Stimme. Die reinen, schönen Melodien. Sie erinnert mich an Schubert.«
»Ich kann nicht leben ohne sie«, sagt sie.
Und sie ist so jung, wenn sie das sagt, so wie Anja, frühreif, obwohl sie erwachsen ist. Und was macht sie? Verbringt die Abende mit einem unberechenbaren Achtzehnjährigen. Telefoniert nachts in dem verbotenen Zimmer.
»Willst du wirklich nicht, daß ich in mein Zimmer hinaufgehe?« sage ich.
»Nein, bitte nicht. Es ist Freitag. Bleib noch.«
Da habe ich eine Idee. »Wir können füreinander Musik spielen«, sage ich. »Wie wir es in der Gruppe Junger Pianisten gemacht haben. Jeder darf einmal.«
»Wie kindisch«, sagt sie. »Und so nett!«
»Wer fängt an?« sage ich.
»Du fängst an. Aber keine Mahler-Sinfonien, hoffe ich?«
»Versprochen«, sage ich und springe auf, gehe zur Plattensammlung.
Schubert, denke ich. Schubert und Joni Mitchell haben wahrhaftig etwas miteinander zu tun.
»Die Plattensammlung deines Mannes ist genial«, sage ich. »Er muß Musik geliebt haben?«
Marianne Skoog lacht. »Er war Gehirnchirurg, wie du weißt. Er brauchte es, um seine Gefühle zu kompensieren.«
Ja, und dann sprengt er am Ende sein Gehirn in tausend Stücke, denke ich. Aber dann sehe ich, daß sie meine Gedanken errät und traurig wird.
»Ich weiß, wie das ist«, sage ich.
»Nein, du weißt nicht, wie das ist«, antwortet sie.
Für einen Augenblick wird es still zwischen uns. Ich stehe verlegen mit der Platte in der Hand da.
»Reden wir ein anderes Mal darüber«, sagt sie versöhnlich.

»Einverstanden«, sage ich. »Könnten wir nicht einen Tag festlegen für all das Schwierige? Bringst du es fertig, mir von Anjas letzten Tagen zu erzählen? Kannst du mir erklären, warum sich Bror Skoog das Leben nahm?«
Es überrascht sie, wie offensiv ich bin. Sie schaut mich beinahe erstaunt an.
»Das ist eine gute Idee«, sagt sie dann. »Aber ich bin nicht in der Lage, hier, in diesem Haus, darüber zu reden, wenn du verstehst, was ich meine.«
»Wir könnten eine Wanderung auf den Brunkollen machen«, schlage ich vor. »Ich bin einmal mit Anja hinaufgegangen.«
»Ich erinnere mich«, sagt sie mit einem Lächeln. »Du hast mit ihr eine Abkürzung genommen und ihr seid auf einen Schießplatz geraten. Sie ist in deinen Armen ohnmächtig geworden.«
Ich erröte, als sie das sagt. »Das war nicht beabsichtigt«, sage ich. »Aber ich war so verliebt. Konnte nicht mehr klar denken. Ich vergaß, wo der Weg verlief.«
Ich sehe, daß ihr Blick weich wird, wenn ich von Anja spreche. Ihr gefällt, daß ich meine großen Gefühle für sie zu erkennen gebe.
»Laß uns am Samstag auf den Brunkollen gehen«, sagt sie. »Wir brauchen frische Luft um die Ohren.«
»Morgen also?« sage ich.
»Ja, morgen«, nickt sie.

Aber zuerst kommt unsere Musik, unheimlich und voller Möglichkeiten. Wir wissen nicht, was sie für uns ist. Wir wissen nur, daß wir sie brauchen, daß sie Gefühle in uns weckt, die wir gerade jetzt nötig haben, daß sie aufreizend und gefährlich ist, daß sie geeignet ist, uns in dieselbe Tonlage einzustimmen.
Ich beginne mit Schuberts Streichquartett in C-Dur, zweiter

Satz. Weiß sie, daß der zweite Satz das letzte war, worüber ich mit Anja gesprochen habe?
Sie ahnt etwas. Denn sie hört wie paralysiert zu, sitzt bewegungslos mit geschlossenen Augen da, atmet die Musik ein, Ton für Ton, in tiefen, langsamen Zügen, gehorsam wie ein Schulmädchen. Und als der Satz fertig ist und ich zum Plattenspieler gehe, öffnet sie die Augen und schaut mich forschend an.
»Du weißt, was du tust, Aksel?«
Ich drehe mich erstaunt zu ihr um.
»Was meinst du?«
»Du bist erwachsen für dein Alter. Ich kenne nicht viele Achtzehnjährige, die so erwachsen wirken. Mädchen vielleicht. Aber nicht Jungs.«
»Ich wurde früh selbständig«, sage ich. »Du doch auch?«
»Nein, eigentlich nicht«, antwortet sie. »Obwohl ich erst achtzehn war, als ich mit Anja schwanger wurde, war da schließlich ein Mann. Seine Bedürfnisse gegen meine Bedürfnisse. Und dann die von Anja.«
Ich weiß nicht, was ich sagen soll.
»Nun bin ich an der Reihe«, sagt sie.
Sie dreht sich eine Zigarette. Ich gebe ihr Feuer. Dann greife ich zu meinen Filterzigaretten. Es ist ein Ritual. Ich will ihr zeigen, daß wir im selben Club sind. Ich bin wie ein Kind. Ich will gemeinsam mit ihr rauchen.
Wir sitzen einige Minuten still da und rauchen. Dann steht sie auf und geht zum Plattenspieler. Sie ist groß, schlank und geschmeidig. Sie ist jetzt so alt wie Anja. Sie trägt Jeans. Anja zog sich eher altmodisch an. Marianne Skoog ist modern. Ich mag das.
Sie entscheidet sich für Donovan. Eine sanfte, ätherische Stimme, die ich noch nie gehört habe. »Oh, I dreamed that I dwelled in the North Country ...«
»Ist das nicht schön?« sagt sie.

»Doch, es ist schön«, sage ich. Und ich merke, daß sie sich freut, wenn ich das sage. Vielleicht hat Bror Skoog das nie gesagt. Und Anja auch nicht. Vielleicht war Donovan ihr heimliches Laster. In dem Fall liebe ich ihr Laster.
Ich weiß nicht, was nach Donovan kommen soll. Die feinen, einfachen Melodien. Der gefühlvolle Ausdruck. Zum erstenmal regt sich der Wunsch, eine andere Musik zu kennen als die klassische. Aber was könnte das sein? Vater pflegte Jim Reeves zu spielen, nur um Mutter zu ärgern, und ich war immer auf Mutters Seite, denn sie wurde wütend.
Ich suche den zweiten Satz von Brahms' Violinsonate in A-Dur aus, mit Isaak Stern. Sie ist melodisch und zweigeteilt, zugleich ernsthaft und verspielt. Sie ist so sehr Anja.
»Hör dir das an«, sage ich.

So sitzen wir, Stunde um Stunde, und kommen uns hörend näher. Und jedes Musikstück ist wie ein Satz, ein Versuch, eine Vertraulichkeit, von der wir wollen, daß der andere sie hört. Joni Mitchells Stimme. Debussys Klavierklänge.
»Hör dir das an!« sagt sie und legt die Suite »Judy Blue Eyes« aus dem Woodstock-Album auf. »Ich war dort«, sagt sie voller Freude, fast kindlich stolz.
»Wer war deine Freundin, die dich begleitet hat?« frage ich.
Bei dieser Frage scheint etwas in ihr zu zerbrechen. Ein konkreter Schmerz, als würde man auf Glasscherben treten.
»Das wirst du morgen erfahren«, sagt sie.
Ich versuche, es wiedergutzumachen und will Bruckner spielen. Die bekannte Eröffnung der vierten Sinfonie.
»Können wir nicht auf Bruckner verzichten«, sagt sie.
»Magst du Bruckner nicht?« frage ich.
»Doch, das ist es nicht. Aber Bruckner, das ist für mich momentan zuviel Bror.«
»Er liebte Bruckner?«

Sie nickt langsam. »Er konnte nicht leben ohne Bruckner. Bruckner war Klarheit und Trost. Das war es, wonach er sich sehnte. Stell dir Anja und ihren Vater vor, jeder in seinem Barcelona-Stuhl, aufmerksam dem fürchterlichen Scherzo von Bruckners neunter Sinfonie lauschend. Wie der Tag des Gerichts, nicht wahr? Dies irae, der Tag des Zorns. Als schwinge jemand die Geißel über dir, und du hast das Gefühl, zu kurz zu kommen. Das Scherzo paßte auf merkwürdige Weise zu ihnen. Sie sehnten sich beide nach Strenge, Ordnung, Disziplin, Gesetz. Vielleicht sogar Strafe. Aber ich ertrage gerade jetzt in meinem Leben nicht noch mehr Strenge oder Strafe.«
»Aber die vierte Sinfonie ist reine Liebe«, versuche ich meine Wahl zu erklären und zu verteidigen.
Sie schüttelt energisch den Kopf, mit geschlossenen Augen.
»Ich bin von der Liebe zerstückelt«, sagt sie. »Versuch mich bitte zu verstehen.«
»Natürlich«, sage ich. »Du bist an der Reihe.«
Sie an der Reihe? Sie zögert. Schaut auf die Uhr.
»Wir müssen schlafen gehen«, sagt sie.
»Müssen wir?« sage ich. »Das mit Bruckner war dumm von mir. Kannst du die schlechte Stimmung nicht retten?«
Sie lächelt. Tätschelt meine Wange. »Du bist süß, Aksel«, sagt sie und steht auf. »Na gut«, sagt sie. »Dann weiß ich, was ich spielen werde. Aber es ist dir sicher zu banal.«
»Ich fürchte mich nicht vor dem Banalen«, sage ich. »›Menschen, die die Sentimentalität verleumden, sind selbstgerecht und überheblich‹, sagte Mutter einmal.«
»Schön gesagt«, sagt Marianne Skoog. Ich habe sicher mit meinem Rock und meiner Popmusik Anja und Bror geärgert. Aber Menschen, die an einem Samstagabend die Weltuntergangsmusik von Bruckner hören wollten, haben eine Richtungsänderung nötig, dachte ich damals. Wir hatten auch Abende wie diesen. Bror hatte einen Hang zum Pa-

thetischen und hielt vor jedem Musikstück, das er spielen wollte, lange Vorträge. Dann legte ich aus reiner Rache die Rolling Stones auf.«
»Was hat Anja dazu gesagt?«
»Sie litt darunter, für sie war das ein musikalischer Streit zwischen ihren Eltern.«
»Mochte sie denn die Musik, die du spieltest?«
»Selten. Meistens war es ihr gleichgültig. Obwohl, Joni Mitchell liebte sie. Wollte mehr von ihr hören. Besonders ein Lied auf der ersten Platte. Ich mag es dir nicht vorspielen, da fange ich an zu weinen. Es heißt ›Song to a Seagull‹. Beim letzten Vers standen immer Tränen in ihren Augen: ›I call to the seagull, who dives to the waters, and catches his silver-fine dinner alone. Crying where are the footprints, that danced on these beaches, and the hands that cast wishes, that sunk like a stone. My dreams with the seagulls fly, out of reach, out of cry.‹«
Sie sagt es auswendig, und sie sieht, wie es mich berührt.
»Aber das ist in deinen Ohren natürlich banal«, sagt sie.
»Das ist nicht banal«, sage ich.
Ich hätte so gerne gewußt, warum ausgerechnet diese Zeilen sie so bewegten. War es die Einsamkeit im Text? Die Beschreibung der Möwe, die einsam ihr Essen fängt? War es der Satz über die Wünsche und Träume, die wie Steine versinken? Galten ihre Tränen den Spuren, die im Sand verschwunden sind? Herrgott, jetzt reden wir wieder über das Schwierige, und darüber wollte ich doch an diesem Abend nicht reden!
»Dann spiele den banalen Song«, sage ich.
»Ach ja, den.« Sie greift sich an den Kopf. Ich sehe, daß sie schon ein gehöriges Quantum Wein getrunken hat. »Das Lied, das alle kennen. Der Platten-Hit dieses Jahres. ›Bridge Over Troubled Water‹«.
»Ich könnte es gehört haben«, gebe ich zu.

»Aber du hast es noch nicht auf dieser Wahnsinnsanlage von Bror gehört«, sagt sie mit einem Lächeln. »Du hast nicht die irre Aufnahme gehört, die wie echter Donner klingen kann.«

»Dann ist das sicher auch nicht das, was du mir zeigen willst«, sage ich.

Sie wirft mir einen anerkennenden Blick zu. Sie lächelt mich an. Aber der Gesichtausdruck ist angespannt. »Gut«, sagt sie. »Sehr gut.«

Sie setzt die Nadel auf die Platte. Es knistert hoffnungsvoll, und mir ist klar, daß sie das Stück oft gespielt hat.

Sie setzt sich auf ihren Zweisitzer. Lauscht mit geschlossenen Augen. Ich lausche ebenfalls, beobachte sie aber gleichzeitig. Merkt sie es? Der Text erzeugt winzige Abdrücke auf ihrem Gesicht. Wie oft hat sie dieses Lied gehört? Genauso oft wie ich Mahlers dritte Sinfonie? Ja, ich kenne das Lied. Es kam jeden Tag im Radio, als ich bei Rebecca im Ferienhaus an der Südküste war. Marianne Skoog hat etwas zuviel getrunken und hat ihre Gefühle nicht im Griff. Als Art Garfunkel anfängt: »When you're down and out. When you're on the street. When evening falls so hard, I will comfort you«, holt sie tief Atem und zittert am ganzen Körper. Und dann: »When darkness comes, and pain is all around, like a bridge over troubled water, I will lay me down.« Sie hat diese Worte schon so oft gehört und wird trotzdem erneut davon berührt, wie ein Christ, der in die Kirche geht, immer wieder von der Bergpredigt berührt wird, vom Brief an die Korinther über die Liebe, von den Versen im Hohen Lied über die Zeit, über Wechsel, Dauer und Vergessen.

Für Marianne Skoog und mich gibt es auch eine Zeit. Wir hören uns ein Lied an, das fast die ganze Welt kennt, und ich will sie nicht länger beobachten, schließe ebenfalls die Augen, will nicht sehen, wie sie zu weinen anfängt. Aber als der Donner kommt, als der lange Streicherton ausklingt und ich es wage, die Augen zu öffnen, sehe ich, daß sie sich unter Kontrolle hat, daß sie *mich* ansieht, neugierig ist, wie ich reagiere.

»Du kannst jetzt nicht aufhören«, sage ich.
»Sollten wir nicht gerade jetzt aufhören?« sagt sie und hebt den Tonabnehmer von der Platte. »In jedem Fall bist du an der Reihe.«
Ich merke, daß ich nicht ins klassische Fach zurückwill. Ich will in ihrer Welt bleiben.
»Spiel weiter«, sage ich. »Spiel Joni Mitchell für mich.«
»Jetzt nicht Joni Mitchell«, sagt sie. »Aber ich kann noch mehr von Simon & Garfunkel spielen. Sozusagen ein Miniporträt von dir.«
»Von mir?«
»Ja. Hör einfach zu.«
Sie spielt »The only Living Boy in New York«. Das kenne ich nicht. Ich höre ja fast nie solche Musik. Aber was ich höre, gefällt mir. Mir gefällt die Melodie, die etwas träge Stimmung, der Sog. Ich versuche, den Text zu verstehen, erfasse aber nicht alle Wörter. »Da-n do-da-n-do-da-n-do here I am. The only living boy in New York.«
Sie bleibt beim Plattenspieler stehen und beobachtet mich, fast spöttisch, während Paul Simon vor dem Hintergrund heiserer Stimmen singt.
Dann ist es vorbei.
Einen Augenblick Stille. Sie schaut mich abwartend an, als erwarte sie, daß *ich* zuerst etwas sage.
»Ein Miniporträt von mir?« sage ich verwirrt.
»Ja«, sagt sie bestimmt. »Hast du nicht das Licht in dem Lied gehört? Und du bist eine lichte Person, Aksel, trotz all dem, was in deinem Leben geschehen ist. Und da ist eine Baß-Gitarre. Hast du auf die Baß-Gitarre geachtet? Dunkel und deutlich hörbar.«

»Und die bin ich?« sage ich.
»Ja, Aksel. Die bist du.«

Es ist spät in der Nacht. Sie sagt, daß ich jetzt gehen müsse, daß sie etwas Zeit für sich brauche, ob mir das etwas ausmache.
Sie steht dicht vor mir, und sie weiß, daß ich sie in tiefen Zügen einatme, animiert von dem Miniporträt, das sie mir zeigen wollte, und davon, daß sie sich Gedanken über mich macht, Vorstellungen hat.
Und ich glaube, ich weiß, was sie meinte, als sie den Baß erwähnte. Aber ich wage nicht, weiter mit ihr darüber zu reden.
»Manchmal ist es unheimlich«, sage ich, »wie du Anja ähnelst.«
Aber kaum habe ich das gesagt, sehe ich, daß ich es nicht hätte sagen sollen. Keine Anja gerade jetzt. Wir sind beide müde. Ich sehe es an ihrem Gesicht. Auf dem weißen Saarinen-Tisch stehen zwei leere Weinflaschen.
»Geh jetzt schlafen«, sagt sie leise.
Ich nicke gehorsam. Ich wünsche mir, daß sie mich umarmt, daß sie diesmal die Initiative ergreift. Aber das will sie nicht. Nicht einmal eine vorsichtige Berührung. Als könne sie meine Gedanken lesen. Deshalb sage ich nur:
»Brunkollen? Morgen früh?«
»Ja«, nickt sie, »aber nicht zu früh.«
Ich gehe die Treppe hinauf in Anjas Zimmer. Sie bleibt unten im Wohnzimmer.
An diesem Abend verzichte ich auf das Bad. An diesem Abend putze ich mir nicht einmal die Zähne. An diesem Abend falle ich angezogen ins Bett und schlafe wie ein Stein.

Der sabbernde, stinkende Schubert Schubert weckt mich, aber noch ist es ein Traum. Er sitzt in seiner ungepflegten Kleidung da und schaut mich mit traurigem Blick an. Man sieht ihm an, daß er ohne die Fürsorge einer Frau gelebt hat, daß es Abende und Nächte mit Freunden gegeben hat, die ihn verehrten, die aber auch treulos sein konnten.
»Was willst du?« frage ich und stütze mich halb im Bett auf.
»Ich will mehr von der Musik hören, die du übst und die ich noch nicht geschrieben habe.«
»Aber wie soll das gehen?« frage ich verwirrt.
»Du mußt auf dein Herz hören.«
»Aber du bist doch nicht in meinem Herzen?«
»Bin ich nicht?«
»Gut. Ich verstehe. Natürlich bist du da. Mit deiner Musik.«
»Genau. Ich bin schließlich aus musikalischen Gründen hier.«
»Bist du sauer, weil ich dich bei meinem Debüt nicht spiele?«
»Weshalb sollte ich sauer sein? Beethoven ist der Größte.«
»Ist das so? Kann man euch einfach so gegenüberstellen? Würde ich ein Streichinstrument spielen, hätte ich dein C-Dur-Quintett gespielt.«
»Danke. Das ist nett von dir, spielt aber jetzt keine Rolle. Wir liegen nebeneinander, Beethoven und ich, auf dem Zentralfriedhof in Wien. Das weißt du sicher. Das war so ziemlich das letzte, was ich meinem Bruder Ferdinand aufgetragen habe. Laß mich bei Beethoven liegen. Damals lag er noch auf dem Dorffriedhof in Währing. Dann betteten sie uns um nach Wien. Und hier ist Brahms wieder neben uns. Das ist nett, wir haben immer noch viel miteinander zu reden. Keiner von uns hatte besonderes Glück mit den Frauen, wie du

weißt. Aber ich wundere mich die ganze Zeit, was Johann Strauß II in unserem Club zu suchen hat.«

Ich starre ihn an, bin sprachlos, daß er, der große Franz Schubert, wirklich in meinem, in Anjas Zimmer ist. Fange ich an, verrückt zu werden? Nein, er ist ja da, in meinem Traum. Aber er sieht erbärmlich aus, wie er dasitzt, gezeichnet von den Ausschlägen und Wunden der Syphilis, die er, seit er fünfundzwanzig war, mit sich herumschleppte. Und die folgenden sechs Jahre bis zu seinem Tod war er vom Quecksilber vergiftet, zu seiner Zeit das Mittel gegen Syphilis. Und da sitzt er, mit gefühllosen Händen, Schmerzen, die sich wie ein Band um den Kopf gelegt haben, außerdem unerträglichen Gliederschmerzen und einer deutlichen Unsicherheit beim Reden. Er ist gereizt, und ich ahne, daß man sich hüten muß, ihm zu widersprechen. Aber das schlimmste ist diese Überproduktion von Speichel. Schleimtropfen, die aus seinem Mundwinkel rinnen, die er nicht bemerkt. Das stark gerötete Gesicht und die Flecken auf der Stirn und den Wangen. Das Ergebnis eines teuer erkauften Glücks, ein hektischer Beischlaf mit einer armen Frau in einer Nacht im Jahr 1822. Und er stinkt. Vielleicht besser, daß Anja das nicht erleben muß, denke ich.

»War es das denn wert?« frage ich.

»Was denn?« Schubert starrt mich verständnislos an. »Der Liebesakt?«

»Nein, der nicht. Das vertane Leben.«

»Ich hatte doch eine Menge fröhlicher Stunden mit meinen Freunden.«

»Ja, aber war da nicht ein ewiger Kampf gegen die Armut? Die Musik soll uns *Freude* schenken. Aber bei dir war sie die eigentliche Ursache für ein trostloses Leben. Du hättest auf eine andere und bessere Weise Geld verdienen können.«

Schubert schaut mich verwundert an. »Denkst du in solchen Kategorien? Denkst du an die Kosten?«

»Anja Skoog ist wegen der Kosten gestorben. Der Preis, den sie bezahlte, war ihr Leben. Wie bei dir. Rebecca Frost hat mich auf diese Problematik aufmerksam gemacht. Ist die Kunst wirklich so wichtig? Statt mir Mahlers dritte Sinfonie anzuhören, hätte ich ebensogut einen Spaziergang in der Natur machen können. Hätte man dabei nicht dasselbe Erlebnis gehabt?«

»Tja. Hätte man es gehabt?« Schubert hat jetzt Schwierigkeiten mit dem Sprechen. Er stottert wie ein alter Mann. Daran ist die Quecksilbervergiftung schuld und die Lähmung der Zunge. »Dann stell dir mal vor, daß es all diese Musik nicht gibt«, sagt er. »Du hast jetzt Joni Mitchell entdeckt. Ich mag sie. Wenn du genau hinhörst, wirst du Ähnlichkeiten entdecken zwischen ihrer und meiner Liederkunst, obwohl Kanada von Österreich ziemlich weit entfernt ist. Was wäre, wenn du sie nicht gehört hättest? Was wäre, wenn du in die Natur gingst ohne mich, ohne Beethoven, ohne deinen geliebten Brahms? Du würdest ohne einen einzigen Ton im Kopf durch die Natur gehen. Verfolgen wir den Gedanken noch weiter. Du würdest dich auch an kein einziges Buch erinnern, an kein einziges Bild, das du gesehen hast, an keine Skulptur, kein Theaterstück, keinen Tanz. Die Kunst wäre einfach nicht da. Sie existierte nicht in deinem Leben. Es gäbe nur dich und die Natur. Glaubst du, du würdest etwas vermissen? Einen Bezug zu etwas Menschlichem? Manchen genügt die Natur. Aber auch die Natur ist abhängig von Augen, die sie sehen, von einem Menschen, der nachdenkt, von einem Gefühl, das sich von unserem trivialen Alltagsleben abhebt. Für mich war das nie eine Frage der Wahl. Die Entscheidung war gefallen, weil ich ein Mensch war. Nicht jeder kann ein Komponist sein. Es kann aber auch nicht jeder ein Bauer sein. Wer entscheidet für uns? Ist es Glück, das wir uns wünschen? Sich wohl fühlen und es nett haben

um jeden Preis? Sehnen wir uns nicht eher nach einem Sinn?«
»Und du meinst, die Musik ist Sinn genug?«
Schubert antwortet nicht. Er starrt auf seine Zehen. Speichel tropft aus seinem Mund. Er ist alles andere als schön, ein toter Einunddreißigjähriger, und er weiß das. Er liegt neben Beethoven auf dem Friedhof. Er freut sich, auch Brahms in seiner Nähe zu haben. Er ist ein genügsamer Mann. Genügsam in der Liebe. Genügsam in der eigenen Berühmtheit.
»Spiele das, was ich noch nicht geschrieben habe«, sagt er. »Nimm dir die Zeit und lies die Noten sorgfältig. Dann sollte das übrige einfach sein.«

Brunkollen mit Marianne Skoog Als ich am Morgen erwache und aus dem Fenster schaue, ist ein Vogel schon weit oben am Himmel. Zuerst halte ich ihn für eine Drossel. Dann sehe ich, wie hoch er fliegt.
Es ist ein Habicht.
Er wartet auf mich.
Er hat schon einmal auf mich gewartet. Er hat mich zusammen mit Anja gesehen. Er weiß, was ich denke, was ich fühle, was ich tue.
Er ist hier, um mich zu warnen.
Er hat mich vor allen schlimmen Ereignissen gewarnt. Er kam, wenn es ernst wurde. Wird es jetzt ernst?

Ich gehe ins Bad und merke, daß ich am Vorabend zuviel Wein getrunken habe. Dann fällt mir plötzlich der Traum mit Schubert ein. Ein etwas beklemmendes Gefühl, mit weltberühmten Menschen im Traum zu sprechen. Er war so klar und direkt. Und gleichzeitig so krank.
Anja war krank, denke ich. Und heute werde ich mit ihrer Mutter über schwierige Dinge sprechen. Sie ist bereits auf-

gestanden. Der Spiegel im Bad ist beschlagen, der Boden in der Dusche ist naß, und es duftet nach Lily of the Valley.
Ich schaue auf die Uhr. Es ist nach elf. Für Samstag und Sonntag haben wir keine Absprache. Deshalb gehe ich davon aus, daß dieselben Regeln gelten wie an den Werktagen.
Als ich in die Küche komme, sitzt sie immer noch am Tisch. Sie hat eine weiße Baumwollbluse angezogen und Bluejeans. Die Haare sind zu einem Knoten im Nacken zusammengebunden. Das macht die Stirn größer. Der hübsche Bogen zu den Schläfen wird sichtbar. Da wirkt sie jünger.
»Ich kann warten«, sage ich.
Sie blinzelt herauf zu mir, sieht blaß und müde aus, lächelt aber ihr helles Anja-Lächeln.
»Nein«, sagt sie. »Setz dich her und iß etwas, wenn du Lust hast. An den Wochenenden gestalten wir es so, wie es uns am besten paßt. Wir ekeln uns ja nicht voreinander, oder?«
Ich weiß nicht, was ich antworten soll.
»Ich kann deine Gegenwart ertragen«, sage ich mit einem vorsichtigen Lächeln.
Ich warte, ob sie etwas über den vergangenen Abend sagt. Aber sie sagt nichts. Vielleicht sollte *ich* etwas sagen? Sollte mich für die Lieder bedanken, die sie aufgelegt hat. Für das Miniporträt?
Nein, ich beschließe, nichts zu sagen.

Sie vertieft sich in *Aftenposten*, liest über die drei Passagierflugzeuge, die entführt und gezwungen wurden, im Mittleren Osten zu landen.
Es ist gut, ihr gegenüberzusitzen, zu frühstücken und nicht zu reden. So saß ich auch mit Rebecca, als wir in ihrem Ferienhaus waren. Sieht so das Glück aus? denke ich.
»Danke übrigens für den gestrigen Abend«, sagt sie plötzlich und blickt von der Zeitung auf. »Das war wirklich schön.«
»Für heute nacht«, korrigiere ich. »Ich hätte früher schla-

fen gehen sollen, aber dann hätte ich Simon & Garfunkel versäumt.«
Sie nickt. »Haben sie dir gefallen?«
»Mir gefällt alles, was du spielst«, sage ich.
»Das hätten Bror und Anja hören sollen«, sagt sie. »Mit ihnen war es hoffnungslos.«
»Aber ›Bridge Over Troubled Water‹?«
»Sie hörten höflich zu, dachten aber immer an eine andere Musik.«
»Du warst die Jüngste«, sage ich. »Und bist immer noch jung.«
»Ich bin nicht mehr jung«, sagt sie bestimmt. »In diesem Sommer ist aus mir eine alte und desillusionierte Frau geworden. Das ist traurig, aber wahr. Das einzige, was mich lebendig hält, ist meine Arbeit.«
»Ich glaube dir nicht«, sage ich. Heute fühle ich mich stark. Der gestrige Abend und der Traum mit Schubert haben etwas bewirkt in mir. Ich habe einen neuen Glauben an mich und meine Möglichkeiten.
»Es handelt sich nicht um glauben«, sagt sie. »Es ist einfach die Wahrheit.«
»Man sieht es dir jedenfalls nicht an«, sage ich.
»Nicht?« Sie lächelt traurig. »Daraus läßt sich vielleicht etwas machen.«

Eine Stunde später gehen wir den steilen Melumveien hinauf. Ich habe einen kleinen Rucksack dabei, habe eine Flasche Weißwein und zwei Gläser eingepackt. Außerdem eine Tafel Schokolade. Was denken sie wohl, denen wir begegnen, die uns kennen und beklommen grüßen? Sind das Mutter und Sohn? Sind es zwei, die die Trauer verbindet? Wird jemand annehmen, daß wir ein verliebtes Pärchen sind, obwohl siebzehn Jahre zwischen uns liegen? Die sozialistische Ärztin und der merkwürdige, einsame Klavierstudent. Ich fühle mich verlegen bei diesem Gedanken. Vielleicht auch, weil ich mir über den Altersunterschied einfach keine so großen Gedanken mache, anders als sie. Sogar die Art, wie Marianne Skoog geht, erinnert mich an Anja. Aber Marianne Skoog ist keine junge und übermütige Klavierstudentin. Sie ist eine erfahrene Gynäkologin. Mit radikalen Ansichten. Sie kämpft für das Recht auf Abtreibung. Sie ist Witwe. Und sie hat eine Tochter verloren. Sie versucht, wieder ins Leben zurückzufinden, und ich, der Untermieter, bin eines der Werkzeuge, die sie gewählt hat. Deshalb fühle ich eine Verantwortung, deshalb muß ich behutsam eintreten in ihre Welt, darf nichts zerstören durch Achtlosigkeit und Impulsivität, Gefühle, die mich zu überrollen drohen. Obwohl ich weiß, wie alt sie ist, höre ich nicht auf, an sie zu denken, nach Spuren zu suchen, die mich in Anjas Welt führen, wo die Gefühle groß und überschäumend sind, wo alles geschehen kann.

Sie merkt, daß ich über etwas nachdenke, das mit ihr zu tun hat, und entfernt sich ein bißchen von mir. Sie hat die gleiche, ein bißchen scheue Art, die Anja hatte und die eine solche Stärke ausstrahlt. Wir setzen unseren Weg fort, jeder in seiner Welt, und sind uns trotzdem bewußt, daß wir nebeneinandergehen, ein seltsames Paar, unterwegs zur Haltestelle Røa. Daß wir nicht miteinander reden, ist jetzt nicht so natürlich wie vor kurzem, als wir still am Küchentisch saßen. Auch in der Straßenbahn bleiben wir schweigsam. Aber als die Bahn am Lysakerelven über die Brücke fährt, blicken wir beide in die gleiche Richtung, hinüber zum Zigeunerfelsen, der wie eine spitze, steinerne Nase aus dem Fluß ragt, und da drückt sie rasch meine Hand, denn sie weiß, daß ich jetzt an Mutter denke, die sich an den Stein klammerte, die sich nicht halten konnte und von der Strömung mitgerissen und zum Wasserfall getrieben wurde, die Vater mit der Hand packte, aber wieder verlor, weil ich ihn

festhielt, weil ich wußte, daß es zu spät war, weil ich nicht wollte, daß sie beide sterben.
Mehr war nicht, nur Marianne Skoogs kurzer Händedruck. Ich schaue sie dankbar an. Und dann müssen wir aussteigen.
Ich werfe einen kurzen Blick hinauf zum knallblauen, wolkenlosen Septemberhimmel.
Der Habicht ist glücklicherweise nicht da.

Schweigend gehen wir die ersten Kilometer hinauf zum Østernvann. Manchmal begegnen uns Menschen, die sie kennt. Relativ junge Paare, verheiratet oder befreundet, vielleicht sind die Frauen ihre Patienten? Hat sie ihnen Ratschläge für eine Abtreibung erteilt? Hat sie ihnen wichtige Aufklärung in Sexualfragen gegeben? Ich habe mir vielleicht viel zuwenig Gedanken darüber gemacht, daß sie eine wichtige Arbeit ausübt, daß sie Gynäkologin ist mit Verbindungen zum Verein Sozialistischer Ärzte, daß sie Partei ergriffen hat und engagiert ist, daß sie jeden Tag Menschen behandelt, die nicht wissen, welche Entscheidung sie treffen sollen, die aus einem wichtigen und intimen Grund zu ihr kommen, aus Angst oder voller Hoffnung.
»Woran denkst du?« fragt sie, als wir das steile Stück nach dem Østernvann in Angriff nehmen.
»Ich denke daran, daß ich so wenig über deine Arbeit weiß«, sage ich.
»Schön, daß du es zugibst«, sagt sie. »Ihr Männer kommt meistens viel zu billig davon.«
»Redest du von Schwangerschaften?«
»Ja«, nickt sie. »Gewollte und ungewollte. Wenn der Verein Sozialistischer Ärzte im nächsten Jahr eine Klinik für sexuelle Aufklärung eröffnet, wird es spannend sein zu sehen, wie viele junge Männer erscheinen. Aber ihr *solltet* erscheinen.«

Ich denke plötzlich an Anja, wie wenig sie mir von ihrer Mutter erzählte. Sie redete ungern von ihr. Sie war ein Papakind.
»Wußte Anja viel über deine Arbeit?« frage ich.
»Bror war wie ich Mitglied im Verein Sozialistischer Ärzte, dessen Zweck die Volksaufklärung ist. Anja wurde natürlich einbezogen. Hat sie dir nichts von meiner Arbeit erzählt?«
»Wir sprachen meistens über Musik«, gestehe ich.
»Und außerdem war sie ein Papakind«, erklärt Marianne Skoog sachlich.
Es sind nicht so viele Wanderer unterwegs, wie ich gedacht hatte, vielleicht, weil Samstag ist. Der Wald in seinem herbstlichen Glanz gehört uns fast allein.
»Sollen wir jetzt über die schwierigen Fragen reden?« frage ich.
Sie drückt schnell meine Hand und läßt sie wieder los.
»Können wir nicht noch ein bißchen warten«, sagt sie. »Da wird in jedem Fall sehr viel Schmerzhaftes in mir geweckt. Wir reden, sobald wir oben auf dem Gipfel sind.«
»Bist du dir trotzdem sicher, daß es richtig ist, darüber zu reden?«
»Danke, daß du fragst, Aksel. Ja, es ist richtig. Du warst Anjas bester Freund. Du hast sie geliebt. Du sagtest, daß sie vor deinen Augen zerfiel und starb. Gib mir noch ein bißchen Zeit. Einfach ein bißchen frische Luft.«
Wir gehen nebeneinander den langen Anstieg hinauf und tun so, als seien wir Freizeitsportler. Aber das sind wir nicht. Ich merke, daß sie schneller außer Atem gerät als ich, daß sie in schlechter Kondition ist. Als sie in einer Wegkehre stehenbleibt, weiß ich, was sie will.
Sie dreht sich eine Zigarette. Ich hole Zündhölzer und eine Filterzigarette aus der Jackentasche. Dann gebe ich uns beiden Feuer.

Da ist der Habicht wieder. Hoch am Himmel. Direkt hinter uns.
Aber sie bemerkt ihn nicht.

Dann folgen wir weiter dem Waldweg nach oben. Mir fällt wieder alles ein, was mir Anja erzählt hat, als ich mit ihr hier ging, all das, was sie und ihr Vater geheimgehalten hatten. Daß sie bei Selma Lynge studierte. Daß niemand sie kannte, als sie kam und uns im unklaren ließ, als sie den »Juniormeister Klavier« gewann.
Das war im Sommer. Anfang Juni. Anja war sechzehn Jahre alt geworden. Es lag Hoffnung in der Luft.
Jetzt ist auf einmal eine gedrückte Stimmung zwischen Marianne Skoog und mir. Ich merke, daß sie angespannt ist. Ich möchte sie zu nichts zwingen. Aber ich führe sie trotzdem unbeirrt hinauf zum Brunkollen. Ich muß begreifen und verstehen, was zwischen Anja und Bror Skoog war. Marianne Skoog ist nicht dumm. Sie weiß, daß es Gerüchte gibt. Daß die Leute ihre Meinung haben über das, was passiert ist. Aber niemand hat offen darüber gesprochen. Nicht einmal Rebecca und ich. Gespräche über Anja und Bror Skoog wurden abgebrochen, fast bevor sie begannen.
Wir haben die Hütte erreicht. Eine Gruppe Studenten sitzt davor. Wie letztesmal höre ich ihre Stimmen, bevor ich sie sehe. Ich erkenne sie sofort wieder. Es sind dieselben Studenten! Die Bande aus Røa! Sie sind mit Bier und Schnaps ausgerüstet, haben Schlafsäcke mitgebracht, genau wie letztesmal. Da soll kräftig gefeiert werden.
Ich bleibe unvermittelt stehen. »Das ist unglaublich«, sage ich.
»Was denn?« fragt Marianne Skoog. Sie wirkt abwesend, scheint in ihrer eigenen Welt zu sein.
»Die waren voriges Mal, als ich mit Anja ging, auch hier!«

»Es ist nichts Ungewöhnliches, daß Studenten am Brunkollen übernachten«, sagt Marianne Skoog.
»Nein, aber ich erinnere mich, daß die Situation unangenehm war«, sage ich. »Sie haben Anja auf rohe und unzweideutige Weise angemacht. Wir fühlten uns bedroht.«
»Ja«, nickt Marianne Skoog. »Jetzt sehe ich es.« In dem Moment ruft einer der Studenten.
»Hallo ihr beiden! Euch haben wir schon einmal gesehen!«
Beim letztenmal waren Anja und ich so weit weg, daß wir nicht antworten mußten. Aber diesmal müssen wir direkt an ihnen vorbei, um zu der Stelle beim Aussichtspunkt zu kommen, die ich ausgesucht habe.
»Kann sein«, sage ich kurz.
»Habt ihr inzwischen geheiratet«, fragt ein zweiter. Er hat bereits gehörig getankt.
Marianne Skoog stößt mich an. »Laß sie reden und beachte sie nicht.«
Aber die Studenten geben nicht auf. Sie schauen sich gegenseitig an und dann Marianne Skoog. Ich sehe, daß es ihr unangenehm ist. Der eine Student nähert sich uns mit einer Bierflasche in der Hand.
»Laß uns in Ruhe«, sage ich.
Er übersieht mich vollkommen, interessiert sich nur für Marianne Skoog.
»Laß uns in Ruhe, junger Mann«, sagt jetzt Marianne Skoog scharf und hebt abwehrend eine Hand. Ich habe sie nie mit solcher Autorität reden hören. »Und schönes Wochenende zusammen!« fügt sie hinzu.
Das wirkt. Der Student nimmt sich zusammen. Er verbeugt sich beinahe.
»Danke, ebenfalls«, sagt er. »Werdet ihr auch übernachten?«
»Nein«, erwidert Marianne Skoog. »Wir machen nur ein Picknick zu zweit.«

Er nickt vielsagend.
»Viel Vergnügen«, sagt er fast freundlich und geht zurück zu seinen Kameraden, die jetzt nüchterner sind. Sie folgen uns mit den Augen bis zum Aussichtspunkt, wo ich einen umgefallenen Baum kenne, der uns als Sitzplatz dienen kann.
Kaum sind wir aus ihrem Gesichtsfeld, lobe ich sie.
»Du kannst dich aber durchsetzen«, sage ich.
»Ich bin es in meinem Job gewöhnt, mit jungen Leuten zu reden. Und da geht es um viel schwierigere Dinge.«
»Sie haben nicht gemerkt, daß du nicht Anja bist. Sie haben nicht gesehen, daß siebzehn Jahre zwischen uns sind.«
»Ich bin stolz und glücklich, wenn man mich mit Anja verwechselt«, sagt Marianne Skoog.

Vertrauliches am Aussichtspunkt Wir haben uns auf den umgefallenen Baumstamm gesetzt.
»Darin liegt wohl auch eine Art von Symbolik«, sagt Marianne Skoog.
»Wie meinst du das?« frage ich.
»Daß wir auf einem umgefallenen Baumstamm sitzen.« Sie atmet tief durch, während ich den Rucksack öffne. »Es ist, als würden sie mich hinunter in ihre Finsternis ziehen, Aksel. In solchen Momenten weiß ich nicht, wie ich weiterleben soll.«
»Sag so etwas nicht«, sage ich und hole den Wein, die zwei Gläser und die Schokolade heraus.
»Schon wieder Wein?« sagt sie, ohne ablehnend zu wirken.
»Vielleicht zum Abgewöhnen?«
Sie prüft das Etikett. »Weißwein. Chablis. Doch, der ist gut. Wie aufmerksam von dir, Aksel.«
»Das ist doch selbstverständlich. Anja wollte damals übrigens keinen Wein.«
»Natürlich nicht, sie war erst sechzehn Jahre alt!«

»Ja«, sage ich. »Ich dachte immer, Anja sei älter, als sie war.«
»Umgekehrt hältst du mich für jünger.«
»Ich denke eigentlich gar nicht an das Alter.«
Sie nickt. Trinkt aus dem Glas, das ich ihr eingeschenkt habe.
»Vielleicht erscheine ich jung, weil ich nie erwachsen geworden bin.«
»Bist du nicht?«
»Nein, nicht so richtig. Nicht einmal jetzt. Ich habe jedenfalls nicht das Gefühl. Außerdem waren von Anfang an die Probleme der Jugend mein Arbeitsgebiet, Schwangerschaft und Abtreibungen, was eben Jugendliche betrifft.«
»Nicht nur«, sage ich. »Meine Mutter war auch bei dir in Behandlung.«
»Klar. Als Frauenärztin muß ich schließlich alle Altersgruppen abdecken.«
»Weswegen ist Mutter damals zu dir gekommen?«
Marianne Skoog berührt leicht meinen Arm. »Als wir das letztemal darüber sprachen, sagte ich dir, daß ihr nichts fehlte. Aber das stimmt nicht. Sie hatte starke Menstruationsprobleme. Gewaltige Monatsblutungen.«
»Alles an Mutter war gewaltig.«
»Dafür solltest du dankbar sein. Sie war eine starke, selbständige Frau.«
»Sie war ein großer Vogel in einem zu kleinen Käfig«, sage ich.
»Das trifft auf viele Frauen zu«, sagt Marianne Skoog.

»Was ich dir jetzt erzähle, Aksel, fällt mir nicht leicht. Und ich bin mir nicht sicher, ob es richtig ist, es zu tun. Andererseits habe ich das Gefühl, daß ich dir das schuldig bin. Du sagst, du würdest nie an unseren Altersunterschied denken. Du bist 1952 geboren. Ich bin siebzehn Jahre früher geboren, also 1935. Du denkst sicher, aha, jetzt will sie vom Zweiten Weltkrieg erzählen und daß sie zehn Jahre war, als der Frieden kam. Aber es ist etwas anderes, warum der Altersunterschied eine Bedeutung hat, jedenfalls für mich. Weißt du, was das ist? Es ist das Jahr 1964. Da kam das erste Gesetz für eine gesetzliche Abtreibung. Da wurden Kommissionen aus je zwei Ärzten eingerichtet, die prüfen sollten, ob das Austragen des Kindes bei der Frau zu ›gesundheitlichen Beeinträchtigungen‹ führen könnte, wegen der ›Lebensverhältnisse und anderer Umstände‹, wie es hieß. Bis dahin hatten wir nur die Stricknadeln oder die Engelmacherinnen mit ihren lebensgefährlichen Eingriffen. Du hast mehrmals gesagt, daß ich sehr jung war, als ich Anja zur Welt brachte. Und du hast recht. In diesem Teil der Welt ist man jung, wenn man mit achtzehn Jahren ein Kind bekommt. Aber es ist auch nicht so selten oder unnormal. Nicht selten oder unnormal ist allerdings, daß noch viel jüngere Frauen aus Ahnungslosigkeit von Männern schwanger werden, die sich ihrer Verantwortung nicht bewußt sind. Ich kann mir gut vorstellen, was die charmanten Bengels hinter uns tun würden, wenn sie ein Mädchen ins Unglück bringen würden. Du weißt, wie eine sechzehnjährige Frau ist, Aksel, und vielleicht ist das der Grund, warum ich das alles erzähle. Du weißt, wie erwachsen Anja war und gleichzeitig Kind, wie sie war auf eurer Wanderung vorigen Sommer. Aber Anja war stark und klug. Sie war reif. Ich dagegen war eine unreife Sechzehnjährige, als ich vom Nachbarsjungen schwanger wurde. Das war, kurz bevor ich Bror kennenlernte. Ich hatte gerade mit der Oberstufe des Gymnasiums begonnen. Ich wollte mich in keiner Weise der Verantwortung entziehen. Aber was glaubst du wohl, habe ich gemacht? Freudestrahlend zu den Eltern gerannt und gerufen: ›Ich bekomme ein Kind!‹? Nein, ich wurde von Panik erfaßt. Und noch heute, zwanzig Jahre danach, erinnere ich mich an dieses Gefühl, total allein, leer und verzweifelt zu sein. In meiner Familie waren alle stets tüchtig und erfolgreich. Schon als ich vierzehn war, wurde bestimmt, daß ich Medizin studiere. Da gab es nichts zu diskutieren. Und ich diskutierte nicht.«

»Aber warst du nicht stark?« frage ich vorsichtig. »Hast du nicht bereits damals etwas von der Stärke gehabt, die du mir heute zeigst?«

»Welche Stärke? Das Selbstbewußtsein kam viel später. Ich hatte eine Todesangst. Ich erzählte *niemandem* von meiner Situation. Nicht einmal meiner Mutter, der ich mich vielleicht hätte anvertrauen können. Ich hatte Panik. War zu keinem klaren Gedanken fähig. Ich saß in meinem Zimmer und fummelte mit Stricknadeln. Abend für Abend. Die schlimmste aller Methoden. Vielleicht war es eine Art der Selbstbestrafung. Die Stricknadeln sollten mich stechen, sollten mir weh tun, sollten etwas in mir töten. Schließlich gelang es. In der kleinen Toilette im Untergeschoß, mutterseelenallein, abortierte ich, direkt vor der Englischzwischenprüfung. Ich wurde ohnmächtig vor Schmerz. Ich dachte nur daran, daß dieses Geheimnis allein *meines* bleiben mußte. Ich hatte das Gefühl, daß mein Leben vorbei ist, bevor es begonnen hat. Ich wäre am liebsten zusammen mit dem Embryo gestorben. Ich spülte etwas ins Klo, was ich nie aus dem Gedächtnis werde löschen können, was mich verfolgen wird, wo immer ich bin. Vielleicht hat mich deshalb diese Problematik nie losgelassen. So hat dieses Ereignis alles, was ich später machte, bestimmt.«

»Schrecklich. Du hast also schon früh beschlossen, Frauenärztin zu werden?«

»Ja, denn der Arztberuf war mir ohnehin bestimmt. Aber erst während des Studiums wurde das Ziel endgültig klar. Und da hatte ich ja bereits ein Kind.«

Sie hält mir das leere Glas hin, will, daß ich ihr nachschenke. Heute trinkt sie für uns beide, und ich lasse es zu. Sie raucht jetzt eine Zigarette nach der andern, zeigt eine Nervosität, die ich nicht an ihr kenne. Sie steigert sich bei ihrem Monolog in eine Art Trance hinein, obwohl sie genau weiß, daß sie es *mir* erzählt.

»Und du wurdest kurz darauf wieder schwanger?«

»Ja, ich hatte ein ungeheures Glück. Doch Aksel, das war ein Glück. Nur auf diese Weise konnte ich mein eigenes Schicksal bezwingen, konnte einen neuen Kurs einschlagen, ich meinte ja, ich hätte etwas unwiderruflich zerstört. Vielleicht wollte ich mich ganz bewußt testen und bin deshalb so schnell mit Bror ins Bett gegangen. In dem Alter ist man an der Grenze zum Wahnsinn, weil die Stimmungen so extrem wechseln, weil man entweder von einem unheimlichen Übermut gepackt wird oder vom Gegenteil, von destruktiver Lebensangst. Ja, die Lebensangst war groß. Und vergiß nicht, es gab noch keine Hippies, keine Rock-Musik. Als Jugendlicher war man noch nicht so frei, daß jeder mit jedem schlafen konnte, wie es in deiner Generation der Fall ist. Die Ehe war eine Bastion, und alles, was ich in diesen Jahren erfahren habe, war von tiefer Scham begleitet. Ich verlor das Kind 1951 und lernte 1952 Bror kennen. Im Jahr darauf kam Anja zur Welt. Als Paar hatten Bror und ich den schlechtesten Start, den eine Beziehung haben kann. Ich wurde bereits beim ersten Versuch schwanger. Aber für mich persönlich war es das Beste, was passieren konnte, denn das hat mich wieder aufgerichtet, ich bekam neuen Lebensmut und hörte auf, allein mit meinen dunklen Gedanken herumzuirren. Denn ich war einsam geworden, so wie Anja einsam war, ehe du sie mit deiner liebevollen und vollkommenen Hingabe herausgeholt hast. In meinem Leben war es Bror Skoog, der mich herausholte. Er kam wie der Prinz im Märchen, sieben Jahre älter, wie du weißt, ein fast fertig ausgebildeter Arzt, der sich auf einem Fest in der Dovrehallen in mich verliebte. Er war bereits der zweite Mann in meinem Leben, auch wenn man den Nachbarsjungen, der mir die Unschuld nahm, kaum als Mann bezeichnen kann. Bror vergötterte mich. Ich verstand das nicht. Mein Selbstbild war ja zerstört. Ich verachtete mich. Meine Mutter und mein Vater hatten sich beide ernsthaft Sorgen um mich gemacht, aber zum Glück hatte ich keine größeren Probleme in der Schule, auch nicht während der Schwangerschaft. Und obwohl es eine Schande war, so jung schwanger zu werden, waren Bror und ich in der glücklichen Lage, daß unsere Eltern gleichermaßen relativ progressive, gebildete und verständnisvolle Menschen waren. Mutter ist, wie du vielleicht weißt, eine sehr bekannte Psychiaterin, und Vater hatte einen wichtigen Posten in der Oslo Arbeiderparti und saß im Vorstand der Gesundheitsbehörde. Brors Vater hatte eine leitende Stellung in der Industrie und enge Beziehungen zu wichtigen Ministern in der Regierung. Solange wir bereit waren, zu heiraten, war es nicht so schrecklich, daß sich ein noch nicht sichtbares Kind unter dem Brautkleid verbarg. Bror hielt am selben Abend, an dem ich ihm erzählte, daß ich schwanger bin, um meine Hand an. Er wußte nichts von den Stricknadeln und der Zeit, die ich durchgemacht hatte. Er glaubte, daß er der erste war, und ich hatte eine Todesangst gehabt, er könnte etwas merken. Aber wahrscheinlich verhielt ich mich so steif und unbeholfen, daß ich seine Erwartungen, wie eine Jungfrau sein müßte, vollends erfüllte.«

Sie wird nachdenklich. Ich sehe, daß die Sonne im Westen rasch sinkt, daß wir uns auf den Heimweg machen müssen, bevor es dunkel wird. Aber andererseits möchte ich Marianne Skoog nicht in ihrer Geschichte unterbrechen. Wir werden es schon irgendwie schaffen. Ich habe eine Taschenlampe dabei.

Sie wirft mir einen forschenden Blick zu. Höre ich zu? Bin ich interessiert an dem, was sie erzählt? Wein nachschenken. Ich bereue, nicht noch eine Flasche mitgenommen zu haben.

»Als Bror wollte, daß ich abtreibe, traute ich meinen Ohren nicht. Er habe gute Verbindungen, sagte er. Keine Stricknadeln. Keine mystischen Prozeduren. Es gab ja einige Ärzte, die dazu bereit waren. Bror kannte einen. Es kam zu einer heftigen Auseinandersetzung zwischen uns. Noch eine Abtreibung, da war ich mir sicher, würde fatale Folgen für mich haben. Andererseits war meine Vorstellung davon, was es heißt, Mutter zu werden, völlig nebulös. Und obwohl Bror nach außen zu mir hielt und eine großartige Hochzeit für uns ausrichtete, bestens unterstützt durch unser beider Eltern, wußte ich, daß er dieses Kind nicht wollte.«

»Ist das wahr?« sage ich. »Er wollte kein Kind mit *dir*?«

»Du darfst nicht vergessen, wie jung ich war«, sagt sie und tätschelt fast mütterlich meine Wange. Und auch er war erst fünfundzwanzig Jahre, stand am Anfang seiner Karriere als Arzt, später Gehirnchirurg. Ihm gefiel der Gedanke, daß ich aus einer Arztfamilie stammte. Er wollte gemeinsam mit mir die Welt erobern. Es fiel ihm schwer, seine Verzweiflung über die Schwangerschaft zu verbergen, aber er versuchte es immerhin. Und als Anja geboren wurde und er sie das erstemal sah, war es, als würde etwas aufbrechen in ihm, schon bei dieser ersten Begegnung mit seiner Tochter liebte er sie mehr als jeden anderen Menschen. Und, wie ich dir bereits erzählt habe, stand hinter dieser Liebe immer das schlechte Gewissen und die Reue. Es war dieses kleine Menschenkind, dem er das Recht auf Leben hatte verweigern wollen!«

Sie verliert sich in Erinnerungen. Es ist auf einmal ganz still in ihr. Von der Brunkollenhütte hört man Gegröle. Die Studenten haben vergessen, daß wir in der Nähe sind. Jetzt wird laut gesungen, Trinksprüche, Saufgesänge und unanständige Lieder. Es wird eine lange Nacht werden. Die Witze sind primitiv und kurz: Ein Gebrüll folgt dem nächsten: »Diese Flaschenöffnung ist verflucht kalt!« und der andere brüllt zurück, begeistert über den eigenen Witz: »So ist die Braut auch.«

Ein Nachmittag mit Marianne Skoog. Ein Septembersamstag am Brunkollen. In einer Stunde wird die Sonne untergehen. Wir müssen aufbrechen. Wir sitzen nebeneinander auf dem umgestürzten Baumstamm, und ich möchte den Arm um sie legen, wie ein Gleichaltriger und nicht wie ein siebzehn Jahre jüngerer Mann. Ich wünsche mir eine Mündigkeit und ein Alter, die ich nicht habe. Ich wünsche mir, 1935 geboren zu sein und sie trösten zu können. Ich wünsche mir, über frei gewählte Abtreibung mit ihr zu reden und über das, was während des Krieges geschah. Ich wünsche mir, daß wir unsere Schicksale ›bezwingen‹, wie sie sagte, und einen neuen Kurs einschlagen. Ich wünsche mich weg von meiner herumirrenden Jugend. Ich wünsche mir gemeinsame Erfahrungen mit ihr, egal, wie teuer erkauft sie sein mögen.

Und all das hätte vielleicht geschehen können, wenn ich gewagt hätte, ihr den Arm um die Schultern zu legen, sie festzuhalten wie eine Gleichaltrige.

Aber ich kann es nicht. Sie würde es niemals zulassen. Und wenn sie es zugelassen hätte, wäre es wie ein Freundschaftsdienst gewesen, wie die Geste eines Mitglieds des Vereins Sozialistischer Ärzte, einer Vertreterin für den neuen Sexualaufklärungsdienst.

Intermezzo unter Bäumen »Wir müssen jetzt losgehen«, sage ich.

»Mitten in meiner Geschichte?« Sie schaut mich etwas hilflos an.

»Wenn nicht, müssen wir im Dunkeln hinunter zum Østernvann und weiter zur Haltestelle Grini.«
»Rede ich zuviel?« sagt sie nervös. »Jugendliche wie du sind natürlich nicht an solch trostlosen Geschichten interessiert ...«
»Sag so was nicht!« rufe ich und bin überrascht von dem Zorn in meiner Stimme. Sie erschrickt. »Entschuldigung«, sage ich ruhiger. »Du weißt, was deine Geschichte für mich bedeutet. Wir wollen nicht auf der Höflichkeitsebene miteinander verkehren. Und jetzt Schwamm drüber! Einverstanden?«
Sie versucht zu lachen. Steht auf. Schwankt ein bißchen, hat sich aber gleich wieder unter Kontrolle, läßt sich nichts anmerken. »Ich mag dich, wenn du offen sagst, was du denkst. Ich mag deine Stärke, die so plötzlich sichtbar wird. Vergiß sie nie, wo immer im Leben du dich befindest.«
Ich nicke, wage es nicht, sie anzuschauen, wenn sie so spricht. Und will nicht, daß sie sieht, wie ich erröte.
»Wir haben einen weiten Weg vor uns«, sage ich.
»Ja, aber zum Glück geht es bergab.«
Da verstehen wir gleichzeitig, was sie gerade gesagt hat, die direkte Verbindung zwischen ihrer Geschichte und dem Wort *bergab*, und wir fangen zu lachen an. Die übertragene Bedeutung ist allzu klar. Und das Lachen ist unser Freund, es ist freundlich und sanft. Es verlangt nach mehr. Eine Umarmung, eine Bestätigung, daß wir dieselbe Sprache sprechen, daß wir über dasselbe lachen. Sie steht da und platzt fast vor Lachen. Ich auch.
»Bergab!« lacht sie, endlich in meinen Armen. »Buchstäblich!«
»Ja, zum Glück!« lache ich unter Tränen und bin zugleich gerührt, denn es ist so merkwürdig und so ungewohnt, sie so im Arm zu halten.
Wir merken es beide und ziehen uns zurück.

»Komm, wir gehen«, sagt sie fast munter. »Und beim Bergabgehen kann ich dir ja den Rest dieser schrecklichen Geschichte erzählen.«

Wanderung in die Dunkelheit Ich halte Ausschau nach dem Habicht am Himmel. Ich weiß, daß er da ist, aber er muß sich hinter einer kleinen, goldenen Wolke versteckt haben. Er wird sich von jetzt an vor mir versteckt halten. Ich muß alle Prophezeiungen ganz allein deuten. Aber das weiß ich noch nicht. Wir machen einen weiten Bogen um die Brunkollenhütte, um zu vermeiden, in die dummen Witze der Studenten einbezogen zu werden.
»Jungs sind so«, flüstert Marianne Skoog beinahe entschuldigend im Hinblick auf meine Geschlechtsgenossen.
Und als wir hinaus auf den Waldweg kommen und abwärts gehen, ist das Lachen verstummt, das hinter uns und das zwischen uns. Der Spaß ist vorbei.
»Der Rest der Geschichte«, sage ich.
Sie zieht sich die Windjacke über, die sie bis jetzt um die Taille geschlungen hatte. Dann dreht sie sich beim Gehen eine Zigarette. Ich gebe ihr Feuer.

»Der Rest der Geschichte? Ich wünschte, der wäre nie geschrieben worden.«
»Auf die Geschichte mit Anja wirst du doch nicht verzichten wollen?«
»Verzichten? Nein. Aber du kannst dir nicht vorstellen, wie das ist, ein Kind zu verlieren, Aksel. Du bist in vieler Hinsicht erwachsen, aber in dem Punkt bist du zu jung. Das ist eine Erfahrung, in die man sich unmöglich einfühlen kann, ebenso unmöglich, wie es für einen ist, der keine Kinder hat, die Gefühle einer Mutter und eines Vaters zu verstehen. Dabei meinen wir, so viel verstehen zu können. Die Volksaufklä-

rung macht uns weis, wir könnten uns jedes Wissen anlesen. Aber das können wir nicht. Wir wissen nicht, was es bedeutet, ein Kind zu verlieren. Ebensowenig weiß kaum einer, was das für ein Gefühl ist, sich das Leben zu nehmen. Bror Skoog wußte es eine Zehntelsekunde lang. Und ich werde nie vergessen, daß ausgerechnet *er* diese Einsicht haben sollte.«
»Bei unserem Essen letztes Jahr im Blom sagtest du, daß du ihn verlassen wolltest, sobald Anja achtzehn ist?« erinnere ich sie.
»Ja«, sagt sie, während wir nebeneinander den Berg hinunter zum Østernvann gehen und sich die Sonne den Gipfeln der Bergrücken im Westen nähert. »Er war ein kranker Mann, und ich begriff es zu spät. Daß man krank ist, bedeutet aber nicht, daß man nicht viel Gutes tun kann. Seine Krankheit war von der herzzerreißenden Art. Er liebte sowohl Anja als auch mich zu sehr. Wegen uns riß er seine Gefühle in Fetzen. Er bewachte mich, hatte täglich Angst, ich würde mir einen anderen Mann suchen, weil er einmal gewollt hatte, daß Anja nicht geboren wird. Er meinte, ich würde nichts anderes denken und ihm all das, was er als Fünfundzwanzigjähriger gemacht hat, Tag für Tag vorwerfen. Jedesmal, wenn er mich sah, meinte er, mein Blick würde ihn anklagen. Ich bat ihn, flehte ihn an, nicht in solchen Bahnen zu denken, aber er war einfach nicht davon abzubringen. Und weil er ein solches Bedürfnis nach Buße hatte, übertrug er es auf Anja. *Sie* sollte nicht unter dem Fehler ihres Vaters leiden. Er begann, sie zu vergöttern, ebenso wie er mich weiterhin vergötterte. Es gab keinen aufmerksameren und verständnisvolleren Vater und Ehemann als Bror Skoog. Aber das war einfach zuviel. Er vergötterte uns so sehr, daß wir fast vor seiner Anbetung auf die Knie fielen, und als ich das durchschaute, starb etwas in mir, und nichts war mehr wie vorher.«

Plötzlich versiegt ihre Geschichte. Sie hat nichts mehr zu erzählen, bis ich mit neuen Fragen komme.
»Aber er wußte nicht, daß du vorhattest, ihn zu verlassen?«
»Nein, eigentlich nicht. Aber er war grenzenlos eifersüchtig.«
»Und währenddessen wurde Anja dünner und dünner.«
»Ja, und darüber zu reden ist am schwierigsten«, sagt sie. »Denn ich habe es viel zu spät gesehen, zu spät erkannt. Ich dachte, alles an ihr sei gesund. Sie war überall die Beste. Jemand sagte, sie sei die Schönste. Es war nicht mein vordringliches Ziel, daß sie so verdammt schön sein mußte. Ich wollte, daß sie gesund und lebensfroh ist, daß sie gerne zur Schule geht, gerne am Flügel sitzt, der ihr so wichtig war. Ich übersah das Kranke daran. Ich übersah, daß ich Bror ein zweites Kind verweigerte. Ich übersah, daß hinter seiner grenzenlosen Fürsorge für seine Tochter eine grenzenlose Selbstverachtung steckte. Das war der Grund, warum er ins Ästhetische floh und Anja dorthin mitnahm. Er baute für sie eine Märchenwelt. Er ersetzte Asbjørnsen und Moe durch Le Corbusier und AR-Lautsprecher, durch Bruckner und Chopin. Aber er meinte das ganz aufrichtig, fast naiv. Kein Gehirnchirurg der Welt hat mehr Zeit für sein Privatleben gehabt. Vielleicht, weil er eine so unglaubliche Koryphäe in seinem Fach war, konnte er seine Anwesenheit im Krankenhaus selbst festlegen. Und es war Anja, der er all seine Zeit widmete. Und dadurch, daß er sich so sehr um Anja kümmerte, dachte er vielleicht, es würde ihm gelingen, meine Gefühle für ihn wiederherzustellen, die er in der schwierigen Schwangerschaft zerstört hatte, wie er glaubte.«
»Das klingt erdrückend.«
»Ja, mein Lieber. Seltsam war nur, daß keiner von uns merkte, wie erdrückend es war. Wir waren nicht offen für all die Spannungen, die in der Luft lagen. Wir lebten von Anfang an im Elvefaret, weil Brors steinreicher Großvater gerade

starb, als wir heirateten, und weil Brors Eltern uns etwas Gutes tun wollten in einer schwierigen Situation. So eine luxuriöse Wohnsituation wie ich hatte kein anderer Medizinstudent. Und vielleicht, weil mir so vieles leichtgemacht wurde, auch wenn es eine Herausforderung war, als Mutter eines kleinen Kindes die Ausbildung zur Gynäkologin zu machen, habe ich die Fähigkeit verloren, das Nächstliegende zu sehen. Ich war mir völlig sicher, daß Bror und ich trotz allem eine Art von Glück verwirklichten. Ich glaubte jedenfalls nicht, daß Anja angesteckt werden könnte von der Schwärze und den Fehlern, die unser Zusammenleben so früh vergifteten.«

»Hast du nicht gesehen, daß sie immer dünner wurde?«

»Nein«, sagt Marianne Skoog in der Dämmerung, mit einer Zigarette dicht an den Lippen. »Ich liebte sie doch. Obwohl sie ein Papakind war, war *ich* doch ihre Mutter. Und mein Arbeitsfeld, der Verein Sozialistischer Ärzte, all die politischen Kämpfe, verbunden mit dem Lebensoptimismus, wirkten wie ein Schleier, der mich blind machte, wenn ich heimkam. Obwohl Bror psychisch labil war und einige Anfälle klinischer Depression gehabt hatte, war ich so sicher, daß er sich bestens um Anja kümmerte. Ich sage das nicht, um mich zu rechtfertigen, sondern um eine Form der Betriebsblindheit deutlich zu machen. Ich sah überall das Leid der Menschen, nur nicht im eigenen Haus. Ich hatte mit so viel Kummer und Schmerz zu tun, mit so vielen schrecklichen Schicksalen. Als würde man jeden Tag Leben retten. Aber wenn ich heimkam, wollte ich mich ausruhen. Da wollte ich mich mit einem Glas Rotwein hinsetzen und zuhören, wie meine Tochter Nocturnes von Chopin für mich spielt. Da wollte ich die perfekte Mutter sein. Da war ich nicht mehr Mitglied des Vereins Sozialistischer Ärzte. Da weigerte ich mich, zu sehen, wie dünn sie geworden war.«

Beim Reden wird es dunkel. Bald ist es ganz dunkel, und ich muß die Taschenlampe herausholen. Da werde ich zum Taschenlampenmann, da übernehme ich Bror Skoogs Rolle, der unten im Erlengebüsch nach mir leuchtete. Er hielt Ausschau nach einem möglichen Feind, einem Rivalen. Ich halte Ausschau nach einem Steig oder einem Weg, der uns zur Haltestelle Grini bringen kann.
»Aber wie konnte sie so dünn werden«, sage ich vorsichtig. »Und wie konnte Bror Skoog es zulassen, daß sie mit dem Philharmonischen Orchester Ravel spielte, als sie nur noch vierzig Kilo wog?«
Sie bleibt in der Dunkelheit stehen.
Ich höre eine bebende Stimme.
»Du darfst nicht so direkt mit mir sprechen«, sagt sie. »Ich ertrage das nicht.«
Es überläuft mich kalt, das kommt unerwartet. Marianne Skoog. Ist sie nicht in der Lage, eine so vorsichtige und klare Frage zu beantworten?
Nein, sie steht da und schwankt.
»Was ist los?« frage ich. »Sag etwas. *Sag* etwas!«
Aber sie antwortet nicht.
Dann kippt sie um.

Und plötzlich ist alles anders, denke ich. Wie wenn eine Wunde sichtbar wird, wie wenn etwas zu spät ist. Und ganz egal, was kommen wird, es ist sowieso zu spät. So war das jetzt. Ich knie auf einem Waldweg und fasse sie unter dem Kopf, ich möchte sie hochheben. Aber bin ich stark genug?

Als sie wieder zu sich kommt, blickt sie mir in die Augen und murmelt völlig verwirrt: »Entschuldigung. Ehrlich. Entschuldige. Es kam so unerwartet.« Ich versuche, sie in eine sitzende Position zu bringen.
Wir sind jetzt ganz allein. Nur die Tiere, der Wald und wir.

Und die Studenten weiter oben, außerhalb unserer Reichweite.
»Wo bin ich?« sagt sie.
»Weit drinnen im Wald, dem grünen«, sage ich. »Weißt du noch, wo du bist? Weißt du, daß wir auf halbem Weg zwischen dem Brunkollen und der Haltestelle Grini sind?«
»Weit drinnen im Wald, dem grünen? Das klingt jedenfalls beruhigend.«
»Ich werde uns nach Hause bringen«, sage ich. »Ich werde uns beide nach Hause bringen.«
Da klammert sie sich an mich.
»Du darfst mich jetzt nicht verlassen«, sagt sie.
»Ich werde uns beide nach Hause bringen«, sage ich.
Sie versucht, aufzustehen. Ich helfe ihr dabei. Aber die Beine tragen sie nicht.
»Ich falle wieder!«
»Bergab!«
Aber sie erinnert sich nicht mehr an das witzige Wortspiel.
»Hilf mir«, sagt sie.
Sie hält mich krampfhaft fest.

Rückweg Ich trage sie auf dem Rücken, kann fast nichts sehen, denn ich habe die Taschenlampe an der Stelle, wo Marianne zusammenbrach, verloren und will nicht zurückgehen, um sie zu suchen.
Da ertönt in nächster Nähe ein Schuß, und sie lockert den Griff um meine Schultern.
»Halt dich fest!« schreie ich.
Sie gehorcht, verstärkt ihren Griff.
»Die Schüsse sind ungefährlich«, sage ich. »Es sind nur die Hobbyschützen drüben am Skytterkollen.«
Ich gehe in der Dunkelheit. Die Sicht ist schlecht, doch zum Glück steigt der Mond auf.

»Wir schaffen das«, sage ich.
»Was schaffen wir?« sagt sie.
Da scheint sie von ihren eigenen Worten abrupt wach zu werden.
»Laß mich runter!« sagt sie und schlägt auf meinen Kopf.
»Was geht hier vor?«
Ich gehorche sofort, drehe sie aber in Richtung Mond, um ihren Gesichtsausdruck sehen zu können.
Ihre Augen starren angstvoll, sind weit aufgerissen. Die Haut ist kreideweiß in diesem Licht.
»Du bist auf dem Weg gestürzt«, sage ich. »Du bist ohnmächtig geworden. Das kann passieren.«
»Du darfst mich nicht loslassen«, sagt sie. »Ich weiß, was passiert ist. Ich weiß, wo wir sind. Es ist nichts Schlimmes.«
»Ich soll dich nicht loslassen?« frage ich.
»Nein, laß mich nicht los«, erwidert sie. »Ist das so schwer zu verstehen?«

Ich gehe langsam neben ihr, als sei sie alt und gebrechlich. Merkt sie es denn nicht selbst? Ich würde am liebsten heulen. Alles ist so anders.
»Was hast du auf dem Rücken?« fragt sie, während ihre Hand über meinen Körper tastet, als sei sie blind.
»Den Rucksack«, sage ich. »Die leere Weinflasche. Die beiden Gläser. Aber wir haben vergessen, die Schokolade zu essen. Möchtest du jetzt etwas Schokolade?«
»Ja, gerne«, sagt sie.

Wir stehen mitten auf dem Waldweg und essen Schokolade. Ich denke, daß ich ihr helfen muß, daß sie sich danach stärker fühlen wird. Aber schon nach einigen Bissen sagt sie:
»Ich mag nicht mehr.«
Und kippt mir wieder um.

Da trage ich sie. Ich trage sie den restlichen Weg bis zur Straßenbahnhaltestelle Grini.
Sie sagt nichts. Sie hängt einfach auf meinem Rücken, wie ein Sack Kartoffeln. Aber jedesmal, wenn ich ihr zurufe: »Halte dich besser fest!« gehorcht sie und schlingt die Arme fester um meinen Hals. Es ist fast ein Würgegriff, aber ich kann noch atmen. Und so gehen wir die letzten Kilometer zur Haltestelle, ohne daß einer von uns ein Wort sagt.

Als die Straßenbahn kommt, kann sie immer noch nicht auf den Beinen stehen. Der Schaffner meint, sie sei betrunken, und will uns nicht einsteigen lassen.
»Sie ist krank!« sage ich mit meiner schärfsten Stimme. »Wir müssen nur bis Røa.«
Wir setzen uns gleich neben die Tür. Die anderen Fahrgäste beobachten uns. Sie redet nicht, und ich weiß nicht, was ich zu ihr sagen soll. Was sie mir erzählte, hat etwas in ihr ausgelöst. Oder war das, was sie *nicht* erzählt hat, schuld an ihrer Veränderung? Diese Frau, die da neben mir sitzt, kenne ich nicht. Sie ist voller Angst. Und sie kann nicht auf ihren Beinen stehen. Sie zittert, und ich halte sie fest.
»Nicht weggehen«, flüstert sie.
»Ich gehe nicht weg von dir«, sage ich. »wir steigen gemeinsam bei der Haltestelle Røa aus, und ich trage dich nach Hause.«
Sie nickt, blickt mit leeren Augen starr vor sich hin.

Ich trage sie den ganzen Melumveien hinunter bis zum Elvefaret. Sie ist wie ein schwerer Sack auf meinem Rücken, und ich bin froh, daß es dunkel ist und uns niemand sieht. Dann schließe ich das Skoog-Haus auf, ihr Haus, und es ist gut und traurig zugleich, wieder zurück zu sein. Ich lege sie auf das Sofa und streiche ihr über die Wange, versuche, sie zu beruhigen. Sie ist sehr unruhig.

»Soll ich dir etwas zu trinken holen?«
Sie nickt. »Ein Glas Wasser, aber nicht sofort. Du darfst nicht weggehen.«
»Ich gehe nicht weg.«
Sie atmet tief, als mache sie eine Übung, die sie gelernt hat. Dann schüttelt sie plötzlich heftig den Kopf, als denke sie Gedanken, die sie nicht denken will, und die Augen sind schwarz vor Trauer. Dann kommen die Tränen, wie wenn sich eine Schleuse öffnet oder ein Damm bricht. Ich habe noch nie ein solches Weinen erlebt. Nicht einmal Cathrine konnte mit einer so bodenlosen Verzweiflung weinen. Und jetzt, so viele Jahre danach, erinnere ich mich an dieses Weinen mit demselben Schrecken wie damals, und mir läuft es kalt den Rücken hinunter.
Ich halte sie in meinen Armen. Sie weint kreischend laut wie ein kleines Kind. Das untröstliche Weinen eines Menschen in der Not.
»Ich gehe nicht weg von dir«, sage ich wieder und immer wieder. »Ich gehe nicht weg von dir.«

Es ist spät in der Nacht, als sie endlich zu weinen aufgehört hat, als sie mich völlig erschöpft anschaut und sagt:
»Entschuldigung.«
»Was gibt es zu entschuldigen?« frage ich.
»Daß ich dir das alles zumute. Daß du das erleben mußt.«
»Ich weiß nicht einmal, was ich erlebt habe«, sage ich. »Ich weiß nur, daß es dir schlechtgeht.«
»Das kommt wellenartig«, sagt sie. »Vielleicht ist es zu früh für mich, darüber zu reden. Aber ich meine, ich bin es dir schuldig, aus irgendeinem Grund.« Sie mustert mich forschend, während sie redet, als wolle sie feststellen, wie ich das alles aufgenommen habe, wie ich sie nach dem, was passiert ist, ansehe. »Und du, du brauchst doch jetzt in deinem Leben dringend Ruhe und Stabilität.«

»Denk nicht an mich. Ich finde meinen Weg.«
»Das habe ich auch gemeint. Und es funktioniert bis zu einem bestimmten Punkt. Aber dann ist auf einmal Schluß.«
»Fühlst du dich jetzt besser?«
Sie drückt meine Hand, lächelt müde. »Ja, viel besser. Und jetzt müssen wir schlafen gehen.«
»Aber kannst du denn stehen?«
»Das denke ich doch.«
Sie erhebt sich vom Sofa. Die Beine tragen sie. Ich stehe ebenfalls auf.
»Gute Nacht, mein junger, treuer Freund«, sagt sie. »Du weißt gar nicht, was du heute für mich getan hast. Und eines Tages wirst du den Rest der Geschichte hören.«
Sogar jetzt ist sie schön, denke ich, obwohl das Gesicht tränenverschmiert ist. Ich könnte sie küssen, könnte die schweren Gedanken mit Zärtlichkeit vertreiben. Schamlos denke ich den Gedanken weiter, daß wir nicht vom Sofa aufstehen, daß ich mich zu ihr lege, daß wir liegenbleiben. Aber es ist zu spät.
Sie küßt mich leicht auf den Mund.
»Entschuldigung«, sagt sie. »Aber ich habe gesehen, daß Rebecca es gemacht hat. Und sie ist ja auch nur eine gute Freundin.«
Ich erröte, weil sie mich durchschaut hat, weil sie alle meine verbotenen Gedanken sieht.
»Geh jetzt schlafen«, sagt sie mit einem matten Lächeln. »Morgen ist auch noch ein Tag. Ich muß bis Montag früh wieder in Form kommen. Ich werde sicher lange schlafen.«
»Aber kannst du denn am Montag arbeiten?« frage ich.
»Natürlich gehe ich am Montag zur Arbeit«, sagt sie.

Nachtgedanken In der Nacht liege ich wach, die Erlebnisse lassen mich nicht los und das, was sie erzählt hat. Ich frage mich, ob ich den Rest der Geschichte hören werde, ob sie jemals in der Lage sein wird, das zu erzählen. Die Arme schmerzen, und es sticht im Rücken. Hatte sie eine Panikattacke? Haben *deshalb* ihre Beine den Dienst versagt? Mutter hatte Panikattacken, als Cathrine und ich klein waren. Die fürchterlichen Auseinandersetzungen mit Vater haben so viel in ihr aufgerissen. Viel Leidenschaft und viel Zorn. In Marianne Skoog ist auch viel Leidenschaft, sosehr sie das vor mir verbergen möchte. Aber in ihr ist auch viel Trauer. Mir fehlt ihre Nähe. In meinem Körper steckt eine tiefe Unruhe, eine Angst um sie, die sich mit der Sehnsucht nach ihrem Körper mischt. Rebecca sagte ohne Umschweife, daß sie mit mir schlafen will. Zum erstenmal gestehe ich mir ohne Umschweife ein, daß ich mit Marianne Skoog schlafen will. Dieses Begehren ist gewachsen, Tag für Tag, vielleicht, weil wir allein in diesem Haus wohnen. Ich weiß, daß sie Freunde hat, einen großen Bekanntenkreis, daß sie gesellig ist. Trotzdem kommt sie jeden Abend nach Hause, und wir schleichen umeinander herum wie die Katze um den heißen Brei. Vor einigen Stunden hat sie mich in Angst und Schrecken versetzt, aber wir waren uns dabei nahe. Selbst als sie weinte und tief in ihrer eigenen Welt war, fühlte ich mich ihr nahe. Sie bezog sich auf mich. Ausschließlich auf mich. Sie wußte ständig, daß ich da war. Sie vertraute mir und ließ mich machen. Ich wuchs vor ihren Augen vom Knaben zum Mann. Und ich habe instinktiv das Gefühl, daß ich nicht mehr zu jung für sie bin, daß sie nicht an mein Alter denkt, wenn sie mich sieht. Die vielen intimen Augenblicke, die zwischen uns waren, haben unsere Gefühle verändert. Sie weiß, wie sehr ich sie begehre, denke ich, wie sehr sie meine Gedanken in ihrer Gewalt hat, wie begehrenswert sie nach wie vor ist. Sie weiß, daß ich nach allem suche, was an ihr Anja ist, daß ich es liebe, egal ob froh oder düster. Wenn es nur Anja ist. Wenn es nur Anjas Mutter ist.

Denn sie ist auch so viel mehr als Anja, so viel anderes, was Anja nicht war. Anja hatte fast alles vor sich. Marianne Skoog hat so viel hinter sich. Und alles was sie erlebt hat, erregt mich. Auch ihr Schmerz, ihre Trauer erregen mich, vielleicht, weil ich sie ein Stück weit begleiten kann, weil der Tod ein selbstverständlicher Hintergrund für unseren ständig gefährdeten Alltag ist.
Aber ist der Gedanke, eine Beziehung zu dieser Frau anzufangen, die meine Mutter sein könnte, nicht völlig abwegig? Ist es nicht beinahe grotesk, ein so starkes Verlangen nach einer Frau zu empfinden, die in Trauer ist, die eindeutig Angst hat, die trotz ihres starken Wunsches nach Kontrolle eben doch keine hat? Und falls ich nun auf einer völlig falschen Fährte bin? Woher habe ich in dem Fall diese Selbstsicherheit? Vielleicht würde sie laut lachen, wenn sie meine Gedanken lesen könnte. Sie hat recht. Ich brauche in erster Linie Ruhe und Stabilität. Damit ich mich konzentriere, damit ich hart arbeite, Stunde um Stunde an Anjas Flügel spiele. Was glaube ich eigentlich, wer ich bin? Ein Geschenk Gottes an die Frau? Ich, Aksel Vinding, ein ganz gewöhnlicher und etwas sonderbarer Klavierstudent, zwar mit starken Leidenschaften, aber nicht sehr strukturiert in dem, was ich mir vornehme. Wie kann ich es mit ihren männlichen Kollegen im Verein Sozialistischer Ärzte aufnehmen? Wie kann ich es wagen, zu glauben, ich hätte hier den Vortritt vor den Männern, mit denen sie letzten Sommer beim Segeln war. Männer um die Vierzig, vielleicht Väter, vielleicht mit gescheiterten Beziehungen hinter sich. Männer mit einer Geschichte. Meine Geschichte ist so klein und kurz, und sie kreist um ein kleines Flußtal am Rande von Oslo. Sie kreist um Mutter, Cathrine und Anja, und noch einige mehr. Ich liege im Bett und grüble und höre den Fluß, der im Talgrund direkt unterhalb des Hauses rauscht. Er führt viel Wasser nach all dem Regen. Das Rauschen des Lysakerelven ist

zugleich beruhigend und erregend. Marianne Skoog, denke ich. Herrgott, wie soll das mit uns weitergehen?

Weißer Sonntag   Ich erwache mit einem Ruck. Die Sonne scheint auf die Bäume. Es ist schon lange Tag, nicht eine Wolke am Himmel, und ich denke, daß ich wegen irgend etwas ein schlechtes Gewissen haben müßte, weiß aber nicht, was es ist. Mein Körper fühlt sich schwer an von den Träumen der Nacht. Dann fällt mir ein, daß Sonntag ist. Mir fällt ein, was ich dachte, bevor ich einschlief. Mir fällt der gestrige Tag ein und Marianne Skoogs Verzweiflung.
Ich gehe ins Bad, dusche lange, denke an sie, hoffe, daß sie geschlafen hat, daß sie wieder stark ist und sicher auf den Beinen. Ich habe Mutters alten Bademantel an, als ich auf den Gang hinaustrete und wir zusammenstoßen.
Und noch immer, nach so vielen Jahren, könnte ich nicht sagen, ob sie in mich hineinlief oder ich in sie. Aber höchstwahrscheinlich war ich es, der sich im Bruchteil einer Sekunde dazu entschloß, an das Unmögliche zu glauben. Ja, noch viele Jahre danach spüre ich, wie das Blut beim Gedanken an diesen Augenblick in den Schläfen pocht, als ich die Arme öffne, als wir uns um den Hals fallen, als ich sie anders als sonst ganz dicht an mir spüre, als sie nicht wie ein Sandsack auf meinem Rücken hängt, sondern wir Bauch an Bauch stehen, und diesmal hat sie ihre Nase in meiner Halsgrube. Wir wissen beide, wie ernst es ist, was wir jetzt tun, als wir uns über den Rücken streicheln, als wir das nicht mit den anspruchslosen Händen des Trostes tun.
»Nichts sagen«, sagt sie. »Bitte sag kein Wort.«
»Ich sage nichts«, sage ich.
Und ich weiß nicht mehr, ob sie nun mich küßt oder ich sie. Es ist nicht wichtig. Wir küssen einander an diesem Sonntag morgen im Gang. Sie schmeckt nach Schlaf und Rauch.

Sie riecht nach dem Wein von gestern.
»Du hast meine Hemmung aufgelöst«, sagt sie entschuldigend.
Aber ich weiß nicht, wer von uns sich entschuldigen muß, als ich mit einem Übermut und einer Selbstsicherheit, die ich mir nicht erklären kann, zu ihr vordringe. Alle Schranken fallen. Sie greift ebenso nach mir. Wir stehen im Flur im ersten Stock. Und obwohl wir uns beide genieren, hindern wir einander nicht, weiterzumachen.
»Nein«, sagt sie. »Nicht hier. Nicht so.«
»Wir gehen in dein Zimmer«, sage ich.
»Nein, wir gehen in Anjas Zimmer«, sagt sie.

Es passiert in Anjas Bett. Ich öffne die wenigen Knöpfe ihres Nachthemds.
»Du darfst mich nicht anschauen«, sagt sie.
»Was willst du mir denn verbieten«, sage ich.
»Nichts. Ich möchte dir alles geben, egal, wie sehr ich es später bereue. Aber gerade heute ...«
»Ja«, sage ich. »Gerade heute.«
Es ist, als würden wir ein Siegel erbrechen, und obwohl wir es mit anderen schon oft gemacht haben, sind es jetzt wir zwei, die das Verbotene tun. Deshalb tun wir es mit der tiefsten Freude.

»Du mußt vorsichtig sein mit mir«, sagt sie.
»Sag mir, was ich tun soll.«
»Nicht reden. Tu es einfach.«
Sie weiß, daß ich mit ihrer Tochter geschlafen habe. Uns verbindet eine Gewißheit, wie ein Pakt. Eine andere Form des Paktes habe ich mit Selma Lynge. Ich merke, daß sie sich wegen ihres Körpers geniert. Bruchstücke ihrer Geschichte schießen mir durch den Kopf. Sie weiß so viel über Sexualität. Ihr ist bewußt, daß sie siebzehn Jahre älter ist

als der Junge, mit dem sie im Bett liegt. Sie hat sicher mehr Männer gehabt als nur Bror Skoog und den Nachbarsjungen. Und was wußte Bror Skoog? Hat sie das Gefühl, mit einem Jungen zu schlafen? Ich möchte aber kein Junge sein. Ich will ein Mann sein. Sie ist gefallen. Ich habe sie getragen. So einfache Symbole. Genügen sie mir, um mich stark zu fühlen? Was ist das für ein Übermut, der mich erfaßt hat. Ich genieße das Zusammensein mit ihr, lasse Gefühle zu, die zu zeigen ich immer Angst hatte. Mit Margrethe Irene, Anja Skoog und Rebecca Frost bin ich scheu und gehemmt gewesen. Habe ich mich geschämt. Mit Marianne Skoog empfinde ich keine Scham. Und obwohl sie sich wegen ihres Alters Sorgen macht, spüre ich, daß sie weiß, was sie wert ist, daß sie das vorher gemacht hat, viel öfter, als ich es eher flüchtig in meinem jungen Leben erfahren habe. Die Sexualität ist ihre Berufung geworden, der sie ihr Leben gewidmet hat. Hat sie oder hat Bror Skoog die gemeinsame Tochter aufgeklärt? denke ich. Anja hatte eine Erfahrung, deren Ursache mir ein Rätsel war. Marianne Skoog hat dieselbe Erfahrung. Ihr Gesicht ist geschwollen von Tränen und Schlaf. Sie will das vor mir verbergen, fühlt sich gewiß häßlich. Aber ich sauge jedes Detail auf, jedes Fältchen, jede Rauheit der Lippen, den Geruch ihres Atems.
»Wie schön du bist«, flüstere ich ihr ins Ohr.
»Sag so was nicht«, sagt sie und wendet sich ab.
Sie krallt sich plötzlich in meinen Rücken und kommt ganz überraschend mit großer Gewalt, begleitet von einem kurzen und heftigen Weinen, das ganz anders ist als am Tag vorher, aber auch die Verzweiflung in sich hat. Ich verhalte mich still, während es passiert, und weiß nicht, was ich tun soll, ob ich es wagen kann, in ihr zu kommen, denn wir haben uns nicht geschützt.
Die Tränen fließen, aber ich kann mich nicht zurückhalten. Als ich vorsichtig weiter in sie eindringen will, als sie be-

greift, was geschehen wird, ist sie auf einmal hellwach und flüstert: »Du mußt jetzt heraus aus mir!«
Ich tue, was sie sagt, aber sie greift sofort nach mir, um es wiedergutzumachen. Sie besitzt mich, mehr als ich sie besitzen kann. Als genieße sie, daß ich so jung bin, so unkompliziert in meinem Begehren, mit so starken, hemmungslosen Trieben in dieser Phase meines Lebens. Sie spielt jetzt mit mir, obwohl es blutiger Ernst ist. Bald kann ich mich nicht mehr zurückhalten.
»Komm nur«, sagt sie und kneift im selben Moment die Augen zu.

Ihr Weinen hört nicht auf. Noch viele Minuten danach weint sie in meinen Armen. Ein stilles, erschöpftes Weinen.
»Du brauchst jetzt nicht mehr zu weinen«, sage ich.
»Bald höre ich auf damit«, sagt sie.
Wie wenig Zeit ist erst vergangen seit dem Tod von Bror Skoog und Anja, denke ich. Etwas stimmt nicht, obwohl sich alles richtig anfühlt. Wie konnte das passieren nach all dem, was am Vortag geschah?
Sie liest meine Gedanken.
»Du hast Angst, daß ab jetzt alles schwieriger werden wird.«
»Ich habe gar keine Angst«, sage ich.
»Bereust du es?«
»Nein.«
»Warum mußten wir das tun?«
»Du weißt, was ich für dich empfinde«, sage ich.
»Ja, aber du vermischst das alles zu sehr mit Anja.«
»Das ist nicht verwunderlich. Wir liegen in Anjas Bett.«
»Aber Anja ist tot. Ich fühle das sehr stark. Sie *ist* nicht mehr. Sie schaut uns nicht vom Himmel aus zu, wie gerne ich das auch hätte und glauben würde. Dann hätte ich nicht das getan, was wir eben getan haben.«

Sie begrenzt ein Problem, denke ich. Genauso wie es Rebecca in der Nacht nach dem tödlichen Bootsunfall machte. Aber früher oder später bricht der Damm. Er brach gestern, und er brach eben jetzt. Die Endpunkte sind zu extrem und sind so eng beieinander. Warum läßt sie das zu? Da muß eine Absicht dahinterstecken. Bin ich für sie ein Werkzeug? Eine wichtige Spielfigur in einem gewagten Spiel. Und falls das so ist, hatte der, der ertrank, auch diese Rolle?

Wir küssen uns verwundert wie zwei Gleichaltrige, die zu früh erwachsen wurden. Ich genieße ihre Erfahrung, daß sie so frei ist, so ohne Hemmungen und trotzdem so genant. Und obwohl wir uns in diesen Momenten so nahe sind, scheint sich ihr Gesicht langsam zu verschließen, als würde eine Vertrautheit zwischen uns verschwinden, weil wir jetzt eine Liebesbeziehung haben, weil wir von Trieben und Lust abhängig sind, weil wir uns von jetzt an viel leichter verletzen können, weil wir beide uns von jetzt an instinktiv gegen Enttäuschungen absichern, die der eine dem anderen zufügen könnte.

Wir bleiben im Bett liegen. Ich bin achtzehn Jahre alt, prall und kräftig, und ich will sie noch mal haben. Sie merkt es und entfacht die Lust, deren ich mich so lange geschämt habe. Diesmal weint sie noch mehr. Sie möchte keinen Trost. Wir haben jetzt ein Ritual. Sobald ich mich herausziehe, ist sie mit ihrer Hand da. Alles wird so deutlich. Die offenen Augen, die sie plötzlich fest zukneift.
Ich wage nicht, sie danach zu fragen. Ich fühle mich allein zusammen mit ihr. Sie hält mich umfaßt. Trotzdem fühle ich in meinem tiefsten Innern einen Punkt voller Kälte und Frost.

2. Teil

Gespräch in der Küche Es ist später Nachmittag, als wir in der Küche stehen, jeder mit seiner Zigarette und seinem Kaffee, und ich sehe, wie erschöpft sie ist. Die Gedanken an das, was gerade geschehen ist, quälen sie.
Sie tritt nahe an mich heran.
»Ich hätte das nicht mir dir machen sollen«, sagt sie. »Du hast das nicht verdient.«
»Nun stellst du alles auf den Kopf.«
»Gereifte Frauen, die junge Männer verführen. Das gehört sich nicht, weder für dich noch für mich. Wärest du zwei Jahre jünger, würde ich bestraft.«
Ich lache. »Unsinn«, sage ich. »Wer hat hier wen verführt?«
»Reden wir nicht mehr darüber«, sagt sie schnell. »Aber wir wollen das, was passiert ist, auch nicht überbewerten. Mein Leben ist zu kompliziert, um eine Beziehung anzufangen.«
»Warst du mit dem, der ertrunken ist, zusammen?«
»Nicht so, wie du denkst.«
»Gehört er zum Rest deiner Geschichte?«
»Bitte nicht fragen. Du wirst es noch erfahren.«
»Dann sind wir nicht zusammen? Sind kein Liebespaar?«
»Willst du das denn? Das ist vielleicht keine so gute Idee. Ich muß dich ganz entschieden davor warnen.«
Wir versuchen, einen munteren Ton anzuschlagen, aber was wir sagen, ist ernst.
»Ist es Anja, die zwischen uns steht?
»Nein, das ist es nicht. Aber obwohl wir beide um sie trauern, ist meine Trauer eine andere als deine. Du wirst weitergehen in deinem Leben. Aber nach all den schrecklichen

Ereignissen, die ich erlebt habe, ist es nicht sicher, daß ich jemals wieder eine vollwertige Beziehung eingehen kann. Und ich möchte, daß du das weißt.«

Sie sagt das mit ihrer Arztstimme, denke ich. Wie eine Diagnose. Unabhängig von Gefühlen. Nur die puren Fakten. Dabei gibt es schon viel zu viele Gefühle.

»Wir brauchen nichts festzulegen«, sage ich, um ihr zu helfen.

»Oder allzuviel erwarten«, sagt sie. »Du hast gemerkt, daß ich viel allein sein muß.«

»Ja«, sage ich, »ich habe mich schon gefragt, wo alle deine Freunde geblieben sind.«

»Die gibt es, aber mir ist nicht danach, sie mit nach Hause zu bringen, wenn du verstehst, was ich meine. Ich will einfach meine Ruhe haben.«

»Und trotzdem hast du das Zimmer vermietet?«

Sie nickt, zieht den Rauch tief in die Lungen. »Weil ich dieses leere Haus nicht ertrage.«

»Du könntest es verkaufen?«

Sie nickt. »Ich weiß, aber soweit bin ich noch nicht.«

»Du bist jung«, sage ich, »viel jünger, als du vorgibst zu sein. Und du kannst Kinder bekommen, eine neue Familie gründen.«

»Ich weiß, aber das kann ich mir nicht vorstellen. Und ich will, daß du dir darüber im klaren bist.«

»Du willst also, daß wir asketisch leben, wieder wie Zimmerwirtin und Untermieter?«

Sie küßt mich rasch auf den Mund, schiebt mich ins Wohnzimmer und hinüber zur Couch, wo wir uns in die Arme fallen.

»Nur wenn es möglich ist«, sagt sie mit einem schelmischen Lächeln.

Im Theatercafé Sie läßt mich ein paar Stunden üben, fordert mich mit aufgesetzt mütterlichen Gesten dazu auf.
»Hast du Anja auch so angetrieben?«
»Nein«, lacht sie. »Anja war ein Mädchen. Mädchen muß man freundlich behandeln.«
Sie geht in ihr Zimmer, das verbotene Zimmer, wo sie den ganzen Nachmittag arbeitet. Dann kommt sie herunter.
»Störe ich?« fragt sie in einer kurzen Pause zwischen den Chopin-Etüden.
»Nein«, sage ich. »Für heute reicht es mir sowieso.«
»Es ist schön, dich oben durch den Fußboden spielen zu hören«, sagt sie. »Dieselben Stücke, die auch Anja übte.«
»Ihre Technik war phantastisch.«
»War sie das? Du spielst jedenfalls mit mehr Intensität. Das höre sogar *ich*.«
»Danke«, sage ich.
»Hast du keinen Hunger?« fragt sie.
»Doch«, sage ich.
Sie lädt mich zum Essen ein, sagt, das sei sie mir schuldig. Wir haben an diesem Tag schon dreimal miteinander geschlafen, sie will, daß wir uns wie Hauswirtin und Untermieter benehmen, und jetzt lädt sie mich zum Essen ein?
»Du schuldest mir gar nichts«, sage ich, und mir fällt auf einmal ein, was sich am Vortag ereignet hat, was für sie zu schwer war, um darüber zu sprechen. Und da kommt mir ein unangenehmer Gedanke: Ist alles, was ich heute erlebt habe, für sie nichts anderes als eine Wiedergutmachung dafür, daß ich sie auf dem Rücken fast den ganzen Weg vom Brunkollen bis heim zum Elvefaret geschleppt habe? Wollte sie schlicht und einfach *nett* zu mir sein? Einem Jungen in seiner Not helfen? Ihm das Beste anbieten, das er sich vorstellen kann, wie ein Dessert?
»Doch, ich schulde dir viel«, sagt sie.

Ich komme mit in die Stadt, mag ihre Art, sich weder um Make-up noch um modisches Aussehen zu kümmern. Abgewetzte Jacke, Schultertasche und Jeans. Sie gehört wirklich zu den politisch Radikalen, sympathisiert vermutlich mit der neuen Bewegung der Marxisten-Leninisten, trotz der Zugehörigkeit ihrer Familie zur Arbeiterpartei. Ich denke weniger an Anja, wenn ich neben ihr gehe. Vorher war Anja deutlich und Marianne Skoog im Schatten. Jetzt sind die Rollen vertauscht.

In der Straßenbahn hält sie meine Hand, aber als wir an der Haltestelle Nationaltheatret die Treppen hinaufgehen, zieht sie die Hand weg und sagt schnell, fast beklommen:
»Wir sollten in der Öffentlichkeit unsere neue Beziehung nicht allzu deutlich zeigen, wenn du verstehst, was ich meine. Die Leute kennen meine Situation, und es könnte verwunderte Fragen geben. Hast du den Film »Reifeprüfung« mit Anne Bancroft und Dustin Hoffmann gesehen? Die alte Hexe und der unsichere Schuljunge? Ich will nicht Bancroft sein. Und du kannst ohnehin nicht Hoffmann sein.«

Ich merke, daß ich mich ein bißchen verletzt fühle, daß ich mich erneut frage, was sie mit mir vorhat.

»Wir gehen ins Theatercafé«, sagt sie. »Warst du da schon einmal?«

»Nein, nie«, sage ich. »Vater hat mich an meinem achtzehnten Geburtstag dorthin eingeladen, aber ich habe abgelehnt.«

»Und was machst du jetzt?«

»Ich sage: ja, gerne.«

Sie ist jedenfalls schon öfter im Theatercafé gewesen. Der Mann in der Garderobe verbeugt sich vor ihr. Am Eingang stehen andere Männer, die sie anerkennend mustern. Sie bewegt sich mit der größten Selbstverständlichkeit in diesem Milieu. Hier kommt die sozialistische, emanzipierte Ärztin, in ihrer Begleitung hat sie einen Jungen. Ich finde es merkwürdig, daß sie hierhergeht, in das berühmteste Lokal Norwegens, wenn sie eigentlich nicht mit mir zusammen gesehen werden will. Sie ist heute in viel besserer Verfassung als gestern. Und ich glaube nicht, daß das mein Verdienst ist.

»Es ist angenehm, hier zu sein«, sagt sie und nimmt meinen Arm, »denn hier sind alle so selbstverliebt, daß sie mehr als genug mit sich beschäftigt sind. Das bedeutet, wir sind ungestört.«

Ich glaube ihr nicht, habe aber keine Veranlassung, ihr zu widersprechen. Kurz darauf sitzen wir etwas weiter hinten im Lokal einander gegenüber, sie auf dem Sofa, ich auf dem Stuhl. Sie hat die Situation unter Kontrolle, wirkt aber auf einmal nervös, und als sie mich anschaut, sehe ich, daß die Pupillen ungewohnt groß sind, ohne daß ich eine Ahnung habe, was das bedeuten soll. Sie bekommt die Menü- und die Weinkarte. Der Ober hat verstanden, daß nicht ich zahle. Ich bekomme ebenfalls die Karte, habe aber keinen Hunger. Marianne Skoog legt die Karte sofort beiseite, dreht sich eine Zigarette, läßt zu, daß ich ihr Feuer gebe, um dann meine Zigarette anzuzünden.

»Du kannst essen, was du willst«, sagt sie. »Und achte nicht auf den Preis. Ich habe genug Geld. Willst du Gravlachs? Steak?«

Sie hat mich beim Reden nicht angeschaut. Die Augen flackern. Sie wirkt überdreht, unnatürlich. Hat sie mir nicht erzählt, daß sie den Sonntag brauche, um sich auszuruhen, um wieder zu Kräften zu kommen? Und jetzt bestellt sie einen Chablis, den teuersten Weißwein.

»Ich sollte heute vielleicht keinen Wein trinken«, sage ich.

»Nur ein Gläschen«, sagt sie zustimmend. »Um mir Gesellschaft zu leisten.«

Ich gehorche. Sie hat eine eigene Art, daß das alles zwar als

schädlich anzusehen ist, ohne aber wirklich gefährlich zu sein.
Wir einigen uns auf Steak. »Medium«, sagt sie. »Und mit viel Sauce Béarnaise zu den Pommes frites.«
»Mir dasselbe«, sage ich und merke, daß ich mich gar nicht so fremd fühle, wie ich dachte, daß ich mich in diesem Lokal, wo sie auf dem Balkon Kaffeehausmusik spielen und wo sich reiche Anwälte und moderne Bohemiens ein Stelldichein geben, wohl fühle. Zwei Tische weiter erkenne ich ein paar Lyriker wieder, die deutlich dem Rotwein zusprechen, und eine schöne dekolletierte Frau, die vielleicht die größte Lyrikerin von allen ist.
Ich merke, wie mir der Wein in den Kopf steigt.
Marianne Skoog läßt ihren Blick durchs Lokal schweifen, während sie mich politisch testet, fragt, was ich vom Vietnamkrieg halte, von der Palästinafrage, von der EWG. Eine Kanonade an Fragen. Ich antworte unsicher, will nichts meinen, was sie nicht meint, jedenfalls noch nicht, nehme Standpunkte ein, von denen ich annehme, daß sie von ihr akzeptiert werden. Intellektuell gesehen, ist sie mir überlegen. Aber ich bin auch nicht völlig ahnungslos. Mutter und Vater waren durchaus gesellschaftlich engagiert, sie brachten mir bei, Zeitungen zu lesen. Und Cathrine hat mich in all den Jahren daheim im Melumveien auf Trab gehalten. Aber es ärgert mich, daß Marianne Skoog mich einer anderen Generation zuordnet: »Was haltet *ihr* denn von Richard Nixon? Dann streite ich mit ihr, sage ihr, daß ich es ablehne, mit allen in einen Topf geworfen zu werden. Ihr? Ich gehöre zu keiner anderen Generation als sie. »Doch«, erwidert sie. »Das habe ich an Anja gemerkt. Sie hatte keine Ahnung, was auf der Welt geschieht.«
»Aber das betrifft Anja,« sage ich, »und nicht ihre Generation.«
Das Essen kommt. Wir reden beide voller Eifer, aber ich bin

eigentlich momentan nicht dazu aufgelegt, gesellschaftspolitische Fragen zu erörtern. Sie ist nicht sie selbst, denke ich. Sie hat etwas genommen. Und trotzdem bin ich von ihr erfüllt, lasse ich mich von ihren plötzlichen Einfällen begeistern, bin stolz, mit ihr im berühmten Theatercafé zu sitzen. Können die anderen Gäste sehen, daß etwas zwischen uns *ist*? Sie bestellt die zweite Flasche Wein. Sie fragt mich über Filme aus, die ich nicht gesehen habe. Godard, Antonioni, Bergman. Dann schaut sie auf die Uhr.
»Um 21 Uhr läuft ›Woodstock‹«, sagt sie. »Hast du Lust, reinzugehen?«
»Klar«, sage ich. »Aber wie steht es mir dir?«
»Hör auf. Mach mich jetzt nicht älter, als ich bin.«
Sie versucht, witzig zu sein, aber in ihrem Gesicht ist etwas Trauriges, und plötzlich fällt ein Schatten auf unseren Tisch und ein fremder Mann, tadellos gekleidet im dunklen Anzug, sieht uns an. Das heißt, er schaut Marianne Skoog an.
»*Du* bist hier?« sagt er.
Ich spüre eine Abneigung, fast eine Art Zorn. Und ich verstehe, daß *er* es ist, nach dem sie den ganzen Abend Ausschau gehalten hat. Aber sie bleibt ruhig, erstaunlich ruhig.
»Warum sollte ich nicht hier sein?« sagt sie.
»Ich dachte nicht, daß du dazu schon bereit bist«, sagt er.
»Du mußt meinen Untermieter begrüßen«, sagt sie mit einer freundlichen Geste zu mir. »Du kennst ihn ja.«
Er blickt herunter zu mir. Unwillig und desinteressiert.
»Habe ich die Ehre?« sagt er und hält mir die Hand hin. Ich ergreife sie höflich.
»Aksel Vinding«, sagt Marianne Skoog. »Ein außergewöhnliches Klaviertalent. Er wird nächstes Jahr in der Aula debütieren. Er hat dich aus dem Meer gerettet.«
Der Fremde betrachtet mich mit neuen Augen. Jetzt erkenne ich ihn wieder. Es ist der Steuermann.

»Du warst dabei, als Erik Holm ums Leben kam?« sagt er.
»Er war es, der dich gerettet hat«, sagt Marianne Skoog.
»Stelle dich wenigstens vor.«
»Richard«, sagt er widerwillig. »Richard Sperring.«
»Aksel Vinding«, sage ich pflichtschuldigst. Jetzt sehe ich, daß Marianne Skoog ihn haßt. Diesen Auftritt hat sie erwartet. Sie hat ihn arrangiert, bis ins Detail. Sie muß gewußt haben, daß Richard Sperring an diesem Abend im Theatercafé sein würde.
»Er hat dich aus dem Meer gezogen, Richard«, sagt sie. »Ich darf doch annehmen, daß du ihm eine kleine Aufmerksamkeit geschickt hast? Einen kleinen Dank zumindest?«
Richard Sperring wird unruhig, murmelt plötzlich: »Das hätte ich natürlich tun sollen.«
Ich sehe ihn als Mann. Hochgewachsen. Gut aussehend. Aber trotzdem unbeholfen. Nicht vertrauenswürdig.
»Hast du deine Frau am Sonntag zum Essen ausgeführt?« sagt Marianne Skoog.
»Nein, sie ist zu Hause«, sagt Richard Sperring. »Ich habe ein Arbeitsessen mit meiner Sekretärin.«
»Ist das die hübsche Frau da drüben?« sagt Marianne Skoog und blickt zu einem Tisch am anderen Ende des Lokals.
»Ja, das ist sie«, sagt Richard Sperring verlegen.
Marianne nickt, ohne etwas zu sagen.
»Vielleicht können wir uns gelegentlich treffen«, sagt Richard Sperring verlegen.
»Ja, vielleicht«, sagt Marianne Skoog und beendet das Gespräch, richtet den Blick auf mich, und das ist peinlich für Richard Sperring, das ist demütigend. Ich werde rot vor Verlegenheit, möchte nicht Teil des Konflikts zwischen ihnen werden. In ihren Augen ist eine große Verzweiflung.
»Hat mich gefreut ...« sagt Richard Sperring nervös und begreift instinktiv, daß er sich zurückzuziehen hat. Sie übersieht ihn jetzt völlig. Er verschwindet zwischen den Tischen

des Lokals, kehrt zurück zum Arbeitsessen mit seiner Sekretärin.

Das Negative »Was ist denn in dich gefahren?« frage ich, nachdem er gegangen war.
»Du hast ihn aus dem Meer gefischt«, sagt Marianne Skoog. »Er ist schuld daran, daß das Boot kenterte. Er hat Erik Holms Tod verursacht.«
»Ich verstehe, daß du mit Richard Sperring eine Rechnung zu begleichen hast«, sage ich. »Er hat einfach zuviel riskiert mit dem Boot. Wir haben es ja gesehen von unserem Tribünenplatz aus, Rebecca und ich.«
»Manchmal treten Menschen in unser Leben, die nur eine negative Wirkung auf uns haben, mit negativen Handlungsweisen und entsprechend negativen Konsequenzen. Eine Serie von Negativität, deren Ursache wir zunächst nicht erkennen«, sagt Marianne Skoog. »Ich fürchte, daß ich eine solche Person in deinem Leben bin, Aksel. Verstehst du das?«
»Nein«, sage ich.
»Aber Richard Sperring ist eine solche Person in meinem Leben. Ohne ihn wäre die Tragödie nicht passiert, die zu den anderen zwei Tragödien noch hinzugekommen ist. Mit denen, glaubte ich, würde ich irgendwie zurechtkommen, jedenfalls mit Hilfe der Zeit. Aber daß das Boot kenterte und daß Erik Holm ertrank, das brachte auch mein Leben zum Kentern. Ich habe es noch nicht wieder auf den richtigen Kurs gebracht, und das hast du bereits gesehen.«
»Vielleicht trete auch ich als etwas Negatives auf?« sage ich.
Da legt sie schnell ihre Hand auf meine. »Das kannst du nicht«, sagt sie. »Weil du lieben kannst.«

»Aber ich verstehe, was du meinst«, fahre ich fort. »Und wir, die einem Menschen nahestehen, können es vielleicht besser sehen. Nimm meinen Vater zum Beispiel. Er kam nicht mit Mutters Tod zurecht, kam nicht heraus aus der Trauer. Da tauchte sie auf, Ingeborg aus Sunnmøre. Die mit der Damenunterwäsche. Sie meinte es sicher gut. Meinst du nicht, daß es auch Richard Sperring gut meinte?«
»Ich liebe dich, wenn du so redest«, sagt sie und lächelt anerkennend, immer bereit, den Altersunterschied zwischen uns zu übersehen. »Dann wirkst du so alt und weise, weißt du das?« Sie lacht. »Und ich habe eine Vorliebe für alte Männer.«
Ich werde rot. »Jung habe ich mich eigentlich auch nie gefühlt«, stottere ich verlegen, weil sie mich so mustert und weil das, was ich eben sagte, so idiotisch klingt. »Vielleicht ist es eine Krankheit. Vielleicht denke ich zuviel. Vielleicht lebe ich zuwenig. Irgend etwas muß es sein, wenn man halbe Tage am Klavier sitzt und Etüden übt, nicht wahr? Und der Gedanke an Vater und Ingeborg quält mich.«
»Kennst du die Platte von Ole Paus?« fragt Marianne Skoog.
»Wer ist Ole Paus?« sage ich.
»Ein Liedermacher. Von ihm gibt es ein Lied über den ›Alten Hai‹. Einen Landstreicher. Das hat mir zu denken gegeben. Ein Satz darin lautet: ›Sie versuchte, mich herauszuholen, und dann ging sie zugrunde‹. Verstehst du? Ja, vielleicht hat es Richard Sperring gut gemeint, als er versuchte, mich wieder ans Licht zu ziehen, mich auf einen tollen Segeltörn mitzunehmen, mich auf andere Gedanken zu bringen als nur immer die Trauer über den Verlust von Anja und Bror. Statt dessen sind wir gekentert. Und so großzügig bin ich nicht, daß ich ihm vergebe. Er war waghalsig. Unverantwortlich. Erik Holm kam ums Leben.«
»Wer war Erik Holm?«

Sie überlegt, zündet sich eine Zigarette an.
»Wir waren kein Paar, wenn es das ist, was du denkst«, sagt sie und nimmt wieder meine Hand, jetzt beinahe demonstrativ, daß es alle um uns herum sehen sollen. Mir gefällt es, wie sie sich in ihrem Tun widerspricht. Auf der Straße konnten wir nicht Hand in Hand gehen, aber hier, in der Gerüchteküche der Stadt, ist es in Ordnung.
»Was war er dann?«
Sie raucht ruhig, betrachtet mich, beurteilt mich, legt mich auf die Waagschale, wieder und wieder. Wie sehr kann sie mir vertrauen? Da entsteht ein Abstand zwischen uns. Da fühle ich mich nicht mehr alt und weise. Da bin ich nur verzweifelt.
»Er war mein Psychiater«, sagt sie endlich.

Wir trinken schweigend. Rauchen. Hängen unseren Gedanken nach. Es ist gut, so zu sitzen. Gemeinsam zu rauchen und zu trinken. Mit ihr wirkt das so selbstverständlich. Als müßte ich nie debütieren. Und ich liebe dieses Gefühl. Diese Freiheit. Daß nichts von mir verlangt wird. Daß es ganz andere Dinge gibt, als bei Selma Lynge zu studieren.
»Hast du jetzt einen anderen Psychiater?« frage ich.
»Nein, die Behandlung war beendet. Ich schäme mich nicht, dir das zu erzählen. Ich habe ihn für eine gewisse Zeit gebraucht. Er war nicht von Anfang an ein enger Freund. Deshalb konnte ich ihn als Therapeuten nehmen. Aber wir kannten beide Richard Sperring, den Urologen. Sein Angebot eines mehrtägigen Törns mit seiner Hochseeyacht war verlockend. Eine Gruppe von Ärzten, die an der Südküste entlang nach Kristiansand segelt. Erik sollte ein Auge auf mich haben, ich galt noch als sehr labil. Die ersten Tage waren schön, aber dann begann Richard Sperring seinen waghalsigen Kampf mit den Naturkräften. Das war fürchterlich.«

»Es ist leicht, übermütig zu werden«, sage ich.
Sie nickt. »Merk es dir«, sagt sie. »Es kann später einmal eine wichtige Einsicht sein.«
»Du wußtest, daß er heute hier sein würde?«
»Ja«, sagt sie. »Und ich hatte ein Bedürfnis, ihn zu sehen, das gebe ich zu. Um all das Negative, das er in meinem Leben ausmacht, bestätigt oder widerlegt zu bekommen. Und plötzlich sehe ich, daß alles nur negativ war. Daß er sich zwischen Erik und mich drängte, daß er wahrscheinlich eine dunkle Vergangenheit hat, daß er, mit seiner übertriebenen Überzeugung von sich selbst, noch eine Tragödie auslöste. Wer hätte Erik in meinem Leben werden können? Das werde ich nie wissen. Aber du bist alt genug, auszuhalten, was ich sage: Er hatte eine positive Wirkung auf mich. Vielleicht war er das, was Rebecca Frost in deinem Leben ist. Etwas Positives, Verläßliches. Etwas Nichtnegatives. Ein Mensch, der dich sieht und versteht. Ein Mensch, der es gut mit dir meint. Solche Menschen sind seltene Sammelstücke.«

Wiedersehen mit Rebecca Frost Wir stehen in der Garderobe, als ich Rebecca Frost erblicke und den Mann in ihrem Leben, der vermutlich Christian ist.
»Rebecca!« rufe ich unwillkürlich. »Wir haben gerade von dir gesprochen.«
Sie blickt überallhin, nur nicht zu mir. Versucht, mich zu übersehen. Aber Christian ist hellwach. Ein junger, smarter Jurastudent, mit pomadisiertem, nach hinten gekämmtem schwarzen Haar. Mittelgroß. Durchtrainiert und zugleich versoffen, sieht sowohl dumm wie gefährlich aus. Ein künftiger Lebemann, denke ich plötzlich eifersüchtig, mit dem starken Wunsch, ihn von vornherein zu verurteilen. Ein vulgärer Mann, denke ich. Eines Tages wird er mit glänzenden Pickeln um den Mund und feuchten Lippen laute Witze

erzählen, die nicht zum Lachen sind. Ich bin überrascht von meiner heftigen Antipathie, aber denke an das, was mir Rebecca erzählte, über ihre Eskapaden in der Sorgenfrigata am hellichten Tag. Es ist unfaßbar für mich. Ich lasse es nicht zu, daß er über Rebeccas Körper verfügt, ihre Hingabe, ihre Lebensklugheit. Das finde ich um Rebeccas willen unerträglich. Sie verdient etwas Besseres. Ist *das* wirklich der Mann, den sie zu ehelichen gedenkt, mit dem sie ihr Leben teilen will? Ist *das* das Glück, von dem sie gesprochen hat und für das sie bereit war, alles zu opfern?
Er geht direkt auf mich zu, übersieht Marianne Skoog völlig. »Du mußt Aksel Vinding sein«, sagt er.
»Stimmt«, sage ich.
Er schüttelt mir mit antrainierter Herzlichkeit die Hand. Die Wirkung ist erschreckend, denn seine Augen sind voller Zorn.
»Weißt du, daß du bei Rebeccas Hochzeit nach Weihnachten Trauzeuge sein wirst?« sagt er.
»Nein«, sage ich. »Welche Ehre.«
»Christian!« Rebecca hat Tränen in den Augen.
»Ach Entschuldigung«, sagt er, mit der Hand vor dem Mund. »Das ist mir so herausgerutscht.«
Ja, denke ich. Er gehört zu der Sorte, die alles niederwalzen. Rebecca hatte diese Anfrage vielleicht seit Monaten vorbereitet, wollte sie bei einem besonderen Anlaß formulieren, vielleicht als Brief. Und er hat alles zerstört.
»Darf ich Marianne Skoog vorstellen«, sage ich, um die peinliche Situation so schnell wie möglich zu entschärfen.
»O Verzeihung«, sagt Christian.
Sie geben sich höflich die Hand, und Rebecca beruhigt sich wieder. Aber sie wirft mir einen resignierten Blick zu. So hatte sie sich das nicht vorgestellt.

Auf dem Weg hinaus auf die Straße entsteht diese unerträgliche, höfliche Smalltalk-Situation. Rebecca nimmt mich zur Seite.

»Ich sehe dir an, daß du bereits mit ihr geschlafen hast«, flüstert sie mir wütend ins Ohr.

»Und wie siehst du das?« fauche ich zurück.

»Ich sehe es an deinen Augen. An deinem schamlosen Blick!«

»Und falls. Hätte ich etwas Verbotenes getan?«

»Etwas Verbotenes?« Sie kehrt die Augen gen Himmel. »Ich vergöttere diese Frau mehr und mehr, nachdem ich jetzt weiß, welche Rolle sie im Verein Sozialistischer Ärzte spielt. Aber sie ist fünfunddreißig Jahre alt, Aksel, und ich weiß ehrlich gesagt nicht, ob sie die Richtige für dich ist. Außerdem hast du kein Recht, von dem abzulenken, was ich dich gefragt habe. Bestätigst du meine Vermutung?«

Ich nicke. »Fünfunddreißig Jahre sind kein Alter.«

Rebecca schnaubt.

»Und ich weiß nicht einmal, wie Christian mit Nachnamen heißt«, sage ich hilflos.

»Er heißt Langballe«, sagt sie. »Das findest du sicher witzig.«

Ich lasse mir nichts anmerken. Ich finde es einfach traurig, daß so ein Typ sie bekommen hat. »Warum suchen sich die begabtesten Frauen immer die größten Scheißkerle aus«, hätte ich am liebsten gesagt. Aber ich sage es nicht.

Christian Langballe geht vor uns, zusammen mit Marianne Skoog. Er dreht sich zu uns um, während wir reden. Ich versuche zu lächeln. Worüber unterhält er sich mit Marianne Skoog? Ich bin privilegiert. Ich habe gerade ein wichtiges Gespräch mit ihr gehabt. Außerdem bin ich ihr Liebhaber. Sie sieht wirklich gut aus. Ihre Beine tragen sie heute. Der zielbewußte und elegante Gang, den auch Anja hatte.

»Du kannst mich auf so viele Arten betrügen«, sagt Rebecca ernst und kneift mich fest in den Arm. »Aber nicht auf diese.«

»Es dreht sich hier nicht um dich, Rebecca«, sage ich, jetzt fast ärgerlich.

»Nicht?« Sie schaut mich mit ihren großen, blauen, traurigen Augen an. »Ich kenne dich am besten, Aksel. Ob du es glaubst oder nicht. Kein anderer kennt dich wie ich. Du wählst jetzt falsch. Du wählst eine Frau, die mehr von dir verlangt, als sie dir zurückgeben kann. Denk an die Situation, in der sie ist. Und denk an deine. Sie wird alles von dir fordern. Aber Selma Lynge wird auch alles von dir fordern. Hast du daran gedacht?«

»Ich habe jetzt keine Lust, darüber zu reden«, sage ich.

»Wohin wollt ihr?« sagt sie verdrossen.

»Wir wollen uns ›Woodstock‹ anschauen«, sage ich.

»Was für ein Zufall«, sagt Rebecca.

Woodstock Wir sitzen im Kino. Marianne Skoog ist wieder nervös und ißt Schokoladekugeln. Ich sitze neben ihr, habe den Arm um sie gelegt. Und Gottes Engel, die über die Zufälle in unserem Leben wachen, sind heute boshaft, denn Rebecca Frost sitzt neben mir und Christian Langballe an Rebeccas anderer Seite. Christian hat zwar versucht, uns auseinanderzubringen, als er merkte, wie eng aneinandergeklebt wir sitzen würden, aber Rebecca setzte es durch, zwischen mir und ihrem Verlobten zu sitzen. Damit sitze ich jetzt zwischen Marianne Skoog und Rebecca. Das streßt mich. Ich habe mit beiden etwas gehabt. Rebecca weiß das. Marianne Skoog weiß es nicht.

Marianne Skoog nimmt meine Hand, als ahne sie, daß mich etwas Schwieriges beschäftigt. Mir ist plötzlich schwindlig. Es ist so viel geschehen an diesem Tag. Ich dachte, das sei genug für ein ganzes Leben. Aber das geht ja weiter. Viel-

leicht hat Rebecca recht, denke ich. Vielleicht wäre es besser, nicht hier zu sitzen. Was hat diese Situation mit dem Pakt zwischen mir und Selma Lynge zu tun? Zu allem Überfluß schaue ich mir mit Marianne Skoog einen *Rockfilm* an, und nicht irgendeinen, sondern »Woodstock«. Nichts würde Selma Lynge mehr in Wut versetzen. Ein Film über Schubert, Richard Strauss oder Mahler, notfalls. Und plötzlich verstehe ich, warum Marianne Skoog so unruhig ist auf ihrem Platz. Sie war ja dort! Auf dem Woodstock-Festival! Vielleicht kommt sie sogar vor in dem Film, denke ich. Vielleicht hat sie Angst vor dem, was auf der Leinwand gezeigt wird.
Während das Licht langsam ausgeht, blicke ich mich im Saal um. Viele Jugendliche. Sie sind nicht so gekleidet, wie Rebecca und ich uns all die Jahre gekleidet haben. Sie sind in ihren äußeren Formen freier, lockerer und ungebundener, sowohl ästhetisch wie sozial. Aber bin ich nicht auf dem besten Wege, einer von ihnen zu werden? denke ich. Grenzen überschreiten, Regeln übertreten und unerwartete Situationen riskieren? Sich wie Espen Askeladd im Märchen von Zufälligkeiten leiten lassen? Immer weniger üben, obwohl ich bald debütieren soll, und alles auf eine Karte setzen? Und die Prinzessin, die ich vielleicht schon erobert habe, ist kompliziert. Sie kann plötzlich nicht auf ihren Beinen stehen. Sie hat auf einmal große Pupillen. Sie spielt Joni Mitchell statt Bach. Sie ist die Mutter meiner großen Jugendliebe, und ich habe mich in sie verknallt.

Der Film fängt an. Ich sitze in einem dunklen Kinosaal und gehe hinein in meine Zeit, die Hippie-Zeit, in der ich lebe, ohne sie zu kennen. Eine Zeit der Sinnlichkeit, der freien Liebe, des Rausches. Zuerst die Vorbereitungen auf diesem gewöhnlichen Erdball, an der Ostküste der USA, wo einige Verrückte die wahnsinnige Idee haben, das größte und beste Rockfestival der Welt zu veranstalten. Es gelang ihnen.

Und Marianne Skoog war dort.

Ich sitze neben ihr und sehe, wie die Bühne aufgebaut wird, wie die Menschen herbeiströmen, zu Tausenden. Marianne hat sich jetzt beruhigt, hat aufgehört, Schokolade zu essen. Sie starrt erwartungsvoll auf die Leinwand, wird neben mir zum jungen Mädchen, eine Hippie-Radikale, offen für die Welt und all ihre Möglichkeiten, weit weg von dem strengen Milieu um Selma Lynge. Crosby, Stills & Nash, sie fangen an mit »Long Time Gone«. Der Ton ist groß und überwältigend. Der Kinosaal verwandelt sich, wird zur Bühne, auf der weltberühmte Artisten stehen, wird zur großen Wiese, auf der bekiffte Menschen herumlaufen und nur lieb sein wollen. Ja, denke ich, in diesem Projekt steckt sehr viel Großzügigkeit. Auf der Bühne steht ein Mann, der freundschaftlich zum Publikum spricht, der Ratschläge gibt, sich sorgt, erklärt, wo man was findet und wie man sich verhält. Das ist nicht die winterliche Schanzenkonkurrenz oben auf Holmenkollen. Das ist etwas viel Größeres. Ein Weltereignis. Hier sitzen nicht die Aktienspekulanten der Zukunft und wollen maximalen Gewinn. Das Woodstock-Festival wird von woanders gelenkt. Von einem inneren Ort in jedem Menschen, denke ich, bereits fasziniert von dem, was ich sehe. Es ist einfach und direkt. Aber war nicht auch Schubert einfach und direkt? Richie Havens singt »Freedom«. Canned Heat singen »A Change Is Gonna Come«. Joan Baez singt »Joe Hill« und »Swing Low Sweet Chariot«. Danach kommen The Who. Das sind Menschen, von denen ich höchstens gehört habe. Ich halte Marianne Skoogs Hand. Sie lebt sich in die Musik ein, bewegt den Körper, stampft mit den Füßen. Ich fühle mich etwas dumm, kann nicht dasselbe machen, das würde nicht passen. Diese Musik, das bin nicht ich, das ist Musik von der anderen Seite des Flusses, wie Selma Lynge sagen würde. Zwei verschiedene Welten. Ich bin in der einen. Marianne Skoog ist in beiden. Weil sie Anja hatte. Weil sie Bror hatte. Jetzt kommt eine Yoga-Einlage. Die Menschen strecken die Arme in die Luft. »Getting high on Yoga.« Ich sitze in einem Kinosaal und betrachte eine Gemeinschaft, und ich merke, daß ich nicht dazugehöre, verstehe auf einmal, daß ich vielleicht etwas versäumt habe, daß alle diese Stunden und Tage am Flügel meinen Horizont nicht erweitert haben. Zwischen den Menschen, die ich sehe, läuft eine offene und direkte Kommunikation. Da kommt Joe Cocker auf die Bühne. Von ihm habe ich gehört. Er singt ein Lied von den Beatles, zusammen mit The Crease: »With a little Help from My Friends«. Da fällt mir plötzlich ein, daß Rebecca rechts von mir sitzt. Wie konnte ich sie vergessen. Sie liebt die Beatles, sie liebt Joe Cocker, sie wiegt den Oberkörper hin und her, genau wie Marianne Skoog. Zwei Frauen, die den Oberkörper wiegen, und ich in der Mitte. Die eine ist eine radikale Gynäkologin. Die andere hat Beethovens op. 109 vor der vollbesetzten Aula gespielt. Was für ein grotesker Anblick für Außenstehende. Ich spüre Rebeccas Anwesenheit. Sie bezieht sich die ganze Zeit auf mich, auch wenn wir kein Wort wechseln. Sie sieht die Hand, die ich zu Marianne Skoog ausgestreckt habe, sie nimmt die geringste Veränderung in der Körpersprache zwischen uns wahr.

Aber das ist Joe Cockers großer Augenblick da oben auf der Leinwand. Jetzt wird es ernst. Diese Minuten sind bereits um die ganze Welt gegangen. Ich bewundere das Kamerateam, wie der Regisseur dem Sänger so nahe kommt, Nuancen im Auftreten der Musiker erfaßt. Das sind nicht *unsere* Rituale. Wir, die klassischen Musiker, haben eine äußere Hülle. Besonders die Männer. Der Frack. Das steife Verbeugen. Der Applaus. Die Zugaben. Joe Cocker steht einfach da, im T-Shirt, und wirkt völlig frei. Und während

ich ihn auf der Bühne tanzen sehe, denke ich, wie weit weg doch seine Welt ist von der einer Selma Lynge. Hier, im Film, erhalte ich einen Einblick in ein Leben, das mir fremd ist, das mich aber reizt. Ein Leben, das Rebecca Frost besser versteht als ich. Und ich merke, daß ich die Frau bewundere, deren Hand ich halte, die wirklich dorthin gefahren ist, nach Woodstock, um einen Künstler zu sehen, der nicht einmal da war. Joe Cocker ist jetzt in Hochform. Er wedelt mit den Armen und singt das berühmte Lied, das sogar ich schon ein paarmal gehört habe.
Dann ist er fertig. Dann kommt der Applaus. Dann kommt der Regen. Ein unsichtbarer Mann spricht von der Bühne: »Please move away from the towers!« Plötzliche Besorgnis. Kann es bei den Verstärkern einen Kurzschluß geben? Kann die Bühnenkonstruktion zusammenstürzen? Kann ein Brand ausbrechen? Ich merke, daß Marianne Skoog jetzt besonders aufmerksam zuschaut. Was erwartet sie zu sehen? »No rain. No rain!« Die Kamera macht einen Schwenk über die Bühne.
»Please move away from the towers!«
Und da steht sie. In Nahaufnahme. Eine Frau mit nacktem Oberkörper, abgesehen von einem weißen BH.
Sie hebt die Arme. Sie winkt. Sie ist glücklich. Es regnet in Strömen. Sie tut so, als würde sie duschen.
Es ist Marianne Skoog.
»Du?« rufe ich unwillkürlich, so daß es die Menschen um uns hören.
»Ja, ich«, flüstert sie und macht sich ganz klein.
Aber sie braucht sich nicht klein zu machen. Ich bin stolz auf sie dort auf der großen Kinoleinwand. Sie reckt die Arme in die Luft. Sie ist nicht unanständig. Sie hat einen BH an. Aber in dieser Welt nackter Oberkörper wirkt das Kleidungsstück trotzdem fast unanständig. Ich werde zum bewundernden Fan. Marianne Skoog, wie eine Venus von Milo, mitten in

einem »Woodstock«-Film! Ich drehe mich zu ihr, küsse sie auf die Wange, auf die Stirn, auf den Mund.
»Ich bewundere dich so«, flüstere ich, daß nur sie es hören kann.
»Sei bitte still!« flüstert sie mit erschrockenem Gesichtsausdruck zurück.
»Aber du bist so schön!« betone ich.
Rebecca Frost kneift mich in den Arm.
»Ruhe jetzt«, mahnt sie.

Der Rest des Films bleibt für mich undeutlich. Jetzt, nach so vielen Jahren, erinnere ich mich jedenfalls nicht mehr an die einzelnen Nummern. Ich weiß nur noch, daß ich in einer Art von begeistertem Verliebtheitsnebel im Saal gesessen bin, begleitet von Ten Years After, Jefferson Airplane, Country Joe McDonald, Santana, Sly and the Family Stone und Jimi Hendrix. Ja, an Jimi Hendrix erinnere ich mich. »The Star-Spangled Banner«. Ich erinnere mich an die Unruhe in Marianne Skoogs Körper und daß ich an das Festival in Monterey dachte, als Hendrix die Gitarre in Brand steckte, sein Instrument zerstörte, das Wertvollste, was er besaß. Inzwischen hat er sicher genügend Gitarren, aber die Symbolik ist trotzdem überzeugend. Und ich erinnere mich, daß ich dachte: Diesen Weg hätte ich auch gehen können. Den Weg der Freiheit, auf dem alles möglich ist. Auch den Flügel in Brand stecken ist möglich. Das wäre mir bisher nicht im Traum eingefallen. Ich weiß, daß ich einen anderen Weg gewählt habe. Den Weg des Gehorsams. Jemand ist klüger als ich. Selma Lynge ist klüger als ich. Ich muß auf sie hören und lernen. So ist das Leben. Das ist meine äußere Hülle.

»Wahnsinn, daß du tatsächlich dort warst«, sage ich zu Marianne Skoog, als der Film zu Ende ist, als wir nach

über drei Stunden etwas benommen von unseren Plätzen aufstehen. Es ist später Sonntag abend, und ich freue mich, heimzukommen in den Elvefaret und mit ihr allein zu sein.
»Wahnsinn, daß wir *dich* gesehen haben!«
»Ja, Wahnsinn, daß ich meinen BH der ganzen Welt gezeigt habe«, sagt Marianne Skoog mit einer lakonischen Falte auf der Stirn und einem vorsichtigen Lächeln.
»Toll«, sagt Rebecca anerkennend zu ihr und wirft uns anderen einen mitleidigen Blick zu.
»Du warst einfach schön«, sage ich wieder. Idiotisch bis zum letzten.
»Verwende nicht solche Ausdrücke«, sagt Marianne Skoog gereizt.
Ich erröte vor Scham. Es ist das erstemal, daß sie sich über mich ärgert.
»Wußtest du, daß du gefilmt wirst?« fragt Rebecca interessiert und berührt mich rasch mit dem Finger, als wolle sie mich trösten. »Es sah fast so aus.«
»Ja«, sagt Marianne Skoog etwas verlegen. »Ich merkte natürlich, daß in dem Moment, als der Regen anfing, die Kamera auf mich gerichtet war. Ich dachte, ich könnte es witzig aussehen lassen, und tat so, als würde ich duschen.«
Ja, denke ich, es war schon ein etwas exhibitionistischer Anblick. Eine Frauenärztin aus Norwegen, die für einige Tage von Mann und Kind abgehauen ist. Eine Sozialistin. Eine Rockerin. Offen für die Welt. Und das war im Spätsommer 1969. Da war es noch nicht selbstverständlich, mal kurz über den Atlantik zu fliegen.

Nach Hause kommen Rebecca und Christian wollen durch den Slottsparken und den Bogstadveien nach Hause gehen. Wir gehen an der Haltestelle Nationaltheatret die Treppe hinunter zu unserem unterirdischen Bahnsteig.

Christian wirkt verwirrt und nachdenklich. Der Abend war kein besonderer Erfolg für ihn. Rebeccas Blick, direkt auf mich gerichtet, gibt zu erkennen, daß sie ernstlich besorgt ist um uns alle.

Diesmal küßt sie mich nicht auf den Mund. Wir umarmen uns nur kurz.

Darüber bin ich froh, denke ich mit einem raschen Seitenblick auf den wartenden Christian. Er verabschiedet sich höflich von uns. Er wirkt bedrückt. Das Glück hat Rebecca mit ihm nicht gefunden. Sie hat Christian Langballe gefunden. Eine komplizierte und schwerfällige Persönlichkeit. Warum kann ich ihr das nicht sagen? Sie sagt mir ja auch immer wieder die Wahrheit. Warum kann ich nicht sagen: »Das Glück, Rebecca, hat dieser Mann nicht. Verlasse ihn so schnell wie möglich! Er ist das Negative in deinem Leben. Marianne Skoog kennt sich damit aus. Verstehst du?« Nein, das kann ich nicht sagen. Das hält unsere Freundschaft nicht aus. Zu Rebecca kann ich im Moment nur sagen: »Ich bin froh, dein Verflossener zu sein.«

Dann bin ich wieder mit Marianne Skoog allein. Je näher ich ihr komme, um so weniger habe ich das Gefühl, sie eigentlich zu kennen, denke ich. Und das ist kein angenehmer Gedanke. Die Vertrautheit, die sie mir einflößt, erzeugt keine neue Vertrautheit. Nur neue Fragen. Ich betrachte sie verstohlen von meinem Sitzplatz neben ihr. Die Pupillen sind nicht mehr so groß. Sie greift zum Tabak, dreht sich eine Zigarette. Ich habe die Zündhölzer parat. Straßenbahn heimwärts nach Røa an einem späten Sonntagabend.

Das ist mein Leben gewesen, denke ich. Jahr für Jahr. Die Straßenbahn nach Røa, hin und zurück. Das ist ziemlich weit von Woodstock entfernt.

Marianne Skoog blickt vor sich hin und raucht.

Ich sollte etwas sagen, denke ich. Sollte mich bedanken. Sie

hat mich eingeladen, mit ihr auszugehen. Sie hat mir etwas gezeigt, was für uns beide wichtig ist. Und sie hat es der ganzen Welt gezeigt. Wie werde ich je ihren schönen Körper vergessen, den weißen BH, die verspielte, lebensbejahende Art, unter freiem Himmel zu duschen. Tausende von Männern werden sich an sie erinnern, denke ich. Sie wissen nicht, wie sie heißt, aber sie werden sich an die blonde Frau erinnern, die die Arme in die Luft reckte, als es zu regnen begann. Sie werden sich erinnern, wie lebensfroh und zufrieden sie aussah.
Sie sitzt neben mir und blickt ausdruckslos vor sich hin.
Ich wage nicht, etwas zu sagen.

Wir fassen uns nicht bei der Hand, als wir den Melumveien hinunter zum Elvefaret gehen. Man sieht deutlich, daß sie über etwas nachdenkt. Raucht und nachdenkt. Ich habe ihr wenigstens Feuer gegeben, denke ich.
Dann betreten wir ihr Haus.
Wir sind kein Liebespaar mehr. Ich bin nur Untermieter. Sie hat die Schlüssel. Sie ist die Hauswirtin. Ich stehe hinter ihr. Es ist fast, als wolle sie mich nicht in ihrer Nähe haben. Aber wir haben trotz allem einen Mietvertrag, denke ich.
Ich bleibe stehen.
Sie läßt mich ein, ohne mich zu beachten. Als wäre ich Luft für sie. Sie raucht und denkt. Verliert sich in einer Welt, zu der ich nie einen Zugang haben werde. Mir ist klar, daß ich jetzt behutsam sein muß, daß ich sie jetzt nicht unnötig stören darf. Sie geht in die Küche.
»Gute Nacht«, sage ich.
»Gute Nacht«, sagt sie.

Neue Nacht als Untermieter Ich gehe die Treppe hinauf in mein Zimmer. Ich öffne das Fenster, höre das Rauschen

des Flusses. Ich denke an Rebecca. An ihr Gesicht, als sie versuchte, mir etwas Wichtiges zu erzählen. Was soll ich jetzt machen? Am besten gehe ich ins Bad, denke ich. Ich will mich waschen, reinwaschen, obwohl ich mich nicht schmutzig fühle. Ich möchte bereit sein.
Ich putze die Zähne, nachdem ich geduscht habe. Dann gehe ich zurück ins Zimmer.

Mit einem Gefühl der Unruhe lege ich mich ins Bett. Mit jedem Tag, der vergeht, wird die Karte, die ich über Marianne Skoogs Persönlichkeit zu zeichnen versuche, unübersichtlicher. In diesem Bett haben wir uns vor ein paar Stunden geliebt. Jetzt ist sie nicht hier. Sie ging in die Küche. Will sie etwas essen wie in jener ersten Nacht? War das Steak nicht genug? Nicht genug Béarnaise und Pommes frites?
Ich wage nicht, ihr nachzuspionieren. Jedenfalls nicht an diesem Abend.
Statt dessen rolle ich mich zusammen und versuche zu schlafen.
Da kommt die Musik aus dem Wohnzimmer. Wieder Joni Mitchell. Marianne Skoog spielt aus »Ladies of the Canyon«. Sie spielt »Woodstock«:
»We are stardust. We are golden. And we've got to get ourselves back to the garden.«
Ich liege im Bett und höre zu. Sie will mich nicht dabeihaben. Sie will allein im Wohnzimmer sitzen und Musik hören. Da denke ich: So verhält man sich nach einer langen Beziehung, wenn alles seine Form gefunden hat. Aber Marianne Skoog und ich haben unsere Form noch nicht gefunden.

Ich liege halb schlafend im Bett. Ich lausche der Musik. Ich fühle mich traurig. Zieht sich Marianne Skoog jetzt von mir zurück? War das Ganze nur ein Schlag ins Wasser? Denkt sie an das, was ich gesagt habe, daß ich vielleicht ein negatives Element in ihrem Leben bin? Bedeutet das, daß ich nicht mehr spüren darf, wie sie neben mir liegt? Der Gedanke versetzt mich in Panik. Wie dumm, daß ich das gesagt habe! Versucht habe, klug und erwachsen zu erscheinen. Aber werde ich jemals etwas anderes sein als altklug? Ich bin fast 19 Jahre alt, habe aber ein übersteigertes Bedürfnis, mich an Frauen zu binden. Sogar Frauen, die mich schlagen, bete ich an. Woher kommt dieser verrückte und störende Drang nach Liebe? Störend jedenfalls für meine Karriere. Und wenn Marianne Skoog keine Frauenärztin wäre, was sie ja nun mal ist? Und wenn sie nun schwanger würde von mir? Der Gedanke ist nicht einmal erschreckend. Der Gedanke, ein Kind mit Marianne Skoog zu bekommen, ein Halbgeschwister von Anja, erscheint mir im Moment verführerisch. Aber ist das nicht eine kranke Idee? Ist da nicht ein fast perverser Zug an mir, wenn ich solche Gedanken zulasse? Ich habe mich bereits in eine grauenhafte und umfassende Abhängigkeit von ihr begeben, denke ich. Innerhalb weniger Tage habe ich es soweit gebracht, daß ich mir ein Leben ohne sie nicht mehr vorstellen kann. Ich unterwerfe mich ihrem Willen, ihren ständigen Stimmungsschwankungen. Sie hat einen Einfluß auf mich, wie ihn nicht einmal Anja hatte. Oder spielt mir hier die Erinnerung einen Streich? Ich war bereit, zu sagen, daß Anja Skoog die Liebe meines Lebens war, nachdem ich sie nur wenige Minuten gekannt hatte. Jetzt möchte ich dasselbe über ihre Mutter sagen. Ich weiß, daß sie es schwer hat, daß ich mich auf die Signale, die sie mir gibt, nicht verlassen kann, daß ein Chaos in ihr ist, daß ich behutsam sein muß. Aber ich liege im Bett und warte auf sie. Ich ertrage jetzt keine Zurückweisung. Ich liege ganz still. Ich akzeptiere es nicht, daß sie mir bereits eine gute Nacht gewünscht hat.

Sie kommt, als ich bereits eingeschlafen bin.
Sie kriecht zu mir unter die Decke.
»Entschuldigung«, sagt sie. »Ich wollte dich nicht wecken. Darf ich hierbleiben? Seit du ins Haus gekommen bist, fällt es mir schwer, allein zu schlafen.«
Ich bin hellwach.
»Ich habe gehofft, daß du kommst«, sage ich.
Sie schmiegt sich wie eine Katze an mich.
Ich habe keine Ahnung, wie spät in der Nacht es ist. Ich weiß nur, daß ich nicht imstande bin, zu schlafen. Eine kleine Handbewegung, dann weiß ich, daß es ihr genauso geht. Wir necken einander, berühren uns vorsichtig an Stellen, die mehr von uns fordern, aber nicht sofort. Es ist ein Spiel in der Dunkelheit. Sie ist langsam. Ich werde nervös. Ich denke an die zusammengekniffenen Augen.
»Entspann dich«, sagt sie. »Nur ganz ruhig. Nicht denken. Das ist nicht schlimm.«
Aber das nehme ich nicht hin. Ich bin doch erregt. Auch wenn sie es nicht spüren kann, hat sie mich doch erregt. Aber der vernünftige, fast leidenschaftslose Klang ihrer Stimme verunsichert mich noch mehr. Nein, denke ich verzweifelt, während sie auf ihre erfahrene Art vergeblich versucht, mich anzutörnen. So darf das nicht enden!
»Nein Aksel, so nicht. Du bist jetzt zu überdreht. Vielleicht sollten wir besser schlafen.«
Sie merkt, daß ich unbedingt will. Ich versuche mir, aufreizende Dinge vorzustellen. Ich habe eine kleine Fotoserie in meinem Kopf, aber es hilft nichts. Ich versuche, an Anja zu denken, bevor sie so dünn war. Aber das sind doch kranke Gedanken, fällt mir ein. An ihre Tochter zu denken. Dann denke ich an Rebecca. Die letzte Nacht mit ihr im Sommerhaus. Das hilft auch nicht. Panik erfaßt mich. Ist das eingetreten, worüber ich gelesen habe? Impotenz? So verdammt ungerecht in einer Nacht wie dieser. Sie hat mich

ja. Sie kann mich mit einem Finger locken. Ich bin wann und wo auch immer für sie da. Ich bin bereit, um ihretwillen das Debüt abzusagen. Ich bin bereit, meine Wohnung in der Sorgenfrigata zu verkaufen, das Leben neu zu gestalten, das Abitur zu machen, ebenfalls Arzt zu werden, bin bereit, sie auf dem Rücken durch ganz Oslo zu tragen. Man kann nicht einen solchen gemeinsamen Tag wie diesen erleben, ohne daß sich etwas verändert, ohne daß etwas Ernstes zu wachsen beginnt. Und das möchte ich ihr vermitteln, kann es aber weder mit Worten noch mit meinem Körper. Was denkt sie jetzt von mir? Fühlt sie sich abgewiesen?
Ich ertrage den Gedanken nicht, daß sie sich abgewiesen fühlen könnte.

»Das ist nicht schlimm«, wiederholt sie.
»Für mich ist es schlimm«, sage ich.
»Mache ich etwas falsch?« sagt sie kameradschaftlich.
Ich schüttle den Kopf. Ich denke an ihren weißen BH im Regen, den bald die ganze Welt gesehen haben wird.
»Du bist so schön.«
»Schluß damit, hörst du? Ich bin eine ganz gewöhnliche Frau. Keine Beatrice. Kein Gretchen. Außerdem bin ich eine gefallene Frau. Du darfst mich nicht mystifizieren.«
»Entschuldigung«, sage ich.
»Sag auch nicht mehr Entschuldigung! Herrgott, jetzt läuft ja alles schief. Möchtest du, daß ich wieder in mein Zimmer gehe?«
»Nein«, sage ich mit Panik in der Stimme. »Das auf keinen Fall.«
»Wir haben morgen einen Arbeitstag.«
»Trotzdem. Du kannst doch jetzt nicht gehen!«
»Na gut«, sagt sie mit einem Seufzer, »aber was kann ich denn für dich tun?«
»Warum kneifst du die Augen zusammen?« sage ich.

»Wann?«
»Du weißt, wann.«
Sie streicht mir über den Kopf. Überlegt, bevor sie antwortet.
»Weil ich dich genieße«, sagt sie. »Aus keinem anderen Grund. Findest du das dumm? Ich spüre dich so intensiv. Erkenne mich in dir wieder. Darüber solltest du dich freuen.«
Sie küßt mich auf den Mund. Eine beruhigende Liebkosung.
Ich glaube ihr nicht.

Ich kriege es nicht hin. Und trotzdem will ich sie haben. Da küsse ich sie dort unten. Sie wirkt überrascht, aber nicht abgeneigt.
»Das habe ich noch mit keiner Frau gemacht.«
»Hab keine Angst«, sagt sie.
Das Vertrauen, das sie mir zeigt, rührt mich. Sie wird wie ein kleines Mädchen in meinen Händen. Sie kommt schnell und fängt wieder an zu weinen. Ein kleines, schmerzerfülltes und hilfloses Weinen.
»Warum weinst du?« sage ich endlich, als die Tränen versiegt sind.
»Frag nicht«, sagt sie. »Frag bitte nicht.«
Wir liegen dicht beieinander.
»Du darfst jetzt nicht mehr grübeln«, sagt sie.
»Ich grüble pausenlos«, sage ich.
»Jetzt sollst du so tun, als würdest du schlafen«, sagt sie plötzlich lachend. »Zähl einfach Schafe.«
»Ich zähle«, sage ich artig.
»Wie weit bist du gekommen? Ich gebe nicht nach, bevor wir die Fünftausend erreicht haben.«
»Fünftausend? Das sind viele Schafe«, sage ich.
»Und es werden noch mehr«, sagt sie. »Glaub mir.«
Sie weiß genau, wie sie es machen muß.

»Ich liebe dich«, sage ich.
»Sei still«, sagt sie.
»Genau das hat Anja auch gesagt«, sage ich.
»Ich bin nicht Anja«, sagt sie.

Ein Traum Ich versinke in einem Traum. Anja und Marianne Skoog stehen zu beiden Seiten einer schweren Tür. Mutter und Tochter, schwarz gekleidet, und ihre Gesichter sind gezeichnet von Trauer.
»Ist da drinnen ein Tempel?« frage ich.
»Nein, nur ein Mensch.«
»Wer ist es?« frage ich.
»Es ist Bror Skoog.«
»Ich kannte ihn«, sage ich. »Ich weiß jedenfalls, wer er war. Kann ich reingehen zu ihm?«
»Er hat sich in den Kopf geschossen«, sagt Anja. »Es ist nicht sicher, ob er mit dir sprechen will.«
»Aber ich muß ihm etwas Wichtiges sagen. Kann ich es nicht einmal versuchen?« frage ich.
»Versuch es«, sagt Marianne Skoog. »Er freut sich sicher über Besuch. Da drinnen ist es ziemlich einsam.«
Sie öffnen mir die Tür. Ich betrete einen Kirchenraum, oder ist es ein Konzertsaal? Ich sehe zwei große Lautsprecher zu beiden Seiten des Mittelganges. Ich sehe den größten McIntosh-Verstärker. Ich sehe einen vergoldeten Plattenspieler mit japanischem Namen. Eine Vinylplatte liegt auf dem Teller. Der Tonabnehmer liegt auf der dritten Spur. Aber es kommt kein Laut.
»Bror Skoog?« sage ich. »Bist du da?«
Keine Antwort.
Ich setze mich auf eine Bank. Warte.
Da bewegt sich etwas wie ein Schatten drüben in einer Ecke.

Der Schatten erhebt sich und kommt auf mich zu. Bror Skoog. Ich weiß, daß er es ist, obwohl er sich das Hirn aus dem Kopf gepustet hat. Er jagte mir zu Lebzeiten als Taschenlampenmann Angst ein. Er jagt mir jetzt als Toter noch mehr Angst ein. Die rechte Schläfe ist weggepustet. Die Augen befinden sich noch an ihrem Platz im Schädel, sind aber blutunterlaufen und leblos. Von der Nase und aus einem Mundwinkel tropft Blut.
»Du siehst besser aus, als ich dachte«, sage ich.
Er lacht ein krankes Lachen. »Du hast ein Talent für Höflichkeit, Aksel Vinding. Du wirst es weit bringen bei den Frauen. Aber ob du es auch mit der Musik weit bringst?«
»Das wird sich zeigen.«
Er nickt mit dem, was vom Kopf übrig ist.
»Was ist aus deinem Hirn geworden?« frage ich, um überhaupt etwas zu sagen.
»Das ist gegen die Wand geklatscht, in dem Keller, wo die Kühltruhe steht. Bist du nicht unten gewesen und hast es gesehen?«
»Nein, noch nicht.«
»Da ist nicht mehr viel zu sehen. Das meiste ist weggeputzt, wie so oft im Leben. Ist es nicht seltsam, wie das Leben immer wieder über den Tod siegt? Bei Waterloo blühen jetzt neue Bäume. In der Hölle der Indianer bei Connecticut wohnen jetzt die reichsten Menschen der Erde. Und wenn du mal in die Gegend von Auschwitz kommst, kann ich dir ein paar ausgezeichnete Restaurants empfehlen.«
»Deshalb bin ich nicht hergekommen«, sage ich.
»Nein? Warum dann?« fragt er mit seinen leblosen Augen. Nur die Stimme ist die gleiche.
»Ich weiß es nicht genau«, sage ich. »Ich sah nur Anja und Marianne Skoog an einer Tür stehen.«
Er nickt. »Und deshalb durftest du diese Tür öffnen?«
»Ja, so war es.«

»Weil du mit beiden geschlafen hast«, nickt er.
»Vielleicht«, sage ich. »Sind du und ich nicht in der gleichen Situation?«
»Ich habe nie mit Anja geschlafen«, sagt er ruhig. »Du mußt den Gerüchten keinen Glauben schenken. Das Gehirn habe ich mir aus ganz anderen Gründen weggeblasen.«
»Welche anderen Gründe?«
»Das mußt du selbst herausfinden. Im wirklichen Leben. Das hier ist nur ein Traum.«
»Kannst du mir nicht wenigstens einen Hinweis geben?« frage ich. Kannst du mir nicht wenigstens sagen, welche Musik du auf dem Plattenspieler spielst?«
»Hörst du es nicht?« sagt er.
»Nein«, sage ich.
»Dann sperr deine Ohren auf«, sagt er.
»Ich höre nichts.«
»Wirklich nichts? Nicht eine Phrase? Nicht eine Note? Das ist dein Debütkonzert, Aksel Vinding. Hörst du nicht den eleganten Vortrag? Den gefühlvollen Anschlag? Ich bin beeindruckt, das muß ich sagen.«
»Aber *was* hörst du denn?«
»Dasselbe wie du natürlich. Hörst du nicht den Beginn von op. 110? Das sollte ja eigentlich Anja spielen. Selma Lynge, Anja und ich hatten diesbezüglich einen Pakt.«
»Einen Pakt?«
»Ja, wir hatten jedenfalls eine Abmachung.«
»Was für eine Abmachung?«
Er schnaubt. »Warum fragt du? Du kennst schließlich Selmas Abmachungen.«
»Und ich spiele jetzt? Spiele ich wirklich?«
»Ja. Kannst du es wirklich nicht hören?«
»Nein«, sage ich.
»Schade«, sagt er. »Denn es war wirklich ein phantastisches Konzert.«

»Aber ich habe es ja noch gar nicht gegeben!«
»Doch, hast du. Ich habe mir die erste Platte gesichert. Das erste Probeexemplar der Life-Aufnahme. In diesem Raum ist die Zukunft gegenwärtig. Ich dachte, du wolltest mich deshalb treffen?«
»Deshalb bin ich nicht hereingekommen«, sage ich.
»Na gut«, sagt er.
»Ich bin vielleicht nicht so von Musik besessen wie du und Anja.«
»Warum hast du mich dann aufgesucht? Und warum setzt du dich Selma Lynge aus?«
»Weil ich nicht anders kann. Weil ich mich entschieden habe. Weil sie ein Konzept hat. Weil es zu spät ist, umzukehren.«
»Es ist nie zu spät, umzukehren.«
»Nein, und vielleicht bin ich deshalb hereingekommen. Um dich das sagen zu hören.«
»Womit kann ich dir denn helfen, mein Junge?«
»Ich möchte wissen, ob du an dem Tag, bevor du dir das Leben nahmst, gewußt hast, daß du Selbstmord begehen würdest. Ob das eine genau geplante Aktion war oder die Reaktion auf eine akute Geisteskrankheit.«
»Da ist eine unpassende Frage, die ich nicht beantworte. Warum fragst du?«
»Ich weiß es nicht genau«, sage ich. »Aber ich glaube, die Frage ist wichtig. Und ich dachte, die Toten könnten eine Antwort geben.«
»Der Tod gibt nie Antworten, mein Junge. Aber er gibt einem Frieden. Einigen von uns ist das genug. Mehr als genug. Gehe jetzt hinaus zu unseren Frauen. Sie brauchen dich.«
»Aber warum stehen sie beide da?« sage ich. »Anja ist doch tot, und Marianne Skoog ist noch lebendig?«
Bror Skoog nickt mit dem, was von seinem Kopf übrig ist. Da schießt das Blut aus seiner Nase. Ich wende mich ab.

»Ebendeshalb sollst du zu ihnen hinausgehen«, sagt er. »Eine von ihnen braucht dich gerade jetzt ganz besonders.«
»Du findest es nicht geschmacklos, daß ich in deinem Haus wohne? Daß ich mit Anja geschlafen habe? Daß ich mit deiner Frau schlafe?«
Er schüttelt den Kopf. »Ich möchte, daß du dich willkommen fühlst«, sagt er. »Mach dir keine Gedanken. Daß du und Anja euch liebtet, war eine Freude. Daß du jetzt ein Verhältnis mit Marianne hast, ist natürlich. Sie ist impulsiv. Sie haut ab. Sie kommt zurück. Sie entscheidet sich nie. Aber das kriegst du noch raus. Es wird alles gut werden. Ich habe die Aufnahme deines Debütkonzertes. Hörst du das feine Knistern des Vinyls? Hörst du die Pausen? Wie eine lange, leere Stille? Das ist wahrlich ein phantastisches Konzert, findest du nicht? Du machst alles, was Anja nicht gelang. Du hast Intensität, mein Junge. Ich gratuliere dir.«
»Danke.«
»Und jetzt werde ich dir erzählen, wie ich es gemacht habe und was das hinterher für ein Gefühl war.«
»Danke«, sage ich. »Das wollte ich ja hören.«
»Ich bin in den Kellerraum mit der Kühltruhe gegangen. Dort hatte ich eine Schrotflinte stehen. Die hatte ich schon jahrelang nicht mehr benutzt. Man hatte mir eben etwas sehr Unangenehmes erzählt. Mir war klar, daß ich nicht weiterleben konnte. Es ist ja seltsam mit Symbolen, nicht wahr? Ich war Hirnchirurg. Ich war Facharzt für Neurologie. Ich wußte über diesen Teil des Körpers Bescheid. Und ich wollte eben das Gehirn loswerden. Ich mußte es wegpusten.«
»Aber Anja lebte da noch!«
»Ja, aber das war nur eine Frage von Tagen. Das wußte ich. Deshalb ging ich hinunter in den Keller. Deshalb ließ ich es zu. Merkwürdigerweise ist es sehr leicht, Aksel. Es ist nicht

so schwer, wie du glaubst. Es wird alles gutgehen, hörst du? Es wird gutgehen! Und danach? Komm und fühle.«
Er nimmt meine Hand. Er steckt sie in den leeren Schädel. Er führt sie hinunter zum Gaumen. In die Kehle. Es ist feucht da unten. Vom Blut. Dann verschluckt er meine Hand.

Die Trauerzelle Ich werde von einem Schrei geweckt. Es ist mein eigener. Ich bin verwirrt, benommen von meinem eigenen Entsetzen, daß mich mein Alptraum so erschrecken kann. Hat mich jemand gehört? Nein. Ich liege still in Anjas Bett. Kein Laut im Haus. Ich schaue auf die Uhr. Es ist nach neun. Marianne Skoog ist also aufgestanden und zur Arbeit gegangen, ohne daß ich etwas gehört habe. Ich setze mich im Bett auf. Ich bin es nicht gewöhnt, so tief zu schlafen, so scheußlich zu träumen.
Allein im Elvefaret. Sie wird also weitermachen wie bisher, denke ich. Sie will ihr Alleinsein. Das einzige, was sich verändert hat, ist, daß wir miteinander schlafen, daß sie hier bei mir übernachtet, wenn sie will. Die Zukunft wird Klarheit bringen.

Jetzt muß ich wirklich arbeiten, hart arbeiten. Mich befällt eine Art Panik bei dem Gedanken, daß es nur noch wenige Tage sind bis zum Unterricht bei Selma Lynge. Wie soll ich nach all dem, was geschehen ist, in der Lage sein, mich zu konzentrieren? Welche neuen musikalischen Landschaften habe ich erobert? Durchaus wichtige. Joni Mitchell. Donovan. Nick Drake. Ole Paus. Ich habe den »Woodstock«-Film gesehen. Werde ich das jemals Selma Lynge erzählen können, oder muß ich das als Peinlichkeit verstecken, als eines meiner vielen neuen Laster? Beim Aufstehen, Duschen und Frühstücken ist ein Gefühl des Jubels in mir. Endlich geschieht etwas, endlich zeigt die Trauer Risse und Löcher, zerstört den Panzer, der mich seit Anjas Tod umgab. Die Trauerzelle ist groß, fast komfortabel. Man fühlt sich wohl darin. Wenn ich daran denke, was dieses Wochenende mit sich brachte, betrachte ich uns sozusagen von außen, Marianne Skoog und mich, wie wir uns, auf verschiedene Weise, anstrengen, die Trauerzelle zu verlassen. Die Trauerzelle ist wie das Erlengebüsch. Man kann darin sitzen, Tag für Tag, und das Leben als etwas Uninteressantes verstreichen lassen. Nur das Nächstliegende, der aktuelle Gedanke, ist interessant. Die Trauerzelle bietet einen verläßlichen Rahmen, egal ob die Zelle mit freundlichen Gegenständen und Erinnerungen möbliert ist oder grau und abweisend ist wie ein Verlies. Marianne Skoog hat in dem Verlies ihr Dasein gefristet. Wird sie meine Ansicht über die Trauerzelle teilen können? In der Trauerzelle haben wir, jeder auf seine Weise, unsere Verachtung des Lebens kultiviert. Eine Verachtung, die uns nicht daran hindert, uns nach ebendiesem Leben zu sehnen, auch wenn die Trauer es schwerer gemacht hat, das zu genießen, was das Leben zu bieten hat.

Ich quäle mich mit solchen Gedanken, während ich mich auf einen weiteren langen Tag an Anjas Steinway vorbereite. Wird es mir gelingen, mit meinem Programm wie geplant voranzukommen, wenn in meinem Kopf nur Chaos und Verwirrung herrschen? Selma Lynge will mich herausholen aus der Trauerzelle. Die Musik ist die Medizin. Nun denn, ich fange wie gewöhnlich mit den Chopin-Etüden an. Wie viele Male habe ich sie jetzt gespielt? Dreihundertfünfzigmal? Fünftausendmal? Wie oft hat der rechte Ringfinger bei den chromatischen Läufen in der Etüde Nr. 2 versagt. Wie oft hatte ich schon Muskelschmerzen bei den None-Griffen in der C-Dur-Etüde? Ich starre hinaus zum Tannenwald und kann den unangenehmen Traum nicht vergessen, bei dem ich die Hand in Bror Skoogs zerschossenen Kopf steckte. Ebensowenig kann ich Marianne Skoog vergessen.

Das Telefon klingelt um halb zwölf.
»Hei«, sagt sie, »Ich bin es. Ich wollte mich nur erkundigen, wie es dir ergangen ist.«
»Du fehlst mir«, sage ich. »Du fehlst mir mehr, als mir jemals ein Mensch gefehlt hat.«
Sie lacht. »Sprich weiter«, sagt sie. »Ich mag es, wenn du so etwas sagst. Wie, glaubst du wohl, geht es *mir*?«
»Wie geht es dir?«
»Ich versuche mich zu konzentrieren. Zwei Patienten mit schlechten Prognosen am selben Tag. Sie brauchen viel Zuspruch. Ich merke, daß ich disziplinierter sein muß.«
»Schieb das nicht auf mich«, sage ich. »Du bist es, die spätnachts schlafen geht.«
»Damit du deinen Schlaf bekommst, mein Junge. Glaubst du nicht, ich habe ein schlechtes Gewissen? Glaubst du nicht, ich weiß, daß mich Selma Lynge hassen wird? Es war nicht viel, was sie Anja an Zerstreuung erlaubte.«
»Ich bin eigentlich alt genug, um die Verantwortung für mein Handeln und Tun zu übernehmen.«
»Wie schön«, lacht sie. »Übst du jetzt?«
»Ja.«
»Was übst du?«
»Chopin.«
»Du hast schlimm geträumt heute nacht, weißt du das? Du hast mehrmals gestöhnt. Hast du von Anja geträumt?«
»Nein, von Bror Skoog.«
Ich höre, daß sie still wird. »War er bedrohlich für dich?«
»Nein, verständnisvoll.«
»Um so besser. Außerdem: Denk daran, er existiert nicht mehr.«
»Warum rede ich dann im Traum mit ihm?«
»Weil du wegen irgend etwas ein schlechtes Gewissen hast. Weil du glaubst, daß er sich noch irgendwo aufhält, aber das tut er nicht.«

Es ist, als würde sie mit sich selbst sprechen. Ich weiß nicht, was ich sagen soll.
»Habe ich etwas Falsches gesagt?« sagt sie. »Du bist so still.«
»Nein«, sage ich.
»Gut. Außerdem: Warte heute abend nicht, bis ich heimkomme. Ich habe eine Menge um die Ohren, Dinge, die erledigt werden müssen. Okay so? Bleibst du mein flinker, fleißiger, selbständiger Untermieter?«
»Ja«, sage ich. »Ich habe selbst genug zu tun.«
»Hast du? Was treibst du, das wichtiger ist als ich? Vergiß mich nicht völlig.«
»Ist das ein Witz? Ich vergesse dich niemals.«

Aber ich merke, daß ich unruhig werde. Dieses unschuldige Flirten. Als würde ich ihr nicht trauen. Ihre Stärke, die sie mir zu zeigen versucht. An die sie selbst nicht glaubt.
Wir begeben uns auf ein gefährliches Terrain, denke ich. Wir provozieren Bereiche in uns, Gefühlsbereiche. Daraus können Minenfelder werden, für die ich keine Verantwortung übernehmen kann. Sie ist nicht passiv in ihrer Trauerzelle. Sie fegt darin herum, will eine andere Zelle daraus machen. Eine Zelle voller Leben. Erik Holm *war* das Leben für sie. War das Neue, das sie mit Hoffung erfüllte. Dann starb er. Übrig blieb nur ich. Und warum nahm sie mich? denke ich. Weil wir uns beide in der gleichen Trauerzelle aufhalten. Es gibt nicht viele, die um Anja trauern. Bald sind es nur noch ich und ihre Mutter.

Es ist ihr Vater, an den ich denke. Anjas Vater. Bror Skoog. Ich kriege den unangenehmen Traum nicht aus dem Kopf. Ich versuche, weiter zu üben, wechsle zur siebten Sonate von Prokofjew, klopfe die Oktavläufe in der Eröffnung in den Flügel. Aber da bleibe ich stecken. Wieder und wie-

der die Oktaven. Ich stehe auf, verwirrt über mich, über alles, was mich durcheinanderbringt. Es gibt keinen Ausweg. Ich muß in die Trauerzelle, muß tief hinein. In die Selbstmordzelle. Zur Richtstätte. Wo aus Bror Skoog zwei Personen gleichzeitig werden, Opfer und Henker. Mutter sagte einmal, Selbstmord sei feige. Was ist feige an einem Selbstmord, denke ich und versuche, mich in Bror Skoog zu versetzen, an seinem letzten Tag, als er begriff, daß Anja Skoog sterben würde, als er vor ihr an die Reihe kommen wollte. Heißt Selbstmord nicht ebensosehr Verantwortung übernehmen wie sich der Verantwortung entziehen? Heißt Selbstmord nicht, sich vor Gott völlig entblößen? Als Geschöpf Gottes zugeben: Ich habe nicht mehr die Kraft, Mensch zu sein. Vielleicht hat auch Mutter eine Art Selbstmord begangen, als sie sich damals von der Strömung mitreißen ließ? Vielleicht hatte sie mehr oder minder bewußt das Gefühl, daß es jetzt genug sein muß, daß ihr Leben aufgezehrt war, daß bald nur noch sie und ihr Ehemann daheim sein würden, daß sie nicht loskommen würde von der Erniedrigung, die darin bestand, die eigenen Chancen vertan zu haben. Daß alles egal war. Sie hatte Wein getrunken. Vielleicht befand sie sich in einem Stadium des Rausches, das sie übermütig machte. In dem sie dachte, daß es befreiend sein könnte, sich den Kopf an den Steinen im Wasserfall zu zerschmettern. Und so die Natur selbst zum Henker zu machen.
Bei Bror Skoog war es anders. *Er* war der Henker. *Er* war das Opfer. Mit einem Schuß wollte er seine Welt vernichten. Die tiefe Liebe zu Anja. Die oberflächliche Liebe zu all seinen Designergegenständen. Die leidenschaftliche Liebe zu seiner Frau. Alles zusammen weg in einer Sekunde! Nur der eine Gedanke: Nie mehr Bror Skoog.
Welche Trauer machte es ihm unmöglich, länger zu leben? Ich denke an Marianne Skoog, die darüber nicht reden

kann, die auf dem Weg umkippt, die getragen werden muß wie ein Sack Kartoffeln, wie ein wundgeschossenes Wild. Durch den finsteren Wald, vorbei am Geknalle der letzten Scharfschützen.

Ich öffne die Tür zum Keller, mache das Licht an und gehe die Kellertreppe hinunter. Es riecht nach Schimmel und alten Äpfeln. Es riecht nach Røa. Es riecht nach Unschuld. Es riecht nach Leiche.
Warum muß ich hier runtergehen? denke ich. Warum kann ich diesen Raum nicht einfach übersehen und in meinem Leben weitergehen? Warum muß ich die Verzweiflung dieses Hauses erforschen und gleichzeitig versuchen, seine Freude wiederzuentdecken?
Aber ich kann es nicht lassen. Seltsamerweise meine ich, daß ich Marianne Skoog das schulde. Sie fand ihn. Sie wußte, daß die Tochter todkrank im oberen Stock liegt. Wieviel kann ein Mensch aushalten? Ich gehe hinunter in den Keller und weiß sofort, welche Tür es ist. Ich öffne sie und gehe hinein. Mache Licht an. Da steht die Kühltruhe. Da ist ein Stuhl. Mehr ist nicht da, nur ein paar alte Koffer in der Ecke. Das ist die Todeszelle. Aber es ist auch die Trauerzelle. Hier wurde die Frucht reif, wurde die Einsicht zerdrückt. Hier pustete er sein Gehirn weg, schoß es an eine roh verputzte Mauer.
Ich sehe noch Blutflecke ganz oben an der Wand und an der Decke. Wer hat saubergemacht? Die Polizei? Marianne Skoog selbst? Sie reichte jedenfalls nicht ganz hinauf.

Ich stehe beinahe andächtig da. Das ist kein Kellerraum. Das ist eine Endstation. Hier muß sich Bror Skoog gefühlt haben wie Scott, als er den Südpol erreichte und begriff, daß die Schlacht verloren war: »Dies ist ein fürchterlicher Ort.« Ich denke an das, was Marianne Skoog sagte und

woran sie mit solcher Heftigkeit glaubt: Die Toten gibt es nicht. Sie sind nicht mehr da.
Ich glaube nicht, daß das wahr ist.
Die Toten gab es im Traum.
Es gibt ihn also, und sei es in der Erinnerung der noch Existierenden.
Das macht alles nicht weniger erschreckend.
Bin jetzt *ich* dafür verantwortlich, ihn am Leben zu erhalten?

Das Herz ist ein einsamer Jäger Die Tage finden ihr Muster. Marianne Skoog möchte die zwischen uns getroffene Vereinbarung nicht brechen. Sie will nicht, daß wir ein gewöhnliches Paar werden, daß ich bei ihr einziehe, daß wir ab jetzt alle Mahlzeiten gemeinsam einnehmen oder andere Dinge, die man erwarten könnte, gemeinsam machen. Sie sagt es mir noch mal.
»Ich bin nicht bereit, das Muster zu verändern, Aksel, denn das Muster ist gerade jetzt meine Sicherheit. Akzeptierst du das?«
»Ja«, sage ich, denn mir bleibt nichts anderes übrig.
Und das Muster besteht darin, daß ich allein erwache, allein frühstücke, die ganze Zeit, während sie auf der Arbeit ist, allein im Haus bin. Am Spätnachmittag durchbricht sie das Muster, weil sie es nicht schafft, konsequent zu sein. Aber wir essen nicht jeden Tag zusammen. Abends möchte sie, daß jeder einige Stunden für sich ist, wenn wir nicht füreinander Musik spielen und Wein trinken, über Politik reden, über den Mittleren Osten und alles, was momentan in der Welt passiert. Ich schätze es, von ihr aus der Musik in die Realität geholt zu werden, um dann wieder gemeinsam in die Musik zurückzukehren. Wir trinken beide zuviel Wein. Sie gießt Benzin ins Feuer. Mit ihrem Ausspruch, wir seien

nicht füreinander geschaffen, erregt sie mich um so mehr. Was da abläuft, hat etwas Ungesetzliches, etwas Verdecktes und Verbotenes. Das wirkt verführerisch auf mich, macht sie in meinen Augen noch schöner und begehrenswerter. Was denken wohl die Leute von uns? Die meisten wissen, daß uns die gemeinsame Trauer verbindet. Bedauern sie uns? Sind wir vom Unglück betroffen, das zu einer Wunde zusammengewachsen ist, woraus sich eine traurige, zurückgezogene, resignierte Beziehung gebildet hat?
Sie sehen uns nicht, denke ich. Wir zeigen uns fast nicht in der Öffentlichkeit. Sie sehen uns nicht, wenn wir füreinander Musik spielen, wenn wir Joni Mitchell oder Schubert, Donovan oder Ravel hören, wenn wir uns gegenseitig necken. Ich habe aufgehört, nach ihrer Vergangenheit zu fragen und zu bohren. Das stabilisiert sie. Ich befürchte jetzt keinen neuen Angstanfall mehr, obwohl sie labil ist, obwohl sie sich in ihren Gedanken verliert, so weit weg ist, daß sie nicht hört, was ich sage, auch wenn ich direkt neben ihr sitze. Und seit ich nicht mehr frage und bohre, kommen die Vertraulichkeiten am laufenden Band, in ihrem eigenen Tempo.

Eines Tages sagt sie unvermittelt:
»Hast du von Carson McCullers ›The Heart Is a Lonely Hunter‹ gelesen?«
»Nein«, sage ich. »›Das Herz ist ein einsamer Jäger‹? Ich habe davon gehört. Ein schöner Titel.«
»Sie starb 1967, mit fünfzig Jahren, war nach einigen Schlaganfällen, die sie schon in ihrer Jugend hatte, neunzehn Jahre halbseitig gelähmt. Eigentlich hieß sie Lula Carson Smith. Sie war erst dreiundzwanzig Jahre, als das Buch herauskam. Vielleicht war sie in deinem Alter, als sie zu schreiben begann. Vielleicht ist sie der Grund, warum ich junge Leute wie dich nie unterschätze, mein Lieber, wie

sehr ich dich auch wegen deines bisher noch so kurzen Lebens necke. Wir neigen dazu, uns wie Schablonen zu sehen. Ich denke dabei sowohl an Anja wie an Bror. Wie wurden sie von ihrer Umwelt wahrgenommen? Wie haben sie sich selbst wahrgenommen? Glaubst du denn, Anja war im tiefsten Herzen die begabte, problemlose Siegerin, für die sie allgemein gehalten wurde, bis sie zu sehr abmagerte und das Fiasko passierte? Glaubst du denn, Bror sah sich selbst als den erfolgreichen Gehirnchirurgen, den kontrollierten Papa von Anja mit einem genau ausgeklügelten, pädagogischen Konzept? Du mußt den Roman lesen, Aksel. Und du mußt dir die Verfilmung anschauen, mit Alan Arkin, obwohl sie ganz anders ist als das Buch. Ich denke so oft an sie. Sie war einer der Gründe, warum ich im vorigen Jahr in die USA geflogen bin. Ich hatte nicht nur vor, Joni Mitchell zu hören, ich wollte auch Carson McCullers' Grab besuchen, aber dazu reichte die Zeit nicht mehr. Sie wollte Konzertpianistin werden, sollte eigentlich auf dem berühmten Juilliard-Konservatorium Musik studieren, was Bror insgeheim auch mit Anja vorhatte. Da war sie siebzehn Jahre alt. So alt wie du vergangenes Jahr. Sie hatte eine glühende Begeisterung für Musik, und sie hatte schon als Sechzehnjährige ein Schauspiel mit drei Akten geschrieben. Aber dann verlor sie einige Tage nach ihrer Ankunft in New York ihr Schulgeld. Die Dinge liefen nicht so, wie sie wollte. Nun wurde sie statt dessen Schriftstellerin. Sie gehört zu denen, die früh erwachsen werden, wie du auch. Und das ist eine gefährliche Diagnose, mein Junge.«
»Warum gefährlich?«
»Ich spreche schließlich aus eigener Erfahrung. Ich mußte erwachsen werden, als ich plötzlich achtzehnjährig mit Anja dasaß und einer Ehe, auf die ich nicht vorbereitet war. Merkwürdigerweise gibt es in solchen Situationen so wenige Helfer. McCullers' Helfer waren so berühmte Leute

wie Benjamin Britten, W. H. Auden, Tennessee Williams und Truman Capote. Sie war außerdem bisexuell, und ihr Ehemann, Reeves McCullers, war Schriftsteller und Soldat.«
Sie hat sich eine Zigarette angezündet. Sie hat den Wein geöffnet. Gemeinsam rauchen und trinken wir. Und ich liebe es, wenn sie so ist, wenn sie mir etwas erzählt, ohne mich zu belehren. Wenn ich mit eigenen Gedanken kommen kann, seien sie sinnlos oder vernünftig.
»Hast du gewußt, daß Anja mit meiner Schwester Cathrine ein Verhältnis hatte?« sage ich.
»Das habe ich nicht gewußt«, sagt Marianne Skoog überrascht und mustert mich, will sehen, ob ich die Wahrheit sage.
»Woher weißt du das?«
»Auf dem Fest nach Rebecca Frosts Debüt sah ich sie in einer ... intimen Situation, um es vorsichtig auszudrücken.«
»Einer ... intimen Situation?« Sie schaut mich fragend an. Dann versteht sie endlich, daß mich das beschäftigt und ich darüber reden möchte. »Das muß schlimm gewesen sein für dich«, sagt sie mitfühlend. »Das war zu der Zeit, als du sie mit deiner Liebe überschüttet hast?«
»Es erschien so unwirklich. Sogar jetzt fällt es schwer, sich vorzustellen, daß es passiert ist. Daß Cathrine ans andere Ende des Erdballs gereist ist, zeigt ein wenig, wie ernst das auch für sie war.«
Marianne Skoog denkt nach.
»Vielleicht habe ich Anja den Anreiz dazu gegeben«, sagt sie.
»Wie das?«
»Sie wußte, daß ich ein Verhältnis mit einer Frau hatte, da war sie vierzehn Jahre. Das wurde zu einem der wenigen Geheimnisse, die wir zusammen hatten, mit Bror hatte sie viel mehr. Sie beobachtete einmal, wie ich diese Frau im Garten küßte. Bror war nicht zu Hause, und Bror und ich hatten ei-

nen extremen Arbeitsdruck. Als ich merkte, was sie gesehen hatte, flehte ich sie an, Bror nichts zu sagen, weil ich wußte, daß ihn das am Boden zerstören würde. Sie versprach mir, nichts über das zu erzählen, was sie gesehen hatte.«

So treiben wir einander weiter, denke ich. So fördert einer beim andern neue Bekenntnisse zutage. Jetzt weiß sie etwas, was sie von Anja nicht wußte. Jetzt weiß ich etwas, was ich nicht von Marianne Skoog wußte.
Ich habe sie unterbrochen. Aber sind es nicht die Unterbrechungen, über die wir reden wollen? Sie denkt an Anja. Ein weiteres Teil hat in einem Puzzle, das nie fertig werden wird, seinen Platz gefunden.
»Carson McCullers versuchte, sich das Leben zu nehmen«, sagt sie ruhig und dreht sich dabei eine neue Zigarette. »Ich weiß keine Einzelheiten. Zuerst trennte sie sich von ihrem Mann, das war ein Jahr nach Erscheinen von ›The Heart is a Lonely Hunter‹, das 1940 herauskam. Vier Jahre später heiratete sie ihn wieder. Während einer Depression drei Jahre später wollte sie Schluß machen. Sie überlebte. Fünf Jahre später, sie wohnten in einem Hotel in Paris, versuchte der Ehemann sie zu überreden, sich mit ihm gemeinsam das Leben zu nehmen, aber sie floh vor ihm. Da setzte Reeves McCullers mit einer Überdosis Schlaftabletten seinem Leben ein Ende.«
»Nicht gut«, sage ich.
»Nein, und am schlimmsten ist, daß sich ein Mensch, der eine so tiefe Einsicht in die menschliche Seele und das menschliche Herz hat, umbringen will. Es ist mir einfach ein Rätsel, daß Menschen mit einer solchen Sensibilität, die weit über meine hinausgeht, nicht imstande sind, ihre Einsicht in Lebensfreude zu verwandeln. Virginia Woolf nahm sich das Leben, Hart Crane nahm sich das Leben. Koestler mit Frau, van Gogh, Hemingway. Ganz zu schweigen von

all denen, die geisteskrank wurden, die *versuchten*, sich das Leben zu nehmen, aber scheiterten. Lauert irgendwo am Grunde eines jeden Lebens das Grauen? Sind wir dazu verurteilt, als Überlebende zu leben, die verzweifelt im Meer mit den Armen fuchteln, um nicht zu ertrinken?«
Ich merke, daß sie sich aufregt. Daß es gefährlich werden kann.
»Du wolltest doch eigentlich von dem Roman erzählen, oder? Wovon handelt er denn?«
»Es ist immer schwer, zu erklären, wovon ein Carson-McCullers-Buch handelt«, sagt sie und ist jetzt ruhiger. »Dieses Buch handelt von einigen Menschen in einer kleinen Stadt in den Südstaaten. Es beginnt mit zwei taubstummen Männern, die jeden Morgen Arm in Arm die Straße hinunter zu ihrem Arbeitsplatz gehen.« Ich sehe, wie Marianne Skoog sich jetzt für den Inhalt begeistert, der ihr plötzlich lebendig vor Augen steht. »Der eine ist ein dicker, verträumter Grieche und heißt Spiros Antonapoulos, und er arbeitet in dem Obst- und Süßwarenladen seines Vetters. Sein Freund ist ebenfalls taubstumm, aber mager. Er heißt John Singer und arbeitet als Graveur bei einem Goldschmied. Sie leben in einer Gesellschaft einsamer Menschen. Dazu gehören ein junges Mädchen, das Musik liebt, ein schwarzer Arzt, ein junger, gutherziger Barkeeper und ein rebellischer Kommunist. Einige von ihnen sind völlig sprachlos, wie die zwei Taubstummen auch. Andere sind verdorben, haben ihr Leben mit Sex und Alkohol zerstört, was uns auch passieren wird, wenn wir so weitermachen, Aksel. Nein, das ist kein Spaß. Wir wurden zu früh erwachsen. Aber jetzt hör zu. McCullers beschreibt eine ganz kleine Gesellschaft, und wie sie über schwarze Menschen schreibt, das hat noch kein Weißer vorher getan. Aber für mich dreht es sich in dem Buch um John Singer, den taubstummen, hilfsbereiten Mann. Er kümmert sich Tag für Tag um seinen Freund,

den dicken Griechen, weil der dicke Grieche nicht so klug im Kopf ist, wie das von der Gesellschaft erwartet wird. Gleichzeitig wird Singer gezwungen, sich die Geschichten aller anderen anzuhören. Was sie zu erzählen haben, ist in ihren Augen viel wichtiger. Eigentlich ist es eine Geschichte über den Mangel an Empathie bei den Mitmenschen: Nicht beachtet zu werden, was das bei einem Menschen auslösen kann! Und es geht auch um Mick, das junge Mädchen, das ohne Singer nicht zurechtkommt.«

Marianne Skoog redet sich warm über eine Geschichte, die ihr wichtig ist. Ich sehe ihre feinen Fältchen, die Trauerspuren, wie sie dazu einmal gesagt hat. Tränen glänzen in ihren Augen. Mir fällt ein, daß ich Anja nie weinen sah. Mir fällt ein, wie hilflos Selma Lynge wirkte, als sie weinte. So viele Arten von Tränen. Dieses Weinen ist still, ruhig, fast gut. Große Tränen, die sachte über ihre Wangen rollen, während das Buch in ihr lebendig wird, die Geschichte von dem taubstummen Mann, von Singer, der sich um seinen geistig zurückgebliebenen Freund kümmert.

»Nennt ihr Musikleute das nicht einen Kontrapunkt? Wenn sich eine selbständige Stimme, die trotzdem auf andere bezogen ist, zu einer übergeordneten Ganzheit verbindet, eine größere Dimension als die, die die einzelne Stimme allein bewältigen könnte. Das konnte Bach, nicht wahr? Und das konnte Carson McCullers.«

Sie denkt nach, so als wolle sie sich selbst korrigieren. Aber dann fährt sie fort. »Es braucht so wenig, um ein Leben kippen zu lassen, Aksel. Das haben wir doch beide gelernt, nicht wahr? Der Sonntag, an dem deine Mutter im Wasserfall ertrank, begann als ganz gewöhnlicher Tag, nicht wahr? Und endete mit Schock und Verzweiflung. Für den taubstummen Singer sind es die kleinen Ereignisse, die zur Tragödie werden, die dazu führen, daß der geistig zurückgebliebene Freund, um den er sich immer gekümmert hat,

in der Irrenanstalt landet. Wo er stirbt. Und was geschieht mit Singer? Er, der für alle diese Menschen, die im Buch vorkommen, das Bindeglied war, kann den Verlust des Freundes nicht verwinden. Er nimmt sich zur Überraschung aller das Leben. Für ihn, der stets da war, der zuhörte, der zu verstehen suchte, obwohl er taubstumm war, wird das Leben unerträglich. Keiner der anderen hätte das voraussagen können. Sie brauchten ihn alle, jeder auf seine Weise. Aber keiner sah, wer er war.«
»Was willst du mir damit erzählen?« sage ich.
»Etwas über Bror und Anja«, antwortet sie.

An einem anderen Abend sagt sie: »Eigentlich habe ich Menschen verachtet, die eine neue Beziehung eingehen, solange die Trauer noch frisch ist. Daß ich es trotzdem wage, mit dir so zu leben, wie ich es tue, hängt damit zusammen, daß du selbst ein Trauernder bist. Außerdem habe ich das Selbstmitleid in allem, was ich in den letzten Monaten machte, gefürchtet.«
»Aber besteht nicht die Gefahr, daß du versuchst, unangreifbar zu erscheinen? Oder vielleicht vor etwas davonläufst?«
»Nein, mein Junge. Denn du bringst mich zum Nachdenken. Darum geht es. Und ich brauche die Erinnerung, auch wenn ich noch nicht die Kraft habe, dir alles zu erzählen. Allein durch deine Anwesenheit bringst du mich dazu, daß ich mich frage: ›Hätte ich verhindern können, daß Bror und Anja starben?‹ In der ersten Zeit nach ihrem Verschwinden dachte ich, auch ich sei unsichtbar geworden. Bis zu dem Tag, an dem Erik Holm starb, lebte ich in einer Welt, in der ich mir vorstellte, die beiden vielleicht wiederzubekommen. Ich habe dir erzählt, daß ich das nun nicht mehr glaube. Sie sind sehr tot in meinem Denken. Was die Trauer ja nicht leichter macht. Aber es nimmt mir vielleicht etwas von der Scham, daß ich mit dir schlafe.«

»Empfindest du wirklich Scham?« sage ich.
»Nicht wegen meiner Lust, denn die Trauer existiert ja, auch wenn wir miteinander schlafen.«
»Ist das der Grund, warum du weinst? Und die Augen zusammenkneifst?«
»Ja, vielleicht. Du machst mich glücklich, Aksel. Ich habe dir ja erzählt, wie schwer es Bror und ich viele Jahre miteinander hatten. Das, was ich mit dir erlebe, habe ich nie mit Bror erlebt. Aber darf ich das denn? Erlaubt mir die Trauer, es zu tun? Und dann ist da noch Anja. Als würden die beiden in kurzen Momenten wieder lebendig. Als würde ich sie beide betrügen. Aber sie sind ja tot. Ganz tot. Da ist nichts zu betrügen! Und in gewisser Weise ist dieser Gedanke noch schrecklicher.«

So sitzen wir und reden an manchen Abenden. Sie erzählt mir Dinge, die ihr wichtig sind. Die mir wichtig sind. Die bewirken, daß wir einander besser verstehen. Wir reden nicht über Gott. Wir gehen nicht zur Kirche. Wir sind weit weg von den offiziellen Einrichtungen des Trostes. Wir trinken, rauchen, hören Musik. So sieht unsere Trauer aus.
Danach geht oft jeder in sein Zimmer.
In der Nacht kommt sie unter meine Decke geschlüpft, vorsichtig, um mich nicht zu wecken.
Ich bin jedesmal hellwach.

Selma Lynges Lasso Der Tag für Selma Lynge ist wieder da. Allzuviel ist seit dem letzten Mal geschehen. Ich weiß nicht, wie ich spiele, ob sie den Fortschritt, den ich trotz allem einsam an Anjas Flügel gemacht habe, akzeptiert. Dieses Risiko muß ich eingehen, denke ich. Bis zum Debüt habe ich immer noch über acht Monate.
Die Nacht davor kommt Marianne Skoog nicht zu mir.

Ich erwache mit einem unangenehmen Gefühl. Ein Stechen tief im Herzen. Draußen scheint hell die Sonne.

Als wir uns am Morgen begegnen, nachdem ich allein im Bett gelegen und mich herumgewälzt habe, sagt sie, daß sie sich von mir ferngehalten hat, damit ich gerade in dieser Nacht Ruhe vor ihr habe, damit ich mich auf das konzentriere, was am wichtigsten ist.
Ich versuche ihr klarzumachen, daß *sie* am wichtigsten ist.
Das will sie nicht hören. Sie hat sich heute für die harte Linie entschieden, sicher als Versuch, mir zu helfen, die erforderliche Stärke zu erlangen.
»Schluß jetzt, mein Junge«, sagt sie, die Arme um meinen Nacken und die grünen Augen direkt vor mir. »Jetzt mußt du dir darüber klar werden, was Sache ist, verstehst du? Wenn du weiter deine Rechnungen bezahlen und allmählich mir gleichwertig werden willst, als selbständiger Mensch mit eigenem Einkommen, mußt du das Konzert im Juni nächsten Jahres durchziehen. Daß du dich auf eine alternde Frau mit labilem Nervenkostüm, großer Trauer und verirrtem Sexleben eingelassen hast, ist keine Entschuldigung. Diese Frau besitzt trotz allem einen guten Flügel. Auf dem hast du, so vermute ich, jeden Tag, seitdem du hergekommen bist, geübt?«
»Ja«, nicke ich. »Jedenfalls fast.«
»Und bist du etwa nicht begabt? Ich meine mich zu erinnern, daß Anja dich als begabt bezeichnete?«
»Ich strenge mich an, so gut ich kann«, sage ich lachend und vergrabe meine Nase in ihrer Halsgrube. Aber sie will kein Geschmuse so früh am Morgen. Außerdem hat sie jetzt keine Zeit, sagt sie, die Straßenbahn wartet nicht.
»Frag mich, was ich von Selma Lynge halte«, sagt sie auf dem Weg zur Haustür.
»Was hältst du von Selma Lynge?«

»Ich glaube, sie macht etwas mit Menschen, hat eine Botschaft, auf die sich zu hören lohnt. Du solltest im Moment mehr auf sie hören als auf mich. Das meine ich ernst. Sie sieht dich klar und deutlich, wie sie auch Anja klar gesehen hat.«
»Und wenn ich erwiderte, daß es mir lieber wäre, *du* würdest mich klar und deutlich sehen?«
»Dann antworte ich, daß du ein Dummkopf bist. Daß es dir nicht guttut, hier zu wohnen. Daß du auf der Stelle ausziehen mußt. Selma Lynge verfügt über Wissen und Können, Aksel. Wissen ist wichtig. Ich habe Medizin studiert, als Anja klein war. Das war hart. Knallhart. Du hast ebenfalls eine harte Zeit vor dir. Eine Ausbildung solltest du nicht auf die leichte Schulter nehmen. Bald bist du genauso alt wie Carson McCullers, als sie ›The Heart is a Lonely Hunter‹ publiziert hat. Vergiß das nicht. Du hast viel weniger Zeit, als du glaubst. Der Weg von jung und vielversprechend zu alt und uninteressant ist in allen Berufen kurz. Du solltest dich nicht von mir ablenken lassen, verstehst du? Das ist der Grund, warum ich nicht jedesmal komme und mich in der Nacht zu dir lege.«
»Was, glaubst du, denkt sie über uns?«
Marianne Skoog steht schon draußen, dreht sich aber noch mal schnell um.
»Hat das etwas mit der Sache zu tun?«
Ich werde unsicher, weil sie mich so intensiv ansieht.
»Sie will, daß ich ständig die volle Kontrolle habe. Am liebsten hätte sie wohl, ich würde allein wohnen.«
»Wenn du das meinst, dann tu es.«
»Nein, natürlich nicht. Ich versuche nur zu sagen, daß ich dich am meisten brauche.«
»Ich brauche dich auch, mein Junge. Und jetzt hör auf, zu grübeln. Es wird schon gutgehen. Toi, toi, toi. Und grüße Selma Lynge von mir. Sie hat trotz allem versucht, das Beste

für Anja zu tun. Und sei dir bewußt, was das Wichtigste ist: Sie besitzt dich nicht.«

Marianne Skoog ist gegangen. Ich stehe in dem leeren Haus, vermisse sie bereits. Warum habe ich ihr noch nicht von dem schwachsinnigen Auftritt letztesmal bei Selma Lynge erzählt? Warum habe ich nichts von den Schlägen mit dem Lineal erzählt, von der Schelte, von dem Blut und dem Erbrochenen? Warum habe ich ihr nichts von ihrem Weinen erzählt? Ich schaue auf die Uhr, ich habe nicht mehr viel Zeit. Ich werde heute über den Fluß gehen, der kürzeste Weg, Luftlinie. Der Gedanke an die Straßenbahn ist mir unerträglich. Es hat seit Tagen nicht geregnet, und der Wasserstand im Fluß ist niedrig. Ich kann von Stein zu Stein springen, wenn es nicht zu glatt ist.
Ich klemme die Noten unter den Arm, nehme den Steig hinunter zum Erlengebüsch, habe genügend Zeit, mich ein bißchen zwischen die Bäume zu setzen, um über das Leben nachzudenken und mich zu fürchten vor dem Wiedersehen mit Selma Lynge. Sie glaubt, mich völlig in der Hand zu haben, aber ich habe zwischen ihren Fingern ein Schlupfloch gefunden und bin hinaus ins Freie entwischt.

Im Erlengebüsch ist es herbstlich kühl, und das ist nicht gut für meine Klavierfinger. Ich habe mir noch nicht angewöhnt, Handschuhe zu tragen. Herrgott, denke ich. Was muß ich bloß für ein Vorsichtigkeitsapostel sein. Ich merke ohnehin, daß ich nicht länger im Erlengebüsch sitzen mag. Es wird zu einem Ort, wo ich Anja nachspionierte, wo ich meinen Gefühlen nachspionierte, wo ich mit der Trauer über den Verlust der Mutter flirten konnte. Marianne Skoog macht derartige Gedankenspinnereien nicht mit. Sie will, daß ich handle. Sie will, daß ich mich erwachsen benehme. Im Erlengebüsch sitzen ist nicht erwachsen.

Ich springe über die Steine im Fluß, etwas unterhalb der Steine, an denen sich Mutter ihren Kopf zerschmetterte, ich habe das Bedürfnis zu spielen, ich sei trotz allem noch ein Kind. Viele haben schon gesagt, ich sei früh erwachsen geworden. Aber was bedeutet das, erwachsen sein? Bedeutet es nicht in erster Linie, die Kontrolle über sich selbst zu haben? So gesehen: War Selma Lynge erwachsen, als sie mir mit dem Lineal auf die Finger und auf den Rücken schlug? War Richard Sperring erwachsen, als er sein Segelboot kentern ließ? War Bror Skoog erwachsen, als er sich mit einer Schrotflinte das Hirn wegpustete? War Mutter erwachsen, als sie sich vor Ärger derart betrank, daß sie nicht imstande war, sich in der reißenden Strömung am Zigeunerfelsen festzuhalten?
Dann erreiche ich das andere Ufer, habe einen steilen Aufstieg vor mir. Hier ist niemand unterwegs. Hier ist ein Urwald. Ich habe die Noten unter dem Arm und fühle mich wie ein Mensch früherer Zeiten, ein Ziegenhirt in den Alpen. Ich bezwinge die Natur, um zu meiner Lehrerin im Leben zu finden oder zurück zu ihr. Sie kann mir helfen, die Kontrolle über mich zu erlangen, kann mich zum selbstgewählten Ziel führen. Sie, bei der der Begriff Kultur konkret wird. Sie, die in der Kunst einen Lebenssinn gefunden hat. Den, den Carson McCullers nicht fand. Den, den auch Marianne Skoog gerne finden möchte.

Ich stehe vor dem dunklen Haus im hellen, kalten Sonnenschein und bin angespannt. Zwei Wochen seit dem letztenmal und mein ganzes Leben ist verändert. Wie soll ich ihr das beibringen?
Torfinn Lynge öffnet die Tür. Abstehende Haare, der übliche Schaum in den Mundwinkeln.
»Du?« sagt er verwundert und starrt mich an.
»Ja, ich«, sage ich. »Komme ich ungelegen?«

»Niemals«, sagt Torfinn Lynge und läßt mich herein. »Ich habe nur meine Gedanken ganz woanders. Ich befinde mich zur Zeit in einer spannenden Auseinandersetzung mit Peter Wessel Zapffe. Er geht mit einigen an der Psychoanalyse orientierten Autoren scharf ins Gericht, die vehement die Auffassung vertreten, daß man Pessimismus als neurotisches Bedürfnis erklären kann. Siehst du das auch so?«
»Ich bin mir nicht sicher«, sage ich
»Gut. Hier äußert auch Zapffe Zweifel in seiner Abhandlung ›Über das Tragische‹. Warum kann die Neurose nicht die Ursache dafür sein, daß der Patient aufgrund seines hochdifferenzierten Nervensystems und seiner traumatischen Erlebnisse einen tieferen *sachlichen* Einblick in die Umstände menschlichen Lebens bekommen hat, sowohl partiell wie metaphysisch betrachtet?«
Ich denke an das Gespräch, das ich eben mit Marianne Skoog über Selbstaufgabe gehabt habe, und verspüre sofort einen schmerzhaften Stich im Magen.
»Daß die Depression eine *gesunde* Reaktion ist, oder?« sage ich.
»Gewissermaßen«, sagt Torfinn Lynge mit einem fragenden Blick auf mich. »Wie ist es dir beim letztenmal ergangen?« sagt er. »War Selma böse mit dir?«
»Ich bekam, was ich verdiente«, murmle ich.
»Geh nur hinein zu ihr. Sie wartet sicher auf dich«, sagt er.

Sie thront wie gewöhnlich auf ihrem Stuhl, sorgfältigst geschminkt, eine Miniaturmalerei der Meisterklasse. Die Katze auf ihrem Platz in der Ecke. Auch wenn Selma Lynge nicht halbnackt auf ihrem Bett liegt, mit einer Hand auf ihrer Scham, muß ich doch irgendwie an Edouard Manets »Olympia« denken. Der Kopf ist es. Die zugleich stolze und frivole Pose. Und mein Part ist dann die des Mohren, der mit dem Blumenstrauß dasteht, bereit, ihrem leisesten Wink

zu gehorchen, was immer es sein sollte. Nun ja, denke ich. Hier dreht es sich nur darum, den Befehl zu erwarten.
»Na Junge«, sagt sie, anders als Marianne Skoog, die »mein Junge« sagt. »Wie nett, dich wiederzusehen.« Sie steht nicht auf, bedeutet mir aber, mich auf den anderen Stuhl zu setzen. Der Beginn dieser Unterrichtsstunden ist jedesmal die strenge Einhaltung der Form. Vielleicht macht sie das ganz bewußt, denke ich, um meine Nerven zu trainieren, sozusagen als Vorgeschmack auf die nervliche Anspannung, die ich auszuhalten habe, wenn ich später allein hinaus auf das Podium gehe.
»Wie ist es dir seit dem letztenmal gegangen?« sagt sie.
»Da ist so einiges passiert«, sage ich ehrlich. Am besten den Stier bei den Hörnern packen.
»Das dachte ich mir«, sagt sie, »als ich dich nicht beim Gilels-Konzert sah.«
Herrgott, denke ich, verzweifelt über mich selbst. Wie konnte ich das vergessen? Emil Gilels. Ein Pianist auf höchstem Niveau, von denen es nur eine Handvoll gibt. Richtig, er spielte ja vor zwei Tagen in der Aula. Wo war ich da? Auf der Couch bei Marianne Skoog, denke ich. Wir hörten uns Joni Mitchell an. Wir redeten über etwas, das uns beschäftigte. Das kann ich unmöglich Selma Lynge erzählen.
Aber sie kommt mir entgegen. Sie sieht an meinem Gesichtsausdruck, daß ich mich anstrenge, etwas zu erfinden.
»Du brauchst nichts zu erklären«, sagt sie. »Noch nicht. Das stört die Gedanken vor der Musik, all dieses Reden über Privates. Jeder von uns kommt schließlich aus einem Privatleben. Du kannst das sogar beobachten, wenn die Pianisten auf das Podium kommen. Wo kommen sie her? Ja, jeder von ihnen kommt aus seinem *Leben*, Aksel. Sieh dir den ängstlichen, hypochondrischen Gang von Swjatoslaw Richter an. Als rechne er damit, daß ihn die Agenten des KGB bis auf die Bühne verfolgen. Oder Alfred Bren-

del, der aussieht, als hätte er sich eben nach einem herrlichen Essen am Wasserhahn die Hände gewaschen und wolle sich hinlegen. Hast du Daniel Barenboim gesehen? Er geht, als würde er den Konzertsaal mit einer Kathedrale verwechseln, in der er der Bischof persönlich ist. Und was ist mit Martha Argerich, meiner Favoritin? Sie kommt auf das Podium mit einer inneren Kraft, als wollte sie Löwen zähmen. Dann ist da Wilhelm Kempff. Er wirkt etwas zu blutarm und humanistisch, hat etwas Albert-Schweitzer-Artiges, das zu seinem Aussehen paßt, aber nicht zu seiner Persönlichkeit. Und was ist mit Horowitz? Er geht, als ob er, egal wann, direkt aus dem Nervensanatorium kommen würde, wo er sich übrigens für den König von Spanien hält. Claudio Arrau? Er betritt das Podium mit Branntweinsucht und dem Geruch einer Zigarre. Man könnte ihn, bevor er in die Musik einsteigt, verdächtigen, daß er an die Mahlzeit denkt, die er *nach* dem Konzert essen möchte, große, südamerikanische T-bone-Steaks. Danach vergißt der Zuschauer natürlich solche Gedanken. Michelangeli? Etwas zu verliebt in sich und in seine Penne al' arrabiata, seinen Wein aus dem Piemont und all die Mythen, die sich inzwischen um ihn ranken. Mein Freund Maurizio Pollini? Er sieht aus, als sei er ein Bote mit einer äußerst wichtigen Nachricht für die Herzogin von Neapel, und er genießt die Erwartung der Zuhörer in vollen Zügen, in dem Wissen, daß die Aufmerksamkeit kurzzeitig ist. Glenn Gould? Der Arme, der sich schon vor sechs Jahren zurückgezogen hat. Weißt du übrigens, daß das letzte, was er öffentlich spielte, Beethovens op. 109 war? Das Werk, das garantiert niemals als Rebecca-Frost-Sonate in die Musikgeschichte eingehen wird. Der Vorgänger von op. 110, den du spielen wirst. Ja, wie glauben wir, hat Glenn Gould die Bühne betreten? Als käme er direkt aus dem Erziehungsheim, soweit ich mich erinnere. Als glaubte er, einen Aufpasser zu haben. Als würde er, wenn er aufrecht steht, am liebsten wieder mit überkreuzten Beinen sitzen. Gibt es noch mehr? Ja, es gibt noch viele. Aber wollen wir sie nennen? Nein, das wollen wir nicht. Und jetzt spiele für mich, Aksel.«

Selma Lynge hat sich in einen rhetorischen Rauschzustand hineingesteigert. Ich habe dagesessen und sie angeschaut, mit ihr gelacht, mit ihr genickt, mit ihr den Kopf geschüttelt und gedacht, daß es zwei Typen von Menschen gibt: Die, die den Ton ihrer eigenen Stimme lieben, und die, die ihn hassen. Selma Lynge gehört zur ersten Gruppe. Selma Lynge ist davon überzeugt, daß sie der Welt etwas Sinnvolles mitzuteilen hat. Habe ich jemals ihren Zweifel erlebt? denke ich. Ja, vielleicht voriges Mal in diesem Zimmer, als ich aus meiner Ohnmacht erwachte und sie jammernd über mir stand: Obwohl, war das *Zweifel*? Nein, gezweifelt hat sie nur an der Kommunikation zwischen uns, als die Worte nicht mehr genügten, als das Lineal eingesetzt werden mußte.
Und trotzdem bin ich nicht böse auf sie, denke ich. In diesem Zimmer nehme ich fast automatisch eine hündische Haltung ein. Jetzt hat sie mir eine Lektion über das Auftreten von Pianisten erteilt. Sie hatte damit eine Absicht. Deshalb wage ich auf dem Weg zum Flügel die Frage:
»Und wie sollte ich aussehen, wenn ich auf das Podium gehe?«
Sie starrt mich an, mustert mich ohne Andeutung eines Lächelns in den Mundwinkeln:
»Das kommt darauf an, wer du bist. Das kommt darauf an, was du spielst.«
Jetzt hat sie mich. Ich setze mich gehorsam an den Flügel und bin wieder völlig in ihrer Welt.

Vorpostengefechte Zu meiner eigenen Überraschung spiele ich gut. Wir gehen die vertracktesten Etüden von Chopin noch einmal durch. Sie erkennt sofort, daß ich technisch Fortschritte gemacht habe. Und auch wenn das Technische nicht das ist, worauf sie Wert legt, wenn sie von Musik spricht, hat sie mir immer wieder eingehämmert, daß die technische Virtuosität eine Voraussetzung dafür ist, um heute in der Welt der klassischen Musik Erfolg zu haben.
Ich nehme die ausgewählten Klavierstücke in Angriff, serviere sie ihr sozusagen auf dem Tablett. Sie sitzt in ihrem Stuhl und nickt zustimmend, als ich fertig bin.
»Gar nicht schlecht«, sagt sie zufrieden. »Du hast dich erholt. Der vierte Finger der rechten Hand ist beträchtlich kräftiger geworden, und die None-Griffe sind zum Glück jetzt sicherer. Aber werde nicht überheblich. Es kann noch besser werden. Du hast fünf Etüden gespielt, und ich zählte drei Patzer. Das sind drei zuviel. Leider ist das wie im Sport. Die Anforderungen werden höher und höher. Und ich bezweifle, ob es immer im Dienste der Musik ist, daß es in diese Richtung läuft. Die alten Burschen wie Backhaus und später Rubinstein konnten sich einige Fehler erlauben, weil es damals allein um die musikalische Aussage ging. Das ist nicht mehr der Fall. Es geht um die Form. Mit dem Aufkommen der Moderne mußte auch die traditionell klassische Musik ein größeres Stilverständnis entwickeln. Verstehst du? Deshalb müssen wir da durch.«
Ich sitze auf dem Klavierhocker und nicke. Ich weiß, daß sie recht hat. In unserer Zeit sind drei Patzer zuviel.
»Ich werde mich bessern«, sage ich.
»Daran zweifle ich nicht«, sagt sie freundlich. »Und jetzt kannst du etwas aus unserem Repertoire spielen.«
Ich weiß nicht genau, was sie meint. Sie ist überraschend unstrukturiert, wenn es darum geht, was ich neben Chopin-Etüden üben soll. Die Werkauswahl erfolgt fast impulsiv ge-

gen Ende der Stunde, während sie durchs Zimmer schreitet und mich belehrt, nicht mehr von oben herab wie anfangs, aber mit demselben, absoluten Anspruch: Nur ihre eigene Stimme darf zu hören sein. Sie sagt dann zum Beispiel: »Ach ja, Brahms op. 119. Übe das bis zur nächsten Stunde!« Oder sie sagt kurz darauf, weil wir über Debussy sprechen: »Üb' so schnell du kannst ›Pour le Piano.‹« Oder, wenn sie über Beethoven spricht: »Kannst du nicht bis zum nächsten Mal die Sonate in d-Moll einüben?« Alle diese Vorschläge wirken wie aus der Luft gegriffen. Sie sind wie ein Apropos zu dem, wovon sie gerade spricht. Jetzt bin ich jedenfalls bereit, Ravels »Sonatine« zu spielen, von der wir einmal sprachen, bevor wir uns für den Sommer trennten.
»Ja, spiel die!« sagt Selma Lynge begeistert.

Ich weiß nicht genau, warum Ravel so gut klappt. Die Sonatine ist nicht besonders schwer. Aber sie braucht Leichtigkeit. Und ich merke, jetzt *habe* ich diese Leichtigkeit. Und weil dieses Gefühl Sicherheit erzeugt, Nachdruck erzeugt, gelingt es mir auch, elegant und präzise im Vortrag zu sein. Mir gelingt es, den melodischen Sog im ersten Satz zu vermitteln, die transparente Melancholie im zweiten Satz und die horizontale Leichtigkeit im letzten Satz.
»Ausgezeichnet!« sagt Selma Lynge und erhebt sich enthusiastisch. »So ist es gut, Aksel. Den Impressionismus hast du jedenfalls verstanden. Komm und setz dich.«
Gehorsam setze ich mich auf den Stuhl, der immer für mich bereitsteht, trinke aus der Teetasse, in die sie den Darjeeling eingeschenkt hat.
Ich sehe ihr an, daß sie wirklich begeistert ist. Das Lineal liegt nicht mehr auf dem Tisch. Sie muß es weggeräumt haben.
»Demnach hast du dich in diesen Wochen mit etwas Vernünftigem befaßt«, stellt sie fest. »Natürlich kann man

Ravel besser spielen, mehr reflektiert, aber du hast den jugendlichen Ernst, und das ist gut. Es braucht nicht viel, und Ravels Tonkaskaden klingen schludrig. Das ist dir nicht passiert, vielleicht weil du so intensiv Chopin geübt hast. Aber da muß noch etwas anderes sein. Verrate mir das Geheimnis, mein Lieber.«
»Ich bin bei Marianne Skoog eingezogen«, sage ich.
Selma Lynge verschluckt sich am Tee. Sie hustet kräftig. Ich erhebe mich und klopfe ihr vorsichtig auf den Rücken, so wie es mir Mutter beigebracht hat. Die Katze blickt verdrossen auf und starrt uns feindselig an.
»Es genügt jetzt«, sagt sie, hat den Husten wieder unter Kontrolle und gibt mir ein deutliches Zeichen, mich wieder zu setzen.
Lange sitzt sie nur da und schaut mich an.
»Du hältst mich jetzt nicht zum Narren?« sagt sie endlich.
Ich schüttle den Kopf.
»Warum denn das?« sagt sie. »Du hast doch eine ausgezeichnete Wohnung in der Sorgenfrigata?«
»Die wird mir auf die Dauer zu teuer.«
»Wir könnten dir doch Geld leihen.«
»Vater hat sich ständig Geld geliehen. Und wohin hat das geführt!«
»Aber ... bei Marianne *Skoog*«, sagt sie. »In das Haus des Schreckens?«
Ich schüttle den Kopf. »Sie hatte eine Annonce aufgegeben. Sie brauchte einen Untermieter. Rebecca Frost und ihr Verlobter brauchten eine Wohnung. Der Tausch war in wenigen Tagen abgewickelt. Ich habe nun die Einkünfte, die es mir ermöglichen, mich auf das Spielen zu konzentrieren. Das wolltest du doch? Außerdem steht mir Anjas phänomenaler Steinway zur Verfügung, und der ist zum Üben besser geeignet als Synnestvedts abgewrackter Blüthner.«
Ich präsentiere ihr alle die sonnenklare Argumente, denen

sie nicht widersprechen kann, obwohl sie immer einen Schwachpunkt findet:

»Aber die *Stadt*, Aksel, du brauchst die *Stadt*. Warum kehrst du in eine Gegend zurück, in der so viel Schlimmes passiert ist? Ich hatte gehofft, du würdest aus deinem Schneckenhaus kommen, wenn du in der Sorgenfrigata wohnst, würdest dich öfter in der Stadt zeigen, bei der Studentengemeinde mitmachen, in Konzerte gehen. Dann war das der Grund, warum du nicht zu Gilels Konzert in der Aula gekommen bist? Du hattest keine Lust, in die Stadt zu fahren?«

»Ganz so ist es nicht«, sage ich. »Aber ich hatte in diesen Wochen ein hartes Übungsprogramm. Außerdem haben Marianne Skoog und ich vieles zu bereden.«

»Du und Marianne Skoog?« Selma Lynge kehrt die Augen gen Himmel. »Was hast du denn mit *ihr* zu bereden?«

Sie schaut mich indigniert an, merkt nicht einmal, wie absurd das ist, was sie sagt. Sie hat ihr eigenes Bild von der Welt und regt sich schnell auf, wenn etwas nicht mit ihren Vorstellungen übereinstimmt.

»Sie ist Anjas *Mutter*«, sage ich vorsichtig.

Selma Lynge dreht die Augen wieder gen Himmel. »Die *Mutter*, ja!« sagt sie mit bereits geröteten Wangen. »Mit der du dich sicher beim Begräbnis ausgesprochen hast. Ich erinnere mich, gesehen zu haben, wie ihr euch unterhalten habt. War das nicht genug? Zwischen euch sind doch *siebzehn* Jahre. Sie gehört zu einer ganz anderen Generation, einem ganz anderen Milieu. Über was in aller Welt könnt *ihr* denn reden?!«

Es überrascht mich, wie genau sie den Altersunterschied zwischen uns kennt. »Darüber weißt du nun mal nicht Bescheid«, sage ich und kann die Wut nicht beherrschen, die in mir aufsteigt, denn sie ist unmöglich, ja fast abscheulich in ihrer belehrenden, allwissenden Rolle.

»Natürlich weiß ich darüber Bescheid«, schreit sie beinahe

und knallt die Teetasse auf den Tisch, daß die Katze erschrickt. »Ich habe selbst drei Kinder. Ich weiß, in welchem Stadium des Lebens sie sich befinden. Ich weiß, wo *du* dich befindest. Und ich weiß das eine und andere über Marianne Skoog. Ich weiß, daß ihr *überhaupt nichts* miteinander zu bereden habt!«
»Was weißt du über Marianne Skoog?« sage ich, fast feindselig, und sie merkt, daß ich stärker bin als beim letztenmal. Das verwirrt sie und sie verliert die Kontrolle über ihre eigene Rhetorik. Sie überschreitet die Grenze, nicht die physische, aber die verbale. Und das ist noch gefährlicher.
»Ich weiß, daß sie für Anja eine schlechte Mutter war.«
»Wie kannst du so etwas behaupten?«
»Sie ist Ärztin. Und hat nicht einmal gesehen, daß sich ihre Tochter schier zu Tode gehungert hat.«
Diesmal verliere ich die Kontrolle. Das geht so schnell. Ich springe auf, renne durchs Zimmer, wie sie vor zwei Wochen, und schreie sie an:
»Aber *du* hast sie aufs Podium geschickt, in die sichere Niederlage!«
Sie hat jetzt Angst, schaut mich erschrocken an, weiß nicht, welchen Ton sie anschlagen soll. Sie beschließt, nicht zu schreien.
»Du redest darüber wie über eine Schlacht«, sagt sie ruhig.
»Es war ein Schlacht«, sage ich. »Und du, Selma Lynge, warst der Feldherr. Sie, die Schwache, hast du als Vorposten eingesetzt.«
»Setz dich«, sagt sie bittend. Sie sieht, daß ich es nicht durchhalte, sie weiter anzubrüllen und böse auf sie zu sein. Auf raffinierte Art schafft sie es, mit vielsagenden Blicken und mit perfider Fürsorglichkeit, die Rollen umzudrehen, so daß nun *ich* als der Verrückte dastehe, der Unbeherrschte, der, der Hilfe braucht.
»Entschuldigung«, sage ich matt, gleichermaßen über sie

wie über mich selbst beschämt, weil ich zu wenig Rückgrat habe, um sie ein für allemal auf ihren Platz zu verweisen.
»Reden wir nicht mehr davon«, sagt sie. Und mir ist klar, daß sie nichts ahnt von einem Verhältnis zwischen Marianne Skoog und mir, daß wir miteinander schlafen, daß wir Wein trinken und nachts lange auf sind, daß wir auf unsere besondere Weise ein gemeinsames Leben führen.
»Anja Skoogs Flügel?« sagt sie, will mich besänftigen, spielt die Rolle der allwissenden Psychologin, braucht damit nicht mehr über Anjas Schicksal reden, was sehr unangenehm für sie werden würde. »Vielleicht ist es gut so, trotz allem. Das Instrument *ist* wichtig, wie du sagst. Wir dürfen nicht vergessen, ein Flügel kommt sterbend zur Welt, wie ein Mensch.« Sie lehnt sich im Stuhl zurück, schließt für einen Augenblick die Augen. Dann fährt sie, wieder ganz ruhig, fort: »Man glaubt, daß ein Flügel oder ein Piano etwas Großes und Robustes ist. Man übersieht, daß man etwas Zartes und Sensibles vor sich hat, das die geringste Wetterveränderung spürt, die Stimmung im Zimmer, Licht und Schatten. Ich denke oft daran, daß jedes einzelne Instrument eine genuine Persönlichkeit ist. Wenn ich am Morgen in dieses Zimmer komme und meinen geliebten Bösendorfer sehe, denke ich jedesmal: ›Ich habe dich in Wien gekauft, mein Freund. Stolz ziertest du den Ausstellungsraum im alten Gebäude für Konzertflügel beim Musikverein. Viele weltberühmte Pianisten berührten deine Elfenbeintasten und wollten dich haben. Michelangeli war besonders interessiert. Aber ich habe mich in dich verliebt und dein Schicksal besiegelt. Ich erkannte, daß du etwas ganz Besonderes bist. Ich wollte dich um mich haben, Tag für Tag. Deshalb brachte ich dich bis hierher in den kalten Norden.‹
Konzertflügel sind äußerst einsame Individuen. Sie sind wie mißgestaltete Vögel im Käfig. Fremde Menschen kommen, schauen sie an und spielen auf ihnen. Sie können nichts

dagegen machen. Ist das nicht seltsam? Ich erinnere mich an alle Flügel, auf denen ich gespielt habe. Jedesmal, wenn ich in einen neuen Konzertsaal kam, dachte ich als erstes: Wie ist der Flügel hier? Ich erinnere mich an sie wie an Freunde, einige davon waren schwierig und zurückhaltend, andere allzu großzügig und nachgiebig, wie Menschen mit einer übertriebenen und lästigen Höflichkeit. Einige waren arrogant und beherrschend bis zum letzten Ton und trotzdem gegen Ende des Konzertes von einer gewissen Anerkennung über meine Leistung. Es gab auch die undisziplinierten, wild wuchernden Exemplare, ohne einen verantwortungsvollen Stimmer, der sich um sie kümmerte. Aber gerade letztere, von denen es, das muß ich zugeben, viele gab, konnten eigene und liebenswürdige Qualitäten entwickeln. Eine Art von innerem Trotz, mit dem ich im Laufe des Konzertabends in einen Dialog treten mußte: ›Na, du hast ja ein teuflisches zweigestrichenes E, das eher schrill klingt? Was soll ich denn damit machen? Etwas behutsamer spielen, sagst du? In Ordnung.‹ Oder: ›Bist du wirklich so schüchtern? Verschließt du dich, sobald ich dich berühre? Hat dich ein ängstlicher Klavierstimmer zu sehr intoniert und seine Ängstlichkeit auf dich übertragen? Dabei bist du doch ein toller Steinway D und kannst klingen?‹ Und weißt du, Aksel, wenn ich so redete oder dachte, war es, als würde mich das Instrument verstehen, würde auf meine Wünsche eingehen, mir entgegenkommen. Du weißt, was ich dir über das Klavier erzählt habe. Es ist unvollkommen, sterblich, hat ein viel kürzeres Leben als die Geige, die ihre perfekte Form gefunden hat, die Hunderte von Jahren leben kann.
Du solltest einmal zu einer Klavierfabrik fahren. In meiner Jugend, als ich überall gefeiert wurde, hatte ich eine Einladung von Steinway. Es war ein regelrechter Schock für mich, als ich die Klavierfabrik im Außenbezirk von Hamburg betrat. Ich hatte mir keine Gedanken gemacht, was

nötig war, um so ein Instrument zu bauen. Ich wußte nicht, daß es ein ganzes Jahr dauert und daß schon lange vorher die kanadische Fichte nach Europa gekommen ist, um zu trocknen. Ich wußte nicht, daß ein Flügel in verschiedenen Räumen gebaut werden muß, einer zur Behandlung des Holzes, einer für das Holzskelett, einer für die Saiten, für die Elfenbeintasten und die technischen Eingeweide, ein Raum für die Intonation und einer für die ästhetische Vollendung durch das Lackieren. Schließlich der Ausstellungsraum, wo die fertigen Instrumente stehen, alle Modelle von O bis D. Und wenn ein Pianist aus Chile kommt, um sich einen Flügel auszusuchen, wird die chilenische Flagge gehißt, kommt er aus Norwegen, die norwegische. Die angebotenen Kekse und der Kaffee sind mies, ebenso wie die Stereoanlage im Konferenzraum. Trotzdem sind ihre Instrumente unübertroffen. Warum ich mich für einen Bösendorfer entschieden habe, willst du vielleicht wissen? Vielleicht, weil er in einem kleinen Raum stand, vielleicht, weil ich österreichisches Blut in den Adern habe. Bei Bösendorfer stellen sie zuerst das Innere her, danach Stück für Stück das hölzerne Fachwerk. Bei Steinway läuft es anders. Die Zarge ist in einem Stück gebogen. Klopfst du auf das Gehäuse, hörst du, daß es lebt. Für große Räume bevorzuge ich den Steinway, für kleine den Bösendorfer. Eine endgültige Wahrheit gibt es nicht. Wenn ein Bösendorfer richtig gestimmt und gut gewartet ist, übertrifft er die meisten anderen Fabrikate wie Schiedmayer, Blüthner, Bechstein, Steinweg, Carl Mandt, Hoffmann, Schimmel. Über ganz Deutschland verteilt gab es die Instrumentenbauer, die über das Wissen verfügten, das man braucht, um einen Flügel zu bauen, ein Monster, einen großen Elefanten.

Eine so große Konstruktion liebt den Ortswechsel nicht. Warum muten dann einige der größten Pianisten der Welt das ihrem Instrument zu, wenn sie auf Welttournee gehen?

Konzertflügel sind konservative Individuen, die die vertraute Umgebung lieben, das gewohnte Klima. Nur Knight baute Pianos für die Kolonien, konstruiert für extreme Feuchtigkeit und wechselnde Temperaturen.«

Sie schweift ab, denke ich und beobachte sie, diese schöne Frau, die für einige arme, gehorsame Schüler und ihren Mann, den Professor, für den Ästhetik kein Fachgebiet ist, die aufwendig und zugleich dezent geschminkte Schönheit spielt. Sie möchte ihre Welt ganz nach ihren Vorstellungen malen. Was für eine merkwürdige Persönlichkeit, denke ich. Sie hatte uns alle nacheinander im Griff: zuerst Rebecca, dann Anja, dann mich. Jetzt verliert sie sich in Erinnerungen.

»Du kannst einen guten Flügel, auf dem du gespielt hast, nicht vergessen«, fährt sie fort. »Ebensowenig wie einen Menschen, der Eindruck auf dich gemacht hat oder der dir zugehört hat, wenn du in einer schwierigen Lage warst. Und es ist schwierig, eigentlich ganz fürchterlich, ausübender Musiker zu sein. Das kann nur verstehen, wer selbst auf dem Podium war. Die Erwartungen des Publikums, als müßte man Abend für Abend ein Examen vor ständig neuen Jurys ablegen. Allein dort oben sitzen, allein mit den horrenden technischen Schwierigkeiten, mit der ›richtigen‹ musikalischen Aussage. Das Bewußtsein, daß einige Patzer, daß ein Moment der Unkonzentriertheit die Niederlage bedeuten, wie bei Anja, als sie mit der Philharmonie Ravel spielte und aus der Solopartie fiel. Ja, mein Lieber, ich habe von den Pianisten erzählt und wie sie auftreten. Aber hast du einmal ihren Abgang beobachtet, wenn sie sich verbeugen? Die Frauen haben nie Probleme. Sie benehmen sich natürlich. Martha Argerich ist wunderbar. Annie Fischer genauso. Sie nehmen den Applaus ohne Firlefanz entgegen. Sie haben sich sogar die menschliche Eigenschaft bewahrt, die man Scheu nennt. Aber die Männer? Erst, wenn sie

sich verbeugen, werden sie zu Pinguinen, obwohl sie schon den ganzen Abend diesen lächerlichen Frack tragen. Am schlimmsten sind die, die während der tiefen Verbeugung die Arme schwer nach unten hängen lassen, als würden sie sich auf eine Hinrichtung vorbereiten, als würden sie demütig ihr Haupt unters Fallbeil legen. Dann gibt es die, die kurz nach allen Seiten nicken, allergnädigst den Applaus des Publikums entgegennehmen, von vorneherein gekränkt, weil sie nicht auf den Schild gehoben werden. Absolut peinlich sind die, die sich selbst feiern. Die einen Applaus mimen, der nicht vorhanden ist. Die ihre eigene Leistung größer machen, als sie war. Die schelmische, dankbare Blicke ins Publikum werfen, gleichsam überwältigt von dessen Begeisterung. Die eine Zugabe spielen, ohne aufgefordert worden zu sein. Ja, mein Lieber, das sind die peinlichsten! Das darfst du *nie* machen. Das verbiete ich dir! Vom eigenen Einsatz berauscht, haben sie keine Hemmungen, kommen blitzschnell zurück auf das Podium, um weiterzuspielen und sich bis zum frühen Morgen zu exponieren. Ihr Leben wird nur durch den Applaus sinnvoll, sie wollen *gesehen* werden. Das ist eine Krankheit, verstehst du, und davon sind viele befallen. Ich habe derartige Äußerlichkeiten verabscheut. Ich habe nur ausnahmsweise nach dem Konzert an Empfängen teilgenommen. Muß ich noch mehr über Friedrich Gulda oder Alfred Brendel erzählen? Am Ende stand in jedem Fall die Bewunderung oder, bei Glenn Gould, die üble Nachrede. Aber das ist jetzt vorbei. Ich werde nie mehr auf dem Podium stehen. Ich habe mein Leben gelebt. Und jetzt im nachhinein ist da natürlich ein Gefühl des Verlustes. Was mich aber tröstet ist, daß ich mit einer Reihe unentbehrlicher Gefährten gelebt habe, den Instrumenten.«
Sie schaut mich an, plötzlich hübsch wie ein kleines Mädchen. Ihre Persönlichkeitsverwandlung ist beinahe erschreckend.

»Daß du an einen Ort gezogen bist um eines Flügels willen, ist ein schöner Gedanke. Das gefällt mir. Vielleicht hast du doch die richtige Wahl getroffen. Ich bin einmal in dem Haus gewesen. Bror Skoog hatte ästhetisches Gewicht. Ich weiß nicht, ob das auch für Marianne gilt, aber sie verfügt jedenfalls über eine Perle von einem Instrument. Läßt sie immer noch Nielsen und Jacobsen die Stimm- und Wartungsarbeiten ausführen?«
»Ja.«
»Gut. Dann kann ich deine Entscheidung fast verstehen. Und Marianne Skoog ist so beschäftigt mit ihrem radikalen Engagement als Ärztin, daß du das Haus die meiste Zeit für dich hast?«
»Das ist richtig.«
Sie nickt langsam. Versucht, die schockierende Neuigkeit zu verdauen, versucht sie zu etwas Ungefährlichem zu machen, etwas, das sie kontrollieren kann, als Teil des Paktes zwischen uns. »Die Aussicht ist auch schön«, sagt sie. »Die grünen Bäume vor dem Panoramafenster wirken sicher beruhigend auf dich, nicht wahr?«
Ich nicke.
Sie mustert mich. Überlegt. Wie kann sie auch dieses Territorium von mir erobern?
»Wir müssen uns kennenlernen«, sagt sie schließlich. »Marianne Skoog ist gerade jetzt eine wichtige Person in deinem Leben. Außerdem habe ich noch etwas mit ihr zu klären. Ihr müßt zum Essen kommen, ihr beide. Hierher. Zu Torfinn und mir. Du warst sowieso noch nie bei uns eingeladen. Sagen wir nächste Woche Donnerstag?«

Rendezvous im Erlengebüsch Ich taumele die Uferböschung hinunter zum Fluß, springe über die Steine, werfe einen Blick nach links und schicke Mutter einen Gedanken, erreiche die andere Seite und nehme den Steig hinauf zum Elvefaret: Obwohl ich mir so deutlich klargemacht habe, daß es damit vorbei ist, kann ich einfach nicht am Erlengebüsch vorbeigehen.

Aber als ich zwischen die Zweige und die gelben Blätter schlüpfe und glaube, allein zu sein, sitzt Marianne Skoog auf meinem Baumstumpf und erwartet mich.

»Na, wie war es?« fragt sie mit einem fröhlichen Lachen.

»Du? Hier?« sage ich und merke, wie mir ganz schwindlig wird vor den Augen. Mir ist, als würde ich das Gleichgewicht verlieren.

»Hast du nicht immer hier gesessen?« sagt sie und sitzt vor mir, fast ohne Make-up, in dem grünen, herbstlichen Dufflecoat, den Anja immer anhatte, und ausgewaschenen Jeans.

Ich lasse alles fallen und ziehe sie zu mir hoch, umarme sie, wühle in ihrem Haar, halte sie von mir weg, blicke ihr in die Augen und bin überwältigt von Gefühlen.

»Wie hast du hierhergefunden?« frage ich.

Sie antwortet nicht sofort. Sie küßt mich ruhig, bestimmt, fordernd.

»Ich weiß von dir und deinem Versteck schon seit Jahren«, sagt sie.

»Wie hast du davon erfahren?« frage ich, puterrot.

»Damals mit Anja«, sagt sie. »Als du sie in Panik versetzt hast. Als Bror seine Heimwehr sammelte und mit Taschenlampen nach möglichen Feinden suchte. Ich saß mit Anja zu Hause im Wohnzimmer. Wir wußten beide, daß du es warst. Daß sie an dir vorbeigegangen war. Daß sie sich erschrocken hatte. Daß sie gewußt hat, daß du es warst. Anja war so süß damals. ›Sie dürfen ihn nicht finden!‹ sagte sie. Sie wußte ja, daß du zwischen den Bäumen ein Versteck hattest. Aber sie wußte nicht, daß du dort auch im Dunkeln sitzt.«

»Wußte sie das wirklich die ganze Zeit? Aber wie hat sie es erfahren?« frage ich. »Das war doch mein *heimliches* Versteck!«

Marianne Skoog lacht. Dann streicht sie mir übers Haar, küßt mich rasch auf die Wange. »Hier hast du noch Lernbedarf, junger Mann. Wenn Leute meinen, sie hätten große Geheimnisse oder unentdeckte Liebesaffären, sind sie erstaunlich leicht zu durchschauen.«

»Du wußtest also, daß ich hier sitze, als du vor einigen Wochen nach mir riefst?«

»Natürlich. Warum hast du nicht geantwortet?«

»Weil ich gelernt habe, daß es wichtig ist, sich Geheimnisse zu bewahren.«

Wir küssen uns, während wir reden. Um uns der rauhe Geruch nach Herbst und Schatten. Ich bin so froh, wieder bei ihr zu sein. Selma Lynge darf nie in diese Welt eindringen, die nur uns beiden gehört.

»Das ist mir so peinlich«, sage ich, »weil ich doch hier so oft saß.«

Sie blickt mir tief in die Augen. »Weißt du«, sagt sie, »ich finde junge Männer, die in Erlengebüschen sitzen und grübeln, erregend. Und jetzt bin ich hier und klopfe an deine Stirn. Hallo? Ist jemand zu Hause? Hast du genügend Phantasie, aus dieser Situation etwas zu machen?«

»Aber hier ist doch kein Bett!« sage ich lachend.

»Hast du nicht zwei kräftige Beine!« sagt sie ernst. Sie packt mich an den Hüften und bohrt mir ihre Nägel in den Rücken.

Winterreise »Und wie lief es nun bei Selma Lynge«, sagt sie hinterher, als wir wieder im Haus sind.

Wir sitzen auf der Couch und spielen Joni Mitchell. »Ladies of the Canyon«.

»Es ist gut gelaufen«, sage ich und sehe an ihrem Gesicht, an dem flackernden Blick, daß etwas nicht stimmt.
»Aber was hat sie gesagt?« sagt sie und blickt ins Leere.
»Sie sagte, daß sie mit mir zufrieden ist. Daß ich Fortschritte gemacht habe, obwohl ich nur die verdammten Etüden und eine Sonatine von Ravel spielte.«
»Die hat Anja auch geübt.«
»Außerdem hat sie uns zum Essen eingeladen«, sage ich.
»*Uns?*« sagt sie erschrocken und schielt zu mir herüber.
»Sie weiß ja, daß wir zusammen wohnen«, sage ich.
»Das *weiß* sie?!«
»Ja«, sage ich mit dem Gefühl, eine Wahl getroffen zu haben, dem Gefühl, für jemanden in den Tod zu gehen. »Nächste Woche Donnerstag. Kannst du? *Willst* du?«
»Ja«, sagt sie.
»Sie meint es sicher gut«, sage ich.
Marianne Skoog nickt abwesend.
Dann gehen wir nach oben.
»Vergib mir«, sagt sie, »aber ich bleibe heute nacht in meinem Zimmer. Ich habe in den letzten Nächten schlecht geschlafen. Ist das okay?«
»Natürlich ist das okay«, sage ich.
Sie tätschelt mir kurz die Wange.
»Außerdem haben wir heute ja schon miteinander gespielt.«

Sie duscht vor mir.
Ich bleibe im Wohnzimmer sitzen. Das ist noch nie passiert. Jetzt geht sie in ihr Schlafzimmer. Jetzt ist sie müde. Jetzt sitze ich im Corbusier und kann Platten spielen, wenn ich will. Aber ich tue es nicht. Ich bin unruhig. Etwas stimmt nicht. Aber was? Ich starre zur Fensterfront, in die Herbstnacht, in all die Schwärze.
Bezeichnet sie wirklich das, was wir machen, wenn wir uns lieben, als *Spiel*? denke ich.

Dann gehe ich hinauf in mein Zimmer. Müde. Vielleicht ein bißchen enttäuscht darüber, daß ich sie nicht spüren werde. Daß sie ihr Schlafzimmer wieder bezieht, ein Revier markiert. Ich habe keine Reviere mehr, denke ich.
Als ich höre, daß sie im Bad fertig ist, öffne ich die Tür. Es ist jedesmal spannend, das Bad nach ihr zu übernehmen. Ich rieche sie. Ich denke an sie. Ich will immer mehr von ihr. Aber das geht nicht. Nicht heute nacht. Sie hat raffinierte Türen, die sie schließen und öffnen kann, die knallen und quietschen können. Die Türen der Marianne Skoog. Sie bestimmen, ob ich draußen bin oder drinnen.

Ich lege mich ins Bett. Todmüde. Der Schlaf kommt schnell. Da kommt auch Schubert. Er sitzt auf meiner Bettkante. Ein kleiner, treuer Freund. Für mich ist er nicht länger das Genie. Für mich ist er ein Zechkumpan. Ja, denke ich, mit ihm könnte ich ohne weiteres in die Kneipe gehen.
Aber er will lieber an meinem Bett sitzen und reden. Ich bin einverstanden, richte mich auf, schiebe mir ein Kissen in den Rücken. Jetzt kann ich ihn sehen. Er sieht traurig aus, sabbert und stinkt mehr als sonst. Auch das Ekzem ist seit seinem letzten Besuch bei mir bedeutend schlimmer geworden. Er ist immer noch ein junger Mann, denke ich. Enttäuscht in der Liebe, auf Seelenwanderung durch eine traurige Winterlandschaft. Vielleicht sind deshalb die letzten Lieder, die er vor seinem Tod vertonte, so traurig. Schubert liest meine Gedanken.
»Denkst du an die ›Winterreise‹?« sagt er.
»Ja«, sage ich. »Es sieht fast so aus, als sei der Winter nun allen Ernstes zu dir gekommen.«
Er nickt.
»Das ist eine Erfahrung, die du noch machen wirst«, sagt er, »wenn du die Stücke, die ich noch nicht geschrieben habe, einübst. Warum tust du das nicht?«

»Aber ich habe doch keine Noten!« sage ich verärgert. Er verwirrt mich mit seiner Nörgelei.

»Du kannst schließlich keine Noten haben von etwas, das noch nicht geschrieben ist«, sagt er. »Außerdem ist das ein Traum. Wenn du in wachem Zustand am Flügel sitzt, wird es deine eigene Musik sein, die du spielst.«

»Meine eigene Musik?«

»Ja, hast du nie daran gedacht? Daß du jederzeit selbst Zusammensetzung und Reihenfolge der Töne bestimmen kannst?«

»Nein«, sage ich. »Das habe ich nicht. Die Musik, die bereits geschrieben ist, genügt mir vollauf.«

»Bist du dir da sicher?« sagt er und lächelt verschmitzt. »Ich hatte das auch geglaubt. Wenn man Bach, Mozart, Haydn und Beethoven hatte, was sollte man dann mit Schubert, dachte ich. Die Welt wird weitergehen, auch ohne Schubert. Ich konnte nach wie vor Interpret bleiben. Ich spielte schließlich Geige, Orgel und Klavier. Ich weiß noch, wie ich mit meinem Jugendfreund, Joseph von Spaun, beisammensaß. Er war zwar sieben Jahre älter als ich, aber ich fühlte mich auf seltsame Weise zu ihm hingezogen, so wie du dich zu Marianne Skoog hingezogen fühlst. Alter hat niemals eine Bedeutung gehabt.«

»Aber ihr habt ja so wahnsinnig früh angefangen«, sage ich. »Viel früher als wir.«

»Es lag an der Zeit, daß Kinder schnell erwachsen werden mußten. Mit all den Kriegen, die damals in Europa waren, ging ein kolossaler Verschleiß von Menschen einher. Man hatte schlichtweg keine Zeit, Kind zu sein. Ich kann mich nicht erinnern, wann ich eigentlich zu komponieren anfing, aber ich war jedenfalls ein Kind, und als Joseph von Spaun, mein ritterlicher Freund, der mir später helfen sollte, indem er mir heimlich Notenpapier besorgte, hörte, daß ich mich mit einer schwierigen Sonate von Mozart quälte, fragte er mich: ›Kannst du nicht statt dessen etwas spielen, was du selbst geschrieben hast?‹ Ich erinnere mich, daß ich vor Scham errötete, aber ich spielte ein Menuett für ihn, und als ich dann anfing, meine eigene Musik für andere zu spielen, gab es kein Halten mehr.«

»Aber du sagtest doch, daß der Winter dann allen Ernstes zu mir kommt, wenn ich selbst Reihenfolge und Zusammensetzung der Noten bestimme?«

»Der Winter ist ein nicht ganz präzises Wort. Nenne es lieber Schmerz. Ich beobachte dich seit einiger Zeit und glaube, du hältst ihn aus. Aber du mußt es wollen.«

»Du sagst das Gegenteil von Rebecca Frost«, sage ich.

»Was sagt sie?«

»Daß ich das Glück suchen soll.«

»Ihre Wahl«, sagt Schubert.

»Kann Glück denn nicht Kunst hervorbringen?«

»Komischerweise nur in Ausnahmefällen. Haydn war wohl relativ glücklich, und auch wenn Bach seine Probleme hatte und gezwungen war, unheimlich viel zu arbeiten, lief es ganz gut. Aber all die andern? Nimm den verrückten Schumann, den liebeskranken Brahms, den hart getroffenen Beethoven, der sich weigerte, sein Schicksal anzunehmen, und sich mit seiner unheimlichen Sturheit wieder aufrichtete. Mozart hatte sicher seine glücklichen Momente, aber es war ein verzweifeltes Glück, wie wir es sonst nur im Rausch, im Alkohol, im Opiumrauch finden. Noch schlimmer wird es, wenn du zu den Schriftstellern gehst. Dort herrscht ja genaugenommen das pure Elend. Vielleicht, weil ein Schriftsteller kein Handwerk können muß. Schreiben ist ja kein Handwerk, es ist eine allgemeine Voraussetzung. Ein Komponist dagegen muß, wenn er nicht einer seltsamen Abart des Phänomens angehört, ein Handwerk können, muß eine Geige handhaben, muß einem Klavier Töne entlocken können, muß ein Instrument spielen. Das erzeugt vielleicht eine Art von psychischer Stabilität, jedenfalls bei einigen.«

»Dann ist all deine Musik ohne Glück zustande gekommen?«

Schubert nickt. »Ja. Aber das Glück schenkt man schließlich anderen. Das ist der Punkt. Was soll man mit eigenem Glück? In einem tollen Haus oben in Fiesole sitzen, Wein trinken und die Kuppel der Domkirche von Florenz sehen? Was ist Glück für eine Idee? In diesem Teil der Welt ist Glück gleichbedeutend mit dem sogenannten *guten* Leben. Aber was ist das gute Leben? Nur der Genuß?«

»Wenn ich demnach deiner Musik zuhöre und Glück empfinde, höre ich immer deinen Schmerz, dein Unglück?«

»Ja«, sagt Schubert. »Aber das Glück gibt es auch im Denken, im Wollen und in der Überlieferung. Daß das Leben, das man lebt, einen Sinn hat. Den kann man weit außerhalb der Welt der Kunst finden, beim Bauern, beim Lehrer, beim gewissenhaften Kaufmann, eigentlich in allen Berufen dieser Welt, abgesehen vom Henker. Solange du eine Wahl getroffen hast und ein Mensch der guten Taten bist, lebst du ein sinnvolles Leben. Du kannst ein sinnvolles Leben führen, indem du alle Noten, die geschrieben wurden, liest. Ich brauche solche wie dich, wenn ich weiterhin Schubert sein will. Aber du kannst natürlich auch etwas ganz anderes machen.«

Er reicht mir eine gewaltige Partitur.

»Jetzt lies«, sagt er. »Aber studiere sie genau. Dann wirst du begreifen.«

Die Partitur ist groß und dick. Ich schlage die erste Seite auf.

Sie ist weiß. Weiß wie eine Winterreise in einem kalten und unwirtlichen Land. Nirgends eine Note.

Die alte Dame auf der Straße Es ist Vormittag, inzwischen Oktober und kälter. Ich sitze am Flügel und übe das Debütprogramm, mit jedem Tag systematischer, Prokofjews siebte Sonate mit tiefer Handstellung und gekrümmten Fingern, um technisch den maximalen Effekt zu erzielen, wie Selma Lynge meint. Ich denke an die komischen Träume mit Schubert, weiß nicht so recht, was ich davon halten soll.
Nach zwei Stunden intensiver Arbeit mit den drei intrikaten Sätzen gehe ich in die Küche, um mir einen Kaffee zu machen.
Als ich aus dem Fenster schaue, sehe ich eine Gestalt auf der Straße stehen, direkt am Gartentor.
Es ist eine alte Dame um die Siebzig, mit Mantel und Stock. Sie sieht irgendwie wehmütig, fast hilflos aus, steht nur still da und starrt zum Haus.
Sie erblickt mich.
Ich bleibe in der Küche stehen, warte, daß sie weitergeht, aber sie tut es nicht. Sie steht nur da und schaut.
Da ziehe ich mir die Jacke über, denn es ist jetzt kalt, mit Frost in den Nächten.
Ich gehe hinaus zu ihr, zögere ein wenig, denn sie macht einen verwirrten, fast schreckhaften Eindruck, weil ich direkt auf sie zugehe.
»Entschuldigung«, sage ich. »Kann ich Ihnen helfen?«
Sie macht Anstalten, zu gehen, überlegt es sich dann anders, als sie sieht, daß ich freundlich auftrete.
»Tut mir leid«, sagt sie und sieht mich prüfend an, »aber ich bin ... ich wollte nur ...«
»Sie sind mir keinerlei Erklärung schuldig«, sage ich so höflich ich kann.
»Ich bin Martha Skoog«, sagt sie.
»Martha Skoog«, wiederhole ich fast ehrfürchtig. Also ist sie die Mutter von Bror Skoog und die Großmutter von

Anja. Sie muß bei der Beerdigung gewesen sein. Ich kann mich nicht erinnern. Ich suche in ihrem Gesicht nach Anjas Zügen, finde aber nichts, abgesehen von den langen Ohren.
»Wer sind Sie?« fragt sie mit wachsamem Blick.
Ich strecke ihr die Hand hin. »Entschuldigung«, sage ich, »ich heiße Aksel Vinding.«
Sie nickt, blättert in ihrem privaten Erinnerungsarchiv. »Richtig«, sagt sie, jetzt hellwach. »Sie waren einer der Teilnehmer beim Wettbewerb Junge Pianisten.«
»Ja«, sage ich. »Und ich war Anjas Freund.«
»Davon haben Bror oder Anja nie etwas erzählt«, sagt Martha Skoog entschieden.
Das versetzt mir einen Stich, aber ich lasse mir nichts anmerken.
»Nun ja«, sage ich.
Sie mustert mich, wie nur alte Menschen die Jungen mustern können. »Was machen Sie dann hier in diesem Haus? Anja ist tot, wie Sie wissen.«
»Ich habe bei Marianne Skoog ein Zimmer gemietet.«
»Ein Zimmer? Warum das?«
»Weil ich Pianist bin. Weil in dem Haus ein guter Steinway-Flügel steht.«
Sie nickt, ist aber noch nicht überzeugt.
»Sie sind einfach in dieses Haus eingezogen, in dem soviel Tragisches geschehen ist?« sagt sie.
»Ja«, sage ich. »Aber warum stehen Sie hier? Wollen Sie nicht hereinkommen?«
Sie schüttelt den Kopf.
»Ich stehe hier, weil ich verstehen möchte«, sagt sie.
»Was verstehen?«
»Verstehen, warum sich mein Sohn das Leben genommen hat. Verstehen, warum es mit der armen Anja so schlimm enden mußte.«

»Das ist nicht zu verstehen«, sage ich.
»Sagen Sie das nicht«, sagt sie.
»Sie dürfen gerne hereinkommen.«
»Nein, danke.« Sie schüttelt den Kopf. »Ich mußte es nur noch einmal sehen.«

Wir bleiben eine Weile stehen, ohne etwas zu sagen.
»Wie geht es Marianne jetzt?« fragt Martha Skoog unwillig, als hätte sie eigentlich keine Lust, darüber zu reden.
»Ihr geht es den Umständen entsprechend gut«, sage ich.
»Sie versucht, soviel wie möglich zu arbeiten, versucht, ihren Alltag unter Kontrolle zu bringen.«
»Marianne hat nie etwas unter Kontrolle gehabt«, sagt Martha Skoog.
»Wie meinen Sie das?«
Martha Skoog schaut mich an.
»Ihnen dürfte doch klar sein, daß hier ein Teil der Ursache liegt«, sagt sie indigniert.
»Der Ursache wovon?«
»Der Tragödie natürlich!« Sie schreit es mir fast ins Gesicht, als sei alles meine Schuld.
»Verzeihung«, sagt sie kurz darauf.
»Was wollten Sie eigentlich sagen?« frage ich.
»Daß Marianne psychisch instabil ist. Das verstehen Sie doch. Wenn man bedenkt, was sie alles hinter sich hat.«
»Davon weiß ich nichts.«
»Dann sollten Sie sie fragen. Falls sie imstande ist, darüber zu reden.«
»Was Sie da sagen, macht mir angst.«
Martha Skoog schaut mich an, ist überrascht, wie wenig ich weiß. »Aber es wird Ihnen doch bekannt sein, daß sie mehrmals in psychiatrische Kliniken eingeliefert werden mußte?«
»Davon weiß ich nichts«, sage ich.

Sie scheint zu merken, daß sie zuviel gesagt hat. Sie dreht sich um und will gehen.
»Entschuldigung«, sagt sie. »Ich wollte nicht, daß mich jemand bemerkt. Ich wußte nicht, daß jemand zu Hause ist. Ich hatte nur ein sehr starkes Bedürfnis, dieses Haus noch einmal zu sehen.«
»Aber warum kommen Sie nicht einmal zu Besuch?« sage ich. »Marianne will Sie gewiß gerne sehen.«
Martha Skoog schüttelt den Kopf. »Marianne will mich nicht sehen«, sagt sie. »Zwischen uns hat es zu viele Differenzen gegeben. Mir wäre es am liebsten, wenn Sie gar nicht erwähnten, daß ich hiergewesen bin.«
»Das kann ich nicht versprechen«, sage ich.
Trotzdem weiß ich, daß ich von dieser Begegnung niemandem etwas erzählen werde.

Rebecca im Schnee Der erste Schnee kommt. Einer, der nicht liegenbleibt. Einer, der nur bezaubert. Der keine Winterreise ermöglicht. Da besucht mich eines Vormittags, ich bin gerade bei Beethoven, Rebecca. Liebe, treue Rebecca.
»Ich mußte dich einfach sehen«, sagt sie, als sie an der Tür steht. »Können wir einen kleinen Spaziergang machen?«
»Natürlich.«
Ich hole die Winterjacke, ziehe die Stiefel an. Sie trägt einen braunen Nerz und süße rosa Ohrenschützer.
Kaum sind wir auf der Straße, hakt sie sich unter, als gehörten wir zwei zusammen. Was ja nicht der Fall ist.
»Geht es dir gut?« fragt sie besorgt. »Ich bin so beunruhigt deinetwegen.«
»Warum beunruhigt?«
»Weil ich daran denke, was vor dir liegt, das schwierige Debütkonzert. Ach Aksel, ich bin froh, daß nicht ich es bin!«

Ich fühle mich bei ihren Worten gleich ein bißchen einsamer, weiß, daß sie recht hat, daß Grund zur Beunruhigung besteht. Und ich weiß nicht, warum ich es tue. Es hat sich einfach so ergeben. Aber das kann ich Rebecca nicht erzählen.
»Wird schon schiefgehen«, sage ich, um sie zu trösten.
»Ja, hoffentlich«, sagt sie enthusiastisch, »und danach kannst auch du alles hinschmeißen, wie ich es gemacht habe, und dann können wir den Rest des Lebens damit verbringen, auf uns aufzupassen.«
»Aber du hast ja Christian«, erinnere ich sie.
»Ja, und du hast Marianne Skoog. Beide sind schwierige Fälle. Deshalb braucht man Freunde, die auf einen aufpassen.«
»Was ist an Christian schwierig?«
Sie strahlt mich mit ihren blauen Augen an. Wir gehen den Melumveien hinauf zum Grini-Damm. Wir gehen in einer Märchenwelt. Carl Larsson hätte uns malen können. In solchen Momenten kann ich nicht verstehen, warum es mit Rebecca und mir nicht geklappt hat.
»Er verlangt einfach soviel«, sagt sie. »Wir sind glücklich. Aber er ist krankhaft eifersüchtig. Und er hat ein starkes Bedürfnis, dieses Glück zu kontrollieren.«
»Wie denn?« sage ich, während wir den Wasserfall passieren, wo Mutter ihr Erdendasein beendete. Ich werfe einen Blick dorthin, denke aber nichts dabei.
»Er taucht plötzlich während einer Vorlesung auf, steht da und wartet dann auf mich vor dem Aulakeller. Außerdem will er mich an den unmöglichsten Stellen haben. Weißt du, wo wir es gemacht haben?«
»Nein«, sage ich.
»In einer der Anprobekabinen von Steen & Strøm. Das ist nicht lustig.«
Ich drücke verständnisvoll ihre Hand.

»Was soll ich nun dazu sagen?« frage ich.
»Sag irgend etwas. Du bist doch mein Freund.«
»Ich kann sagen, daß es mich erregt, wenn du so direkt darüber redest.«
Sie kneift mich in den Arm. »Vielleicht ist das meine Absicht. Ich kann es nach wie vor nicht begreifen, daß wir nicht zusammengekommen sind. Und jetzt hast du eine äußerst sexuelle Person.«
»Marianne Skoog?«
»Kannst du nicht einfach mal ihren Nachnamen weglassen? Hat es damit zu tun, daß sie soviel älter ist als du? Sagst du Marianne Skoog, wenn du mit ihr in der Küche sprichst?«
»Nein«, lache ich. »Dann sage ich nur Marianne.«
»Und sie will ständig mit dir Sex haben. Das weiß ich. Das sehe ich ihr an. Eine emanzipierte, jugendliche Hippie-Ärztin, die sogar auf dem Woodstock-Festival gewesen ist. Auch wenn sich das verlockend anhört, meine ich nach wie vor, daß es nicht zu deinem Besten ist. Sie hat zuviel Vergangenheit. Ich habe nicht soviel Vergangenheit. Ach Aksel, geht es dir denn gut?«
Sie dreht sich zu mir. Wir stehen auf der Brücke über den Lysakerelven. Mir fällt ein, daß es auf jeder Seite des Flusses eine Frau gibt, an jedem Ufer, und nur Rebecca steht mitten auf der Brücke, zusammen mit mir. Und ich habe Lust, sie zu küssen. Ich beuge mich zu ihr.
»Wir werden das nicht tun«, sagt sie mit einem strengen Finger auf ihren Lippen. »Wir sind in einem Alter, in dem eine besondere Disziplin von uns erwartet wird.«
»Sind wir das?« sage ich.
»Ja«, nickt sie. »Aber ich brauche es, dich zu sehen. Oft.«
Ich überlege, ob ich ihr von Martha Skoog erzählen soll, über mein Gefühl der Beunruhigung wegen Marianne, schaffe es aber nicht.
»Ich brauche es auch, dich zu sehen«, sage ich.

»Weißt du, wo er es noch mit mir gemacht hat«, sagt sie fast betroffen.
»Nein«, sage ich.
»Im Künstlerfoyer unter der Aula.«
»Warum das?« frage ich.
»Er will mich an allen Orten haben, die mir etwas bedeutet haben.«
»Armer Mann, da hat er einiges zu tun.«
»Ja. Anfangs war es noch lustig. Aber jetzt fängt es an, etwas anstrengend zu werden.«
»Dann kommt vielleicht demnächst das Podium der Aula an die Reihe. Unter Munchs ›Sonne‹.«
»Sei still.«
Ich sehe es trotzdem vor mir, verspüre den Sog im Magen.
»Mach mich nicht eifersüchtig«, sage ich.
»Du hattest alle Möglichkeiten«, sagt sie.

Der Fluß Für mich gibt es jetzt zwei Welten, auf jeder Seite des Flusses eine. Auf der einen Seite die Welt der Marianne Skoog. Eine schöne, gefährliche und befreiende Welt. Die andere Welt gehört Selma Lynge. Eine fordernde, anstrengende und verpflichtende Welt. Ich fühle mich zu jung für beide, kann aber trotzdem nicht ohne sie leben. Ich bringe es nicht fertig, mit Marianne Skoog über ihre frühere Schwiegermutter zu reden. Ich wage nicht, an dem Lack zu kratzen, dem Firnis, mit dem sie sich umgibt, den sie, wie sie gesteht, braucht, um den Alltag zu bewältigen. Rebecca versucht, mir etwas mitzuteilen. Selma Lynge versucht, mir etwas mitzuteilen. Marianne Skoog versucht, mir etwas mitzuteilen. Sogar Schubert versucht, mir etwas mitzuteilen. Wie soll ich es schaffen, das Richtige zu tun?
Ich gehe an einem Vormittag hinunter zum Fluß und denke über alles nach, was mir durch den Kopf geht. Ich bleibe

am Ufer stehen. Der Schnee schmilzt wieder. Es ist noch zu früh für den Winter.
Da höre ich den Rhythmus.
Er kommt mit dem Wasser. Wird von den Steinen erzeugt. Ein Rhythmus, wie er Marianne Skoog gefallen würde, denke ich.
Ich versuche mir den Rhythmus zu merken, den Rhythmus und den Laut. Keiner kann Wasser so wiedergeben wie Ravel. Aber das ist etwas anderes. Das ist der Fluß. Lysakerelven. Er versucht, mir etwas zu sagen. Und in meinem jugendlichen Übermut laufe ich hinauf zum Skoog-Haus, stürze zum Flügel und spiele zum erstenmal frei. Ich wähle, wie Schubert gesagt hat, zum erstenmal Zusammensetzung und Reihenfolge der Töne selbst aus. Ich spiele in G-Dur. Das ist eine einfache Tonart, fast vulgär. Aber für den Pianisten bietet sie eine Vielzahl an Möglichkeiten, weil es sich um eine besonders helle Tonart handelt. Beethoven wußte das. Sein viertes Klavierkonzert hat eine horizontale Poesie, die sich in G-Dur perfekt zum Ausdruck bringen läßt. Aber was will ich eigentlich? Halte ich mich etwa für Schubert? Soll ich ein Menuett machen? Nein, da kommen Quinten, Dreiklänge, Nonen. Danach eine kleine Sekunde, wie es in der Musikersprache heißt. Ein Fis, das einen Ausdruck, eine Eisnadel auf die Melodie legt. Das klingt ja wie Joni Mitchell, denke ich. Dies ist die Stimmung, die sie im open tuning erzeugt. Die Intervalle öffnen sich. Seit Schubert ist einiges anders. Und hat nicht Schubert in einem der Träume gesagt, daß er Gefallen an ihr fand?
Ich taste mich weiter. Wie ein Schauder überläuft mich ein plötzliches Glück, oder ist es ein Schrecken? Eine kleine Melodie beginnt Form anzunehmen. Sie ist nicht besonders phantasievoll. Man erkennt viele Popmelodien darin. Trotzdem ist es *meine* Melodie. Und sie ist so einfach, so banal, daß ich an Marianne Skoog denke, während ich sie

spiele. Ich greife zum Notenpapier, das Anja hier liegen hatte. Plötzlich ist es mir wichtig, in Erinnerung zu behalten, was ich da mache, es schriftlich festzuhalten. Mein Vorbild ist nicht die Musik der Vergangenheit. Es sind die Lieder, die mir Marianne Skoog vorgespielt hat. »The Only Living Boy in New York«. »I Think I Understand«. »Both Sides Now«. Ich plagiiere von allen dreien. Und zugleich entsteht eine vierte Melodie. Es ist meine, allein meine. Ein winzig kleines Stück Musik, denke ich. Ganz bescheiden. Und ich weiß, daß ich es »Der Fluß« nennen werde. Ich erlaube mir, es wieder und wieder zu spielen. Und jedesmal mache ich es anders, mit immer gewagteren Improvisationen. Ich weiß nicht, warum ich dabei an Martha Argerich denke. Vielleicht, um mir bewußt zu machen, daß die Jugend vorbei ist, daß es höchste Zeit wird, meinen eigenen Ausdruck zu finden. Sie war acht Jahre alt, als sie debütierte. Mit sechzehn Jahren gewann sie den Wettbewerb in Genf und den Busoni-Wettbewerb. Die Welt lag offen vor ihr. Mit achtzehn Jahren spielte sie Prokofjews »Toccata« und die »Ungarischen Rhapsodien« von Liszt ein. Bereits damals zählte sie zur Meisterklasse. Dann kam die Krise. Mit einundzwanzig erkrankte sie an einer Depression, zog nach New York und tat nichts, wie sie sagte. Was geschah in diesen Jahren? Was dachte sie? Was brachte sie heraus aus der Krise? Denn ihr Comeback war furchterregend, sie spielte die schockierende Schallplatte mit Chopin, Brahms, Ravel, Prokofjew und Liszt ein. Und danach ging es nur noch aufwärts.
Aber wenn es nur abwärts gegangen wäre?
Ich improvisiere, wechsle zwischen Gedanken und Stimmungen. Dann denke ich nicht mehr an andere. Ich denke nur an »Der Fluß«. Dann denke ich nur an Marianne Skoog. Die Melodie weitet sich, streckt sich nach oben und plötzlich nach der Seite. Sie darf nicht zu hell werden, denke ich. Sie darf nicht überschwappen ins Unverpflichtende.

Jeder Ton muß eine Konsequenz haben, muß etwas, das ich erfahren habe, in einer neuen Form widerspiegeln. Marianne Skoog, denke ich. Diese Töne handeln von dir.

Die Farben der Tonarten Ja, die Tonarten haben Farben, denke ich und bleibe einige Minuten im sogenannten Beethoven-Stuhl sitzen. Zusammen können sie zu einem Gemälde werden, aber was will der Maler ausdrükken?
C-Dur ist gelb wie das Gras nach dem Winter, wie Marianne Skoogs Haar.
Des-Dur ist noch gelber. Wie Herbstlaub.
Es-Dur ist grauweiß und durchsichtig wie Wasser.
E-Moll ist grauer, wie Schnee im März oder wie das Meer, wenn die Wolken kommen.
F-Dur ist braun, wie die Getreidefelder im August.
Fis-Moll ist vielfarbig, wie Schmetterlinge im Regen.
G-Dur ist blau, wie die Horizontlinie an einem Sonnentag.
As-Dur ist hellrot, wie die Farbe von Anjas Lippen.
A-Dur ist knallrot, wie italienische Backsteinhäuser, oder wie Selma Lynges geschminkter Mund.
B-Moll ist weißbraun, wie Sand.
B-Dur ist wie Löwenzahn.
H-Moll ist braungrau, wie die Baumstämme vor Anjas Zimmer.

Unterwegs zum Sandbunnveien Sie hat versprochen, daß sie mit mir kommen will. Und als der Tag da ist, wirkt sie wie von einem Licht umgeben, von einer Ruhe, wie ich sie noch nie bei ihr gesehen habe. In ihr ist etwas geschehen, das sich nicht mit Worten beschreiben läßt. Ich wage nicht, danach zu fragen.

»Du bist so schön heute«, sage ich nur, als sie aus dem Bad kommt, dezent geschminkt, bereit zum Ausgehen.
»Du Lieber«, sagt sie. »Du solltest es einmal mit einer Brille versuchen.«
»Das ist nicht nötig.«
»Ich weiß sehr wenig von deiner Welt«, sagt sie, »deshalb ist es sicher interessant, Selma Lynge im eigenen Heim kennenzulernen.«
Mir fällt auf, daß sie ein elegantes, türkisfarbenes Kleid angezogen hat, das die grüne Farbe ihrer Augen unterstreicht. Seltsam, denke ich. In solchen Augenblicken rückt der Gedanke, daß sie Witwe ist und ihr Kind verloren hat, näher. Sich schmücken heißt das Leben preisen. Doch sobald wir das tun, wird uns beiden bewußt, was wir verloren haben. In außergewöhnlichen Situationen fühlen wir uns arm und verwundbar. Wir sind eingeladen bei zwei Persönlichkeiten des kulturellen Lebens. Sie kommt meinetwegen mit. Das rührt mich, nimmt mir aber nicht das Gefühl, daß mit ihr etwas anders ist. Wir haben uns in letzter Zeit fast nicht gesehen. Sie hat hart gearbeitet, und abends ist sie in ihrem Büro verschwunden. Ich habe gehört, wie sie dort leise und lange telefonierte. Manchmal ist sie in ihr Zimmer gegangen. Manchmal ist sie zu mir gekommen. »Laß mich ein bißchen spielen mit dir«, hat sie mit ihrer praktischen und alltäglichen Stimme gesagt. Aber sie hat mir nicht erlaubt, daß ich mich revanchiere. Das hat mich verunsichert.
Und es ist lange her, daß wir Joni Mitchell spielten.

Wir gehen den Melumveien entlang. Wir sind die Straße nicht oft zusammen gegangen. Unser Leben spielt sich im Skoog-Haus ab. Wir hätten die Abkürzung über den Fluß nehmen können, aber dann wären wir naß geworden. Deshalb haben wir uns für die Straßenbahn entschieden.
»Was, denkst du, will sie von uns?« Marianne Skoog raucht

beim Gehen eine Selbstgedrehte. »Warum lädt sie *mich* ein?«
»Selma Lynge? Sie will einfach nett sein, glaubst du nicht?«
»Weiß sie, daß wir eine feste Beziehung haben?«
»Natürlich«, lüge ich.
»Merkwürdig. Hat sie dazu nichts gesagt?«
Die Art, wie sie redet, macht mich unsicher.
»Sie sagte nur, daß sie dich treffen will«, sage ich und lege ihr den Arm um die Schultern.

Wir stehen vor dem großen, düsteren Haus im Sandbunnveien. Marianne Skoog schüttelt sich, drückt die Zigarette auf dem kalten Boden aus.
»Du meine Güte«, sagt sie.
»Bist du noch nie hiergewesen?«
»Nein«, sagt sie. »Als Anja bei Selma Lynge anfing, war sie längst über das Stadium der Klavierschülerin hinaus. Aber Selma Lynge war einmal bei uns. Ich erinnere mich, daß sie vor allem mit Bror kommunizierte.«
Ich nicke. Sie spürt meine Unruhe.
»Es wird alles gutgehen«, sagt sie beruhigend.
Soll ich es wagen, den Arm um ihre Schultern gelegt dazustehen, wenn die Tür aufgeht? Soll das meine Rache sein, wenn ich Selma Lynge zeige, daß wir eine Beziehung haben, Marianne Skoog und ich? Bin ich dazu stark genug?
Ich bin voller Selbstzweifel. Als sei mir die Fähigkeit, selbständig zu denken, abhanden gekommen. Zwei ältere, erfahrene Frauen denken für mich, formen mein Leben. Suche ich in ihnen die Mutter? Ist das wirklich so einfach? Stocksteif stehe ich neben Marianne Skoog, als die Tür aufgeht. Und obwohl ich nur Torfinn Lynges irres Gesicht sehe, habe ich das Bedürfnis, mich zu verbeugen.
»Guten Abend, guten Abend«, kichert Torfinn Lynge auf seine übliche Art und macht eine einladende Handbewe-

gung, wobei er um ein Haar Marianne Skoog an der Schläfe trifft. Ich sehe, daß er seinen Sigrun-Berg-Anzug trägt, ein rosalila handgewebtes Jackett aus harter und unbequemer Wolle. Typisch für Intellektuelle im Norwegen der siebziger Jahre. Zu allem Überfluß steckt am Revers ein kleiner, lächerlicher Zinnschmuck, ein Hinweis darauf, daß man Humanist, freisinniger Priester oder Kulturschaffender ist. Er hat sich immerhin herausgeputzt. Dieser Abend soll etwas Besonderes sein. Er riecht nach altem, ranzigem Rasierwasser. Aber die Haare stehen wie immer zu Berge.
Er bittet uns mit einer tiefen, übertriebenen Verbeugung herein. Damit könnte er uns verhöhnen wollen, ohne unhöflich zu sein. Aber es ist einfach seine Art. Mir wird Torfinn Lynge mit jedem Mal sympathischer. Es gibt so wenige aufrichtig unbeholfene und nette Menschen auf der Welt.
»Kommt herein«, stottert er. »Gebt mir Jacke und Mantel.«
Mit viel Aufhebens hängt er beides in den Schrank im Flur, spielt den Diener in einer altmodischen Theaterkomödie.
Wo ist Selma Lynge? denke ich in meinem lächerlichen Anzug, den ich mir zu Mutters Begräbnis gekauft habe. Hundert Prozent Polyester. Er ist mir längst zu klein geworden. Als mich Marianne Skoog darin sah, schien sie etwas sagen zu wollen, überlegte es sich aber sofort anders, als wollte sie sich selbst verbieten, die traditionelle Rolle der fürsorglichen Frau zu übernehmen.
Wir stehen etwas hilflos im Flur, als warteten wir darauf, daß der Hofmarschall die Türflügel weit öffnet. Endlich kommt Selma Lynge aus der Tür zum Wohnzimmer. Sie trägt ebenfalls Türkis. Zwei Frauen in Türkis. Ich glaube nicht, daß Selma Lynge begeistert darüber ist, farblich wie Marianne Skoog gekleidet zu sein. Die beiden Frauen mustern einander kurz, prüfen alle Details, ehe sie sich die Hand geben.

Ich stehe zwischen den Frauen in meinem Leben. Ohne sie wäre ich nichts. Torfinn Lynge betrachtet uns, als seien wir hübsche Exemplare der Gattung Mensch.
»Gehen wir doch ins Wohnzimmer und nehmen wir einen Aperitif«, sagt Selma Lynge.
Wo sind die Kinder? denke ich. Sie sind immer irgendwo untergebracht. Die Katze ist auch nicht da.
»Wo ist die Katze?« frage ich.
»In meinem Schlafzimmer«, sagt Selma Lynge. »Sie mag keine fremden Leute, erträgt nur mit Mühe meine Studenten.«
Macht sie das bewußt? frage ich mich, daß sie auf getrennte Schlafzimmer hinweist?
Flaschen stehen bereit. Whisky. Gin. Asbach Uralt. Tonic Water und Soda.
»Worauf habt ihr Lust?« sagt Selma Lynge und schaut Marianne Skoog fragend an.
»Gin Tonic«, sagt Marianne Skoog.
»Für mich auch«, sage ich.
»Junge Männer sollten keinen Branntwein trinken«, sagt Selma Lynge.
»Ich trinke fast nie Branntwein«, sage ich.
»Für mich auch Gin Tonic«, sagt Torfinn Lynge.
Selma Lynge bereitet die Drinks vor. Für sich nimmt sie ebenfalls einen Gin Tonic und mischt den stärksten Drink.
Dann setzen wir uns. Ich folge Marianne Skoogs Blick. Sie schaut sich um, wirkt aber eigentlich nicht interessiert.
»Ist das ein guter Flügel?« sagt sie.
»Fragen Sie Aksel«, sagt Selma Lynge, als habe sie mich zu ihrem Sprachrohr erkoren.
»Ja«, sage ich. »Sehr gut.«
»Genauso gut wie Anjas?«
»Es sind die gleichen Spezialisten, die ihn warten. Aber Bösendorfer beruht auf einer anderen Philosophie als Steinway.«

»Das wollen wir jetzt nicht vertiefen«, sagt Selma Lynge.
Über was in aller Welt sollen wir reden? denke ich. Torfinn Lynge sitzt auf der äußersten Kante seines Stuhls, scharrt mit den Füßen und blickt zu Boden. Er will die Konversation ganz offensichtlich seiner Frau überlassen.
»Wie schön, daß Aksel bei Ihnen ein Zimmer mieten konnte«, sagt Selma Lynge.
»Das paßt mir auch sehr gut in meiner Situation«, sagt Marianne Skoog.
»Ihre schweren Schicksalsschläge haben uns zutiefst getroffen«, sagt Selma Lynge ernst.
»Es war ein Teufelskreis«, sagt Marianne Skoog ruhig. »Ich mache mir selbst Vorwürfe, daß ich nicht früher gemerkt habe, wie gefährlich es war.«
»Wir brauchen nicht darüber reden«, sagt Torfinn Lynge verlegen und blickt vom Boden auf.
»Wir können gerne darüber sprechen«, sagt Marianne Skoog.
»Anja war ein ganz besonderes Talent«, sagt Selma Lynge.
»Ja, aber sie hatte keine Kindheit«, sagt Marianne Skoog.
»Sie hatte Eltern, die sie vom ersten Augenblick an wie eine Gleichaltrige behandelten. Vielleicht war ich zu jung, um zu verstehen, was sie brauchte. Wenn man als Achtzehnjährige Mutter wird, macht man die Tochter leicht zur Freundin.«
»Anja war für Sie eine Freundin?«
»Ja. Ich habe nicht daran gedacht, daß ich sie erziehen müßte. Sie hatte ihren eigenen, starken Willen. Als sie fast aufgehört hatte, zu essen, habe ich das nicht gesehen. Ist es nicht paradox, daß man mit einem zu großen Respekt für den anderen einen Menschen töten kann?«
»Aber Sie haben doch Anja nicht getötet«, sagt Selma Lynge, ebenso schockiert wie ich über Marianne Skoogs plötzliche Offenheit.

»Es kommt mir aber so vor«, sagt Marianne Skoog. »Und indirekt trage ich auch für den Tod von Bror, meinem Mann, die Verantwortung. Ist es erlaubt, hier zu rauchen?«

Der Rest der Geschichte Es wird still im Zimmer. Keiner weiß, was er sagen soll. Wir rauchen, alle vier. Nur Marianne Skoog dreht sie selbst. Keiner ist in der Lage, das, was Marianne Skoog sagte, zu kommentieren. Wir entziehen uns. Wir tragen *Beige*, wie Marianne Skoog sagen würde. Die Farbe Beige wählen heißt keine Stellung beziehen. Undeutlich werden. Im Kamin brennt ein Feuer. Das Zimmer ist gemütlich, aber die Stimmung angespannt. Selma Lynge fängt wieder an, über Flügel zu reden, sagt, sie sei so froh, daß ich während der Monate vor dem Konzert ein derart gutes Instrument zum Üben habe. Das wird ein großes Ereignis werden. Ich höre ihre Worte, verstehe sie aber nicht, spüre nur die vibrierende Stimmung. Wir sitzen nebeneinander, Marianne Skoog und ich. Da nehme ich ihre Hand, als Selma Lynge gerade zu einem ihrer üblichen Monologe ansetzt. Selma Lynge sieht es und wird still. Jetzt weiß sie, daß mehr zwischen uns ist, denke ich.

»Ich bin so froh, daß Aksel bei Ihnen studiert«, sagt Marianne Skoog und wirft Selma Lynge einen herzlichen und aufrichtigen Blick zu.

»Ich will versuchen, ihm bei seinem großen Projekt behilflich zu sein, genauso wie ich versucht habe, Anja zu helfen. Es ist die Aufgabe eines Pädagogen, sich in die Eigenart des Schülers einzuhören. Ich weiß, daß Aksel für etwas Großes bestimmt ist. Er hat eine Art von Feingefühl, die beinahe greifbar ist.«

»Das weiß ich«, sagt Marianne Skoog.

»Und deshalb«, fährt Selma Lynge fort, »ist es meine Aufgabe, ihm Stärke zu geben, ohne dieses Feingefühl zu zer-

stören. Jung zu sein hat etwas Ursprüngliches, das im späteren Leben nicht mehr da ist. Leben ohne Sicherheitsnetz, wenn Sie verstehen, was ich meine.«
»Ich verstehe sehr gut, was Sie meinen«, sagt Marianne Skoog. Und an dieser Stelle des Gesprächs glaube ich fast, daß diese zwei Frauen sich mögen, daß sie ihre jeweiligen Rollen, die sie in meinem Leben spielen, respektieren. Und viele Jahre später, wenn ich an diese Einladung denke, wenn ich mir die Einzelheiten ins Gedächtnis rufe und sie in verschiedenem Licht betrachte, jedes Wort hin und her drehe, bei jeder Atempause innehalte, entdecke ich nichts, was das, was später geschehen wird, erklärt. Aber mir läuft es kalt den Rücken hinunter, wenn ich mir die Stimmung vergegenwärtige, die Unruhe, die ich empfand, weil Marianne Skoog so ruhig war. Diese seltsame Spannung zwischen ihr und mir, die Art, wie sie mich anschaute, als ich lange und begeistert über Anjas Flügel sprach und dessen Besonderheiten. Die Art, wie sie mich später anschaute, als wir beim Essen saßen, als sie ihre schockierenden Mitteilungen machte. Ich wußte nicht, daß sie sich da bereits entschlossen hatte. Daß die Freundlichkeit, mit der sie Selma Lynge begegnete, ein Beweis dafür war, daß sie eine Art Erleichterung empfand, zu sehen, daß diese Selma Lynge geeignet war für die Aufgabe, die sie sich vorgenommen hatte; sich um mich zu kümmern, mich zu einem Debüt zu bringen, das für meine Karriere entscheidend sein würde. Ich versetze mich in diesen Oktoberabend 1970 im Hause von Selma und Torfinn Lynge im Sandbunnveien, als sich alles veränderte. Ich erinnere mich, wie ich am Tisch sitze, die Frauen reden lasse, während Torfinn Lynge auf die Uhr blickt und in die Küche geht. Er ist der Koch, obwohl wir ein bayerisches Gericht serviert bekommen. Schweinebraten und Knödel. Dazu Bier von Paulaner, das sie aus München mitgebracht haben. Torfinn Lynge steht plötzlich mit geblümter Schürze

in der Tür, macht eine weit ausholende Geste und sagt, daß serviert ist.

Während des Essens ist die Stimmung angespannt. Marianne Skoog erzählt von ihrer Arbeit, vom Verein Sozialistischer Ärzte. Über den Kampf um das Recht auf Abtreibung in Norwegen. Selma Lynge hört aufmerksam zu. An kleinen Bemerkungen und der Art, wie sie nickt, stelle ich fest, daß sie ihrem Gast Achtung entgegenbringt. Gleichzeitig sagt sie, daß sie, als fünfzehn Jahre ältere Frau und Katholikin, das Recht auf Abtreibung nicht unterstützen kann.
Torfinn Lynge nickt zu dem, was Marianne Skoog sagt. »Das ist richtig«, sagt er und hat dabei die Augen auf einen Punkt am Boden gerichtet.
»Aber das ungeborene Leben ... ist das nicht wichtiger?« sagt Selma Lynge zweifelnd.
»Wichtiger als was?« sagt Marianne Skoog. »Wichtiger als die Mutter, die es zur Welt bringt?«
»Ja, beinahe«, sagt Selma Lynge.
»Dann wird die Frau jedesmal wieder zur Selbstaufgabe gezwungen. Und wenn die Frau, die Mutter, die gerade entbunden hat, stirbt, wer soll dann das Kind aufziehen? Der Mann, der schuld war, der für einige Sekunden des Glücks bereit war, zwei Leben zu opfern?«
»Jetzt übertreiben Sie!«
»Nein, Frau Lynge, ich übertreibe nicht!«
»Nenn mich Selma.«
»Nenn mich Marianne.«
Noch nie habe ich erlebt, wie zwei Frauen in einer Diskussion, in der sie extrem unterschiedliche Auffassungen vertreten, Freundschaft schließen.
»Dazu noch eines«, sagt Marianne Skoog und dreht sich eine Zigarette, gerade als das Essen auf dem Tisch steht. Ich merke, daß der Alkohol wirkt, daß ich ruhiger werde. »Ich

war letztes Jahr im August beim Woodstock-Festival. Ich sah mehrere Tage, wie Männer und Frauen friedlich nebeneinander lebten. Ich sah Männer und Frauen auf der Bühne. Janis Joplin, Joan Baez und daneben Jimi Hendrix und Joe Cocker. Alle wurden sie mit Bewunderung und Respekt begrüßt. Das war eine Stimmung von tiefster Humanität, mit höchster Achtung vor dem Menschen, egal welcher Herkunft. Das ganze Festival war wie die Prophezeiung einer kommenden Gesellschaft. Als würden erste zarte Grundlagen für eine ideale Zukunft gelegt. Das war Freiheit, aber es war ebensosehr Würde.«
Selma Lynge hat bereits ein Stück Schweinebraten im Mund. Jetzt hört sie auf zu kauen und spuckt es aus. Und mir wird endlich klar, daß Marianne Skoog ihre Geschichte zu Ende bringen will.
»Sprichst du von Emanzipation um jeden Preis?« fragt Selma Lynge. »Sprichst du von Freiheit als absolutem Wert? Das ist ein uns Katholiken fremder Gedanke, weißt du.«
»Ja«, sagt Marianne Skoog. »Das weiß ich. Und deshalb habe ich nicht nur indirekt, sondern auch direkt die Verantwortung für Bror Skoogs Tod.«
»Sei vorsichtig, was du jetzt sagst, Marianne«, sagt Selma Lynge warnend. Ich sehe, daß sie es gut meint. Bis jetzt war das Gespräch immer noch im Rahmen des Normalen geblieben. Aber Marianne Skoog ist es, die bestimmt, die die Prämissen festlegt. Plötzlich dreht sie sich zu mir. Ich merke, daß sie bewegt ist von dem, was sie jetzt erzählen will. Sie küßt mich auf den Mund. Sie tut es demonstrativ, aber nicht, um Selma und Torfinn Lynge zu ärgern. Sie tut es nicht einmal, um die Art unserer Beziehung zu demonstrieren. Sie tut es, um *mir* zu zeigen, was ich ihr bedeute.
»Habt ihr wirklich ... eine solche Beziehung«, murmelt Selma Lynge still.

Marianne Skoog überhört es. Sie ist schon zu weit in ihrer eigenen Geschichte. Aber ich habe ihren Lippenstift auf meinen Lippen. Dazu den Geschmack nach selbstgedrehter Zigarette, Bier und Braten. Das Gespräch ist ins Stocken geraten. Ich begreife, daß es meine Aufgabe ist, jetzt zu fragen.

»Die Verantwortung für Bror Skoogs Tod?« sage ich.

»Danke«, sagt Marianne Skoog jetzt fast dankbar. Wieder schaut sie mich an. Der Blick ist forschend und kommt von weit her. Als vermittle ihr etwas hier im Zimmer Verläßlichkeit, etwas, das mit Selma Lynge und mir zu tun hat. Vielleicht erkennt sie, daß Selma Lynge besser ist, als sie dachte. Daß es mir bei ihr gutgehen werde.

»Die Verantwortung für Bror Skoogs Tod«, sagt Marianne Skoog. »Ich konnte ja meine Geschichte nicht fertig erzählen. Aus irgendeinem Grund habe ich das Gefühl, daß ich das jetzt tun sollte.«

»Bist du dir ganz sicher?« frage ich.

»Das betrifft auch Selma. Entschuldigst du mich, Torfinn?«

»Natürlich«, sagt Torfinn Lynge. Er hat den Kopf gehoben, schaut nun Marianne Skoog direkt in die Augen. Sogar seine Haare haben sich in Fasson gelegt.

»Die Verantwortung für Bror Skoogs Tod«, wiederholt Marianne Skoog. Sie macht eine Pause, denkt nach. Wir sind mit dem Essen fertig. Torfinn Lynge schenkt Bier ein und einen Korn. Ich habe so etwas noch nicht erlebt. Die Möglichkeit des Gesprächs.

»Aksel, du kennst die Vorgeschichte, aber was ich jetzt erzähle, ist für alle hier wichtig, weil so viele Gerüchte über Bror Skoog und Anja kursierten.«

»Was für Gerüchte?« fragt Selma Lynge.

»Daß er eine Grenze überschritten hat«, sagt Marianne Skoog und blickt mir direkt in die Augen. »Daß er sie mißbraucht hat. Daß es ein sexuelles Verhältnis zwischen Vater und Tochter gegeben hat. Und obwohl ich so eng mit ihnen zusammengelebt habe, weiß ich nicht, ob an diesen Gerüchten etwas Wahres ist.«

Sie sagt das vor allem zu Selma und Torfinn Lynge. Dann wendet sie sich wieder mir zu.

»Doch selbst, wenn es sich herausstellen sollte, daß Bror die Hauptverantwortung dafür hat, daß Anja vor unseren Augen verwelkte, so ist das trotzdem kein Grund, daß er sich das Leben nahm. Ich weiß, daß ihr das glaubt, daß er sich mit dem Selbstmord bestrafen wollte. Aber die wenigsten Männer denken und handeln so. Laßt mich erzählen, was geschehen ist. Ich möchte, daß ihr es wißt, und es gibt nur einen Menschen auf der Welt, der davon weiß. Bis jetzt war ich noch nicht imstande, es zu erzählen, alles war zu frisch, wie die Psychologen sagen.«

Marianne Skoog holt tief Luft.

»Wir müssen noch mal zurück nach Woodstock«, sagt sie. »Ich bin mit einer Freundin dorthin gefahren und wollte, Aksel weiß es, dort Joni Mitchell hören. Ihre Lieder bedeuten mir viel. Aber sie kam nicht zu dem Festival, was mich zunächst sehr enttäuscht hat. Später spielte es keine Rolle mehr. Ich war trotzdem in einer Frauenwelt. Ich hatte meine Freundin, sie ist Medizinerin wie ich, eine kluge und phantastische Hautärztin. Sie weiß über Oberflächen Bescheid und daß das, was außen entsteht, von innen kommt. Beide waren wir vor unseren Männern geflohen, vor unseren Familien. Beide hatten wir damit Probleme. Es ist sicher kein Geheimnis, daß Bror und ich uns seit Jahren auseinandergelebt hatten. Woodstock war also eine faszinierende Erfahrung für meine Freundin und mich.«

Nach einer kurzen Pause, in der sich Marianne Skoog eine Zigarette dreht, fährt sie fort. »Meine Freundin und ich fingen ein Verhältnis an. Wir waren zwar schon vorher intim

miteinander, wollten das aber beenden. Aber weil es unmöglich ist, in Woodstock zu sein, zusammen im Zelt zu liegen und sich nicht zu berühren, begannen wir von neuem. Diesmal war die Beziehung ernster, weil wir zurückfanden zu etwas, was wir eigentlich verdrängt hatten.«
»Das war die Freundin, von der du mir erzählt hast?« sage ich.
»Ja«, sagt sie.
»Das ist die, mit der du nachts telefonierst?«
»Ja«, sagt sie.
Es ist ein seltsames Gefühl, so persönlich mit ihr zu sprechen, während uns zwei Paar Augen verwundert anschauen. Aber es ist einer jener seltenen Abende, an denen sich ein Raum der Vertraulichkeit öffnet.
»Hast du immer noch ein Verhältnis mit ihr?« frage ich.
Sie schüttelt den Kopf. Tätschelt mir die Wange, was sie sonst nur macht, wenn niemand dabei ist.
»Als sich Bror erschoß, mußten wir uns entscheiden. Wollten wir auf dieser Basis eine Liebesbeziehung aufbauen? Sollte eine Leiche der Nährboden für unser neues Glück sein? Nein, das war unmöglich, so schlau war Bror. Er wußte, daß er uns trennen würde, indem er freiwillig die Welt verließ.«
»Er hat sich wegen *euch* erschossen?«
»Ja«, sagt Marianne Skoog.

Wäre sie nur an jenem Abend nicht so stark gewesen, denke ich. Aber dort, im Sandbunnveien, erzählt sie uns die fürchterliche Geschichte des letzten Tages von Bror Skoog, wie er, durch einen Zufall, ein Telefongespräch zwischen Marianne Skoog und ihrer Freundin belauschte. Das war im Frühsommer 1970. Seine Tochter war sehr krank. Die vergangenen Monate waren schrecklich gewesen für ihn. Er hat Anja an einen unbekannten Ort gebracht, hat dort Tag für Tag um ihr Leben gekämpft. Er hört, was seine Frau zu der Freundin sagt und erfährt, daß sie eine Liebesbeziehung miteinander haben.

»Es war am Nachmittag«, sagt Marianne Skoog, jetzt tief in ihren Erinnerungen versunken. Sie hat uns andere am Tisch vergessen. Trotzdem spricht sie zu uns. »Ich erinnere mich, daß der Flieder blühte. Bror und ich liebten beide den Flieder. Anja liegt schwer krank in ihrem Zimmer. Wir versorgen sie abwechselnd, es ist fast nichts mehr von ihr übrig. Wir wissen nicht, daß sie bald sterben wird. Wir glauben, daß noch eine Hoffnung besteht. Aber wir sind erschöpft, alle beide. Und wir haben in der Beziehung zu ihr ganz verschiedene Rollen gespielt. Seit Jahren hatte ich vor, aus dieser Ehe auszubrechen, wollte nur warten, bis Anja achtzehn Jahre ist. Merkwürdig, daß man solche Zeitrahmen festlegt, nur um die eigene Entscheidung hinauszuschieben. Was wäre dabeigewesen, wenn ich Bror zwei Jahre früher verlassen hätte? Aber an jenem Nachmittag trenne ich mich von ihm, jedenfalls mental. An jenem Nachmittag hört er mich Dinge sagen, die kein Ehemann gern von der Frau, mit der er verheiratet ist, hört. An jenem Nachmittag telefoniere ich nichtsahnend mit der Frau, der lieben Kollegin, die ich zu lieben glaube. Die Einzelheiten dieses Gesprächs weiß ich nicht mehr, aber es waren sicher ernste Dinge, die gesagt wurden. Ich rede über meine Sorge um Anja. Ich erzähle ihr, daß ich nicht ausziehen kann, bevor sich die Situation geklärt hat. Ich sage, daß ich etwas Zeit brauche, aber nicht viel. Ich sage, daß meine Entscheidung feststeht. Daß ich Bror Skoog nicht mehr liebe.«

Sie macht eine Pause, zündet sich eine neue Zigarette an. Wir anderen trinken. Aber Marianne Skoog trinkt nichts mehr.

»Als ich den Hörer auflege«, fährt sie langsam fort, »höre ich hinter mir ein Geräusch. Ich drehe mich um und schaue direkt in das Gesicht von Bror, meinem treuen Ehemann seit siebzehn Jahren. Wer das nicht selbst erfahren hat, versteht nicht, welche Trauer es in einer Ehe gibt, wenn der eine den anderen so massiv enttäuscht. In Brors Gesicht lese ich nur ungläubiges Erstaunen. Und ich lese noch etwas, das noch schicksalsträchtiger ist: Ich lese *Verständnis*. Er versteht zum erstenmal, was mit mir los ist. Er versteht zum erstenmal, daß ich einen anderen Menschen habe. Daß ich ihn verlassen werde. Ganz still steht er da, das werde ich nie vergessen. Er ist kreideweiß im Gesicht, er stützt sich am Türrahmen, und das einzige, was er sagt, ist: ›Warum hast du mir so lange nichts gesagt?‹ Ich konnte nicht antworten. Ich wußte keinen anderen Grund als meinen idiotischen Plan mit Anjas achtzehntem Geburtstag. Aber er bleibt im Türrahmen stehen, reglos. Und weil er so weiß ist, ähnelt er einem Clown, eine Assoziation, die ich bei Bror noch nie hatte. Er war der Gehirnchirurg, der Ästhetiker, der Kunstliebhaber. Alles andere als ein Clown. Aber jetzt, im Augenblick der traurigen Wahrheit, gleicht er dem Urbild eines Clowns. Nur die rote Nase fehlt. Und wahrhaftig rollt eine große, dicke Träne über seine rechte Wange, hinterläßt eine Spur bis hinunter zum Hals. Die konnte ich sogar noch nach seinem Tod wiederfinden. ›Ich hatte nicht die Absicht, dich zu verletzen‹, sagte ich ganz aufrichtig zu ihm. Ich erinnere mich, daß ich auf ihn zulaufen, ihn umarmen, ihn mit tausend Erklärungen bombardieren wollte. Aber ich machte es nicht. Es wäre sowieso falsch gewesen. Er hatte mich entlarvt. Ich hatte ihn seit dem Woodstock-Festival belogen, hatte ihn belogen, seit Anja vierzehn Jahre war, schon bevor diese Beziehung begann. ›Du hast mich verletzt‹, erwiderte er. ›Du hast mich zutiefst verletzt.‹ Und er verließ den Raum, und ich wußte, daß ich ihm nicht hinterhergehen konnte. Ich hatte ihn schließlich immer respektiert. Er hatte seine Freiräume. Ich dachte, er würde zu Anja gehen, er würde ihr die schreckliche Wahrheit erzählen. Aber das tat er nicht. Er ging die Treppe hinunter und weiter bis in den Keller. Ich blieb sitzen, gelähmt von dem plötzlichen Drama, das ich verursacht hatte. Nur wenige Minuten vergingen, dann hörte ich den Schuß. Ich hörte Anja aus ihrem Zimmer rufen: ›Papa! Papa!‹ Ich stürzte hinein zu ihr. ›Mama‹, rief sie in ihrem Bett, die Arme mir entgegengestreckt. ›Jetzt hat sich Papa umgebracht, Mama!‹ ›Wie kannst du so etwas sagen?‹ sagte ich. Sie weinte und umklammerte mich mit ihren dünnen, verwelkten Armen. ›Ich weiß es, Mama. Der Schuß kam aus dem Keller«, schluchzte sie. ›Ich weiß, daß er es getan hat.‹«

Marianne Skoog macht eine Pause, taucht auf aus ihrer Geschichte, blickt um sich, dreht sich noch eine Zigarette.
»Langweile ich euch?« fragt sie.
Wir schütteln die Köpfe, alle drei. Selma Lynge weint. Torfinn Lynge starrt nur. Er starrt Marianne Skoog an und schüttelt dabei fast unmerklich den Kopf.

»Anja wollte, daß ich hinunter in den Keller gehe. Selbst war sie nicht stark genug, sich auf den Beinen zu halten. Ich vergesse nie das Gefühl, als ich die Treppe hinunterging. Die Gedanken, die fürchterliche Vorahnung. Er zuckte noch im Todeskampf, Wände und Decke waren voller Blut. Sogar für einen Arzt ist es überraschend, zu sehen, welcher Druck in uns ist. Unser Blutdruck. Der ganze Raum war blutbespritzt. Der halbe Kopf war weg. Er lag auf dem Boden. Ich versuchte, ihn zu halten, etwas zu ihm zu sagen. Es waren diese seltsamen, kurzen Sekunden zwischen Leben und Tod. Die Augen saßen nicht mehr fest, glitten nach hinten, rutschten mir zwischen die Finger. Ich hielt seine Augen in meiner Hand und versuchte, mit ihm zu reden. Und merkwürdigerweise lebten die Augen. Als würde er hören, was ich zu ihm sagte. Ich sagte etwas, was ich nie gedacht hätte, noch mal zu ihm zu sagen. Ich sagte: ›Ich liebe dich, Bror.‹ Ja, das habe ich gesagt. Und ich sagte es zu zwei Augen, die ich in der Hand hielt. Und obwohl ich kurz vorher zu meiner Freundin gesagt hatte, daß ich ihn verlassen werde, daß ich Schluß mache, daß es kein Zurück gibt, hatte ich in dem Moment das Gefühl, daß es einen Weg geben müsse. Daß wir das hätten in Ordnung bringen können, daß ich ihn faktisch immer noch liebe, und das mit einer solchen Heftigkeit, daß ich die ganze Woodstock-Fahrt am liebsten ungeschehen machen würde, daß meine Freundin nun doch keine Chance habe, daß ich sie zum Narren gehalten hätte. Aber das waren sinnlose Gedanken. Es war zu spät. Ich bin Ärztin. Ich habe viele tote Menschen gesehen. Und ich wußte, daß Bror tot war, daß selbst seine Augen nicht mehr lebten, als ich sie vorsichtig auf den Steinboden legte und sah, daß das Blut aufgehört hatte, aus dem Körper zu laufen, daß das halbe Hirn zerfetzt hinten in der Ecke bei der Tiefkühltruhe lag.«

Marianne Skoog schaut uns ruhig an, will sich versichern, ob wir noch zuhören.

»Tja«, sagt sie. »Ich bin wieder hinauf zu Anja gegangen. Sie lag in ihrem Bett und erwartete mich. ›Ist Papa tot?‹ sagte sie. ›Ja‹, sagte ich. ›Hat er sich erschossen?‹ sagte sie. ›Ja‹, sagte ich. ›Kann ich ihn sehen?‹ sagte sie. ›Natürlich kannst du das‹, sagte ich. Und sofort kam mir der Gedanke, daß sie gar nicht nach dem Grund fragte, als habe der keine Bedeutung. Sie wollte ihn nur sehen.«

Marianne Skoog schaut mich plötzlich intensiv an, als wolle sie die Worte für alle Zeiten in mein Gedächtnis brennen.

»Ich trug sie auf dem Rücken, Aksel. Wie du mich an dem Abend vom Brunkollen heimgetragen hast. Und es war merkwürdig, die eigene Tochter, die mit der Philharmonie debütiert hat, die eine glänzende Zukunft vor sich hat, die Papas Liebling ist, die Treppe hinunter in den Keller zu tragen und zu spüren, daß sie nichts mehr wiegt, daß sie, bereits vor ihrem Tod, ein Engel geworden ist, ein schönes, zartes Geschöpf, ein flüchtiger Geist, den niemand festhalten kann, dessen schlanke, starke Finger ich aber noch nach so langer Zeit an meinem Hals spüre. Das einzig Starke an ihrem Körper. Sie ist Haut und Knochen und hängt über meiner Schulter, als wir in der Türöffnung stehen und auf ihn hinunterschauen, auf den Mann, den wir beide liebten. Und sie weint nicht. Sieht ihn nur an. Und sie sagt: ›Armer Papa‹. Und ich, ihre Mutter, sage: ›Es ist meine Schuld.‹ ›Von Schuld ist hier nicht die Rede‹, sagt sie. Und dann kam das Schwierigste. Denn es gab nichts mehr zu sagen. Ich trage sie, hängend auf meinem Rücken, wieder in ihr Zimmer, lege sie behutsam ins Bett. Und was immer auch zwischen ihnen war, sie hat ihn verloren. Aber merkwürdig ist doch, daß sie nicht geweint hat, nicht ein einziges Mal bis zu ihrem Tod ein paar Wochen später. Sie nahm nur meine Hand und sagte fast tröstend, als sei meine Trauer das wichtigste: ›Du mußt die Polizei anrufen, Mama.‹ Und das habe ich gemacht.«

»Vielleicht fiel es ihr so leichter, selbst zu sterben?« sage ich, denn die Stille im Zimmer war mir unerträglich.
»Wie das?« fragt Marianne Skoog.
»Daß Bror Skoog sich das Leben nahm.«
»Daß er ihr vorausging, meinst du?«
»Ja. Möglicherweise.«
»Ich weiß nicht, was Anja fühlte«, sagt Marianne Skoog. »Ich rief den Krankenwagen und die Ambulanz. Anja kam am gleichen Abend nach Ullevål in die Klinik. Ich suchte Zuflucht bei meiner Freundin. Aber das klappte nicht. Unsere Beziehung war vorbei. Das wußten wir beide. Sie trauerte, war über das, was passiert war, genauso verzweifelt wie ich. Und ich war unfähig, noch mehr Trauer auf mich

zu nehmen. Aber beide wußten wir, daß uns an diesem Tag das sogenannte Glück genommen worden war. Und danach kam die Zeit im Krankenhaus, Anjas letzte Tage.«
»Wie starb sie?«
»Endlich fragst du danach«, sagte Marianne Skoog mit der Andeutung eines Lächelns. »Ich hätte nicht gedacht, daß du noch fragen würdest. Aber du warst ja am letzten Abend da. Ihr habt über Schubert gesprochen, oder nicht?«
»Doch«, sage ich, »wir sprachen über das C-Dur-Quintett.«
»Anja liebte Schubert«, wirft Selma Lynge ein, als wolle sie auch ihren rechtmäßigen Teil an der Geschichte reklamieren.
»Ihr hattet ein sehr wichtiges Gespräch«, sagt Marianne Skoog.
»Ja«, sage ich. »Je mehr ich darüber nachdenke, um so wichtiger werden ihre Worte.«
»Was sagte sie?«
»Eigentlich sprachen wir über den Tod. Ich fragte, wo ich sie finden könne. Weißt du, was sie antwortete?«
Marianne Skoog schüttelte den Kopf.
»Sie sagte: ›Suche nach mir irgendwo zwischen der Bratsche und der zweiten Violine.‹«
»Hat sie das wirklich gesagt?« Selma Lynge wirft mir einen fragenden Blick zu.
»Ja, das hat sie gesagt. Und ich erinnere mich ganz genau. Denn es war Schuberts C-Dur-Quintett, über das wir sprachen. Und da gibt es keine Klavierstimme.«

Konsequenz der Geschichte Nach dem eben Erzählten wurde die Stille für uns alle spürbar. Eine notwendige Stille. Ich schaue zu Selma Lynge. Sie sieht aufrichtig betroffen aus. Sie weint nicht mehr, aber ihr Gesicht hat sich geöffnet.

Sie blickt voller Respekt auf Marianne Skoog. Ich sehe, daß sie erschüttert ist.

»Das wußte ich alles nicht«, sagte sie.

»Woher hättest du es wissen sollen?« sagt Marianne Skoog.

»Ich trage natürlich auch Verantwortung«, sagt Selma Lynge. »Ich habe drei Kinder. Ich weiß, was es heißt, Mutter zu sein. Ich hätte es sehen müssen. Ich hätte es viel früher erkennen müssen.«

»Du sprichst von Anja. Aber Anja war nicht so leicht zu durchschauen. Und vielleicht hatten sie und Bror einen heimlichen Pakt.«

»Du nennst es einen Pakt?« sagt Selma Lynge.

»Ja, einen Pakt«, sagt Marianne Skoog. »Das ist nicht so schwer zu verstehen. Hat nicht jeder von uns einen Pakt? Zunächst hatte Bror nur ein Ziel im Leben, die Liebe zu mir. Dann kam ein Ziel hinzu, Anja den bestmöglichen Start für eine Karriere zu ermöglichen. Darum ging es, ungeachtet aller Gerüchte. Bror war kein Verbrecher. Er war verantwortungsbewußt und gewissenhaft. Er hielt Wort. Er hatte seine dunklen Seiten, aber nicht so dunkel, daß er sich an ihr vergangen hätte. Das kann ich mir nicht vorstellen. Aber vielleicht war es ein mentaler Mißbrauch. Er lud ja Anja alle seine Erwartungen auf. Sie war zu jung, um zu erkennen, daß er es nur gut mit ihr meinte. Sie glaubte vielleicht, daß seine Liebe zu ihr von der Erfüllung seiner Forderungen abhing. Vielleicht beruht diese Tragödie darauf, daß sie einander mißverstanden.«

»Anja wäre auch ohne den Selbstmord des Vaters gestorben?« fragt Selma Lynge.

»Ja, sie wäre gestorben«, sagt Marianne Skoog.

Sachertorte, Kaffee und Cognac. Ein Duft nach Europa steigt im Sandbunnveien auf. Ich vergesse so leicht, daß Selma Lynge einmal weltberühmt war. Ich vergesse, daß man

sie gefeiert hat, bewundert hat. Torfinn Lynge ist für den Ablauf des Abends zuständig, steht auf, räumt den Tisch ab. Marianne und ich helfen, stellen die benutzten Teller in die Spülmaschine. Er kocht Kaffee. Er holt die Cognacschwenker. Er trägt den Kuchen herein.
Selma Lynge sitzt still da und lächelt anerkennend.

Marianne Skoog küßt mich, flüstert mir ins Ohr:
»Habe ich etwas Falsches gesagt? Habe ich dir Schwierigkeiten bereitet?«
»Nichts war falsch«, sage ich.
»Gut«, sagt sie und hält mich weg von sich, um mich besser sehen zu können. Und sie ist zufrieden, vielleicht will sie mich auf diese Weise testen, denke ich. Jetzt kenne ich die ganze Geschichte. Eine Geschichte, die zu schwer wog, um sie allein zu ertragen. Ihre Augen leuchten. Sie wirkt erleichtert und befreit.

Verzeihung Wir werden von Torfinn Lynge aufgefordert, uns wieder ins Wohnzimmer zu setzen. Marianne Skoog hat um Entschuldigung gebeten, weil sie soviel Aufmerksamkeit beanspruchte. Selma Lynge hat ihr versichert, daß ihre Geschichte uns alle erschüttert hat. Wie zwei Freundinnen gehen sie leicht schwankend Arm in Arm ins Wohnzimmer, ein plötzliches Frauenbündnis. Man kann sehen, daß Selma Lynge getrunken hat. Heute Abend wird gefeiert. Für Torfinn Lynge scheint die Zeit reif zu sein, und er kommt mit einem gut gefüllten Glas Asbach Uralt auf mich zu.
»Es stimmt nicht, daß französischer Cognac der beste ist«, sagt er. »Probiere den mal.«
Wir prosten uns zu. Ich koste. Er ist gut, aber nicht sehr gut.
»Ausgezeichnet«, sage ich.

Torfinn Lynge lächelt zufrieden. Wir setzen uns.
»Hast du noch mal über Zapffe nachgedacht? Sein Protest dagegen, Pessimismus mit neurotischen Bedürfnissen zu erklären?«
»Nein«, sage ich, bin verblüfft, daß er meine Ansichten so ernst nimmt. Daß er tatsächlich über dieses Thema mit mir diskutieren will.
»Aber ich erinnere mich an das, was du erklärt hast, daß Depression unter gewissen Voraussetzungen eine gesunde Reaktion sein kann.«
Torfinn Lynge nickt.
»Und das ist wichtig, verstehst du. Dabei geht es schließlich um das Grundverständnis unserer Psyche.«
Es gelingt mir nicht, mich zu konzentrieren. Ich starre hinüber zu den Frauen, die nebeneinander auf der Couch sitzen und sich intensiv über etwas unterhalten. Marianne Skoog ist immer noch von einer Aura umgeben, wirkt unverwundbar. Vielleicht mußte sie deshalb heute abend ihre Geschichte erzählen, denke ich. Hier und nur hier fühlte sie sich stark genug. Hier konnte sie bekennen, konnte Schuld eingestehen. Brauchte sie die Frauensolidarität? Hat ihr Selma Lynges Anwesenheit den Mut gegeben?

Ich werde nie erfahren, worüber sie sprachen, die beiden Frauen. Mir fällt nur auf, daß das Thema ernst ist, daß sie sich gleichzeitig neue Zigaretten anzünden, daß Selma Lynge Tee trinkt, daß Marianne Skoog nichts trinkt, daß alles anders ist, als ich mir das vorgestellt hatte.
Torfinn Lynge versucht, etwas zu mir zu sagen. Ich bin nicht imstande, ihm zuzuhören.

Von jetzt an erstarrt der Abend in meiner Erinnerung, wirkt eiskalt:
Wir sitzen im Wohnzimmer und trinken Kaffee, essen Sa-

chertorte und trinken Asbach Uralt. Ich fühle mich glücklich, fast schläfrig, bin schockiert von dem, was Marianne Skoog uns erzählt hat, aber trotzdem vor allem glücklich, weil dieses Stadium jetzt überwunden ist, weil Marianne Skoog es geschafft hat, über das Allerschwierigste zu reden. Ich sehe neue Seiten an Selma Lynge. Ich bin bereit, zu vergessen, daß sie mich mit dem Lineal übel zugerichtet hat. Ich fühle mich wohl in diesem Haus. Und ich merke, daß die zunehmende Achtung, die die zwei Frauen voreinander haben, mir Stärke gibt, jedenfalls ein bißchen Sicherheit, daß das Leben, das Marianne Skoog und ich weiterhin leben werden, sinnvoll sein kann. Sie hat uns allen heute Vertrauen entgegengebracht, denke ich. Sie hat ihre Geschichte fertig erzählt. Und selbst wenn es mich verwirrt, daß sie Selma und Torfinn Lynge zu ihren Vertrauten machte, erscheint es richtig. Auch Selma Lynge hatte in gewisser Weise eine Verantwortung für Anjas Tod.

Dann gibt es nichts mehr zu sagen. Dann ist der Kaffee getrunken. Wir könnten jetzt nach Hause gehen. Aber Selma Lynge ist in Festlaune.
»Können wir nicht eine Platte auflegen?« sagt sie.
Marianne Skoog gefällt der Vorschlag. »Gute Idee«, sagt sie. »Aksel und ich haben unseren eigenen kleinen Plattenclub im Elvefaret.«
Der Klang ihrer Stimme beunruhigt mich. Das ist nicht ihre normale Tonart.
»Ich möchte anfangen«, sagt Selma Lynge lächelnd. »Von Emil Gilels gibt es eine phantastische Einspielung von Brahms' B-Dur-Konzert. Aksel hat doch eine besondere Vorliebe für ihn.«
»Musik der Vergangenheit«, sagt Marianne Skoog ruhig. »Die kennen wir bestens. Hast du nichts von Joni Mitchell?«

»Mitchell?« sagt Selma Lynge unsicher. »Eine Pianistin?«
»Nein, eine Liedermacherin«, sagt Marianne Skoog.
»Nie von ihr gehört«, sagt Selma Lynge bedauernd.
»Dann laß uns Brahms hören«, sagt Marianne Skoog. »Das Verläßliche und Bekannte. Anja liebte Brahms. Bror liebte Brahms. Liebst du nicht auch Brahms, Aksel?«
Ich nicke.
Selma geht zum Plattenspieler. Torfinn Lynge entzündet eine zusätzliche Kerze. Jetzt wird es feierlich. Mit Musik soll all das Schreckliche, das erzählt worden ist, verarbeitet werden.
»Brahms«, sagt Selma Lynge zufrieden und mit Nachdruck.

Wir sitzen jeder auf seinem Stuhl, sind müde und betrunken. Nur Marianne Skoog sitzt mit leuchtenden Augen da und beobachtet uns.
Es knistert, als die Nadel auf der Vinylplatte aufsetzt.
Dann kommt die herrliche Eröffnung. B-Dur. Gilels. Sonnenaufgang.
Ich bin müde. Ich schließe die Augen und höre zu. Spüre, wie sich die aufgeregten Nerven beruhigen. Ich höre, daß Gilels die nötige Schwere hat.
Kurz darauf flüstert mir Marianne Skoog ins Ohr: »Ich muß aufs Klo.«
Ich öffne die Augen. Ich sehe, daß Selma und Torfinn mit geschlossenen Augen dasitzen. Sie hören uns nicht.
Ich nicke nur.
Sie schaut mich liebevoll an. Schneidet eine fröhliche Grimasse.
Dann schließe ich die Augen wieder.

Ich habe zuviel getrunken. Bier aus Bayern. Korn. Das ist ungewohnt. Ich bin müde und betrunken. Ich schlafe ein.

Im nachhinein könnte ich nicht mehr sagen, ob ich das Scherzo gehört habe. Ich erwache am Anfang des dritten Satzes. Mitten in dem wunderbaren Cello-Solo.
Ich blicke mich um. Selma und Torfinn Lynge sitzen immer noch mit geschlossenen Augen da, entweder tief schlafend oder äußerst ergriffen von der Musik. Aber wo ist Marianne Skoog? Ihr Stuhl ist leer.
Ich schaue auf die Uhr. Mitternacht ist längst vorüber. Es fährt keine Straßenbahn mehr zurück in die Stadt. Sie kann doch nicht so lange auf dem Klo sitzen?
Ich stehe leise auf, damit es die anderen nicht merken. Ich gehe hinaus zur Toilette, klopfe an die Tür.
Da ist niemand.

Erst da dämmert mir etwas. Erst da begreife ich, daß mir Marianne Skoog eine Chance gegeben hat, eine winzig kleine Chance, sie zu finden, bevor es zu spät ist. Ich reiße die Tür zum Wohnzimmer auf. Ich renne zum Plattenspieler, treffe den Tonarm mit Schwung, mache einen gräßlichen Kratzer in die Platte.
»Wo ist Marianne?« sage ich. Und ich höre mich zum erstenmal Marianne sagen. Nur ihren Vornamen. Das wirkt so intim.
Selma und Torfinn Lynge schrecken aus ihrem heimlichen Schlaf auf.
»Marianne?« sagt Torfinn Lynge und starrt desorientiert um sich.
Sie ist nicht da. Ich rechne nach. Als sie aufs Klo verschwand, hatte das Konzert gerade begonnen. Jetzt waren wir in der Mitte des dritten Satzes. Da muß fast eine halbe Stunde vergangen sein.
»Beruhige dich«, sagt Selma Lynge und schaut mich besorgt an. »Wovor hast du eigentlich Angst?«
Ja, wovor habe ich Angst, denke ich und renne hinaus in den

Flur, finde meinen Mantel und weiß, daß Marianne Skoog dieses Haus verlassen hat, daß ich hinter ihr her muß, daß etwas Fürchterliches passieren wird.
Selma und Torfinn Lynge folgen mir in den Flur. Wieder stehen Torfinn Lynges Haare nach allen Seiten ab.
»Armer Junge«, sagt er verwirrt
»Jetzt bin nicht ich zu bemitleiden«, sage ich.
»Übertreibst du nicht?« sagt Selma Lynge.

Ohne ein Wort des Abschieds stürze ich aus dem Haus. Ich laufe den Ruglandveien hinunter und weiter abwärts Richtung Fluß. Ich muß so schnell wie möglich in den Elvefaret, denke ich. Aber jetzt ist es dunkel und glatt. Nachtfrost. Ich rutsche auf den Steinen aus. Es ist schwierig, den bekannten Weg zu finden, und ich habe keine Ahnung vom derzeitigen Wasserstand. Aber der Mond ist da, steht droben am Osthimmel. Er ist wieder fast voll.
Der Fluß schimmert silbern. Ich bin im Talgrund. Ich sehe die schwarzen Steine. Ich muß sie mit meinen Füßen treffen.
Zum erstenmal denke ich beim Überqueren des Flusses nicht an Mutter.
Ungefähr auf halber Strecke gleite ich von einem Stein ab Ich verliere das Gleichgewicht, falle, die Hose wird naß, das Wasser ist eiskalt. »Verdammt«, fluche ich und rutsche weiter über die glatten Steine.
Dann bin ich am anderen Ufer.
Da sehe ich ihren Schal. Mitten auf dem schmalen Weg liegt er.
»Marianne«, sage ich, als wäre sie da, »was hast du angestellt?«

Ich schlage mich quer durchs Erlengebüsch, obwohl es viel zu dunkel ist. Ich kann zwischen den Zweigen nicht die

Hand vor den Augen sehen. »Marianne«, rufe ich. »Bist du hier?«
Aber sie ist nicht hier. Ich knalle mit der Stirn gegen einen Baum, merke, daß es blutet, aber das ist egal.
Ihr Schal, denke ich. Verdammt noch mal, was hat sie angestellt?
»Marianne!« rufe ich wieder. »Marianne!«
Ich laufe weiter den schmalen Pfad hinauf zum Elvefaret. Das Blut pocht in den Schläfen. Dann bin ich oben, sehe das Haus. Drinnen brennt Licht. Die Tür steht offen. Weit und einladend.
Ich renne ins Haus.
»Marianne!« rufe ich. »Marianne!«
Ich schaue in die Küche. Ich schaue ins Wohnzimmer. Ich überlege, in die obere Etage zu gehen, in das verbotene Zimmer. Aber das ist verkehrt. Sie ist im Keller. Natürlich ist sie im Keller! Ich haste nach unten, stolpere auf der Treppe, schramme mir das Knie an der Mauer auf, es tut weh.
Und ich rufe nicht mehr. Die Beine zittern. Denn ich weiß, daß sie da unten ist. Natürlich ist sie da unten. Das Licht zur Kellertreppe brennt.
Ich reiße die Tür zu dem Raum mit der Tiefkühltruhe auf. Mich schaudert.
Sie steht auf einem Schemel. Sie hat das türkisfarbene Kleid ausgezogen, steht da im BH. Sie starrt mich an, mit verzerrtem Gesicht, ohnmächtig und böse.
»Was willst du mit dem Strick?« brülle ich sie wütend an, als wäre sie weit entfernt. »Was willst du mit dem Strick?«

3. Teil

Das verbotene Zimmer In der ersten Woche von Mariannes Klinikaufenthalt verlasse ich kaum das Haus. Ich darf sie jetzt, am Anfang der Behandlung, nicht anrufen. Dafür ruft mich Selma Lynge jeden Abend an. Sie ist erschüttert und besorgt, und dabei denkt sie ebensosehr an mich wie an Marianne. Ich merke, daß sie versucht, mich zu beeinflussen, daß sie mich dazu bringen will, meine Lebenssituation zu überdenken, herauszufinden, ob es richtig ist, mich so stark an eine Frau zu binden, die zum einen viel älter ist als ich und die eine so schreckliche Geschichte mit sich herumschleppt. Ich höre sie an, weiß, daß sie es gut meint. Egal, was sie vorbringt, es gelingt ihr nicht, mich umzustimmen. Ich will nicht weg. Ich will da sein, wo Marianne ist. Und wenn ich da nicht sein kann, will ich wenigstens in dem Haus sein, in dem sie wohnt.

Es ist so leer ohne sie. Und es gelingt mir nicht, mich zu konzentrieren. Ich sitze jeden Tag sechs bis sieben Stunden am Klavier. Dabei benütze ich Anjas Flügel wieder nur zur Perfektionierung der Lauftechnik. Das einzige, was ich zustande bringe, ist das Üben von Etüden. Da muß ich nicht denken. Ich gleite hinein in eine merkwürdige Leere.
Ich wußte nicht, daß man sich so stark an einen Menschen binden kann, sich so sehr um jemanden sorgen, so krank vor Sehnsucht sein kann.
Das Haus ist so still ohne sie. Am Abend lege ich ihre Joni-Mitchell-Platten auf, koche mir eine Tasse Tee und rolle mich auf der Couch zusammen, wie es ihre Gewohnheit war. Aber es ist nicht das gleiche ohne sie. Sogar die Musik verändert sich.

Am Ende der ersten Woche stehe ich auf einmal vor dem verbotenen Zimmer und überlege, ob ich hineingehen soll. Eine schwierige Entscheidung. Schließlich hat Marianne es mir untersagt. Sie will etwas vor mir geheimhalten. Widersetze ich mich ihrem Verbot, habe ich ein schlechtes Gewissen, aber wenn ich *nicht* hineingehe, begreife ich vielleicht nicht, welchen Kampf Marianne kämpft. Ihre Ärztin hat mich angerufen, hat mir versichert, daß sie nicht psychotisch ist, daß es gute Prognosen für die Behandlung gibt, daß Marianne allzulange in einer tiefen Depression steckte, ohne es selbst zu wissen, daß sie mental von einem mit massiven Schuldgefühlen verbundenen Verlust in die Knie gezwungen wurde.
Aber ist das die ganze Erklärung?
Ich öffne die Tür. Ich habe einen Entschluß gefaßt. Umkehren geht nicht mehr. Ich betrete das Zimmer. Ich sehe nichts Ungewöhnliches. Es ist ein Büroraum. Ein Schreibtisch mit Telefon, einige Aktenordner in einem Regal. Rechnungen, Journale, ein Ordner für den Verein Sozialistischer Ärzte. Auf einem Ordner steht »Marianne«.
Ich ziehe ihn heraus und setze mich damit an den Schreibtisch. Briefe aus verschiedenen Kliniken. Kopien von Epikrisen, die Jahre zurückliegen. Ich verstehe nicht alle Fachausdrücke. Aber einige Wörter treffen mich wie Faustschläge: »... Stark suizidgefährdet« »... klare Anzeichen einer Psychose« »...muß vor sich selbst geschützt werden«. Die erste ärztliche Beurteilung stammt vom November 1952. Da war sie siebzehn Jahre alt. Da hat sie abgetrieben. Herrgott, denke ich, dann hing ihr Selbstmordversuch nicht nur mit der Trauer zusammen. Dann ist ebensosehr eine depressive Störung ausschlaggebend gewesen, an der sie schon länger leidet. Dann ist alles nur noch schlimmer.

Ich stelle den Ordner zurück ins Regal. Dann stehe ich einen Augenblick unschlüssig im Zimmer. Da muß noch etwas anderes sein, denke ich. Etwas muß ich übersehen haben.

Ich versuche, auf alle Einzelheiten zu achten. Das große Foto mit allen dreien, der kleinen glücklichen Familie, vielleicht bei Anjas Konfirmation aufgenommen. Die Frauen in Tracht, sie sehen aus wie zwei junge, lächelnde Schwestern. Bror Skoog in Anzug und Krawatte. Wie glücklich war Marianne? denke ich. Wieviel wußte Anja von ihrer Krankheit? Und Bror? Es sieht ganz so aus, als würde ich seine Ängste in mein Leben übernehmen. Da ist keine Stimme in meinem Kopf, die sagt, ›mach dich aus dem Staub, Aksel, bevor es zu spät ist. Du hast das Leben vor dir‹. Statt dessen sagt die Stimme: ›Ich kann mein Leben nicht ohne sie leben.‹

Mein Blick fällt auf die Schreibtischschublade. Sie wirkt klein und unbedeutend. Ich setze mich hin und ziehe sie heraus. Eine graue Aktenmappe. Ich nehme sie mit dem unangenehmen Gefühl heraus, in Mariannes intimsten Geheimnissen zu schnüffeln. Ich öffne die Mappe. Das obenauf liegende Foto wirkt wie eine Ohrfeige. Ein Bild von Bror Skoog, aufgenommen von der Polizei gleich nach dem Schuß. Scharf und deutlich. Der halbe Kopf ist fast unverletzt. Da sieht er aus wie der distinguierte Gehirnchirurg, der einen Amazon fährt und sich mit schönen Frauen und Gegenständen umgibt. Die andere Gesichtshälfte fehlt. Und die Augen. Sie liegen neben ihm auf dem Fußboden. Wie Marianne erzählt hat.

Das nächste Bild zeigt Anja im Krankenhaus, wie ich sie gesehen habe. Aber es wurde aufgenommen, bevor man ihr die Augen zudrückte, bevor ich sie sehen durfte.

Jetzt sieht sie mich wieder an.
Ihr Blick war das Wichtigste, denke ich.

Die nächsten Bilder sind nur Abzüge mit kleinen Variationen. Mit *diesen* Bildern wollte also Marianne Skoog leben. Sie wollte mit dem Tod leben. Wollte die Wunden offenhalten.

Ida Marie Liljerot Es ist der Tag vor Mariannes sechsunddreißigstem Geburtstag, an dem ich sie endlich besuchen darf, als Mariannes Mutter, die berühmte Psychiaterin, zu mir kommt. Sie hat vorher angerufen und gesagt, sie wolle mit mir reden. Ich habe angeboten, zu ihr in die Stadt zu kommen, aber sie wollte zum Elvefaret kommen, wollte sehen, wer ich bin und was ich mache.
Es hat noch nicht wieder geschneit, aber auf der Straße und in den Gärten ist Rauhreif. Es ist Abend, als es an der Tür schellt. Ich öffne und sehe ein alterndes Gesicht, das ich aus der Zeitung gut kenne. Das ist Ida Marie Liljerot, die pensionierte Psychiaterin. Ich habe sie nie als Anjas Großmutter oder Mariannes Mutter gesehen, aber jetzt erkenne ich die Ähnlichkeiten, auch wenn sie nicht so deutlich sind wie zwischen Mutter und Tochter.
»Komm rein«, sage ich.
»Danke«, sagt sie. Wir geben uns die Hand, aber das wirkt verkrampft. Ich bin zu jung, um sie umarmen zu dürfen, aber als sie die Initiative übernimmt, tue ich es.
»Mein Junge«, sagt sie, so wie Marianne immer sagt. Es ist, als würden wir uns schon lange kennen.
Ich helfe ihr aus dem Mantel, sehe, daß sie körperlich schwach ist, dünn ist sie auch. Alle in dieser Familie sind zu dünn, denke ich. Aber ich sehe, daß sie schön gewesen ist. Ausgesprochen schön. Und sie ist immer noch schön,

mit den Lebenslinien im Gesicht und den unübersehbaren, grünen Augen. Sie hat etwas Asketisches so ohne Formen, Brüste, Hüften. Keine Marilyn Monroe. Mehr die Venus von Milo.

Ich habe nichts anzubieten außer einem Glas Rotwein, wie sie am Telefon gesagt hat: »Nur ein Glas Rotwein, mein Junge. Ich möchte dich nicht in deiner Arbeit stören.«
Und obwohl ich versichere, daß sie mich nicht stört, daß ich sie gerne treffen möchte, legt sie Wert darauf, daß es ein kurzer Besuch wird.
Wir setzen uns, haben bereits am Telefon das Du eingeführt. Sie wollte nicht von mir gesiezt werden. Ich verstehe sie jetzt, als ich sie sehe, besser. Sie taugt nicht für die alten Höflichkeitsformen. Sie ist genauso radikal wie die Tochter, ist sicher Mitglied beim Verein Sozialistischer Ärzte. Es ist lange her, daß sie im Elvefaret war. Sie blickt sich um.
»Nichts hat sich verändert«, stellt sie fest.
Dann mustert sie mich. Ich spüre den Blick der Psychiaterin. Ein geschulter Blick.
»Du siehst älter aus, als ich dachte«, sagt sie. »Das ist gut, jedenfalls für Marianne. Als sie am Telefon von dir erzählte, hatte ich den Eindruck, sie würde sich in ein umgekehrtes Lolita-Konzept verstricken. Meine Tochter ist nun mal ziemlich leidenschaftlich. Ihr wäre es zuzutrauen, sich einen der jungen Sportler zu angeln, die nur aus Muskeln und Potenz bestehen. Obwohl, für das Oberflächliche war Marianne nie zu begeistern. Vielleicht hat sie deshalb jetzt so große Probleme.«
»Ich wußte nichts von diesen Problemen«, sage ich.
»Nein. Sie hat wahrlich viel Energie darauf verwendet, daß niemand etwas merkt.«
Sie hebt das Glas, will mit mir anstoßen. Auch ich proste ihr

zu. Ihr Besuch tut mir gut. Ich fühle mich nicht mehr allein mit meinen Ängsten.

»Ich bin zu dir gekommen, um dich zu beruhigen, mein Junge. Wir wissen inzwischen einiges mehr über Depressionen und ihre Behandlung als früher. Und wir wissen viel über Marianne. Diese furchtbare Geschichte, die du erlebt hast, kam eigentlich nicht unerwartet. Nachdem Bror und Anja tot waren, habe ich jeden Tag so etwas befürchtet, denn ich wußte, daß sie sich in einer extrem anfälligen Situation befand. Daß sie sich so schnell an dich gebunden hat, war nicht überraschend. Ihr Lebenswille war immer sehr stark ausgeprägt. Das hört sich verrückt an, aber suizidgefährdet und gleichzeitig gierig nach Leben sein ist kein Widerspruch. Mariannes Problem besteht eher darin, daß sie so diszipliniert und gewissenhaft in ihrer Arbeit ist, daß es ihr gelungen ist, ihre dunklen Seiten vor allen zu verstecken, außer vor sich selbst. Und das ist gefährlich. Deshalb ist sie jetzt in der Klinik, wo sie professionelle Hilfe bekommt.«
»Werden sie ihr wirklich helfen können?«
»Ja, geholfen wird ihr sicher. Aber wie weit diese Hilfe reicht, das kann man jetzt noch nicht sagen. Du wirst keinen Psychiater finden, der es wagt, einen psychisch kranken Menschen für völlig gesund zu erklären. Es besteht immer die Möglichkeit eines Rückfalls. Wir müssen als Fachleute lernen, die Krankheit zu respektieren, sie ernst zu nehmen, auf die Signale zu hören, die sie aussendet. Das braucht Zeit. Und deshalb bin ich zu dir gekommen.«
»Um mich zu warnen?«
Sie lächelt. »Nein, mein Junge, aber um dich zu bitten, auf dein Herz zu hören.«
»Auf mein Herz?«
»Ja. Hast du für Marianne genügend Platz in deinem Herzen?«

»Ja«, sage ich.
»Aber du hast auch Anja geliebt, oder?«
»Das ist etwas anderes.«
Ida Marie Liljerot nickt. »Das verstehe ich«, sagt sie. »Und ich habe nicht die Absicht, in deinem Gefühlsleben herumzustochern. Aber ich lebe jetzt schon so lange und habe gesehen, wie sich junge Menschen aneinander binden, ohne genau überlegt zu haben, ob sie das wirklich wollen. Kann ich jetzt etwas direkter mit dir reden?«
»Natürlich«, sage ich. Sie kann sagen, was sie will, solange ich weiß, daß sie Mariannes Mutter ist, daß so viel Marianne in ihr ist.
Sie überlegt kurz, als ginge es um eine schwierige Diagnose. Dann sieht sie mich mit ihren wachen, lebhaften Augen an.
»Mein Mann ist tot, wie du sicher weißt. Und erst, als er tot war, wagte ich es, mir die Frage zu stellen: War er eigentlich der Mann, mit dem ich das ganze Leben verheiratet sein wollte? Ich bereute nichts. Ich hatte ihm viel zu verdanken. Aber mir fielen auch andere Menschen ein, denen ich in meinem Leben begegnet bin, mit denen ich ihn sogar betrogen hatte. Und ich dachte: Warum haben wir uns so früh aneinander gebunden? Natürlich ein müßiger Gedanke. Hätten wir es nicht getan, wären weder Marianne noch ihre Schwester auf der Welt.«
»Marianne hat eine Schwester? Das wußte ich nicht.«
»Nicht?« sagt Ida Marie Liljerot erstaunt. »Sie ist Landärztin, glücklich verheiratet und lebt irgendwo weit oben in der Finnmark.«
»Merkwürdig, daß Marianne nie davon erzählt hat«, sage ich kopfschüttelnd.
»Aber so ist es. Sigrun ist fünf Jahre jünger als sie. Ich war vierzig Jahre, als ich sie bekam. Die beiden hatten nicht viel Kontakt miteinander. Marianne war schon immer radikal in ihren Ansichten, Sigrun nicht.«

»Weiß sie, was mit Marianne passiert ist?«
»Natürlich weiß sie das. Wir telefonieren regelmäßig miteinander. Was da mit Marianne passierte, ist nichts Neues für uns. Du weißt sicher, es war nicht das erstemal.«
»Nein«, lüge ich. »Marianne hat mir nie etwas erzählt.«
Ida Maria Liljerot runzelt die Stirn. »Na ja«, sagt sie, »dann wollte sie dich schonen. Aber sie hätte darüber reden sollen. Sie ist Ärztin. Sie hat eine Verantwortung. Sie müßte es besser wissen.«
»Und warum erzählst du mir das alles?« sage ich.
»Ich möchte nur, daß du dir die Sache genau überlegst und auf dein Herz hörst. Und ich bin ganz ehrlich zu dir. Ich sage das nicht, weil ich auf deiner Seite stehe. Ich kenne dich nicht. Ich stehe auf Mariannes Seite. Ich weiß, daß sie in der Zeit, die jetzt kommt, Verläßlichkeit und Sicherheit braucht. Sonst kann sie ebensogut allein leben. Als ich von dir hörte und erfuhr, daß siebzehn Jahre zwischen euch sind, dachte ich, nun ja, so etwas kommt vor. Und kann durchaus funktionieren. Jetzt hat mir Marianne erzählt, wie sehr sie der Gedanke, daß du so jung bist, quält und daß du etwas anderes verdientest als eine Frau mit einer so komplizierten Vorgeschichte. Und vielleicht hat sie recht? Deshalb bitte ich dich, auf dein Herz zu hören. Hat sie dort ihren Platz? Marianne Liljerot? Marianne Skoog? Paßt sie hinein in die Welt, die du dir jetzt aufbauen wirst? Ich habe einiges über dich gehört. Ich weiß, daß du debütierst, daß du bei derselben Hexe studierst wie Anja. Was man von der wollen kann, begreife ich nicht. Aber so ist das Leben. Wir treffen Menschen, binden uns an sie, liefern uns ihnen aus, weil wir befürchten, sonst etwas aufzugeben. Aber vielleicht geben wir dann gerade etwas auf, etwas anderes. Etwas möglicherweise Wichtigeres. Ich bezweifle ein wenig, ob die Allianz zwischen Marianne und Bror so klug war. Bror schlug sich zum Teil mit den gleichen Problemen herum wie

Marianne. Das hat sich mit aller Deutlichkeit gezeigt, als er sich aus einem spontanen Einfall heraus das Hirn aus dem Kopf pustete. Akute geistige Umnachtung. Aber auch die Liebe kann auf infame Weise eine geistige Umnachtung sein. Ich weiß, wie gesagt, zuwenig von dir. Ich weiß nicht, wie stark oder schwach deine Gefühle sind, wie besessen du deine Karriere verfolgst. Aber als Achtzehnjähriger ...«

»Bald neunzehn.«

»Nun, das spielt keine Rolle. Ein Neunzehnjähriger, der demnächst debütieren soll, mit einer derart wahnhaft ehrgeizigen deutschen Hexe als Lehrerin, die nicht das geringste Verständnis für Anja hatte, die ein offensichtlich krankes, sechzehnjähriges Mädchen mit ihren überzogenen Anforderungen und Erwartungen in den Tod schickte. Ein solcher Junge hat ganz andere Dinge im Kopf, als sich um eine depressive Witwe zu kümmern, die überdies ihr einziges Kind verloren hat und mühsam versucht, wieder auf die Beine zu kommen. Aus medizinischer Sicht hast du dich in eine Frau verliebt, die einen bedeutenden Fürsorgebedarf hat. Und deshalb bin ich hergekommen, ebenfalls eine alte Hexe, die einfach zum Telefon greift und sich in ein junges und unverdorbenes und hoffnungsvolles Leben einmischt. Ich habe es getan und vielleicht komme ich wieder. Weil ich Mariannes Mutter bin. Weil ich nicht will, daß es mit ihr so endet wie mit Bror. Weil ich den Gedanken nicht ertrage, sie könnte es einmal schaffen, ihr düsteres, schwarzes, immer wiederkehrendes Projekt der Selbstvernichtung zu verwirklichen.«

»Das wird nie geschehen!« sage ich aufgebracht. Und ich merke, daß ich wütend bin, nicht auf Ida Marie Liljerot, sondern auf mich, weil ich hilflos in diesem leeren Haus hocke und nichts tun kann, um Mariannes Lebenssituation zu verbessern, als morgen zu ihrem Geburtstag mit einem Stück Kuchen anzureisen.

Ida Marie Liljerot, mustert mich aufmerksam.
»Deine Heftigkeit gefällt mir«, sagt sie. »Aber Heftigkeit allein genügt nicht. Du brauchst Ausdauer, Durchhaltevermögen. Marianne wird vermutlich noch längere Zeit krank sein. Versteh mich nicht falsch. Sie hat kein böses Wort über dich gesagt. Ich glaube, daß du in diesen Monaten, die ihr zusammen wart, einen sehr guten Einfluß auf sie gehabt hast. Ich verstehe, daß ihr in vieler Hinsicht miteinander zurechtkommt. Dazu beglückwünsche ich euch. Aber ich habe eine solche Angst um sie. Verstehst du das?«
Ich schenke ihr Wein nach.
»Gut, noch ein Glas«, sagt sie. »Aber dann lasse ich dich in Ruhe.«
Ich gieße mir ebenfalls nach.
»Ich bin froh, daß du gekommen bist«, sage ich.
»Du solltest nicht froh sein«, sagt sie. »Du solltest verunsichert sein.«
»Warum das?«
»Weil ich dich gewissermaßen zwinge, eine Entscheidung zu treffen. Und dich zugleich als Mutter anflehe: Spiele nicht mit Marianne. Wenn du es aber ernst mit ihr meinst, muß dir klar sein, was das bedeutet.«
»Was bedeutet das?«
»Das kann bedeuten, daß du dein Debütkonzert absagen mußt, weil dich Marianne braucht. Das kann bedeuten, daß du in einem wichtigen Abschnitt deines Lebens und deiner Karriere deine Bedürfnisse zugunsten eines *anderen* Menschen hintanstellen mußt. Es handelt sich nicht mehr um eine gleichwertige Partnerschaft. Es handelt sich darum, die Verantwortung für einen kranken Menschen zu übernehmen. Es ist eine Entscheidung auf Leben und Tod. Bist du dazu bereit?«
»Du redest, als ginge es hier nur um meine Gefühle. Aber weißt du denn, ob sie mich überhaupt will?« sage ich.

Ida Marie Liljerot wirft mir einen strengen und zugleich liebevollen Blick zu.
»Sie will dich«, sagt sie. »Nichts von dem, was sie bisher zu mir gesagt hat, deutet auf etwas anderes hin.«
»Dann gibt es nichts mehr zu reden«, sage ich. »Du kannst dich auf mich verlassen. Zuviel ist passiert. Vielleicht hätte ich ein einfacheres Leben wählen können. Obwohl, hätte ich das? Kann die Liebe wählen? Ich weiß nur, daß ich nicht ohne sie leben will.«
Ida Marie Liljerot steht von der Ledercouch auf. »Du bist in Ordnung, Aksel. Grüße sie von mir.«

Marianne in Weiß Es ist Mariannes Geburtstag, kurz vor meinem. Wir sind beide Skorpion. Eine komplizierte Kombination.
Ich wache am Morgen in Anjas Bett auf und sehe, daß es schneit. Ich stehe auf, gehe ins Bad, bin in guter Stimmung. Heute werde ich sie wiedersehen. Heute darf ich sie besuchen. Heute werde ich ihre Ärztin kennenlernen. Heute werde ich erfahren, wie es ihr geht.
Ich sitze in der Küche und schaue aus dem Fenster. Ein Traumtag. Schnee im November. Vielleicht bleibt er diesmal liegen?
Ich fahre mit der Straßenbahn in die Stadt, kaufe Kuchen, Marzipankuchen bei Halvorsen, der besten Konditorei der Stadt. Ich gehe auch ins Vinmonopol und kaufe eine Flasche teuren Champagner. Sie soll wissen, daß ich es ernst meine. Dann gehe ich zum Westbahnhof und kaufe mir eine Fahrkarte. Die Klinik liegt etwas über eine Stunde von Oslo entfernt. Ich hätte nie gedacht, einmal dorthin zu kommen oder dort jemanden zu besuchen, der mir nahesteht.
Der Zug bringt mich hinaus aus der Stadt. Ich sehe Höfe, Flußläufe, vereinzelte Häusergruppen. Die Sinneseindrücke

sind überwältigend, denn ich bin jetzt so lange nicht aus dem Haus gekommen. Ich habe nur Tag für Tag die grünen Tannen angestarrt, geübt und gegrübelt. Ich kenne inzwischen jeden Tannenzapfen an den Bäumen.
An einem kleinen Bahnhof steige ich aus. Ein Bus wartet. Ich fahre hinauf in die Winterpracht. Die Welt erscheint neu und voller Hoffnung. Ja, der Schnee ist liegengeblieben. Die Sonne spitzt zwischen den Wolken hervor. Mariannes sechsunddreißigster Geburtstag ist ein strahlender Tag.

Die Klinik liegt in einem bewaldeten Areal. Der Bus hält auf dem Parkplatz. Ich sehe die niedrigen Holzgebäude. In einem Fenster sehe ich für einen Moment ein Gesicht. Ist sie das? Hat sie mich gesehen? Ich gehe hinein zur Rezeption und melde mich an. Es sind keine anderen Menschen zu sehen, außer einer Frau, die durch den Eingangsbereich fegt und in einem Gang verschwindet.
Die Dame an der Rezeption notiert meinen Namen sowie Datum und Uhrzeit, dann bittet sie mich, zu warten.
Ich setze mich auf ein altmodisches, rotes Sofa.
So still, denke ich. Fast wie im Elvefaret, wenn ich keine Musik spiele.

Ich warte darauf, daß sie in einem der beiden Gänge auftaucht, aber es kommt ihre Ärztin, eine Frau ohne Make-up in Mariannes Alter, mit festem Händedruck und direktem Blick. Sie sagt ihren Namen, den ich aber nicht behalte. Es fällt mir schwer, mich zu konzentrieren.
»Setzen wir uns einen Augenblick«, sagt sie. »Es gibt ein paar Dinge, die du wissen solltest, bevor du sie triffst.«
»Na gut«, sage ich.
»Marianne ist sehr eingenommen von dir«, sagt die Ärztin. »Sie spricht oft von dir. Und dabei läßt sie ein Problem nicht los. Sie will, daß du von ihr befreit wirst. Ja, sie be-

nutzte diesen Ausdruck. Sie ist davon überzeugt, daß sie für dich ein Unglück ist.«
»Das kann sie nicht allein bestimmen«, sage ich.
Die Ärztin nickt. »Nein, das ist wahr. Aber sie hat jetzt vieles, worüber sie nachdenkt. Sie ist hier zur Behandlung. Sie bekommt Medikamente. Keine Angst, wir wissen, was wir tun. Ihre Persönlichkeit wird dadurch nicht beeinträchtigt, falls du das meinst. Aber wir versuchen, die Signale, die sie aussendet, zu deuten. In ihren Augen bist du sehr jung, umgekehrt fühlt sie sich alt, nicht verwunderlich nach all dem, was sie erleben mußte. Sie liebt dich. Sogar sehr. Gleichzeitig hat sie ein Schuldgefühl, daß sie dich in diese Situation gebracht hat. Was die Gefühle zwischen euch betrifft, da will ich mich nicht einmischen. Damit habe ich nichts zu tun. Ich möchte dich nur darauf vorbereiten, daß sie eure Beziehung ernsthaft klären will.«
Ich spüre, wie mich eine Art Müdigkeit überfällt. Und zugleich Wut. Gibt es denn niemanden, der mich ernst nimmt? Hält man mich für so labil und unzuverlässig? Die Ärztin zwingt mich, darüber nachzudenken, genauso wie Ida Marie Liljerot am Abend vorher. Ich habe die Möglichkeit, jetzt Schluß zu machen, einen anderen Weg in meinem Leben einzuschlagen. Marianne ist in Behandlung. Sie hat Menschen, die sich um sie kümmern, jeden Tag vierundzwanzig Stunden. Und als die Ärztin aufsteht, um Marianne zu holen, würde ich am liebsten heulen, weil dieser Ausweg undenkbar ist. Ohne Marianne Skoog kann ich nicht leben.

Dann kommt sie. Glücklicherweise allein. Marianne. In Jeans und hohen Winterstiefeln. Palästinenserhalstuch und grüner Dufflecoat. Das Haar zum Pferdeschwanz zusammengefaßt, so daß ihre schöne Stirn sichtbar ist. Sie küßt mich rasch und direkt auf den Mund, blickt mir fast munter

in die Augen, obwohl ihre Haut trocken und ungesund aussieht und ich tief in ihren Augen sehe, daß es ihr schlechtgeht.
»Da bist du ja, mein Junge.«
»Alles Gute zum Geburtstag«, sage ich und übergebe ihr den Kuchen.
Sie fängt an zu lachen. Ich schmelze innwendig. Ihr Lachen klingt noch wie früher.
»Du hast mir sogar Kuchen mitgebracht!« sagt sie.
»Ja, aus Halvorsens Konditorei. Ich habe auch Champagner dabei. Darfst du denn Alkohol trinken?«
»Eigentlich nicht«, flüstert sie, »aber wir können es nachher in meinem Zimmer machen. Ich brauche es wirklich!«
»Ist es so schlimm hier?«
»Nein, nicht schlimm. Aber viele seltsame Regeln. Ich bin es gewohnt, die Regeln selbst festzulegen. Diagnosen zu stellen.«
»Haben sie schon eine Diagnose?«
»Ach, ich weiß schon, worauf sie sich einigen werden. Manisch-depressiv. Mir ist das ziemlich egal. Gehen wir jetzt ein paar Schritte?«

Der Kuchen bleibt an der Rezeption liegen. Den Champagner habe ich in der Tasche versteckt. Es ist ungewohnt für mich, wie offen sie mit der Diagnose umgeht. Als sei es für sie selbstverständlich, mir zu sagen, daß sie krank ist. Das war vorher nicht so. Aber es gefällt mir, obwohl es mich gleichzeitig verunsichert. Der Wechsel ist so extrem. Und was bedeutet eine solche Diagnose eigentlich? Ist sie krank? Ernsthaft krank? Ist sie jetzt krank, wenn sie mit mir auf dem frisch geräumten Weg wischen den Tannenbäumen geht und die Wintersonne auf den weißen Schnee scheint?
»Wie läuft es zu Hause?« sagt sie und nimmt meine Hand, als sei alles wie früher.

»Gut«, sage ich. »Aber einsam. Du fehlst mir.«
»Wirklich?« sagt sie und dreht sich bereits nach zweihundert Metern eine Zigarette. So ist vieles beim alten geblieben, denke ich.
»Ja«, sage ich.
»Und das verbotene Zimmer, bist du hinein gegangen?«
»Nein«, sage ich.
»Du lügst«, sagt sie und zieht den Rauch tief in die Lungen. »Natürlich bist du hineingegangen. Jeder normale Mensch hätte sich, nach allem, was geschehen ist, dort umgesehen. Kannst du nicht zugeben, daß du dort warst?«
»Ich bin hineingegangen.«
»Gut«, sagt sie. »Dann hast du die Epikrisen gelesen. Dann weißt du, wie es mit mir steht. Dann solltest du, wenn du der aufgeweckte Junge bist, für den ich dich halte, Verstand genug besitzen, wegzukommen von mir, dieser sechsunddreißigjährigen morschen Schaluppe, bevor es zu spät ist.«
»So etwas darfst du nicht sagen!« sage ich zornig.
Sie wirft mir einen gequälten Blick zu, hellhörig für das, was ich sagen will.
»Entschuldigung«, sagt sie still. »Ich wollte nicht böse sein. Ich möchte nur ausdrücklich betonen, daß du dich frei fühlen sollst. Ich werde hier drei Monate bleiben, auch wenn es mir wahrscheinlich sauer ankommen wird. Aber es gibt nichts Schlimmeres als Ärzte, und ich kann mich selbst nicht mehr von außen sehen. Ich werde es also akzeptieren. Wichtiger ist, daß du *uns* von außen sehen kannst und die richtigen Schlüsse ziehst.«
»Ich sehe uns nur von innen«, sage ich. »Ich kenne keine andere Perspektive.«
Sie fällt mir um den Hals. Drückt mich an sich. Erregt mich wieder, obwohl jetzt für so etwas nicht der richtige Zeitpunkt ist.

»Ich wollte nur sagen, daß du mich nie verlassen darfst«, sagt sie. »Aber ich bin nicht in einer Situation, in der ich das sagen kann. Erst seit du von mir weg bist, begreife ich, was du mit mir gemacht hast. Du hast ein gewaltiges Stück meiner Seele verschlungen.«
Ich weiß nicht, was ich antworten soll. Ich vergrabe mich in ihrer Halsgrube, rieche den Duft ihres Haares, ihrer Haut und denke, daß sie ja versucht hat, mich zu verlassen. Aber das kann ich ihr trotzdem nie sagen. Außerdem ist es nicht wahr. Der einzige, den sie in jener Nacht verlassen wollte, war sie selbst.

Wir gehen zu einem kleinen Pavillon unweit einer Brücke. Es ist so melancholisch hier oben, denke ich. Ein Park für all die Kranken. Jetzt sehe ich andere Gestalten, Silhouetten in der Sonne. Alle gehen langsam. Keiner geht schnell.
»Ich soll dich von deiner Mutter grüßen«, sage ich.
»Herrgott noch mal, hast du sie aushalten müssen!?«
»Beruhige dich. Sie ist eine wunderbare Frau.«
»Was wollte sie?«
»Sie wollte sichergehen, daß ich es ernst meine.«
»Ernst, womit?«
»Mit dir.«
Sie schnaubt. »Du meine Güte. *Mütter* eben!«
Ich lächle. Ihre Stimme wird so jungmädchenhaft.
»Sie hat es nur gut gemeint«, sage ich. »Sie liebt dich. Das ist doch kein Verbrechen?«
Marianne drückt rasch meine Hand.
»Ich liebe sie auch«, versichert sie.

Sie soll nicht das Gefühl haben, daß sie sich mir zuliebe verstellen muß, denke ich. Sie muß nicht so tun, als sei sie gesünder, als sie ist. Das ist ja so unheimlich. An dem Abend bei Selma und Torfinn Lynge war sie nicht gesund. Aber keiner hat es gemerkt. Wir erkannten nicht, daß sie krank war. Obwohl, war sie krank? Ist es eine Krankheit, sich das Leben nehmen zu wollen? Plötzlich denke ich daran, was mir Torfinn Lynge in seiner lächerlichen akademischen Sprache sagen wollte, eine Fragestellung, die mich interessieren sollte, was mich zu diesem Zeitpunkt aber überforderte: »Warum kann die Neurose nicht die Ursache dafür sein, daß der Patient aufgrund seines hochdifferenzierten Nervensystems und seiner traumatischen Erlebnisse einen tieferen *sachlichen* Einblick in die Umstände menschlichen Lebens gewinnt, sowohl partiell wie metaphysisch betrachtet?« Und ich habe ihn gefragt, ob die Depression eine gesunde Reaktion sei. Worauf er geantwortet hat: »In gewisser Hinsicht.«

Ich gehe Hand in Hand mit Marianne Skoog. Wir haben jetzt einen Pakt. Ich bin mit einem Versprechen hierhergekommen. Ich werde sie nicht verlassen. Will sie nicht verlassen. Wir gehen eine Stunde auf dem winterlichen Weg. Wir begegnen kaum anderen Menschen. Das Leid muß irgendwo eingesperrt sein, denke ich. Und wir reden nicht mehr, gehen nur still nebeneinander. Obwohl ich sie gerne einiges fragen würde. Was sie sich dabei dachte, als sie weglief, auf den glatten Steinen über den Fluß sprang, den Schal verlor, den Strick fand und damit in den Keller ging, als sie sich auf den Schemel stellte. Mir wird schwindlig, wenn ich mir vorstelle, was als nächstes hätte passieren können. Daß sie da hätte hängen können. Daß sie hätte tot sein können. Daß ich sie hätte abschneiden müssen.
Sie war dazu bereit.
Jetzt geht sie ruhig neben mir im Neuschnee.

Es wird Abend. Bald fahren der Bus und anschließend der Zug zurück nach Oslo. Ich sitze in ihrem Zimmer. Es ist

klein und spartanisch. Ein Waschbecken. Ein Tisch. Ein
Stuhl. Ein Bett. Ein Nachttisch mit einer Bibel.
Ich sitze auf dem Bett. Sie sitzt auf dem Stuhl. Wir verspeisen jeder ein Stück Kuchen. Wir trinken Champagner aus
Milchgläsern.
»Wir könnten miteinander schlafen«, sagt sie, »aber ich
glaube nicht, daß das so gut ist.«
Ich merke, daß ich wütend werde. »Denkst du, ich bin nur
deshalb mit dir zusammen?«
Sie wirft mir einen kurzen, fast ängstlichen Blick zu. »Ich
weiß nicht. Du bist so jung. Ich weiß, wie das in deinem
Alter ist. Außerdem mache ich es gerne mit dir.«
»Reden wir nicht mehr darüber«, sage ich. »Nicht so. Und
wenn wir nie mehr miteinander schlafen könnten, würde
ich dich trotzdem nicht verlassen.«
»Sei vorsichtig. Du weißt nicht, was du sagst«, lacht sie.

Sie sitzt neben mir auf dem Bett. Nahe bei mir.
»Jetzt müßten wir Joni Mitchell hören können«, sage ich.
»Ja, das wäre schön.«
»Geht es dir gut hier? Muß ich Mitleid mit dir haben?«
»Es geht mir gut«, sagt sie. »Aber du kannst mich auch ein
bißchen bemitleiden. Es hat so lange gedauert.« Sie dreht
sich zu mir. Das Gesicht ist müde. »Hast du alle Epikrisen
gelesen?«
»Nein«, sage ich verlegen, weil sie mich daran erinnert, daß
ich ein Versprechen gebrochen habe. »Am schlimmsten fand
ich die Bilder, die in der Schreibtischschublade liegen.«
»Hast du die auch gesehen?« sagt sie erschrocken. »Das tut
mir leid. Die hatte ich fast vergessen.«
»Macht nichts. Ich bin froh, daß ich sie gesehen habe. Das
Bild von Bror Skoog ist entsetzlich. Aber das Foto von Anja
wirkt ...«
»Ja, wie wirkt es?« Sie schaut mich gespannt an.

»Ich weiß nicht«, sage ich. »Versöhnlich? Dieser letzte Blick, er ist so ergreifend. Sie schaut mit den Augen des Todes und ist zugleich auf wunderbare Weise lebendig.«
Marianne nickt. »Diese Aufnahme von Anja ist für mich vielleicht das schönste Porträt von ihr. Das wage ich natürlich niemandem zu erzählen.«

»Wie verlaufen deine Tage?« frage ich.
»Hier herrscht knallharte Disziplin. Nein, ich übertreibe. Es gibt zwar viele Therapien, es wird aber auch viel geraucht und Kaffee getrunken. Mir fehlt Joni Mitchell. Hier spielt man christliche Lieder. Aber ich fange an, die Melodien zu mögen. ›O bleib bei mir‹ ist nicht so schlecht. ›Nähere dich, mein Gott‹ ist auch ziemlich stark. Und seit ich die Texte lese, erschließt sich mir ein anderes Bild vom Leben und vom Sinn des Lebens, als ich das bisher hatte. Weißt du, Aksel, ich habe einmal zu dir gesagt, ich sei fest überzeugt, daß es Anja und Bror nicht mehr gibt, daß sie für immer weg sind. Da bin ich mir nicht mehr so sicher. Es gibt kleine Zeichen. Nicht, daß ich jetzt anfangen würde, bigott zu werden und verrückt im Kopf. Aber ich denke mehr und mehr an sie wie an Lebende, wie an Gesprächspartner. Es war so dunkel in mir, als sie einfach tot waren. Jetzt lebe ich in der Hoffnung, sie einmal wiederzusehen.«
»Aber ich hoffe, daß das noch lange dauert bis dahin.«
»Keine Angst«, sagt sie und drückt meine Hand.
»Und deine Freundin?«
»Über sie wollen wir jetzt nicht reden«, sagt Marianne abweisend.
»Sie ist doch auch ein Teil deines Lebens, oder?«
»Natürlich. Iselin ist eine Liebe, und eine Liebe vergißt man nie.«

Sie hat ihren Namen gesagt, denke ich. Iselin. Ärztin wie sie. Mit diesem Vornamen gibt es nicht viele in Norwegen. Vielleicht kann ich sie ausfindig machen.
Aber daran denke ich nicht, als mich Marianne zum Bus begleitet, als wir zwischen den winterlichen Tannen gehen und alles still ist.
»Sind hier überhaupt Menschen?« frage ich.
»Überall«, lacht sie. »Und sobald du abgefahren bist, werde ich ins Schwesternzimmer gehen und mit der Nachtschwester Kaffee trinken und selbstgedrehte Zigaretten rauchen. Mach dir keine Sorgen.«

Zurück nach Oslo Ich sitze im Zug zurück nach Oslo. Vor den Zugfenstern eine Winternacht, das Abteil fast leer, und ich denke nach über das, was mir gesagt worden ist.
Ob ich Marianne Skoog wirklich *will*?
Wie konnten sie nur fragen, denke ich.

In dieser Stunde im Zug denke ich gründlich über mein Leben nach. Ich möchte auch für mich eine Antwort finden, was ich mir von der Zukunft wünsche. Ist es meine eigene Entscheidung, mit höchstmöglichem Prestige zu debütieren, mit einem Programm, das Selma Lynges Handschrift trägt, und mit Zuhörern aus ihrem prominenten Kreis? Ja, denke ich. Das ist es. Ist es daneben meine Entscheidung, mit einer siebzehn Jahre älteren Frau zusammenzuleben, die manisch-depressiv ist, die mehrmals in ihren Leben suizidal war, die überdies Witwe ist und ihre einzige Tochter verloren hat? Ja, denke ich, das ist es.
Und als ich in dieser Novembernacht am Bahnhof Oslo West ankomme, weiß ich, daß diese schicksalsträchtige Wahl mein Leben prägen wird.

Das Bild geht nicht aus meinem Kopf. Marianne, die auf dem Schemel steht. Die das Kleid ausgezogen hat, damit der Strick besser am Hals anliegt. Ich kann das verzerrte Gesicht nicht vergessen, die blasse Haut, den weißen BH, den zornigen, verzweifelten Blick, weil ich sie daran hindere, sich umzubringen.

Sinfonien. Niemandsland. Krähen Ich bin im Niemandsland. Aber da sind auch die Sinfonien. Marianne hat mir ein Geschenk gemacht, denke ich. Das Alleinsein. Ich werde nicht mehr von ihr abgelenkt. Die Tage und Nächte gehören mir allein. Wozu soll ich sie benutzen?
Ich übe meine Etüden. Perfektioniere die Lauftechnik.
Aber wenn der Nachmittag kommt, wenn die sinkende Wintersonne direkt auf das große Panoramafenster scheint, lege ich die Sinfonien auf. Bror Skoogs Sinfonien. Die großen, berühmten Einspielungen. Karajan, Maazel und Solti, Kubelik und Jochum, Ormandy und Bernstein. Für jeden Tag eine Sinfonie. Mozart, Haydn, Beethoven, Schubert, Schumann, Brahms, Bruckner, Sibelius, Nielsen.
Und ich tauche tief ein in Mahler. Die langsamen Sätze. Zeit für Langsamkeit, denke ich. Es ist alles viel zu schnell gegangen.

Vor dem Fenster sehe ich die Tannen, sehe die Krähen, die fast immer in den Ästen hocken. Ich habe keine Ahnung, was sie da machen. Ich sitze allein im Wohnzimmer und fühle mich verloren. Ich höre den Schlußsatz von Mahlers dritter Sinfonie. Beethoven schrieb »An die Freude«. Das ist eine Ode an die Liebe. Ich erinnere mich an eine Episode aus der Kindheit. Meine Mutter sagte, obwohl ich schon im Bett lag: »Jetzt mußt du kommen, Aksel, denn jetzt läßt die Krähenmutter ihre Jungen frei!« Cathrine stand bereits aufgeregt hinter dem Haus. In den Bäumen ging es lebhaft zu. Eine ganze Familie befand sich in Auflösung. Die Krähenmutter lockte und schützte gleichzeitig mit dem Gekrächze ihre Jungen, die in den Baumkronen flogen. Die ersten Flügelschläge allein in der Welt. Mutter begann zu weinen. Ich verstand damals nicht, warum. Aber jetzt, allein vor den perfekten Lautsprechertürmen mit Mahlers dritter Sinfonie mit Bernstein, glaube ich, sie zu verstehen. So viel Liebe. Bin ich stark genug?

Iselin Hoffmann Schon nach wenigen Tagen habe ich herausgefunden, wer diese Iselin ist. Dr. Hoffmann, Hautärztin. Von meiner Mutter oder meinem Vater habe ich die unangenehme Eigenschaft geerbt, sehr direkt zu sein. Besonders, wenn ich zornig bin. Aber ich bin nicht zornig, als ich Iselin Hoffmann anrufe. Ich sage nur meinen Namen.
»Ich weiß, wer du bist«, sagt sie rasch. »Was willst du?«
»Ich möchte dich treffen.«
»Ja. Wir können uns treffen. Wir sollten uns treffen«, sagt sie.

Wir treffen uns im Wesselstuen. Ein gediegenes Hansa-Restaurant oben beim Storting. Es war ihr Vorschlag.
Wir haben uns für diesen Abend verabredet. Ich habe einen Tisch bestellt. Als ich mit dem Ober rede, weise ich darauf hin.
»Ihr Gast sitzt bereits und wartet«, sagt er höflich und zeigt mir den Weg durch das Lokal.
Ich spähe hinüber zu den Tischen. Wer kann es sein? Die hübsche Dunkle, die allein in der Ecke sitzt? Die ausgeflippte Blonde am Fenster? Nein, keine von beiden. Der Ober führt mich weiter bis zum hintersten Tisch.

Dort sitzt Iselin Hoffmann und hat bereits ein Bier bestellt.
»Hier ist Ihr Gast«, sagt der Ober höflich. »Was darf ich Ihnen zu trinken bringen?«
»Eine Cola bitte«, sage ich.

Iselin Hoffmann.
Wie häßlich sie ist, denke ich. Schweinsaugen. Ein großes, rotes Gesicht. Warzen auf der Stirn. Ekzeme um den Mund. Und dabei ist sie Hautärztin.
Sie ist klein und dick. Sie trinkt das Bier in großen Schlukken, kümmert sich nicht um den Schaumbart. Ich kann mir beim besten Willen nicht vorstellen, daß Marianne mit ihr ein Verhältnis gehabt hat.
»Das war wahrhaftig eine Überraschung«, sage ich, »zu erfahren, daß es dich gibt.«
»Mich gibt es seit zweiundfünfzig Jahren«, sagt sie mit einem trockenen, tristen Lachen.
»Dann sind auch zwischen dir und Marianne fast siebzehn Jahre?«
»Stimmt«, sagt sie. »Aber Probleme mit dem Alter hat Marianne offensichtlich weder in der einen noch in der anderen Richtung. Außerdem bist du gar nicht so jung, wie sie es darstellt.«
Wir lachen beide.
Ich schaue sie an, weiß, daß ich reden sollte, erklären sollte, warum ich dieses Treffen wollte. Aber sie ist so häßlich, daß ich einfach kein Wort herausbringe.
Sie ist hungrig. Als die Karte kommt, weiß sie sofort, was sie will. Beefsteak mit Béarnaise. Und bitte extra viel Béarnaise. Wenn sie über das Essen spricht, hat sie etwas Rattenhaftes und Gieriges.
Ich bestelle mir Forelle mit gekochten Kartoffeln.
Möchte sie Wein?

Ja gerne. Am liebsten roten Burgunder.
Ich bestelle Patriarch. Den einzigen Burgunder, den sie auf der Weinkarte haben.
Ihr ist es recht.

»Wozu sind wir hergekommen?« sagt sie, als das Thema Essen erschöpft ist.
»Ich weiß es nicht genau«, sage ich. »Ich fand es nur naheliegend, daß wir uns kennenlernen. Du weißt, daß ich bei Marianne wohne?«
»Daß du *Untermieter* bist, ja.«
»Sonst weißt du nichts? Daß ich auch eine Beziehung mit Anja hatte?«
»Marianne erzählt soviel. Das geht zum einen Ohr hinein und zum anderen hinaus.«
»Aber dir war bewußt, daß es Marianne ernst mit dir meinte?«
»Ernst mit mir? Ich weiß nicht, was das bedeutet. Ich weiß nur, daß wir zusammen in Woodstock waren. Daß etwas Besonderes zwischen uns ablief. Etwas Nahes und Schönes. Von mir aus gesehen sehr ernst. Und Marianne hatte danach ihr Leben nicht mehr unter Kontrolle.«
»Hatte sie nicht?«
»Nein. Und das lag nicht nur an mir. Es war der Kurs, den sie einschlug. Sie war zu extrem.«
»Und trotzdem habt ihr geplant, zusammenzuleben?«
»Wer möchte nicht mit Marianne zusammenleben?«
Iselin Hoffmann schaut mich an, bestellt sich noch ein Bier, während das Essen und der Wein serviert werden. Sie schaufelt das Steak, die Kartoffeln und die Sauce in sich hinein. Sie trinkt das Bier schnell, rülpst leise, geniert sich nicht. Wie häßlich sie ist! So abstoßend! So grob!
Wir sind fertig mit dem Essen. Wir haben uns über das norwegische Gesundheitswesen unterhalten, über Wartezeiten

im Krankenhaus, das, was ihre Welt ausmacht. Da sage ich:
»Ihr wolltet ein gemeinsames Leben?«
Sie nickt. »Ja«, sagt sie. »Wir hatten einander ein Versprechen gegeben. Ein Treueversprechen. Wir wollten unzertrennlich sein.«
»Sie hatte vor, bei dir einzuziehen?«
»Ja.«
»War Anja ein Teil des Problems?«
»Nein, eigentlich nicht. Für Marianne stand fest, daß Anja ausziehen und im Ausland studieren würde. Sie glaubte und hoffte, Bror würde im Elvefaret bleiben, würde sich ein neues Leben aufbauen, ohne all die Sorgen um ihre Person. Wir hatten ganz konkrete Pläne, verstehst du. Ich habe eine sehr teure Wohnung in bester Lage. Die wollten wir veräußern und uns in Ceylon ein Haus am Strand kaufen.«
»Abhauen und alles hinter sich lassen?«
»Wir verstanden das nicht als Flucht. Wir wollten nur Frieden in unseren Leben. Ich glaube, Marianne war unglaublich genervt von Brors Detailbesessenheit. Du kennst ja Marianne. Du wirst sie übernehmen. Du weißt, daß sie es nicht erträgt, kontrolliert zu werden. Ich konnte damit umgehen. Denn ich habe dieselbe Aversion. Ich wußte, worunter sie litt.«
»Bist du nicht verzweifelt?«
»Warum sollte ich verzweifelt sein?«
»Weil Schluß ist zwischen euch?«
»Mit Marianne Skoog ist nie Schluß. Das wirst du noch merken.«
»Dann seid ihr doch zusammen?«
»Nein, nicht wie du meinst. Aber wir werden nie voneinander loskommen. Jedenfalls nicht mental.«
»Bist du auf mich eifersüchtig?«

Iselin Hoffmann schnaubt. »Eifersüchtig auf dich? Einen achtzehnjährigen Jungen? Nein, das wäre zu dumm.«

Neunzehn Jahre Heute ist mein Geburtstag. Marianne weiß nichts davon. Ich feiere im Elvefaret zusammen mit Rebecca, die einen Marzipankuchen von Halvorsens Conditori mitgebracht hat. Aber ich bin nicht krank.
»Iß jetzt«, sagt sie und blickt mir liebevoll und etwas besorgt in die Augen.
»Sehr gut«, sage ich und schmatze.
»Braves Hundchen«, sagt sie. »Du bist jetzt ein großer Junge. Du hast eigentlich zu Ehren des Tages einen blow job verdient.«
»Was ist ein blow job?« sage ich.
»Das wirst du gleich erfahren«, sagt sie und drückt mich auf die Couch.
»Nein«, sage ich, als ich verstehe, was sie vorhat. »Nicht jetzt. Bloß jetzt nicht, du liebes Biest.«

Später trinken wir Tee. Ich freue mich, daß Rebecca mich besucht. Und mir ist etwas flau zumute. Sie hat nicht ihre üblichen Hemmungen. Jetzt fixiert sie mich wie eine besitzergreifende, große Schwester.
»Vielleicht verstehst du mich jetzt besser?« sagt sie.
»Was meinst du?«
»Daß du nachgedacht hast. Daß du dich erinnerst, was ich sagte. Daß du die Wahl hast zwischen dem Glück und ...«
»Und?«
»Marianne Skoog.«
»So wie du die Wahl hast zwischen der Trauer und Christian ... wie heißt er noch mal?«
»Du sollst mich nicht ärgern.«
»Langballe, ja.«

»Du solltest jetzt ganz still sein, nachdem du eben ein unwiderstehliches Angebot bekommen hast.«
»Und es abgelehnt habe, weil ich, im Gegensatz zu dir, gewisse moralische Prinzipien habe.«
Sie hat Tränen in den Augen.
»Du liebst sie also wirklich?«
»Ja«, nicke ich. »Das läßt sich nicht abstreiten.«
»Ich dachte nicht, daß es so ernst ist«, sagt sie betroffen.

Sie steht in der Tür und will gehen. Sie sieht traurig und elend aus. Ich möchte sie nicht so sehen.
»Aber du wirst trotzdem bei meiner Hochzeit den Trauzeugen machen, oder?«
»Klar«, sage ich und küsse sie auf die Wange. »Auf jeden Fall.«

Tage im Dezember Selma Lynge ruft jeden zweiten Tag an und fragt, ob ich zu ihr und Torfinn zum Essen kommen will. Sie ist aufrichtig um mich besorgt. Aber ich möchte im Moment meine selbstauferlegte Einsamkeit nicht verlassen. In der Einsamkeit kann ich meine Sorge um Marianne finden. Ich will diese Sorge. Ich will die Ruhe zum Nachdenken. Ich merke, daß mich alle Ablenkungen irritieren. In der Klinik haben sie gesagt, daß Marianne über Weihnachten heimkommen darf, aber danach wieder zurückmuß. Sie kann also nicht mitkommen zur Hochzeit von Rebecca Frost und Christian Langballe. Das ist halb so schlimm.
Aber Selma Lynge will gerne unsere nächste Unterrichtsstunde im Elvefaret halten. Sie will hören, wie ich auf Anjas Flügel spiele. Ich rufe Marianne in der Klinik an. Sie klingt angestrengt, scheint meine Frage nicht zu verstehen.
»Hast du etwas dagegen, daß Selma Lynge in dein Haus kommt und dort mit mir übt?« sage ich.

»Natürlich nicht«, sagt sie fast gereizt. »Warum fragst du?«
Ich weiß nicht, was ich antworten soll. Zwischen uns entsteht eine schmerzliche Stille, die erste dieser Art, die diesen schwierigen Winter prägen wird.
»Dann kommt sie morgen«, sage ich.
»Gut«, sagt sie kurz.
Ich kann nicht auflegen, muß wissen, wie es ihr geht.
»Was hast du heute gemacht?«
»Ich kann nicht reden«, sagt sie schnell und legt auf.

Diese kurzen Telefongespräche machen mich krank. Aber ich verstehe, daß sie ihre Ruhe braucht. Sie muß so vieles wieder ins reine bringen. Aus ihren Andeutungen entnehme ich, daß ihre Ärztin meint, ich würde störend auf sie einwirken. Ich bin nicht Teil der Geschichte, auf deren Grund sie kommen muß.
Aber wie kann man ihr eine Diagnose geben und sie trotzdem derartig sezieren? Meinen diese Ärzte etwa, sie könnten Marianne so heilen, daß sie plötzlich durch die Klinikpforte gehen und sagen kann: ›Hier bin ich. Und ich bin nicht mehr manisch-depressiv.‹
Ich mache mich kundig, lese alles, was mit Mariannes Krankheit zusammenhängt. Ich lese über die manisch-depressive Psychose, über die extremen Stimmungsschwankungen. Im Lexikon steht auch, daß Manisch-Depressive sexuell promiskuitiv werden. Aber das betrifft ja Marianne nicht, denke ich. Abgesehen davon haben wir unsere Beziehung zu früh in der Trauerphase angefangen. Das begreife ich jetzt. Ich lese über die depressive Krankheitsphase, wie der Patient sich immer mehr in sich zurückzieht. Ich lese über die Selbstmordgefahr, daß das Risiko größer ist, wenn die Depression abklingt und der Patient wieder zu Kräften kommt. In dieser Situation war Marianne an dem Abend

bei Selma und Torfinn Lynge. Sie war stark genug, den letzten Teil ihrer schwierigen Geschichte zu erzählen, sogar vor fremden Menschen. Und sie war ein paar Stunden später stark genug für einen Selbstmordversuch.
Diese Zusammenhänge erschrecken mich. Es erschreckt mich, daß es Marianne in der Zeit, in der wir zusammen waren, so gut zu gehen schien und ich nicht gemerkt habe, wie ernst es um sie steht. Ich habe die Beziehung, die wir aufgebaut hatten, als normal empfunden, trotz des Altersunterschieds. Sie hat mir das Gefühl gegeben, mich zu wollen, mich zu lieben, mit mir zusammen Musik zu hören, über Dinge zu reden, die sie beschäftigen. Aber war das auch für *sie* wahr? Oder hat sie, unter einer dünnen Schicht von Normalität, gewußt, daß sie mental krank ist, und wollte das vor mir verbergen und vor allen, mit denen sie verkehrte, trotz ihres fachlichen Wissens als Ärztin?
Jetzt ist sie abhängig von Lithium, lese ich. Hoffentlich wird diese Arznei ihre Krankheitsdauer verkürzen. Sie hatte die Krankheit zwar schon früh, aber zwischen den Krankheitsperioden kann man viele Jahre psychisch gesund sein, steht in den Büchern.
Ich lese, daß statistisch gesehen 80% einen Rückfall erleiden. Daß sich die Krankheit verschlimmern kann.

Selma Lynge kommt. Sie steht vor der Haustür im Elvefaret und trägt einen Pelzmantel, der groß und deutsch aussieht. Heute sind unsere Rollen vertauscht, heute bin ich der Gastgeber und habe sogar Darjeeling-Tee besorgt.
»Aksel, mein Lieber. Wie geht es Marianne?«
Ich helfe Selma Lynge aus dem Mantel.
»Ich weiß es nicht«, sage ich aufrichtig. »Ich darf sie nur selten anrufen, damit ihre Behandlung nicht gestört wird.«
»Hat sie jetzt eine Diagnose?«
»Manisch-depressiv.«

Selma Lynge nickt. »Das habe ich mir gedacht. Diese Krankheit haben wir alle in uns, Aksel, vergiß das nicht. Sonst könnten wir keine Künstler sein.«
Ich würde ihr gerne sagen, daß das eine unpassende Bemerkung ist, schlucke es aber hinunter.
»Laß uns heute ausnahmsweise zuerst reden«, sagt sie.

Wir sitzen im Wohnzimmer, jeder auf einem Corbusier.
»Ich mag dieses Haus«, sagt Selma Lynge. »Bror Skoog hatte einen guten Geschmack.«
Ich nicke.
»Eines sollst du jedenfalls wissen«, sagt Selma Lynge. »Du kannst das Debüt verschieben, wenn du willst.«
»Ich will es nicht verschieben«, sage ich.
»Es geht dabei nicht nur um dich. Es geht auch um uns, die bereit sind, auf dich zu setzen. Nicht zuletzt W. Gude, dein Impresario.«
»Ich will nicht verschieben«, wiederhole ich.
Selma Lynge schaut mich traurig an. »Marianne wird viel von deiner Aufmerksamkeit brauchen, wenn sie heimkommt. In einer derartigen Beziehung bist du noch nie gewesen, Aksel, deshalb weißt du nicht, was das bedeutet. Möglicherweise braucht sie *all deine Zeit*. Und welche Zeit bleibt dir dann noch, um zu debütieren? Willst du es machen wie Rebecca Frost? Etwas Halbherziges abliefern und mit den Schultern zucken? Ich habe es bereits einmal gesagt: Worum geht es? Konzertpianist nach den heutigen Erwartungen sein, mit Stars wie Argerich, Barenboim und Ashkenazy, verlangt *absolute* Hingabe. Ich sage das aus Respekt vor dir und mit einer Portion Angst, denn ich weiß nicht, ob dir bewußt ist, was jetzt von dir verlangt wird.«
»Das ist mir bewußt«, sage ich. »Ich werde im Juni debütieren. Ich werde meinen Teil des Paktes erfüllen.«

»Und du weißt, daß du im April nach Wien sollst, zu Seidlhofer? Du weißt, daß du sie dann allein lassen mußt?«
»Ja«, sage ich. »Auch Marianne würde das nicht anders wollen.«

»Spiele eine Platte von Joni Mitchell für mich«, sagt Selma Lynge.
»*Joni Mitchell?*«
»Ja. Ich möchte wissen, welche Musik dich und Marianne verbindet.«
Ich lege »Clouds« auf. »I Think I Understand.«
Selma Lynge hört zu, starrt hinaus zu den Tannen. Ich sehe sie im Profil. Ich empfinde Mitleid mit ihr. Sie wirkt erschöpft. Ängstlich. Mir gefiel die Art, wie sie Marianne akzeptierte. Ich bin dankbar dafür, daß sie unsere Beziehung respektiert. Jetzt muß ich die Verantwortung übernehmen, muß ihr ein gutes Debütkonzert präsentieren. Sie erträgt keine weitere Enttäuschung.
Das Lied ist zu Ende.
»Schön«, sagt sie. »Aber einfach.«
»Diese Musik bedeutet mir im Moment sehr viel. Besonders, solange Marianne nicht da ist.«
»Das verstehe ich«, sagt sie. »Aber es hat nichts mit Beethovens op. 110 zu tun.«
»Doch«, sage ich. »Mehr als du ahnst.«
»Es ist unmöglich«, sagt sie bestimmt. »Diese Musik hat keine andere Ambition, als eine Stimmung einzufangen. Beethoven dagegen will das Geheimnis des Daseins aufdecken. Das ist, als würde man die ›Brüder Karamasow‹ mit einem Groschenroman vergleichen. Aber wir wollen die Zeit nicht mit weiteren Diskussionen vergeuden.«

Wir arbeiten heute mit Beethoven. Selma Lynge läßt mich op. 110 auf Anjas Flügel spielen. Sie will, daß ich die ganze

Sonate spiele, wie im Konzert. Still sitzt sie da und hört zu. Ich merke und habe es in den letzten Wochen gemerkt, daß mir diese Musik jetzt entspricht. Daß es einen Anknüpfungspunkt zu meinem Gefühlszustand gibt. Das Fragmentarische gekoppelt mit dem tief Ernsten. Das Zerstreute gekoppelt mit dem Konsistenten. Und nicht zuletzt, das Konsequente.

Aber ich habe Probleme mit der Konzentration. Und ich tendiere dazu, in den schönen Partien zu sentimental zu werden. Es ist ja gerade die Dynamik, die Beethovens Meisterschaft in diesen letzten Sonaten zeigt. Plötzlicher Ernst. Plötzlich Schönheit und Ruhe. So wie ich selbst in Träumen versinken kann, mich an eine schöne Episode mit Anja erinnere, um Sekunden später den Ernst des Lebens zu spüren, in eine fast existentielle Verzweiflung zu stürzen.

»Das ist okay«, sagt Selma Lynge. »Aber du hast noch nicht die volle Kontrolle. Du mußt aufpassen, daß du in den schnellen Passagen nicht zu schnell spielst. Das ist nicht Chopin, vergiß das nicht. Vielleicht hast du zuviel Chopin geübt. Hier wird die Tempowahl wieder wichtig. Das Tempo bestimmt fast alles. Das ist wie das Leben selbst. Willst du ein maßloses Leben führen, in dem alles zu schnell geht und du das Gefühl hast, zuwenig Zeit zu haben, egal, was du tust? Oder willst du einen langsameren Rhythmus riskieren und darauf achten, was geschieht, darauf achten, Zeit zur Reflexion zu haben? Nur ausnahmsweise hat Beethoven Wert darauf gelegt, daß man schnell spielt. In allen seinen Allegro-Sätzen besteht die Möglichkeit, sie langsamer zu spielen, als es die Tempobezeichnung Allegro vorsieht. Das ist faszinierend. Spiel die Fuge noch einmal. Und nimm dir diesmal mehr Zeit.«

Ich spiele die Fuge für Selma Lynge. Ich spiele sie langsamer. Es ist eine Unterrichtsstunde. Ein Arbeitstreffen. Alles Gefühlsmäßige verschwindet. Sie ist die professionelle Pädagogin. Ich bin der gewissenhafte Schüler. Die unangenehme Situation zu Beginn haben wir vergessen. Wir sind auf die Musik konzentriert. Beethoven, op. 110. Die vorletzte Klaviersonate.

Weihnachten im Elvefaret Sie kommt heim. Ein Pfleger bringt sie mit dem Auto. Ich habe sie einige Wochen nicht gesehen und bin schockiert, wie geschwächt sie wirkt. Blaß und müde. Der traurige, gestreßte Punkt in ihren Augen. Kaum daß sie sich auf den Beinen halten kann. Ich dachte, es sei umgekehrt, daß die Behandlung sie gekräftigt hätte. Sie sieht den Schrecken in meinem Gesicht.
»Ich weiß, daß ich schlecht aussehe«, sagt sie und dreht sich eine Zigarette. »Aber das ist eine Konsequenz der Behandlung. Man muß ganz hinunter in den Keller und ihn spüren. Den Schmerz, meine ich. Wenn ich das hinter mir habe, werde ich lächeln wie Marilyn Monroe, glaubst du nicht?«
»Ich glaube alles, was du sagst«, sage ich.

Ich habe die Schachteln mit dem Weihnachtsschmuck gefunden. Bror Skoogs Ästhetik erlaubt keinen Flitterkram, aber ein Weihnachtsstern von Rosenthal im Fenster und ein Weihnachtservice von der königlich-dänischen Porzellanmanufaktur sind vorhanden. Ich habe einen kleinen Weihnachtsbaum besorgt und nach besten Kräften geschmückt. Sie findet ihn schön.
»Deine Mutter hat angerufen«, sage ich. »Sie und deine Schwester mit Familie wollen dich gerne sehen.«
»Das ist mir zuviel«, sagt sie und setzt sich erschöpft auf einen der Barcelona-Stühle. »Kannst du sie nicht anrufen und sagen, daß ich unbedingt Ruhe brauche. Weihnachten ist für sie nach wie vor ein großes Projekt. Ich begreife nicht, daß sie als erwachsene Menschen so daran hängen.

Mir ist es einfach unmöglich, jetzt an das Jesuskind zu denken.«
»Ich werde sie anrufen«, sage ich.

Sie starrt hinaus auf die Tannen. Weder der Corbusier-Sessel noch der Barcelona-Stuhl taugen für Trauer und Verzweiflung. Sie taugen für Immobilienmakler, Banker, Regisseure und Designer, Menschen, die nicht wissen, wie ein zerschossener Kopf aussieht. Sie sitzt auf der schmalen, schwarzen Ledercouch und kann sich nicht einmal über die Musik freuen, die ich aufgelegt habe. Die Weihnachtskantate von Honegger. »A Ceremony of Carols« von Britten. Das Weihnachtsoratorium von Saint-Saëns. Sie schiebt es auf die Gruppentherapie, die sehr anstrengend sei, wie sie sagt. Ungewohnt. Sich vor Fremden bloßzustellen. Aber sie muß da durch, und an dem Abend bei Selma und Torfinn Lynge hat sie sich auch bloßgestellt. Sie bittet mich, ihr zu verzeihen. Ich erwidere, daß es nichts zu verzeihen gebe.
Ich bereite Rippchen vor und Frikadellen, Würstchen, Rotkohl, Sauce, wie es sich gehört. Aber es ist umsonst. Ich brauche viel zu lange in der Küche, und als ich den Tisch gedeckt habe und wir uns bei gedämpfter Weihnachtsmusik hingesetzt haben, bittet sie mich, die Musik auszumachen. Sie ertrage keine Laute, sagt sie. Sie ertrage auch kein Essen. Sie ißt fast nichts. Sie trinkt nicht einmal Wein. Sie trinkt nur einige Schlucke Wasser.
»Du mußt nachsichtig mit mir sein«, sagt sie matt und blickt dabei an die Wand. »Ich weiß, daß ich gerade jetzt keine anregende Gesellschaft für dich bin. Aber es ist trotzdem gut, daheim zu sein.«
Der Abend kommt. Ich sehe, daß sie gähnt, daß sie sich nach dem Bett sehnt.
»Du schläfst in deinem Zimmer«, sage ich.
»Ja«, sagt sie. »Vielleicht ist das vernünftig. Anjas Bett ist

so schmal. Und ich brauche den Schlaf. Aber ein andermal ...«
»Ein andermal«, sage ich. »Mach dir keine Gedanken.« Ich küsse sie auf die Stirn.
Ich bringe sie hinauf ins Bad. Ich bin voller Angst, etwas Falsches zu sagen. Sie falsch zu berühren. Sie zu beunruhigen.

Es ist für uns beide ein seltsamer und trauriger Weihnachtsabend. Als es neun schlägt, liegt sie schon im Bett. Ich sitze an ihrer Bettkante, wie bei einem kleinen Mädchen. Mir fällt ein, daß ich zum erstenmal in ihrem Schlafzimmer bin.

Bevor ich sie verlasse, bittet sie mich inständig, aufzubleiben, Platten zu spielen, zu tun, was mir gefällt.
Ich tue, was sie sagt, sitze im Wohnzimmer und trinke den Rotwein, den sie nicht trank.
Ich lege Brahms auf. Die Violinsonate in A-Dur. Mit Isaak Stern.
Das war Mutters Weihnachtsmusik. Sie liebte diese Sonate, besonders den zweiten Satz. Die langsamen Partien, die ernsten, das wiederkehrende Thema, mit jedem Mal inniger.
Ja, denke ich. Innigkeit. Ein langer, schwermütiger Ton, der nicht zu singen aufhört.

Die Leute aus der Klinik holen sie am Morgen nach den Weihnachtstagen ab. Sie küßt mich kraftlos mit trockenen Lippen auf die Wange.
»Mein Junge«, sagt sie. »Hab keine Angst. Es wird gut werden. Als Ärztin weiß ich, was mir alles bevorsteht.«
Das beruhigt mich nicht, aber was soll ich sagen?
Ich begleite sie zum Auto. Sie geht steif und seltsam, erinnert an eine alte Frau, die Angst hat, hinzufallen.
»Die Klinik veranstaltet am Silvesterabend ein Fest. Vielleicht willst du kommen? Magst du? Du kannst nicht in

der Klinik übernachten, aber es gibt ein kleines Hotel in der Nähe, und ich kann für dich bezahlen.«
Die Leute von der Klinik nicken mir aufmunternd zu.
»Natürlich komme ich. Und bezahlen kann ich selbst.«
»Dann sehen wir uns bald«, sagt sie und lächelt fast glücklich.
»Ich freue mich«, sage ich.

Die Hochzeit Ich bin nervöser als in der Aula, wenn ich aufs Podium muß. Rebecca Frost heiratet, und ich soll die Trauzeugenrede halten! Herrgott, ich habe mir kaum Gedanken gemacht, was ich zu diesem Anlaß sagen könnte. Ich muß mir spontan etwas einfallen lassen, und es sollte gut sein, denn Rebecca verdient nur das Beste.
Zum Glück habe ich ein tolles Geschenk bei Norway Design gekauft, eine Glasvase in Kobaltblau. Die wird ihr gefallen, das weiß ich.

Aber mir graut davor, wieder unter Menschen zu kommen, das Haus der Ängste und der Trauer verlassen zu müssen, gut gelaunt zu erscheinen, mit den überaus enthusiastischen Menschen in Rebeccas Familie zu plaudern, die mich ganz sicher neugierig und interessiert nach meinen Debütplänen fragen werden. Meine Erinnerungen an das Haus der Frosts auf Bygdøy sind nicht die besten. Das letztemal war ich nach Rebeccas Debütkonzert dort, und da habe ich entdeckt, daß meine Schwester Cathrine auch eine Beziehung mit Anja hatte.
Aber Cathrine ist diesmal nicht dabei. Sie ist irgendwo in Indien, will sich mit Hilfe eines Gurus selbst finden und wird nicht vor dem Sommer nach Norwegen zurückkehren.

Die Trauung findet in der Frognerkirche statt. Es gibt nicht so viele Kirchen in Norwegen, die groß genug sind, um den riesigen Freundeskreis der Familien Frost und Langballe fassen zu können.
Ich komme rechtzeitig, ärgere mich, daß ich es nicht geschafft habe, mir für dieses Ereignis einen neuen Anzug zu kaufen. Rebecca wird sicher merken, daß es der Begräbnisanzug ist, der, den ich bisher bei allen feierlichen Anlässen trug. Ärmel und Hosenbeine sind inzwischen zu kurz, aber merkwürdigerweise bin ich um den Bauch nicht dicker geworden.

Es ist die dunkle Zeit in Norwegen. Der Schnee ist nicht liegengeblieben. Die Menschen kommen von allen Richtungen aus der Dunkelheit zur hell erleuchteten Kirche. Wieder ist Rebecca an der Reihe. Ach Rebecca, bist du sicher, daß du das Richtige tust?
Sie und Christian haben die Wohnung, die ich ihnen vermietete, gekündigt. Als Hochzeitsgeschenk ihrer Eltern bekommen sie eine eigene Wohnung in der Bygdøy allé. Ich muß mich also um neue Mieter kümmern, hatte aber noch nicht die Nerven dazu. Meine Gedanken kreisen nur um Marianne und wie es um sie steht. Es hilft wenig, daß sie in der Klinik ist, daß es Nachtschwestern gibt, daß man sich um sie kümmert. Aber was wird sein, wenn sie nach Hause kommt?

Ich treffe die Elternpaare, begrüße kurz Christian und seinen Trauzeugen, der eine noch taktlosere Ausgabe des Bräutigams ist und Gilbert Vogt heißt. Keinem der beiden bin ich besonders sympathisch. Sie fragen sich vermutlich, welche Rolle ich in Rebeccas Leben eigentlich spiele. Christian trägt einen Smoking von Ferner Jacobsen und hat Schweißperlen auf der Stirn. Berühmte Namen aus der klassischen Szene finden sich ein, darunter auch Selma und

Torfinn Lynge. Natürlich kommen sie. Ich stelle fest, daß Selma Lynge diesmal etwas dezenter gekleidet ist, nicht so raffiniert in Türkis. Auch sie trägt Schwarz, wie bei einem Begräbnis. Ich nicke ihnen von meinem Platz aus oben am Altar zu, und sie nicken freundlich zurück. Wir sind uns nähergekommen nach all dem, was passiert ist, denke ich. Sie sind für mich keine angsteinflößenden Gestalten aus der Welt der Kultur. Sie sind Menschen, zu denen ich gehen kann, wenn ich wirklich in Not bin. Sie wissen um meine schwierige Situation.

Dann fängt es an. Die Türen werden weit geöffnet. Wir erheben uns. Rebecca Frost kommt in ihrem weißen Brautkleid, und natürlich hoffen wir, daß sie diesmal nicht stolpert. Sie tut es nicht. Sie schreitet langsam am Arm ihres Vaters den Mittelgang herauf, und die Orgel spielt Mendelssohns Hochzeitsmarsch aus »Ein Sommernachtstraum«, dieses lebensgefährliche Stück, das die Monogamie und die Liebe aller Art verspottet. Was für ein Einfall, daß ausgerechnet dieser Marsch, der für Untreue, Verlieben und Verirren steht, dem Eheversprechen von Menschen Ewigkeit verleihen soll, die nicht einmal im Traum untreu sein wollen. Geht es nur um die Musik?
Ja, denke ich, es geht allein um die Musik und ihre große Kraft.

Die Braut wird übergeben. Endlich stehen Braut und Bräutigam beisammen. Bereit für ein gemeinsames Leben, das sie schon begonnen haben. Und ich stehe direkt hinter ihnen und denke an all das, was mir Rebecca erzählt hat, wo sie es miteinander getrieben haben, im Steen & Strøm, im Aulakeller und vielleicht auch oben auf dem Podium. Hier in der Kirche können sie sich nur ehelichen lassen, und weiß Gott, warum sie das tun.

Wehmut überkommt mich, Schwermut und Angst vor dem, was die Zukunft bringt. Ich denke an meine Trauzeugenrede und weiß eigentlich nicht, worüber ich reden soll. Aber das wird sich ergeben. Jetzt treten Gilbert Vogt und ich zu dem Brautpaar, die einen Augenblick aussehen, als stünden sie oben auf einer Riesentorte und nicht auf den zerschlissenen Teppich der Frognerkirche und tauschten die Ringe.
»Willst du, Christian Langballe, ...«
Ja, er will.
Und Rebecca Frost will ebenfalls.

Es wird eine würdige Zeremonie. Ingrid Bjoner und das Hindarquartett sind zur Stelle. Der Priester liest die ergreifenden Worte aus dem Buch Kohelet. Ja, es gibt für alles eine Zeit. Und jetzt ist die Zeit für Rebeccas selbstgewähltes Glück. Ich stehe oben am Altar und merke, daß mich viele anstarren. Entweder wissen sie, daß meine Mutter im Wasserfall ertrank, oder sie wissen, daß ich mit Marianne Skoog zusammen bin, oder vielleicht beides. Ich weiß nicht, was schlimmer ist. Außerdem starren sie auf meinen Anzug.
Nach der Zeremonie werden wir wie üblich in Bussen zum Palast der Frosts nach Bygdøy befördert. Selma und Torfinn Lynge passen mich ab und wollen im Bus mit mir zusammensitzen.
»Wie habt ihr, Marianne und du, Weihnachten verbracht?« sagt Selma Lynge. »Wir haben an euch gedacht, Torfinn und ich.«
Sie redet mit mir, als sei sie meine Tante, denke ich. Ich weiß nicht, ob ich das mag, ob ich diese Nähe will. Im Grunde war es mir lieber, als sie mich mit dem Lineal grün und blau schlug. »Marianne ist sehr erschöpft«, antworte ich.
»Hast du jetzt Ruhe, um zu üben?« sagt Selma Lynge besorgt.

»Jetzt habe ich alle Zeit der Welt«, antworte ich beruhigend.

Der Champagner steht bereit, danach das kolossale Festessen mit Partyzelt im Garten, mit Sprossenfenstern und Wärmestrahlern. Familie Frost hat Erfahrung mit großen Gesellschaften, und Langballes haben sicher ihren Beitrag geleistet. Was uns jetzt erwartet, ist kein ungezwungenes Beisammensein, denke ich. Nervöse Redner, die sich nach besten Kräften präsentieren. Einer davon bin ich. Und erst jetzt spüre ich Rebeccas Blick, die blitzenden, blauen Augen. Wie schön sie ist, denke ich. Geschaffen, nur das Beste zu bekommen. Was in aller Welt soll ich zu ihr sagen?

Ich sitze bei der Familie, habe Gilbert Vogts und seine kleine Schwester Camilla neben mir. Sie ist eine nette und unterhaltsame Siebzehnjährige, die wie ein Wasserfall über Aktien und Aktienkäufe redet. Außerdem überlegt sie, ob sie es wagen kann, in den Club 7 zu gehen, wenn der im Sommer umzieht in neue Räume auf Vika. »Jazz ist einfach herrlich!« sagt sie und wirft mir einen schelmischen Blick zu. Sie ist fest entschlossen, die Handelshochschule in Bergen zu besuchen und in die Wirtschaft zu gehen.
Es ist komisch für mich, Menschen zu begegnen, die mit Geld umgehen können. Vater konnte es nicht. Deshalb höre ich nichts mehr von ihm, seit er bei seiner neuen Freundin in Sunnmøre lebt. Ich mag ihn nicht einmal anrufen. Und er ist ein Mensch, der nur im Notfall zum Telefon greift.
Die ersten Reden kommen am laufenden Band. Ich höre zu, bin aber unfähig, etwas aufzufassen. Mit jedem Wort, das gesagt wird, verblaßt mein Konzept, das ich mir im Kopf zurechtgelegt habe, mehr und mehr. Bald ist nichts mehr übrig. Die Reden der Eltern von beiden Seiten sind witzig und pointiert. Hier reden die Erzieher, die ihre Kinder als

privaten Segen betrachten und als ein Investitionsobjekt. Die Frosts lassen immerhin zusätzlich eine kulturelle Begeisterung erkennen. Die Langballes scheinen jedenfalls genügend Geld zu haben.
Fabian Frost betont die Freundlichkeit seiner Tochter, die zu ihrem Problem werden könne, die sie für dieses Leben zu nachgiebig mache, die aber dazu geführt habe, einen Mann zu bekommen, der sie versteht. Mit Tränen in den Augen hebt er sein Glas und wünscht ihr Glück für ihr zukünftiges Leben.
Danach folgen zwei Reden der Langballes, von denen ich heute kein Wort mehr weiß. Dann ist Rebeccas Mutter an der Reihe.
Desirée Frost betont, daß ihre Tochter eine große Künstlerseele habe. Deshalb sei sie enttäuscht darüber, daß sich Rebecca nicht für die Musik entschieden habe. Sie bemühe sich jedoch, sich für Rebeccas Studium der Medizin zu erwärmen. Sie erinnert an nette Episoden aus der Kindheit, beklagt die erschütternden und tragischen Ereignisse des vergangenen Sommers im Ferienhaus. Sie schließt mit einer herzlichen Bitte an Christian: »Und du, lieber Schwiegersohn, mußt mir versprechen, immer lieb zu ihr zu sein!«
Christian Langballe hebt das Glas hoch und ruft: »Das verspreche ich, Dessy!«

Dann bin ich an der Reihe. In meinem Kopf ist alles weiß. Ich denke an Schubert, der mich nicht mehr in meinen Träumen besucht. Ich denke an die Musik, die er noch nicht geschrieben hat und die ich spielen soll. Ich denke an Jazzmusiker und an Improvisationen.
»Liebe Rebecca«, sage ich und sehe, daß sie mich mit großen, erwartungsvollen Augen anschaut. Ich bin ihr bester Freund. Ich darf sie nicht enttäuschen. Und plötzlich weiß

ich, was ich sagen will. Ich preise sie als große Künstlerin, weil sie mich aus meiner tiefen Trauer herausgeholt hat. Ich preise sie als eine weise Person, weil sie mir geraten hat, das Glück zu suchen, ehe es zu spät ist. Ich preise sie als meinen besten Kumpel im Leben. Ich merke, daß das eine schöne Einleitung ist, daß die versammelten Gäste zuhören, daß dies Worte sind, die von Herzen kommen. Dann sage ich den fatalen Satz: »Einmal hast du zu mir gesagt, daß eigentlich wir, du und ich, füreinander bestimmt sind.« Aber ich merke gar nicht, was ich gesagt habe. Ich fahre unbeirrt fort. Sage, daß ich mich wie ein leichtsinniger Tor benommen habe. Beschreibe bildhaft die besondere Freundschaft zwischen uns, die Fürsorglichkeit, die sie stets für mich hatte. Ich zeichne das Porträt einer unbestechlichen Frau, die dastehe wie ein Fels, auf die sich Christian Langballe verlassen könne. Ich werde von Rebeccas Blicken angefeuert. Denn Rebecca hat den katastrophalen Satz, den alle andern gehört haben, nicht gehört. Weil er für sie selbstverständlich ist. Weil er für sie wahr ist. Nun wissen auch alle andern, daß er wahr ist.
Aber niemand läßt sich etwas anmerken. Auch nicht, als ich die Tage, die ich im August allein mit Rebecca im Ferienhaus verbrachte, als einen Besuch im Paradies beschreibe, ein Dasein fast wie Eva und Adam, trotz der großen Trauer in meinem Herzen. Ich erzähle ein bißchen von Anja, stelle es aber so dar, als sei es Rebecca gelungen, daß ich diesen Tod vergessen konnte. Und an dieser Stelle, benebelt von mehreren Gläsern Champagner, Weißwein und Rotwein, merke ich, daß ich zuviel rede, daß ich mich für witziger halte, als ich eigentlich bin, daß die Wörter auf seltsame Weise gewagter werden, daß ich auf sexuelle Andeutungen nicht verzichten kann. Ich verirre mich in eine Paradiesgarten-Trauer-Rhetorik, die bei allen in diesem Winterzelt, mich eingeschlossen, die Vorstellung aufkommen läßt, wir

seien nackt herumgelaufen, hätten Tschaikowski gespielt und unablässig Früchte füreinander gepflückt, während der Verlobte sich in Frankreich befand und die Eltern auf der »Hurtigrute«. Und als ich das tragische Ereignis am letzten Tag anschneide, beschreibe ich den Trost, den wir einander spendeten, als hätten wir alle Hemmungen überwunden und wären direkt miteinander ins Bett gegangen. Rebecca läßt sich nichts anmerken. Sie verschlingt jedes Wort, das ich sage, schaut mich entzückt an, während Christian Langballe mich mit großen Augen und offenem Mund anglotzt, als sei ich verrückt geworden. Aber trotzdem kommt meine Rede an, denn als ich mit Rebecca Frost, »meiner besten Freundin«, anstoße und sie mich demonstrativ auf den Mund küßt, wie es nun mal ihre Art ist, geht ein befreiendes Lachen durchs Zelt. Jemand ruft sogar »Bravo!«

Den meisten dürfte nicht entgangen sein, daß ich Rebecca liebe, denke ich. Trotz des Zweifels, der mich zwischendurch befiel, habe ich das Gefühl, daß meine Trauzeugenrede ein Schuß ins Schwarze gewesen ist. »Ausgezeichnet!« Ein betrunkener Bergenser prostet mir über den Tisch zu. »Holla, was für eine famose Rede! Aber warum heiratet *ihr* denn nicht?«
Christian Langballe schätzt mich jedenfalls jetzt noch weniger, seine Ablehnung ist unübersehbar. Rebecca flüstert ihm etwas ins Ohr, was ihn aber nicht beruhigt.
Es kommen noch mehr Reden, Reden von allen Seiten, von allen Tischen. Es riecht nach sauren Fürzen und Alkoholrülpsern, und sogar nach Mitternacht werden noch Reden gehalten. Die Luft ist schlecht, im Zelt gibt es keine Lüftung, die Gäste zeigen Anzeichen von Müdigkeit. Aber dann, gegen halb zwei Uhr, können wir endlich aufstehen. Es ist Zeit für Kuchen, Kaffee und Schnaps.

Ich behalte den Bräutigam im Auge. Er wirkt nicht mehr sehr standfest. Aber unterstützt von Rebecca, findet er den Weg an der Hochzeitstorte vorbei zur Tanzfläche. Sie führt ihn direkt hinein in den Brautwalzer. Er schwankt, taumelt, aber Rebecca hat starke Arme und holt ihn immer wieder zu sich heran. Als der Walzer mit dem nicht sehr passenden Namen »Die lustige Witwe« dem Ende zugeht, entdeckt er mich in der Ecke, wohin ich mich, erschöpft von den vielen Menschen, zurückgezogen habe, krank im Herzen bei dem Gedanken an Marianne.
»Du!« ruft Christian Langballe und befreit sich vom Griff seiner frisch vermählten Frau. »Du entkommst mir nicht!« sagt er.
»Christian!« schreit Rebecca.
»Was ist hier los?« ruft Desirée Frost und schlägt die Hand vor den Mund.

Ich merke, daß Gefahr im Verzug ist, und laufe aus dem Zelt hinüber ins Haupthaus, wo der Tisch mit den Geschenken steht. Aber er kommt hinter mir her. Der Bräutigam ist jetzt wütend. Er ruft: »Warte! Warte! So leicht entwischst du nicht!«
Ich wende mich zur Ausgangstür, aber da steht eine Traube Menschen. Ich komme nicht durch. Ich drehe mich um und sehe, daß Christian Langballe direkt auf die kobaltblaue Vase zusteuert. Er nimmt sie vom Geschenketisch, hebt sie hoch über den Kopf und schleudert sie mit voller Kraft auf mich.
»Das hast du verdient, du Witwenficker! Du Flügelwichser! Du verdammter, fotzenleckender ... Bock!«
Die teure Vase von Norwegian Design trifft meine Schulter und knallt auf den Boden. Ich spüre einen stechenden Schmerz. Dann kommt er mit einem Satz auf mich zu. Er hat jede Beherrschung verloren. Aber da entsteht eine Öff-

nung zur Tür. Jemand hat die gefährliche Situation erkannt und den Weg freigemacht.

Ich verschwinde hinaus in die Nacht. Eine dünne Schneeschicht liegt auf den Stufen. Ich rutsche aus, falle hin. Aber niemand sieht mich. Mein unbekannter Verbündeter hat die Tür hinter mir geschlossen. Von drinnen höre ich es schreien und rufen.
Ich laufe weiter in die Nacht, hinüber zum Volksmuseum, weg vom Schmerz in der Schulter, aber vor allem weg von dem tristen Gefühl in mir. Als würde ich in eine Finsternis verschwinden. Eine Finsternis, die mich verwirrt. Eine Finsternis, in der nichts erkennbar oder sichtbar ist.

Ich höre zu laufen auf und gehe, gehe die halbe Nacht, gehe bis hinauf nach Røa und hinunter zum Elvefaret. Endlich daheim, lege ich Joni Mitchell auf. »Woodstock«: »We are stardust. We are golden. And we've got to get ourselves back to the garden.«

Telefon von den Bahamas Es vergehen zwei Tage. Rebecca ruft mich an, es ist sieben Uhr morgens.
»Kannst du reden?« sagt sie.
»Natürlich«, sage ich. »Ich bin doch ganz allein. Und wenn nicht, würde ich auch reden können. Marianne weiß, was du für mich bedeutest.«
»Ich bin auf den Bahamas. Wir sind in der Zeit ein paar Stunden hinter euch. Christian ist gerade eingeschlafen. Ich mußte dich einfach anrufen und mich entschuldigen für das, was auf der Hochzeit passiert ist.«
»Du mußt dich dafür nicht entschuldigen.«
»Wurdest du verletzt?«
»Ja. Das Kreuzband ist gerissen. Meine rechte Hand ist ge-

lähmt. Jetzt kann ich nur Ravels Konzert für die linke Hand spielen.«
»Halt mich nicht zum Narren!«
»Nein, das tu ich nicht.«
»Ich will nur sagen, daß Christian nicht so ist, wie du denkst. Dieser Auftritt tut ihm sehr leid. Er hatte zuviel getrunken. Manche Jungen vertragen eben nicht soviel.«
»Das weiß ich.«
»Du darfst ihm deshalb nicht böse sein. Er ist ein richtiger Schmusebär. Deine Rede war übrigens süß. Ich war stolz bei jedem Wort.«
»Ich habe es gut gemeint.«
»Das habe ich verstanden.«
»Wie geht es euch? Liegt ihr am Strand? Trinkt ihr Rum? Seid ihr glücklich?«
»Ich war noch nie so glücklich. Aber wenn mir die Sonne ins Gesicht scheint, wenn alles warm ist, wenn ich mit geschlossenen Augen im Liegestuhl liege, und nichts geschieht, weißt du, wovon ich dann träume?«
»Nein«, sage ich.
»Rat mal.«
»Dummchen. Sollten wir jetzt nicht fertig sein miteinander?« sage ich.
»Wir werden nie miteinander fertig«, sagt sie.
»Logisch ist das nicht. Warum kannst du ohne mich glücklich sein?«
»Ich bin glücklich, weil du bist, der du bist, und Christian ist Christian. Und weil ihr euch genau dort befindet, wo ihr sein sollt, jeder an einer Seite von mir. Doch um das zu verstehen, muß man vielleicht eine Frau sein.«

Silvester 1970 Ich setze mich in den Zug, es ist der letzte Tag des Jahres 1970. Es hat noch etwas geschneit, wenn

auch nicht viel. Ich habe für meine Wohnung neue Mieter gefunden, zwei Klavierstudenten. Ich bin auf dem Weg zu Marianne. Sie hat mich seit Tagen nicht angerufen. Das beunruhigt mich. Gleichzeitig versuche ich mich damit zu trösten, daß sie ihre Therapie machen muß. Sie hat an so viel anderes zu denken.
Der Zug fährt durch die typisch ostnorwegische Landschaft. Weite Felder, niedrige Hügel, große Bauernhöfe. Allein stehende Häuser. Hier leben die Menschen ihr selbstgenügsames Leben. Früher habe ich diese Landschaft nicht beachtet. Jetzt beeindruckt sie mich. Ich stelle mir die Menschen vor, die in den Häusern leben. Daß sie vielleicht ähnliche Probleme haben wie wir. Daß so vieles unsichtbar ist. Daß ich mich vortasten muß. Will ich wirklich Musiker werden? Rebeccas Fragen klingen in meinen Ohren. Ich bin nicht imstande, sie zu beantworten.
Alle meine Gedanken kreisen um Marianne Skoog. Habe ich in der letzten Zeit überhaupt an etwas anderes gedacht? Ich bin krank vor Sorge um sie.
Sobald ich an der Haltestelle aus dem Zug steige, fühle ich mich froher, weil ich ihr näher bin. Es ist Abend geworden. Einige können es nicht erwarten, schießen vereinzelte Raketen in die Nacht. Mir stehen schwere Entscheidungen bevor. Einige habe ich bereits getroffen.
Ich checke in das kleine Hotel am Sund ein. Für alle Fälle bitte ich darum, eine Flasche Champagner gekühlt in mein Zimmer zu stellen.

Jetzt fahren keine Busse mehr, und ich nehme ein Taxi hinauf zur Klinik. Der Fahrer ist zum Glück kein redseliger Mensch. Er fährt mit halb offenem Mund, mit beiden Händen oben am Lenkrad, blinzelt er in die Dunkelheit. Er sagt während der ganzen Fahrt kein Wort.
»Wann wollen Sie wieder geholt werden?«

»Zehn Minuten nach Mitternacht«, sage ich.
»In Ordnung«, sagt er und grüßt militärisch mit der Hand an der Stirn.

Marianne wirkt diesmal kräftiger. Ich spüre es an der Art, wie sie mich an sich zieht. An ihrem Blick, als wir zwischen den Tannen ein paar Schritte gehen.
»Mein Junge«, sagt sie. »Wie schön, dich zu sehen. Wie war die Hochzeit?«
»Furchtbar«, sage ich. »Ich habe den Bräutigam verärgert.«
Ich erzähle ihr die ganze Geschichte. Wie ich mich in meiner Rede verhedderte. Wie alles immer obszöner wurde. Die Metapher von Adam und Eva. Sie fängt an zu lachen. Ein echtes, ansteckendes Lachen.
»Wie lustig!« sagt sie. »Hat es denn niemand gemerkt?«
»Doch, alle, und besonders der Bräutigam.«
»O weh. Und was ist dann passiert?«
»Er warf mein Hochzeitsgeschenk, eine kobaltblaue Vase, nach mir und traf mich an der Schulter.«
»Wie unhöflich. Und nicht nett Rebecca gegenüber. Wie reagierte sie?«
»Sie ist jetzt mit ihm auf den Bahamas. Sie sagte am Telefon, es gehe ihr gut.«
»Sie hätte sicher nichts gegen einen kleinen Seitensprung mit dir.«
»Was sagst du da?«
»Reg dich ab«, sagt Marianne mit einem Lächeln. »Ich weiß, was ich weiß. Erfahrenen Frauen meines Alters macht man nicht so leicht etwas vor.«

Wir feiern gemeinsam Silvester, Marianne Skoog und ich. Es ist eine Veranstaltung für Patienten und ihre Angehörigen, aber es sind nicht sehr viele in der Klinik geblieben.

Wir sind nur ein paar Menschen, die um den Weihnachtsbaum gehen.
Danach hören wir im Fernsehen die Rede des Königs. Dann wird im Speisesaal ein Essen serviert. Ich beobachte Marianne insgeheim, beobachte die anderen Patienten, bin neugierig, mit wem Marianne näher Kontakt hat.
Aber ich bin nicht in der Lage, auf die anderen einzugehen. Ich sehe eigentlich nur Marianne. Ihr blasses Gesicht. Die Augen mit dem wehmütigen Punkt tief drinnen. Ihr Kopf, der unversehens auf meiner Schulter liegt. Als würden wir eine neue Vertraulichkeit aufbauen, schließlich haben wir uns kaum gesehen.
»Ich habe mich mit Iselin Hoffmann getroffen«, sage ich.
Sie nickt. »Hast du? Das paßt zu dir. So wie du einmal auf mich zugegangen bist? Ich mag das, deine direkte Art. Iselin hat es sicher auch gefallen, so wie ich sie kenne. Was hat sie zu dir gesagt?«
»Sie erzählte mir, wie wichtig du in ihrem Leben warst. Sie sagte, sie würde nie von dir loskommen.«
»So redet sie eben«, sagt Marianne. »Du brauchst keine Angst haben. Ich will sie als Freundin behalten, aber unsere *Beziehung* ist zu Ende. Das weiß sie. Und falls sie es nicht versteht, ist es ihr Problem.«
»Aber eigentlich auch meines?«
»Iselin wird nie dein Problem werden«, sagt sie bestimmt.
»Gut.«
»Ich bin so froh, daß du mich besuchst«, sagt sie still. »Ich hätte so gerne, daß du bei mir übernachtest, aber das ist nicht erlaubt.«
»Ich übernachte im Hotel«, sage ich.

Das Fest ist vorbei, ehe es richtig begonnen hat. Ein melancholischer und eitler Sänger mit Vollbart und Baskenmütze gibt einige Lieder zum besten, die weder eine tiefe Empfin-

dung noch einen schönen Gedanken vermitteln. Dann gibt es ein kleines Feuerwerk zwischen den Tannen. Ein paar Raketen, die in den Himmel zischen. Ein Anblick, der depressiv macht.
Und ich werde die spezielle Stimmung zwischen uns nie vergessen, der große Ernst, die Verantwortung, die ich übernommen habe, indem ich sie an diesem Tag besuche. Marianne und ich stehen vor dem Haupteingang, und sie hat ihre Arme um meinen Nacken gelegt.
»Ich liebe dich sehr«, sagt sie. »Du wirkst anders auf mich als die anderen Männer. Vielleicht, weil du so jung, so stark und so voller Lebenslust bist. Und trotzdem erkenne ich deutlich deine Trauer, fast genauso wie meine eigene. Ich müßte zu dir sagen, daß du mich verlassen sollst. Immer wieder müßte ich das sagen, bis du es tust. Aber ich mache es nicht.«
»Du wirst mich nicht los«, sage ich.
Sie streicht mir übers Haar. »In ein paar Wochen komme ich zurück«, sagt sie. »Wir werden wieder unsere gemeinsamen Abende gestalten, vielleicht habe ich wieder Lust, Musik zu hören, was ich seltsamerweise die ganze Zeit nicht hatte. Wir sitzen wieder zusammen im Wohnzimmer, und ich werde mich wieder freuen auf unsere Gespräche, auf die Nähe, die du mir immer gezeigt hast und die mich rührt. Und noch etwas anderes schätze ich an dir. Du bist nicht wie Bror, so zerbrechlich unter der harten Schale, daß du jederzeit kaputtgehen kannst. Ich weiß, daß du, egal was geschieht, deinen Weg gehen wirst. Und das ist beruhigend für mich, verstehst du?«
»Willst du mich heiraten?« frage ich plötzlich. Das kommt fast wie eine Eingebung, ich habe vorher nie an so etwas gedacht. Aber was sie mir da sagt, ist von einer solchen Aufrichtigkeit, daß ich mich gerne revanchieren möchte. Und das ist mit Worten nicht möglich. Ein Heiratsantrag, das

sind nicht nur Worte, das ist ein Versprechen. Ich möchte ihr alle Versprechen dieser Welt geben. Ich möchte mich an sie binden, ihr zeigen, daß ich sie anbete, daß ich stark bin für sie, daß ich sie wieder auf dem Rücken trage, wenn es nötig ist.
Sie schaut mich an. Ihr Gesicht ist blaß. Ich merke, daß sie bewegt ist. Tränen stehen in ihren Augen. Das wirkt ansteckend auf mich. Wir wissen beide, daß die nächsten Sekunden lebensentscheidend sind.
»Ja«, sagt sie. »Das will ich.«
Sie begleitet mich das kleine Stück zum Taxi, das wartend auf dem Parkplatz steht, mit Licht auf dem Dach, obwohl es bestellt ist.
»Es ist sehr früh, wenn man heiratet, bevor man zwanzig Jahre alt ist«, sagt sie. »Aber bei mir war es nicht anders. Und ich bekam dadurch ein Gewicht in meinem Leben, ein Ziel. Außerdem hatte ich Anja.«
»Du bist nicht zu alt, um noch mal ein Kind zu bekommen«, sage ich.
»Nein. Mutter war vierzig Jahre, als sie Sigrun bekam.«
»Ich wußte gar nicht, daß du eine Schwester hast«, sage ich.
»Deine Mutter hat es erzählt.«
»Du wirst sie eines Tages kennenlernen. Wir sind sehr verschieden.«
»Lenk jetzt nicht ab vom Thema«, sage ich. »Du hast gehört, was ich sagte.«
Sie nickt. »Aber du verstehst doch, daß ich diesen Gedanken momentan nicht weiterdenken kann. Du würdest ein phantastischer Vater sein. Das weiß ich. Das sehe ich. Du hast eine besondere Einfühlungsgabe. Und ich werde nie das Gefühl haben, daß ich kein Kind mit dir haben möchte.«

Das Taxi wartet. Der Fahrer sitzt im Wagen und raucht. Wir stehen etwas abseits, sind erregt und verwirrt zugleich. An diesem Abend haben wir uns verlobt.
»Du weckst tiefe Gefühle in mir. Und du hilfst mir. Aber du willst mich sicher nicht heiraten, nur um mir zu helfen?«
»Ich liebe dich«, sage ich.
»Ja, jetzt können wir es aussprechen. Dieses seltsame, große Wort, das so oft mißbraucht wird. Ich liebe dich, ich auch. Aber du, ich hoffe, du siehst ein, daß unsere Hochzeit ohne großen Aufwand sein muß. Ich ertrage die Kommentare der Leute nicht. Die Menschen, denen wir vertrauen, werden es erfahren. Den anderen brauchen wir nichts davon zu sagen. Jedenfalls zunächst. Einige werden mich wegen Kindesentführung verurteilen ...«
»Und andere werden mir eine abnorme Mutterbindung vorwerfen ...«
Wir lachen beide.
»Wir werden in Wien heiraten!« sage ich. »Ich muß doch im April dorthin und mit Seidlhofer spielen.«
»Und da willst du mich mitschleppen? Ich weiß, was vor dir liegt, Aksel. Dein Debütkonzert. Da darf dich eine simple Hochzeit nicht stören.«
»Lassen wir es darauf ankommen ...«
»Vielleicht ist der Gedanke gar nicht dumm. Im April, sagst du? Im April ist es sicher schön in Wien.«
»Das kriegen wir hin«, sage ich aufgeregt und glücklich.
Der Taxifahrer wird ungeduldig und hupt verärgert. Ein sinnloser Laut zwischen den Tannenbäumen.
»Du mußt jetzt gehen«, sagt sie und küßt mich mit kalten Lippen auf den Mund.

Eine Stunde später sitze ich in meinem Hotelzimmer. Ich trinke den Champagner, den ich mit ihr trinken wollte. Ich feiere etwas, ein Versprechen, einen Plan, kann mich aber

von einer gewissen Ängstlichkeit nicht befreien. Werde ich das jemals können? denke ich. Uns verbindet eine Trauer. Aber wir haben auch das Glück erlebt. Das war kein Schauspiel, denke ich, all die intensiven Momente zwischen uns.
Trotzdem ist es komisch und fast unwirklich, daß ich Anjas Mutter heiraten werde.
Ich sitze auf der Bettkante, grüble und trinke.
Es gibt niemanden, dem ich das erzählen kann. Rebecca ist auf den Bahamas und Cathrine in Indien. So einsam bin ich geworden, denke ich. Aber es ist eine Einsamkeit, in der ich mich gut fühle. Solange Marianne ein Teil davon ist.
Der Gedanke, sie könnte das vielleicht nicht sein, erschreckt mich.
Wieviel größer die Nacht ist als der Tag, denke ich. Als bestünden keine Grenzen für das, was ich denken, träumen und hoffen kann. Keine Grenzen für die Freude. Aber auch keine Grenzen für den Schmerz.

W. Gude 1971. Ein neues Jahr. Das Jahr, in dem ich debütieren werde. Amerikanische Bomber greifen von Kambodscha aus nordvietnamesische Verteidigungsstellungen an. Sechsundsechzig Menschen werden in einem Fußballstadion in Glasgow getötet. Ich sitze in der Küche und fühle mich weit weg von den Nachrichten, weit weg von der Welt. Ich lese über den Prozeß gegen die Antibabypille Anovlar, die Schering hergestellt hat. Mir fehlt Marianne. Säße sie hier, würde sie mir erklären, was ich davon halten sollte, würde sie sagen, wie die Verhandlungen zwischen Israel und Ägypten zu beurteilen sind. Sie ist meine Verbindung zur Welt, weil sie engagiert ist, weil sie meint, denkt und fühlt.
Ich schaue hinüber zum Flügel im Wohnzimmer und denke

plötzlich, daß dieses Instrument zwischen mir und der Welt steht, daß ich damit etwas Bedeutendes vermitteln soll, wenn die Botschaft der Musik bedeutend ist, daß ich ihr mit Leib und Seele verfallen bin, daß ich um das Überleben kämpfe. Ich werde wieder von einem plötzlichen Zweifel gepackt, ob meine Wahl richtig ist, ob ich tatsächlich Musiker werden will, ob ich den Menschen genausoviel geben kann wie Marianne ihren Patienten, indem sie ständig engagiert ist, eine soziale Aufgabe erfüllt, eine politische Meinung hat. Aber ich werde aus meinen Gedanken gerissen, es ist W. Gude, der anruft, der große Impresario, der so verständnisvoll war, als Rebecca auf dem Podium fiel, der uns jungen künftigen Pianisten sagte, daß wir nicht zuviel üben sollten, daß wir nicht vergessen dürften, zu lieben, Bücher zu lesen und auch Wein zu trinken. Rubinsteins Imperativ. Jetzt ruft er mich an und möchte, daß ich zu einem persönlichen Gespräch in sein Büro in der Tollbodgate komme. Wir vereinbaren den nächsten Tag. Es besteht kein Grund, zu warten.

Ich bin noch nie in seinem Büro gewesen, und als ich aus dem alterschwachen Aufzug in der dritten Etage steige, ist es, als würde ich die Musikgeschichte betreten. Signierte Fotografien an allen Wänden. Von den größten Stars. Rubinstein, Heifetz und Kempff, wie ich vermutet hatte. Ganz zu schweigen von den Frauen. Elisabeth Schwarzkopf, Maria Callas, sogar Sophia Loren hängt da, mit bestem Gruß an W. Gude, wer weiß, aus welchem Anlaß. W. Gudes schöne Frau und die ebenso schöne Tochter empfangen mich, heißen mich herzlich willkommen, ich bin jetzt sozusagen einer der ihren, gehöre zu den Weltberühmten, die an der Wand hängen.

»Recht so, daß du endlich debütierst«, sagt Frau Gude, die gewisse Ähnlichkeiten mit Selma Lynge hat. Die aufrechte Haltung. Die blitzenden Augen. Sie sagt es, als habe sie

täglich mit dieser großen Neuigkeit gerechnet, ja, als sei die Firma W. Gude von meinem für dieses Jahr angekündigten Konzert gewissermaßen abhängig. Tochter Theresa, blond und anmutig wie ein Hollywoodstar, mustert mich anerkennend.
»Dein Aussehen mit in Betracht gezogen, wirst du es weit bringen«, sagt sie und kehrt die Augen gen Himmel, wobei sie ihre Mutter ansieht. Ich weiß nicht, ob sie das ernst meint oder mich zum Narren hält.
Sie machen mir einen Kaffee, dann öffnen sie die Tür zu W. Gudes Büro.
Da sitzt er hinter seinem Schreibtisch, im Anzug, mit Hemd und Krawatte. Als er mich erblickt, macht er eine weit ausholende Handbewegung.
»Aksel Vinding«, sagt er, ja ruft er beinahe begeistert. »Dieses Jahr ist *dein* Jahr! Und wir freuen uns, mit dir zusammenzuarbeiten, wir alle!«
Ich bedanke mich, setze mich auf den abgewetzten Lederstuhl, den er mir anbietet, kann meinen Blick nicht von all den Fotografien losreißen. Alle hat er hier in dem kleinen Oslo gehabt. Was für ein glücklicher Umstand, denke ich. Und jetzt habe ich das Glück, dank Selma Lynge seine Gunst zu besitzen, denn ich war aus keinem der Wettbewerbe als Sieger hervorgegangen. Gewonnen hat Anja. Und ich habe mich auch nicht auf andere Weise hervorgetan. Es ist, als würde W. Gude meine Gedanken lesen.
»Weißt du, was Selma Lynge über dich sagt?« sagt er. »Sie sagt, daß du das größte Talent bist, das sie jemals gehabt hat. Sie erwartet das ganz Große von dir, junger Mann. Aksel Vinding soll weltberühmt werden, nichts Geringeres. Als ich sie, etwas skeptisch geworden, frage, was denn so phantastisch sei an dir, sprach sie nicht nur über deine hervorragende Technik, sondern mehr noch von deiner *Persönlichkeit*, die du jetzt, nach den Tragödien, die dich so

früh in deinem Leben heimgesucht haben, ausstrahlst. Es klingt möglicherweise klischeehaft, es zu sagen, aber Künstler müssen eine *Leidenserfahrung* haben, um das Sublime vermitteln zu können. Denke an deinen berühmten Landsmann Edvard Munch. Denke an die großen Komponisten. Denke an Segovia. Ich war im Konzertsaal, als er erfuhr, daß seine Tochter umgekommen war. Er wollte gerade hinaus aufs Podium gehen, als ihm jemand aus seiner Familie weinend die schreckliche Nachricht überbrachte. Man war davon überzeugt, daß er das Konzert absagen würde. Aber weißt du, was er tat? Er sammelte sich einen Augenblick. Dann ging er hinaus aufs Podium. Und jeder, der wußte, was geschehen war, spürte, daß er nur für *sie* spielte, für seine geliebte Tochter. Und er spielte besser, begnadeter als jemals zuvor.«

»Ich weiß nicht, ob ich direkt glücklich bin über die Trauer.«

W. Gude wischte den Einwand mit einer Handbewegung weg. Mit seinem kahlen Schädel, seinen abstehenden Ohren und dem Professorenblick hinter den runden Brillengläsern erinnert er mich wieder einmal an einen Vogel Strauß, einen Strauß mit Brille, freundlich und mächtig.

»Das war nicht so gemeint. Aber wir, die wir schon einige Zeit in dieser wunderbar merkwürdigen und edlen Branche tätig sind, die dank der Leuchtkraft der Musik nicht irgendeine Kommerzbranche ist, wissen, daß es um *Tiefe* geht. Manche Menschen haben Tiefe, andere nicht. Es ist schrecklich, zu erleben, wie viele Musiker üben und üben, ohne jemals auch nur unter die Oberfläche der Musik zu kommen. Sie verstehen es selbst nicht. Ihnen fehlt *Tiefe*. Dir fehlt sie nicht. Deshalb werden wir dich gezielt für das große Konzert am Mittwoch, den neunten Juni 1971 aufbauen, ein Tag, der mit Selma Lynges Geburtstag zusammenfällt, an dem indirekt gezeigt wird, daß sie fünfzig wurde, ein

Ereignis, das sie damals nicht feierte, jetzt aber feiert. Ich bin bereits mit einigen Kollegen in Kontakt, und ich setze mich dafür ein, daß einige von Selma Lynges berühmten Freunden an dem Tag nach Oslo kommen und bis Sonntag im Land bleiben. Für sie wird ein Programm ausgearbeitet, beginnend mit deinem phänomenalen Konzert. Am selben Abend lädt Selma zu einem Festessen ins Bristol ein, im maurischen Saal, du wirst natürlich im Mittelpunkt stehen. Am folgenden Tag fahren alle mit dem Zug nach Bergen und besuchen Griegs Haus *Troldhaugen* und Ole Bulls *Lysøen*. Die Musikkonservatorien der Stadt veranstalten ein eintägiges Seminar, und du bist selbstverständlich zu allem eingeladen. Du sollst unser Verbindungsmann sein, sollst auf Griegs Flügel spielen, sollst uns bereichern mit deiner Jugend. Verstehst du?«

»Ja«, sage ich und merke, wie die Nervosität zunimmt.

»Aber damit du dafür bestmöglich gerüstet bist, möchte ich dich *vor* dem neunten Juni auf Tournee schicken. Du wirst es machen, wie es bei Theaterstücken für den Broadway üblich ist. Man spielt sie auf anderen, unbedeutenderen Bühnen, in kleineren Städten. Man testet sich selbst und das Publikum. Das ist zwingend notwendig, Aksel Vinding, damit man sich als reifen und reflektierten Künstler bezeichnen kann. Ich habe mir deshalb erlaubt, mit Musikkens Venner Kontakt aufzunehmen, diese ausgezeichnete Organisation, die du in deinem Leben noch lieben lernen wirst. Es sind alles Enthusiasten, über das ganze Land verteilte Musikliebhaber. Distriktsärzte in den abgelegendsten Orten, Zahnärzte in den langweiligsten Städten. ›Warum Venedig sehen und sterben, wenn man sich auch in Hamar zu Tode langweilen kann‹. Nein, der war dumm. Denn ich liebe Hamar. Dort befindet sich eine der professionellsten Abteilungen der Organisation. Deshalb möchte ich, daß du dort anfängst, drei Wochen vor dem Debüt, also Mittwoch

den 19. Mai. Ein perfektes Datum, unmittelbar bevor der Flieder blüht. Ich werde dort sein. Selma Lynge wird dort sein. Und dann wird es Schlag auf Schlag gehen, insgesamt sieben Konzerte in verschiedenen norwegischen Städten, bis wir zum D-Tag kommen, also dem Debüt-Tag, und du weißt, was es heißt, das erste Rezital deines Lebens vorzutragen. Habe ich recht? Irre ich mich?«
Er ist davon überzeugt, daß er recht hat. Ich weiß, daß ich nicken sollte, erfüllt von tiefster Dankbarkeit. Aber es gelingt mir nicht.
»Das würde bedeuten, daß ich fast einen Monat unterwegs bin?« sage ich.
»Ja, ist das nicht fabelhaft für einen jungen Mann?«
»Ich weiß nicht, ob das möglich sein wird«, sage ich. »Ich lebe mit einer sehr speziellen Frau zusammen.«
»Einer gut aussehenden, jugendlichen Frau«, sagt W. Gude bestimmt. »Wir sprechen doch von Anja Skoogs Mutter?«
»Ja«, sage ich.
W. Gude beugt sich über den Tisch, flüstert beinahe, um zu betonen, wie vertraulich seine Miteilung ist. »Mir gefällt es, daß du mit ihr zusammen bist. Es ist nicht schwer zu verstehen, daß ihr euch in der Trauer gefunden habt. Und eine Frau, die älter ist, das hat etwas. Es tut einem Mann gut, mit ihr zusammen zu sein. Wußtest du, daß meine Frau zehn Jahre älter ist als ich? Das ist wirklich wahr. Und du glaubst nicht, wie sehr mir das genützt hat. Unvergleichlich, von Anfang an. Halte also fest an Anjas Mutter, junger Mann. Sie ist im übrigen schon etwas eigenwillig.«
»Das Problem ist ...«
»Was ist das Problem?«
»Daß sie psychisch krank ist«, sage ich. »Daß ich glaube, sie in dieser Situation, nicht so lange allein lassen zu können. Vielleicht gar nicht so sehr ihretwegen als meinetwegen. Da besteht eine ständige Angst ...«

»Ist sie …?« sagt W. Gude andeutend.
»Ja«, sage ich.

Es wird still in W. Gudes Büro. Er überlegt lange, die Fingerspitzen aneinandergedrückt.
»Selma Lynge wird enttäuscht sein und beunruhigt«, sagt er schließlich.
»Ich weiß, daß ich dieses Debütkonzert ohne Generalproben meistern kann«, sage ich.
»Direkt aufs Podium? Ohne Sicherheitsnetz?«
»Es gibt ohnehin kein Sicherheitsnetz.« Ich fühle mich jetzt plötzlich stark und bin meiner Sache sicher. Ich denke an Marianne. Daß sie mich braucht. »Anschließend in Bergen kann ich dabeisein. Aber die Konzerte mit Musikkens Venner müssen abgesagt werden.«
»Das könnte schwierig werden, denn wir sind schon ziemlich weit in den Vorbereitungen«, sagt W. Gude und sieht gequält aus.
»Selma Lynges Vorbereitungen«, sage ich. »Sie hat mich nicht gefragt. Ich weiß lediglich, daß ich im April zu Seidlhofer nach Wien soll.«
W. Gude nickt abwesend. Er denkt an all die Telefonate, die er jetzt führen muß. Das ist nicht zu ändern.
Dann holt er tief Atem und seufzt.
»Gut, junger Mann. Ich kann deine Haltung nur respektieren. Es ist dein Leben. Du erinnerst dich, was ich seinerzeit im Blom über Rubinstein sagte? Wenn du wirklich die große Liebe gefunden hast, ist sie wichtiger als alles andere. Aber uns tut das natürlich verdammt leid.«
»Verlaßt euch auf mich«, sage ich und fühle mich wie ein Hausierer, der eine Ware verkauft, die er gar nicht in seinem Sortiment hat und von der er nicht einmal weiß, was es ist.
W. Gude sieht die Entschlossenheit in meinem Blick.
»Unter anderen Umständen würde ich es nicht machen,

denn es liegt jetzt eine große Verantwortung auf unseren Schultern. Aber so, wie du es sagst, akzeptiere ich es.«
»Rufst du Selma Lynge an?« sage ich.
»Ja«, sagt er.

Intermezzo bei Selma Lynge Ich bin im Sandbunnveien, und Selma Lynge ist schlechter Laune, läßt sich alles mögliche einfallen, um mich zu bestrafen. Ich muß Suiten von Bach vom Blatt spielen, ich muß den vierten Finger, meinen Schwachpunkt, üben, ich muß alles tun, was sie anordnet, damit ich mich danach noch unsicherer fühle.
Aber das hilft auch nicht weiter.
Nach all den halbherzigen Demütigungen trinken wir Tee.
»Wenn du lieber Krankenpfleger werden willst, hättest du es sagen müssen.«
Ich überlege, ob ich ihr erzählen soll, daß Marianne nach Wien mitkommen wird, daß wir im April heiraten werden, wenn ich bei Seidlhofer bin. Aber ich lasse es sein. Der Gedanke, daß Marianne dabei ist und mich in meiner Konzentration auf das einzige, was ihr wichtig ist, stört, dürfte für sie schwer zu ertragen sein.
»Ich behalte mir das Recht vor, ein Privatleben zu haben«, sage ich. »Und du hast mich wegen dieser Konzerte für Musikkens Venner nicht gefragt.«
»Für mich war es selbstverständlich, daß du mitmachst. Aber vielleicht hast du dich umentschieden? Vielleicht willst du doch nicht Prokofjew und Beethoven spielen? Vielleicht möchtest du nur kleine Stücke aus dem ›Großen Klavierbuch‹ spielen?«
»Selma!« sage ich.
Es ist das erstemal, daß ich sie beim Vornamen nenne.
Sie schaut mich etwas erschrocken an. Trotzdem habe ich das Gefühl, daß es ihr gefallen hat.

Danach spiele ich noch mal op. 110, und ich höre, daß ich besser spiele als je zuvor. Es ist Marianne, die mir diese Kraft gibt, denke ich. Ich fange an, erwachsen zu werden. Ich werde bald heiraten. Ich habe mich für etwas entschieden, ohne etwas anderes aufzugeben.
»Das ist gut«, sagt Selma Lynge zufrieden. »Das ist sehr gut. Was willst du jetzt für mich spielen?«

Ja, was will ich für sie spielen, nach Beethoven? Erwartet sie, daß ich Bach spiele, wie im Konzert?
»Hör dir das an«, sage ich in einem Anfall von Übermut.
Ich begreife nicht genau, warum ich es mache, aber ich spiele »Elven« für sie. Mein eigenes Musikstück, die Komposition, die Schubert in meinen Träumen angeregt hat, die dazu geführt hat, daß ich nach langen Übungsperioden zum blanken Notenpapier gegriffen und neue Noten, *meine* Noten, aufs Papier gesetzt habe.
Und während ich für Selma Lynge spiele, merke ich, wie die Ideen kommen, wie der Bösendorfer-Flügel ganz andere Obertöne hergibt als Anjas Steinway. Das ist nicht besser. Das ist nur anders. Und weil ich die Freiheit habe, selbst zu bestimmen, wie der nächste Takt klingen soll, wird das Instrument besonders wichtig. Ich kann die Musik verändern. Ich kann spontan die Stimmung wechseln. Ich kann einen Gedanken, der entsteht, verfolgen. In den vorgegebenen Noten spüre ich etwas von derselben Energie, aber ich bin in den Tönen eingesperrt. Ich *weiß*, was ich spielen werde. Ich kann eine Sonate von Beethoven nicht auflösen, das ist in diesem Stadium der Musikgeschichte nicht erlaubt. Ich gehöre zu einer Generation von Musikern, die sich nicht vorstellen kann, mit den klassischen Komponisten zu experimentieren. Das dürfen nur Genies wie Duke Ellington und Arne Domnérus. Dafür löse ich mich selbst auf. Für mich ist das eine wichtige Erfahrung an diesem

Januartag im Sandbunnveien, hineingetrieben zu werden in eine Improvisation über »Elven«, meiner eigenen, rasch aufs Papier geworfenen Melodie. Damit will ich Selma Lynge etwas zeigen. Aber ist sie offen dafür? Wird sie es verstehen? Sie seufzt plötzlich auf ihrem Stuhl. Verlegenheit erfaßt mich. Sie gewinnt immer wieder die psychische Oberhand. Ich lasse die Musik in einem Diminuendo ersterben, spiele mich zurück in meiner eigenen Geschichte, hin zu einer großen Unsicherheit. Schließlich sitze ich mit gebeugtem Nacken am Flügel, wie ein eingeschüchterter kleiner Junge.

»Das ist deine eigene Musik, oder?« sagt sie ruhig.
»Ja«, sage ich.
»Wirklich reizend, aber ohne Substanz. Dave Brubeck hat es besser gemacht.«
»Ich habe nicht die Absicht, mit Dave Brubeck zu konkurrieren«, sage ich.
»Nein, deine Absicht ist es, Beethoven zu spielen«, sagt sie, plötzlich wieder voller Zorn.
Und mit einem furchteinflößenden Blick erinnert sie mich an den Pakt, den wir geschlossen haben. Den Pakt, zu dem ich ja gesagt habe. Sie hat eine große Last auf meine Schultern geladen. Ihren eigenen fünfzigsten Geburtstag. Ihren pädagogischen Abschied. Es ist, als wollte sie sagen: »Es geht jetzt nicht um Marianne Skoog.«
Aber als ich die zornige Stimme höre, wie sie sich hineinsteigert und beinahe Deutsch mit mir spricht, mich beschimpft und vielleicht das Lineal holen wird, spüre ich, wie meine Kräfte schwinden, wie mich das ganze Projekt mit W. Gude, Selma Lynge, der Aula und allem Drumherum ankotzt, anekelt. Ich möchte mich nur noch auf Mariannes Couch verkriechen und »Both Sides Now« hören.
Aber es ist zu spät. Ich habe Selma Lynge etwas verspro-

chen, so wie ich Marianne Skoog etwas versprochen habe. Ich habe keine Wahl, ich *muß* jetzt ihren Erwartungen genügen.
Ich sitze auf dem Klavierhocker und spüre, wie mein Kopf dichtmacht.

Marianne kommt heim Dann ist sie wieder bei mir im Elvefaret. Dann drücke ich sie wieder an mich, sauge ihren Duft ein, während mich die Pflegerin aus der Klinik befremdet anstarrt.
»Willkommen«, sage ich und versuche, sie nicht allzu neugierig anzuschauen, obwohl mir viele Fragen auf der Zunge liegen: Wie geht es ihr? Ist sie gesund geworden?
»Danke«, sagt sie, deutlich gerührt von der Heftigkeit meiner Umarmung. Sie hält mich von sich weg, betrachtet mich auf ihre prüfende Art, will feststellen, ob ich ihr etwas vorspiele. »Was für ein schönes Gefühl, heimzukommen«, sagt sie und schleudert wie ein Schulmädchen die Winterstiefel von sich.
Sie sieht jedenfalls gut aus, denke ich. Die trockene Haut ist verschwunden. Ebenso der traurige Punkt in ihrem Blick.
Sie verabschiedet sich von der Pflegerin, zeigt ein vertrautes Verhältnis zu ihr, bedankt sich für die Wochen ihres Aufenthaltes, sagt, sie werde immer dankbar sein.
»Du wirst uns fehlen«, sagt die Pflegerin.
»Ihr werdet mir auch fehlen«, sagt Marianne, »aber damit werde ich leben können.«
Wir lachen alle drei. Ich merke, wie meine Schultern sich entspannen.

Sie ist fast wie vorher, denke ich. Sie möchte Wein haben. Sie mag, was ich gekocht habe, Spaghetti carbonara, nach Rezept zubereitet und, wie ich meine, ganz schmackhaft. Sie

möchte wieder Musik hören, sagt sie. Ich frage sie, was man in der Klinik mit ihr angestellt habe. Sie kenne sich doch in der Psychiatrie aus. Sie antwortet ausweichend, möchte am liebsten nicht darüber sprechen. Möchte lieber versuchen, zu vergessen.
Wie lange sie denn krank geschrieben sei?
Noch eine Woche.
Und dann voll arbeiten?
Nein, fünfzig Prozent.
Ich bin froh darüber, ertappe mich aber gleichzeitig bei dem Gedanken, jetzt weniger Zeit allein zum Üben zu haben.
Sie scheint meine Gedanken zu erraten:
»Aber du kannst üben, Aksel. Ich habe genug zu tun. Ich habe mein Bürozimmer.«
»Wenn du die Fotos verschwinden läßt«, sage ich. »Sie ziehen dich nur runter.«
»Ja«, sagt sie ernst. »Du hast recht. Ich bin stark genug, um sie jetzt verschwinden zu lassen.«

Wir sitzen und reden den ganzen Nachmittag und Abend.
Möchte sie Musik hören?
Ja, aber noch nicht. Nicht diesen ersten Abend.
Irgend etwas stimmt trotzdem nicht, denke ich mit einer Faust im Magen.
»Nimmst du immer noch Medikamente?« frage ich.
»Ja«, sagt sie. »Warum fragst du?«
»Was bewirken sie bei dir?«
Sie streichelt meine Wange. »Sie stabilisieren mich, Aksel. Du brauchst keine Angst zu haben.«
»Und wenn du sie nicht nimmst?«
»Dann ist die Möglichkeit größer, daß ich wieder in die Depression falle.«
»Aber du bist jetzt nicht deprimiert?«
»Natürlich nicht. Sonst hätten sie mich nicht entlassen.«

»Und du willst mich immer noch heiraten?«
»Ja, mein Dummchen.« Sie küßt mich auf den Mund.

Wir bleiben sitzen und planen die Hochzeit. Ich erzähle ihr, daß ich bereits bei der Botschaft in Wien angerufen und Freitag, den 23. April als Termin vereinbart habe. Wir brauchen allerdings die Geburtsurkunden. Sie nickt, wirkt erfreut und glücklich. Sie war noch nie in Wien. Wir reden nicht mehr darüber, daß sie mich stören könnte. Ich erzähle ihr von W. Gude, ohne die geplante Tournee zu erwähnen, die ich abgesagt habe. Ich rede über die Tage nach dem Debüt, an denen die Prominenz der klassischen Musik nach Bergen reist, an denen sie mich hoffentlich begleitet. Sie nickt und lächelt zu allem. Und als ich ihr von Selmas Wutanfall erzähle, wobei ich nicht erwähne, daß ich »Elven« spielte, überhaupt keinen konkreten Grund nenne, wird sie wirklich böse, wie das nur Marianne kann.

»Ich mag Selma«, sagt sie. »Aber sie hat kein Recht, dich herumzukommandieren! Sie erinnert mich an manche Oberärzte, die den Menschen hinter der Krankheit vergessen. Du bist keine Spielfigur für sie. Du bist ein selbständiges Individuum, auch wenn du Student bist. Außerdem sind Menschen, die sich zum Richter über andere aufwerfen, unerträglich. Vielleicht ist sie unsicherer, als du ahnst. Etwas an ihrem Benehmen, der ständige Wechsel zwischen Vertraulichkeit und Schelte, erinnert mich an Psychopathen, und mit solchen habe ich, wie du weißt, häufig zu tun.«

»Bror Skoog war ein Psychopath, sagtest du einmal.«

»Ja und nein. Denn er *hatte* Empathie. Er *hatte* ein Gefühl für andere. Und vielleicht sind wir mit unserer Definition des Psychopathen noch nicht weit genug gekommen. Wir bezeichnen damit gewöhnlich Menschen mit einer starken Neigung zur Gefühllosigkeit, die über andere Macht ausüben. So wie ich es mit dir gemacht habe ...«

Es endet in einer Rangelei auf der Couch, und meine Instinkte melden sich, wollen mehr, aber ich merke, daß sie nicht bereit ist, und ziehe mich sofort zurück.
»Entschuldige«, sagt sie, »ich glaube, es ist noch zu früh.«
»Natürlich«, sage ich. »Du sollst nie das Gefühl haben, etwas zu müssen.«
Ich denke daran, wo sie heute nacht schlafen wird. Ich denke daran, daß sie gesagt hat, sie sei gesund geschrieben. Was bedeutet das, gesund geschrieben sein?

Aber als es Zeit ist, zu Bett zu gehen, und ich mich vor ihr im Bad fertig mache und brav in Anjas Bett lege, folgt sie mir kurz darauf.
Sie schmiegt sich eng an mich, aber ich wage nicht, sie anzufassen.
»Ich kann mit dir spielen«, sagt sie. »Wenn du willst.«
»Nein, das ist lieb gemeint«, sage ich. »Laß uns warten. Bis es für uns beide schön ist.«
»Bald wird alles schön sein«, sagt sie.
Wir schlafen eng beieinander, müde wie zwei Bären.

Hochzeitsvorbereitungen Es vergehen vier Monate. Im Februar beginnt Marianne halbtags zu arbeiten. Im März verlängert sie die Arbeitszeit, im April arbeitet sie wieder voll, und man sieht ihr nicht mehr an, was sie durchgemacht hat.
Trotzdem hat sich etwas verändert. Die Angst hat sich in unserem Haus eingenistet. Ich merke, daß ich nicht mehr richtig entspannt sein kann, wenn ich nicht weiß, wo sie ist. Tagsüber, wenn sie in der Praxis ist und das Telefon klingelt, zucke ich zusammen. Dabei muß ich meine Nerven stärken, nachdem ich mich entschieden habe, das Debütkonzert ohne Generalproben zu geben. Ich fange an, das zu bereuen,

bin aber zu stolz, um W. Gude anzurufen und zu bitten, diese Musikkens-Venner-Konzerte doch noch zu arrangieren. Es dürfte sowieso zu spät sein. Und ich bin sowieso nicht bereit, so lange von Marianne weg zu sein.

Es ist, als würden die Erotik und das Sexuelle in den Hintergrund treten, als gäbe es Wichtigeres und Ernsteres. So schnell können sich zwei Menschen aneinander binden, denke ich. So schnell kann die Vergangenheit in die Ferne rücken. Weil ich jetzt nur Marianne sehe, denke ich kaum noch an Bror Skoog und Anja. Aber ich versuche jede Stunde, die ich mit ihr zusammen bin, in ihrem Gesicht zu lesen. Sie macht mich gleichermaßen froh und ängstlich.
Manchmal, wenn ich morgens aufwache, merke ich, daß ich geweint habe. Vergeblich versuche ich mich zu erinnern, was ich geträumt habe. Im Gedächtnis bleiben nur Gefühle. Die Verzweiflung. Die Trauer, daß sich etwas Unwiderrufliches ereignet hat.

Marianne zwingt mich, mehr zu üben, als es strenggenommen nötig wäre. Sie hat eine panische Angst, mich in meiner Arbeit zu stören. Wenn sie von der Arbeit nach Hause kommt und ich bereits sieben Stunden geübt habe, fragt sie mich, ob ich nicht noch üben müsse. Sie habe selbst genug zu tun, sagt sie. Sie hat vor, zu promovieren. Ich verstehe die Fachterminologie nicht ganz, aber es geht um medizinische Komplikationen nach Selbstverstümmelungen oder illegalen Abtreibungen. Sie zeigt mir Narben am Arm, Narben, die mir bis jetzt nicht aufgefallen waren, weil unsere Liebe bis jetzt nicht für das Licht geeignet war.
»Narben von Verletzungen mit einem Messer, die ich mir mit siebzehn Jahren zufügte, damals, als ich mit Stricknadeln abgetrieben habe.«
Ich frage mich, ob es klug von ihr ist, sich mit dieser dü-

steren Materie zu beschäftigen. Aber sie sagt, daß sie das Problem schon jahrelang im Kopf hat, daß die Arbeit Spaß macht, daß sie sich Zeit läßt. Sie vergräbt sich bereits in dicke englische Fachbücher und medizinische Artikel.

Ich habe jetzt öfter Stunden bei Selma Lynge, merke aber, daß sie mir nicht mehr viel beibringen kann, jedenfalls nichts, was das Programm angeht, mit dem ich debütieren soll. Sie hat mir ein paar gute Tips zu den Präludien von Fartein Valen gegeben, zur Klangbehandlung atonaler Musik, die besondere Berücksichtigung der Obertöne. Auf die 7. Sonate von Prokofjew hat sie mich gedrillt, hat mich dazu gebracht, den Anschlag in den extremen Anfangs- und Schlußsätzen zu steigern, Gewicht und Pathos im Mittelsatz zu betonen, ein Pathos, das ich natürlich weiterführen kann bis zu Chopins f-Moll-Phantasie. Nicht die Virtuosität sollte ich in den Mittelpunkt stellen, sondern Klarheit, Strenge und Innigkeit.» »Wenn dann die Gefühle kommen«, sagt sie, »muß es einen *Grund* geben, daß sie da sind, genau wie im wirklichen Leben.« Das ist ihr philosophischer Bezug zur Musik, der mich fasziniert und tröstet. Ich habe endlich das technische Niveau erreicht, wo es für sie nichts mehr zu kritisieren gibt. Deshalb können wir uns voll und ganz auf das Geistige in der Sonate von Beethoven konzentrieren, mit den Tempi experimentieren, herausfinden, in welchem Maß sie den Gefühlsausdruck beeinflussen, und die Lösung finden, die der Architektur der Musik am besten entspricht. »Die Fragmente in dieser Sonate sind ja nicht voneinander getrennt«, sagt sie. »Daraus ergeben sich Konsequenzen für die weitere Entwicklung bis hin zur Fuge.« Und im abschließenden Werk, Bachs großartigem Präludium in cis-Moll und der fünfstimmigen Fuge aus dem »Wohltemperierten Klavier», zwingt sie mich jede Stunde, einzusehen, daß ein extrem langsames Tempo für diese Musik am besten paßt.

Da nähere ich mich im Ausdruck einem traumähnlichen Zustand, der Meditation sehr nahe kommt. So ist es außerdem einfacher, die Fuge als das große Crescendo, das sie ist, aufzubauen. »Stell dir dabei einen Trauergesang vor«, sagt sie. Und bei dieser Vorstellung löst sich etwas in mir. Als müsse ich trotz meines jugendlichen Alters in diesem Konzert eine Trauer vermitteln. Das ehrgeizig zusammengestellte Programm zeigt Wirkung, merke ich. Und beim letztenmal vor der Abreise nach Wien, als ich für Selma Lynge das ganze Konzert spiele und mit den geplanten Zugaben von William Byrd aufhöre, hat sie Tränen in den Augen und wirkt tief bewegt. Sogar die Katze starrt mich mit einer Art von Respekt an.
Ich habe mit keinem Wort erwähnt, daß Marianne mitkommen wird nach Wien.

Als der Montag kommt, an dem wir abreisen wollen, stelle ich fest, daß Marianne fast nichts gepackt hat, und ich werde unruhig.
»Weißt du, was du anziehen willst?« sage ich besorgt.
»Klar«, sagt sie. »Laß mich nur machen. Ich habe alles im Griff. Du kannst mir vertrauen.«
Ich bin bei Ferner Jacobsen gewesen und habe mir einen neuen Anzug gekauft. Ich fühle mich stark und imstande, alles, was vor mir liegt, zu schaffen. Marianne wirkt entspannt und froh, auch wenn sie nicht mehr soviel Wein trinkt wie früher. Sie sagt:
»Auch wenn wir heiraten, so ist doch dein Debüt im Moment das wichtigste.«
»Das ist nicht dein Ernst«, sage ich. »Was kann wichtiger sein als das, was wir uns nun bald versprechen werden?«
Sie antwortet nicht, küßt mich aber rasch auf die Wange.

Die Reise nach Wien Im Morgengrauen des 19. April 1971 stehen wir jeder mit seinem Koffer in der Hand bereit, zum erstenmal in unserem Leben nach Wien zu fahren. Ich habe mehr Reisefieber als sie, vielleicht, weil sie viel öfter verreist ist als ich. Sie war in Amerika, in Asien, in London und Paris. Ich bin nur an Norwegens Südküste gewesen und in der Klinik zwischen den Bäumen.
Im Taxi hinaus zum Flughafen nach Fornebu reden wir darüber.
»Bist du tatsächlich noch nie verreist? Gab es für dich nur Elvefaret, Melumveien, Sandbunnveien und die Straßenbahn von Røa zum Nationaltheater?«
»Ja«, sage ich etwas ärgerlich, weil ich erröte. »Wir hatten kein Geld, verstehst du.«
»Apropos Geld«, sagt sie mit einem geheimnisvollen Lächeln. »Ich weiß, daß du, oder wer auch immer, für uns im Hotel Post gebucht hast. Ich habe mir erlaubt, auf meine Kosten umzubuchen. Meine Finanzen sind zwar nicht unbegrenzt, aber ich habe mehr als du und meine deshalb, daß wir diese fünf Tage im Hotel Sacher wohnen sollten. Das liegt im Zentrum, einen Katzensprung weg vom Musikverein, du erreichst die Hochschule für Musik bequem zu Fuß. Außerdem bietet das Hotel etwas, worauf wir Frauen Wert legen.«
»Was denn?«
»Eine weltberühmte Schokoladentorte.«
»Ach so.«
»Außerdem«, fährt sie fort, jetzt in Hochform, »erlangte das Hotel seine Berühmtheit durch Anna Sacher, der Schwiegertochter des ursprünglichen Besitzers. Sie war bekannt dafür, Zigarren zu rauchen und das Leben zu genießen. Das Hotel wurde so auch zu einem Liebesnest und einem Ort für alle möglichen promiskuitiven Allianzen.«
»Und du meinst, da gehören wir dazu?«
»Klar«, sagt sie und lacht. »Siebzehn Jahre Altersunter-

schied, ich eine frische Witwe, du jemand, der Frauen seiner Generation, die verrückt danach sind, ihn zu verführen, abblitzen läßt. Und beide tun wir das freiwillig und vielleicht sogar mit Freude.«
»Gratuliere«, sagt der Taxifahrer.

Ich muß auch lachen. Ich mag sie, wenn sie in dieser Stimmung ist. Wenn sie den Fahrer fragt, ob sie im Taxi rauchen darf, wenn sie die Beine übereinanderschlägt und sich im Sitz zurücklehnt. Sie hat die Initiative ergriffen. Ich bin froh, weil sie endlich für diese Reise aktiv geworden ist und nicht nur mitkommt nach Wien, wie ich einen Augenblick das Gefühl hatte, sondern überzeugt ist von der Reise, überzeugt von der bevorstehenden Eheschließung, überzeugt von meiner Vorbereitung.

Auf dem Flug hinunter nach Europa trinken wir Champagner und Wein, alle beide. Ich habe ihr versichert, daß ich mir einen freien Tag erlauben kann, daß ich mich auf das Treffen mit Professor Seidlhofer am nächsten Tag gut vorbereitet fühle. Zum erstenmal seit einem halben Jahr reden wir mit einer Unbeschwertheit, die wir nach der schrecklichen Nacht im Oktober verloren hatten. Ich fliege zum erstenmal und will nicht zugeben, daß ich Angst habe. Daß ich die Turbulenzen fürchte, die regelmäßig auftreten. Sie wirkt dagegen völlig unbekümmert. Wir küssen uns immer wieder, bis die Stewardeß ausruft:
»Ein derart verliebtes Pärchen habe ich noch nie erlebt!«

Am Nachmittag kommen wir in Wien an. Ich bin zum erstenmal in meinem Leben in einer Weltstadt, fahre durch breite Straßen, sehe die alten, ehrwürdigen Gebäude dicht an dicht bis zum Zentrum. Auch Marianne schaut mit großen Augen.

»Mein Gott, hier ist es wirklich schön«, sagt sie. »Die Macht und die Grausamkeit haben immer ihr wahres Gesicht hinter schönen Fassaden zu verstecken gewußt.«
»Bist du hergekommen, um Revolution zu machen?« frage ich.
»Nein, ich bin hier, um einen sehr attraktiven Mann zu heiraten«, lächelt sie und kneift mich in den Oberschenkel.

Wir fahren am Hotel vor, und meine Selbstsicherheit sinkt um ein paar Grade. Was mache ich mit dem uniformierten Mann, der den Wagenschlag öffnet, zuerst für Marianne, dann für mich? Die Wärme, die mir entgegenschlägt. Hier ist es schon Sommer. Marianne sieht meine Unsicherheit und übernimmt die Rolle, vor der mir seit Wochen graut. Gentleman sein, das richtige Trinkgeld geben, die richtigen Wörter auf englisch sagen, und das, obwohl ich, der Schulabbrecher, kaum ein Wort Englisch spreche, wenn mich Marianne auch getestet hat und behauptet, ich sei eine Sprachbegabung. Jetzt zeigt sich, daß Marianne sich eben doch vorbereitet hat, österreichische Schillinge aus der Brieftasche zieht und die Scheine nach allen Seiten verteilt. Sie winkt nach mir, als wir zur Rezeption gehen, und hat innerhalb von zwei Minuten alle Formalitäten erledigt.
Ich finde es gut, daß sie das macht, aber ich finde nicht gut, wenn mir die Verantwortung genommen wird. Ich werde dann an den Altersunterschied zwischen uns erinnert. Sie hat fast doppelt soviel Erfahrung. Sie ist weltgewandt.

Wir stehen in dem luxuriösen Zimmer, gestaltet mit Marmor und rotem Samt, Ölgemälde an den Wänden. Einer der uniformierten Hoteldiener ist mit den Koffern gekommen. Champagner, den Marianne offenbar mit der Buchung be-

stellt hat, steht auf dem Salontischchen. Zwei Gläser. Eine Schale Oliven. Eine Schale Nüsse.
»Entschuldigst du mich?« sagt sie. »Ich muß erst mal duschen.«

Ich höre durch die Tür das Geräusch von rinnendem Wasser, stelle mir vor, wie sie da steht, ganz nackt. Stelle mir ihren schlanken, jugendlichen Körper vor, den Bror Skoog angebetet hat. Ich stelle mir vor, wie sie mit ihm in der Welt herumgereist ist, von Luxushotel zu Luxushotel. Der Hirnchirurg und die Gynäkologin. Nicht *so* viel Geld. Aber genügend Geld. Für einen Steinway. Für Woodstock. Für Hotel Sacher.

Frisch und gut gelaunt kommt sie im weißen Bademantel des Hotels aus dem Bad.
»Empfehlenswert«, sagt sie.
Ich verstehe, daß das ein Befehl ist, und gehe ins Bad. Auch ich genieße das warme Wasser nach dem Alkohol. Wir sind beide nicht nüchtern. Aber auch nicht betrunken. Ich bin glücklich, weil sie glücklich ist.

Als ich wieder aus dem Bad komme, steht sie mit einem Sektglas in der Hand wartend da. Sie hat das Fenster geöffnet, aber die Gardinen vorgezogen. Wir hören von der Straße die Laute des Verkehrs. Das ist nicht Oslo. Das ist nicht Elvefaret.
»Es ist ein so befreiendes Gefühl, hier zu sein«, sagt sie.
»Wirklich?«
Sie stellt ihr Sektglas ab, kommt zu mir, küßt mich geheimnisvoll. Öffnet den Mund und läßt den noch kühlen Champagner in mich fließen.
Wie erfahren sie ist, denke ich, und Eifersucht steigt auf. Das hat sie schon einmal gemacht.

Aber diesmal bin ich an der Reihe. In vier Tagen werde ich sie heiraten. All das Traurige soll Vergangenheit werden.
»Jetzt ist es vorbei«, sagt sie und schlingt die Arme um meinen Nacken. »Jetzt spüre ich, daß es sich löst.«
»Ich bin so glücklich in deinen Armen«, sage ich.
Sie schiebt mich aufs Bett.
»Ich will dich haben!« Es ist ein tiefer Klang in ihrer Stimme. »Hab keine Angst, Aksel. Du hast so lange gewartet. Diesmal mußt du nicht abbrechen. Mach mit mir, was du willst.«

Sie weint, als sie kommt. Und sie kneift die Augen zusammen. Das Weinen ist aber nicht so verzweifelt wie früher. Und danach streichelt sie mir zärtlich, fast dankbar über den Rücken.
Ich kann meine Gefühle kaum steuern. Ich möchte auch weinen, denn es waren sechs höllische Monate. Aber es gelingt mir, mich zusammenzunehmen. Ich will mich nicht schwach zeigen. Nicht jetzt.
»Danke, daß du um meine Hand angehalten hast«, sagt sie. »Danke, daß wir hier sind.«

Der erste Abend in Wien Sie vergißt ihre Mutterrolle, die rührende, aber immer aufgesetzte Sorge um mein Leben als Pianist. Ich fühle mich stark genug, das Debüt aus dem Stand zu meistern. Vielleicht wird alles anders, als ich denke, aber ich bin jetzt vorbereitet. Mariannes lange Abwesenheit im Winter hat mir die Zeit gegeben, die ich brauchte, um technisch perfekt zu werden. Und durch all die erschütternden Ereignisse habe ich vielleicht auch eine größere Membran oder eine tiefere Empfindung dafür, was Musik vermitteln soll.
Wir sind in Wien. Wir sind weg von all dem, was uns ver-

bindet. Deshalb können wir uns mit anderen Augen sehen. Arm in Arm gehen wir auf der Philharmonikerstraße, biegen in die Kärntnerstraße ein und passieren das Winterpalais von Prinz Eugen. Wir gehen in den Graben, setzen uns ins Café Hawelka in der Dorotheengasse und trinken eine Karaffe Grünen Veltliner. Wir sind jung und verliebt, und wir reden über alles, was Zukunft in sich hat, daß wir, nach meinem Debüt, eine Hochzeitsreise machen müssen, irgendwohin weit weg, nach Asien, nach Woodstock, nach Spitzbergen, das Leben ist voller Möglichkeiten, und dieser Abend kann unsere Träume nicht aufhalten. Vielleicht ist dieser Abend die eigentliche Hochzeitsnacht, denke ich. Weil wir zum erstenmal zusammen ganz glücklich sind.
Wir halten uns an den Händen und reden und reden und streifen manchmal die Vergangenheit. Dann erzählt sie lustige Episoden aus der Klinik, und ich erzähle in abgeschwächter Form von damals, als Selma Lynge so wütend wurde, daß sie mich mit dem Lineal verprügelte. Danach besichtigen wir den Stephansdom, sind überwältigt von den Dimensionen, von der Wucht dieser Kathedrale. In einem Eckcafé trinken wir wieder Wein. Dann gehen wir in das Beisel »Beim Czaak« an der Ecke Postgasse und Fleischmarkt, sitzen auf unbequemen Stühlen und essen Schnitzel und trinken dazu einen Blaufränkischen aus dem Burgenland.
»Das müßte doch deine Stadt sein?« sagt Marianne und lächelt glücklich um meinetwillen. »An einem Tag, an dem du frei hast, müssen wir sehen, wo Mozart wohnte, wo Schubert war, wo Mahler komponierte. Außerdem habe ich eine Überraschung für dich, aber das erfährst du erst am Samstag früh.«

In der Nacht liegen wir eng umschlungen in dem großen Doppelbett. Ob wir wach werden oder uns wecken, weiß

ich nicht, aber jedesmal verschmelzen wir miteinander, und es gibt keine Grenze in mir und kein Halten in ihrer Bereitschaft, auf mich einzugehen. Von der Straße herauf hören wir die Laute festlich gestimmter Menschen, obwohl es die Nacht zum Dienstag ist. Eine Kirchenglocke schlägt. Ein fernes Lachen klingt zwischen den Hausmauern.
»Bist du jetzt glücklich?« sage ich um sechs Uhr morgens, als das erste Licht durch einen Spalt in den Gardinen fällt.
»Ja«, versichert sie mit blasser Haut und blassen Lippen. Ich bin noch nie einem Gesicht so nahe gewesen. »Du bist wunderbar, mein Junge. Es ist, als würdest du mich, wenn wir uns lieben, wieder in meine Jugend zurückversetzen.«

Hochschule für Musik und darstellende Kunst Wir frühstücken gegen zehn Uhr auf dem Zimmer. Sie ist besorgt um mich, und ich gebe zu, daß ich einen Kater habe. Um zwölf Uhr bin ich mit Professor Seidlhofer in der Hochschule für Musik und darstellende Kunst verabredet. Ich werde ihm Beethoven vorspielen. Am nächsten Tag soll ich den Rest des Debütprogramms vortragen. Anschließend spiele ich das gesamte Programm vor ihm und drei anderen Professoren der Hochschule. So hat sich Selma Lynge das ausgedacht. Sie möchte, daß ich die österreichische Mentalität kennenlerne. In der letzten Stunde vor meiner Abreise erinnerte sie mich daran, daß ich jetzt dorthin komme, wo Martha Argerich studiert hat, wo Nelson Freire, Paul Baruda Skoda und Friedrich Gulda studierten.
Seidlhofer ist der Sammelpunkt, der oberste Richter.

»Bist du nicht nervös?« fragt Marianne ängstlich. Sie sitzt mir im Morgenrock gegenüber, trinkt Grapefruitsaft und ißt Croissants mit Marmelade auf der Unterseite. Sie zeigt mir so vieles, was ich nicht kenne.

»Nein«, sage ich. »Du bist doch die beste Kur für meine Nerven.«
»Und sobald du von der ersten Stunde zurückkommst, werde ich augenblicklich die Kur fortsetzen«, sagt sie.
»Was wirst du tun, während ich in der Hochschule für Musik bin?« sage ich und spüre sofort einen Stich im Magen.
»Ich werde mir für unsere Hochzeit etwas zum Anziehen kaufen«, sagt sie. »Du warst besorgt über meinen kleinen Koffer, den ich mitgenommen habe, aber mein Koffer wird auf der Rückreise um einiges größer sein, das darfst du mir glauben. Du mußt noch viel über Frauen lernen, mein Junge. Und mir ist es aufgebürdet, dir das beizubringen.«
Sie wirkt jetzt völlig unverkrampft. Kümmert sich eigentlich nicht darum, daß ich gleich vor einem der größten Musikpädagogen der Welt spielen muß.
»Du schaffst das schon«, sagt sie mit einem vielsagenden Nicken.
»Natürlich«, sage ich.

Ich lasse sie allein im Hotelzimmer zurück, habe diesmal keine Angst. Sie hat mir ja gesagt, was sie machen möchte. Sie möchte einkaufen. Schuhe und Kleidung und das Hochzeitskleid. Sie hat das Schlimmste hinter sich. Sie hat die ganze Nacht geliebt. Heute kann ihr nichts passieren.
Ich gehe zur Hochschule für Musik. Noch nach so vielen Jahren erinnere ich mich an den entkräfteten Körper, den gewichtslosen Kopf, das leichte Gefühl der Grenzenlosigkeit. Nie zuvor hatte ich eine Frau eine ganze Nacht geliebt. Jetzt gehe ich durch Wiens Straßen, schwindlig und zugleich stark. Ich habe die Noten unterm Arm. Ich werde Seidlhofer treffen. Ich werde wichtige Korrekturen erfahren.

Ich betrete ein Gebäude, in dem es nach Schuhcreme und Desinfektionsmittel riecht, wo ein Hausmeister hinter einer Glasscheibe sitzt, wo die Fenster hoch sind. Der Mann nickt schwach, erhebt sich und rasselt mit Schlüsseln. Er schließt auf und folgt mir in einen Korridor. Ich sehe hohe Türen, höre leise Musik. In allen Räumen wird gespielt. Chopin von links. Beethoven von rechts. Danach Schubert von links. Ravel von rechts. Studenten aus aller Welt hasten durch den Korridor, unterwegs zu ihren Professoren oder zu ihren Übungsräumen. Der Hausmeister bleibt vor einer der Türen stehen und klopft an.
Von drinnen hört man ein »Ja?«
Der Hausmeister öffnet und läßt mich ein.

Die Methode des Professors   Es ist ein großer Raum und in der Mitte auf einem roten Teppich steht der größte Bösendorfer. Einige Notenständer. Bruno Seidlhofer erwartet mich, sitzt auf einem Stuhl. Komme ich zu spät? denke ich erschrocken. Aber Bruno Seidlhofer wirkt weder zornig noch gereizt. Er war mit Schreibarbeiten beschäftigt. Er blickt kurz auf hinter seiner Brille. Ich erkenne sein Alter. Er ist nicht mehr jung. Aber er begrüßt mich mit einem freundlichen und milden Gesichtsausdruck. Vielleicht trinkt er abends Bier. Vielleicht trinkt er zum Mittagessen Grünen Veltliner.
»Aksel Vinding«, sage ich und verbeuge mich.
Er nickt, fast amüsiert.
»Vinding«, wiederholt er. »Also Wind. Föhn? Oder kalter Wind?«
»Weder noch«, antworte ich mit einem Lächeln.
»Gut«, sagt er. »Denn obwohl die Föhnwinde vor allem am Alpenrand vorkommen, herrscht im Moment in Wien eine Art Föhn. Spüren Sie es nicht, junger Mann? Dieser

Wind läßt die Menschen verrückt werden, sie lieben dann hemmungslos oder töten sich gegenseitig mit Schlachtermessern.«
Ich denke daran, was Marianne und ich vergangene Nacht getrieben haben. Dann denke ich an die mögliche Konsequenz dessen, was er eigentlich sagt, und verspüre eine plötzliche Unruhe.
Er sieht es. Versucht, mich zu beruhigen. »Nehmen Sie das nicht wörtlich, junger Mann. Wien ist Wien. Die Stadt und die Menschen lassen sich nicht von dem erstbesten warmen Wind umwerfen. Ich weiß, Sie haben ein nicht unbedeutendes Projekt vor sich. Sie sind eine große Begabung. Das habe ich dem Brief meiner verehrten Kollegin Selma Lynge entnommen. Wie geht es ihr?«
»Es geht ihr gut«, sage ich. »Aber wir bedauern natürlich alle, daß sie nicht mehr spielt.«
Er nickt nachdenklich. »Ja«, sagt er. »Sie war ganz besonders talentiert. Ich verstehe eigentlich nicht, was sie veranlaßt hat, aufzuhören. Die Liebe ist eine gefährliche Angelegenheit. Sie kann zu akuter geistiger Verwirrung führen.«

Dann spiele ich Professor Bruno Seidlhofer vor. Ich spiele Beethoven auf einem ungestimmten Bösendorfer-Flügel, und ich tue das mit einem Übermut, von dem ich später denke, ich werde ihn wohl nie wieder haben. Daran ist allein die vergangene Nacht schuld. Vollendung und Verwirklichung. Der Ernst des Lebens. Das Glück – trotz allem. Das alles ist Beethoven in seiner Musik.
Wir verplempern keine Zeit. Ich stelle die Noten vor mich hin. Die Henle-Ausgabe des Urtextes. Aber ich spiele auswendig.

Er kommentiert nicht zwischen den Sätzen. Er sagt nur, zurückgelehnt in seinem Stuhl: »Fahren Sie fort, junger Mann.«
Ich fahre fort, spiele alle Sätze. Ich fühle mich erstaunlich konzentriert. Ich denke, daß ich nun einen Teil des Paktes zwischen mir und Selma Lynge einlöse. Aber ich merke, daß mir in den kraftvollen, tempomäßig überhöhten Partien die erforderliche Stärke oder Geschmeidigkeit in den Händen fehlt.
Aber das kann man fast nicht hören.

Dann bin ich fertig. Professor Seidlhofer sitzt still auf seinem Stuhl, denkt nach. Ich sitze auf dem Klavierhocker und warte gespannt.
»Das ist gut«, sagt er. »Das ist erstaunlich gut. Woher habt ihr Nordmenschen dieses Talent? Kennen Sie Margrethe Irene Floed? Sie ist Schülerin bei mir. Und ich kann weitere Namen nennen. Kayser, Smebye, Braathen. Schweinebraten! Aber Sie müssen in Ihrer Musik mehr Pausen machen, junger Mann. Sie halten sich für genial und meinen, alle Ihre Einfälle hätten eine Daseinsberechtigung. Aber da irren Sie sich möglicherweise. Es ist etwas Unheimliches mit uns Menschen, daß wir glauben, eine innere Landkarte zu besitzen, der wir vertrauen können. Besonders, wenn wir jung sind, vertrauen wir dieser Karte. Vielleicht, weil wir glauben, alle Zeit der Welt zu haben. Denken Sie an Scott, der als erster am Südpol sein wollte. Er verlor, wie Sie wissen, gegen einen Ihrer Landsleute. Er hatte einen Plan. Er vertraute auf den Plan. Er traf einige wichtige Entscheidungen. Aber das eine müssen Sie sich merken, Vinding. Vertraue nie zu sehr auf Pläne. Sie können falsch sein. Einen sicheren Platz im Leben können uns nur die *Erfahrungen* geben. Scott erfror in einem Zelt, weil er zu sehr von seinen Plänen überzeugt war. Er nahm einige Menschen mit in

den Tod. Sie hatten keine Pläne. Das Planen überließen sie ihm. Ich habe auch keine Pläne mehr. Aber vielleicht habe ich etwas mehr Erfahrung im Leben als Sie. Vielleicht habe ich auch mehr Erfahrung als Selma Lynge. Deshalb möchte ich, wenn Sie erlauben, junger Mann, einige Anmerkungen in Ihren Noten machen, die Sie als Warnungen auffassen mögen.«
Bruno Seidlhofer steht von seinem Stuhl auf.
»Dann wollen wir frisch ans Werk gehen«, sagt er mit einer Prise Selbstironie.
Er steht über mich gelehnt. Ich nehme den Duft nach altem Mann und einem diskreten Parfum wahr. Ich merke, daß ich seine Nähe mag. Aber er zieht seinen Füllfederhalter heraus. Er schreibt mit Tinte! Er überschreibt Selma Lynges zierliche, mit Bleistift gemachte Anmerkungen. Er markiert Pausen, Fermaten, er schreibt Fingersätze. Er geht meine ganze Interpretation durch, korrigiert mit erstaunlichem Erinnerungsvermögen, wo er meint, ich hätte falsch gespielt. Ich hasse, was er da tut, weil er Tinte benutzt, weil die Tinte in den Noten bleiben wird, und das weiß er. Deshalb ist es eine ungeheure Frechheit. Eine autoritäre Handlung. Und trotzdem akzeptiere ich sie. Weil ich erkenne, daß er recht hat. Weil er Bruno Seidlhofer ist. Weil seine akademische Art, mit meinen interpretatorischen Behauptungen umzugehen, in meinen Gefühlen aufräumt. Weil er mir damit klarmacht, daß ich zu früh eine Karte gezeichnet habe, bevor ich das Terrain kannte.

Ofenloch   Ich esse mit Marianne im Ofenloch zu Mittag. Wir sitzen draußen, unter den wuchtigen Barockfassaden in der Kurrentgasse. Es ist weiterhin erstaunlich warm.
»Ich bin so froh, daß bei dir alles gutgegangen ist«, sagt sie.

»Na ja gut«, sage ich. »Er hat mit Tinte in meine Noten geschrieben. Er hat mich und Selma Lynge in Frage gestellt. Ich weiß jetzt gar nicht mehr, ob das Konzert, das ich am neunten Juni geben soll, von mir ist oder von Professor Seidlhofer.«
»Natürlich ist es deines«, sagt sie und wirft mir einen strengen Blick zu. »Professoren haben ihre eigene Art, aber sie haben nicht immer recht. Hör auf dich selbst.«
Ich schaue in ihr glückliches Gesicht, nehme ihre Hand, küsse sie und bestelle noch ein Glas Wein für sie.
Sie hat bereits einiges getrunken. Aber sie verträgt es. Sie hat eingekauft, hat mir ihre neuen Schuhe gezeigt. Aber sie ist immer noch auf der Suche nach einem Hochzeitskleid. Und sie hat wieder mit mir geschlafen, in der glühenden Nachmittagssonne, die direkt auf das Doppelbett im Hotelzimmer schien. Sie hat auch da geweint. Die Haut war weiß wie Schnee. Und sie kniff die Augen zusammen.

Da sehe ich Margrethe Irene auf der Straße, direkt bei den Tischen. Sie geht eng umschlungen mit einem dunklen, lateinamerikanisch aussehenden Mann. Sie sieht mich zuerst.
»Aksel!« ruft sie und befreit sich aus der Umarmung des Mannes.
»Margrethe Irene«, rufe ich zurück und versuche zu vergessen, daß sie mich, als ich Schluß gemacht habe, mit einem Handgriff beinahe kastriert hätte.
»Was machst du denn hier?« sagt sie völlig überrascht.
»Ich nehme Zusatzstunden bei deinem Lehrer. Professor Seidlhofer. Ich debütiere im Juni.«
»Ach ja, stimmt«, sagt sie. »Er hat mir erzählt, daß du kommst. Aber ich habe es vergessen, es ist einfach zuviel los in dieser Stadt.«
Ich verspüre einen Stich. Sie hat sich nicht gemerkt, daß ich

kommen werde. Dann bin ich jetzt völlig aus ihrem Kosmos verschwunden.
Sie wirft einen fragenden Blick auf Marianne, erkennt sie nicht wieder.
»Das ist Marianne Skoog«, sage ich. »Anjas Mutter.«
Ich sehe, daß sie zusammenzuckt. »Anjas Mutter?« sagt sie fast andächtig. »Ja, jetzt sehe ich es. Ich weiß wirklich nicht, was ich sagen soll ...«
»Sag gar nichts«, sagt Marianne freundlich.
Margrethe Irene mustert uns erstaunt, versucht herauszufinden, was wir füreinander sind. Und begreift rasch, daß wir ein Paar sind.

Die beiden holen sich Stühle vom Nachbartisch, setzen sich zu uns. Margrethe Irene stellt ihren Freund vor. Irgendein Carlos. Er spricht kein Englisch. Sie spricht perfekt spanisch mit ihm.
»Carlos gehört zu den größten Klavierbegabungen«, sagt sie. Er wird während der Wiener Festwochen an der Meisterklasse von Alfred Brendel teilnehmen. Er ist außerdem entfernt verwandt mit Martha Argerich.«
»Wie schön«, sage ich.
»Es ist merkwürdig«, sagt Margrethe Irene, »aber in der Stadt wimmelt es von Pianisten. Weltberühmte Namen neben völlig unbekannten Interpreten. Pianisten jeden Alters und jeder Hautfarbe. Wien ist sozusagen wie geschaffen für das Klavier. Entweder wird man überschwenglich davon oder gelangweilt. Unglaublich, an wie vielen Stellen in der Stadt im Augenblick Beethovens ›Appassionata‹ gespielt wird oder Chopins Balladen oder Schuberts postume Sonaten. In jedem Hinterhof Klavierklänge. Überlebt man in dieser Stadt ein Studium, *ist* man wirklich Pianist. Aber danach fühlt man sich vielleicht etwas irre, etwas monoman. Hält nach dieser Gehirnwäsche das Pianospiel für das

Wichtigste auf diesem Erdball. Und das trifft nun mal nicht zu. Aber mit irgend etwas muß man sich schließlich die Zeit vertreiben, oder?«

Wir bleiben sitzen und reden. Ich lade alle zum Wein ein. Möchte gerne weltmännisch auftreten. Die zurückhaltende, schüchterne Margrethe Irene Floed hat sich in eine selbstsichere, redegewandte und unleugbar schöne Prinzessin verwandelt. Sie hat sich auf Carlos' Schoß gesetzt, hat ihr Leben im Griff und redet ungeniert über das, was war. Sie vertraut Marianne an, wie sehr sie in mich verliebt war, daß ich sie aber verschmäht habe. Sie warnt Marianne, damit sie nicht dasselbe Schicksal erleidet. Margrethe Irene erzählt, daß sie zutiefst froh sei, weg von Norwegen zu sein, daß sie bis zum Diplom in Wien bleiben werde. Dann wolle sie debütieren. In einigen Jahren. Wenn sie sich reif fühle. Es gehe darum, nichts zu überstürzen. Wie zum Beispiel Rebecca Frost. Oder wie ... sie verschluckt es. Sie strahlt und küßt bei jedem zweiten Satz Carlos auf die Wange. Die Zahnspange, die sie zu meiner Zeit trug, ist weg. Sie ist verblüffend schön. Und sie weiß das.

Sie schaut mich an, ganz ohne Bitterkeit, und fragt, ob wir uns, nachdem wir jetzt in Wien seien, einmal verabreden könnten. Ich sage schnell, etwas zu schnell, daß wir keine Zeit hätten. Daß wir in den wenigen Tagen so viel zu erledigen hätten. Das klingt hektisch, und Marianne wirft mir einen erstaunten Blick zu. Aber Margrethe Irene akzeptiert es. Sie fragt nicht einmal, was wir in diesen Tagen vorhaben. Es ist, als habe sie das, was zwischen uns vor kaum eineinhalb Jahren war, ausradiert. Sie ahnt, was zwischen Marianne und mir läuft. Daß wir Wien Wien sein lassen. Daß wir sicher die meiste Zeit im Bett verbringen. Sie steht vom Tisch auf. Es ist sommerlich warm. Sie trägt

ein dünnes Baumwollkleid mit einem Ausschnitt, der nicht verbirgt, daß sie jetzt eine erwachsene Frau ist. Ich denke an das, was wir zu Hause in ihrem Zimmer machten, als wir jung und unschuldig waren, als wir zur Gruppe Junge Pianisten gehörten.
»Wir müssen weiter zu einer Hausmusik«, sagt sie. »Noch ein Pianist. Noch eine Interpretation der ›Waldsteinsonate‹. Aber so ist es, wenn man studiert. Danke für den Wein. War nett, dich getroffen zu haben.« Sie wirft mir einen leidenschaftlichen Blick zu. »Ich bin nicht in Oslo, wenn du debütierst, Aksel, aber ich wünsche dir alles Gute.«
»Wird er es schaffen?« fragt Marianne aufrichtig.
»Aksel ist der Größte«, sagt Margrethe Irene. »Mach dir bloß keine Sorgen.« Sie umarmt uns beide und schiebt dann Carlos vor sich her weiter in Richtung Stephansplatz.

»Wie konntest du ihr bloß den Laufpaß geben?« fragt Marianne kopfschüttelnd, kaum daß sie um die Ecke verschwunden sind.
»Margrethe Irene?«
»Ja. Sie ist jung. Sie ist schön. Sie ist intelligent. Und sie liebt dich. Hast du nicht die Blicke bemerkt, die sie dir zugeworfen hat?«
»Nein«, sage ich aufrichtig.
Sie schaut mich besorgt an, fast erzürnt. »Manchmal weiß ich nicht, ob du ganz richtig im Kopf bist«, sagt sie.
»Vielleicht habe ich nie begriffen, wer sie eigentlich ist«, murmele ich.
Marianne nickt. »Na, das kann jedem passieren«, sagt sie. Ich merke, daß sie nachdenklich wird.

Hochzeit im April Das Wochenende nähert sich. Wir sind erschöpft. Ich habe am Vormittag vor Professor Seidl-

hofer gespielt. Er hat wieder mit Tinte in meine Noten geschrieben. Am Nachmittag sind wir im Bett gelegen und nicht voneinander losgekommen.
Am besten sind unsere Gespräche danach. Dann liegen wir in verknüllten Laken und rauchen beide. Sie dreht immer noch selbst. Ich rauche irgend etwas mit Filter. Dann reden wir über alles, was uns einfällt. Dann erzählt sie von der Kindheit mit Sigrun, wie sie sich stritten und an den Haaren zogen. Dann erzähle ich von Margrethe Irene, wie sie mir alles über Sex beigebracht hat. Wie ich sie nicht ausstehen konnte. Wie es dann doch passiert ist. Daß es unangenehm war, sie wiederzutreffen.
»Du warst unfreundlich zu ihr«, sagt sie streng. »Solche Männer wollen wir nicht haben. Du solltest ihr für dein ganzes Leben lang dankbar sein. Egal, ob es dir bewußt ist oder nicht, sie war deine erste Liebe.«
»Ich schäme mich«, sage ich aufrichtig.
»Komm zu mir«, sagt sie und greift nach mir. »Hör jetzt auf mit dem Quatsch.«

An unserem Hochzeitstag stehen wir spät auf, bestellen das Frühstück aufs Zimmer. Die Trauung findet um ein Uhr statt. Sie ist nicht angespannt, wie ich befürchtete. Als sie ins Bad geht, sagt sie nur: »Laß mir etwas Zeit.«
Als sie nach einer Stunde wieder herauskommt, hat sie das Brautkleid an. Es ist schwarz, elegant und etwas traurig, aber das kann ich ihr nicht sagen.
»Wie schön du bist«, sage ich.
»Ich dachte, wir sollten beide Schwarz tragen«, sagt sie.
Ich möchte mir die neu erworbene Krawatte von Cerutti umbinden, aber sie sagt: »Tu es nicht, mein Junge. Mit Krawatte siehst du nicht gut aus.«
Wir gehen durch den Stadtpark zur Botschaft. Die Sonne scheint, aber plötzlich wird es kühler und Wolken ziehen auf.

In der Botschaft werden wir freundlich empfangen. Die Standesbeamtin, die sich als Fräulein Biong vorstellt, ist eine ältere Dame mit dunklem Haar und Locken. Sie sieht aus, als wäre sie schon in sämtlichen Auslandsstellen der Welt gewesen. Das verleiht ihr Autorität, und ich bin froh, daß sie die Trauung durchführt. Die Botschaft hat Trauzeugen besorgt, zwei Botschaftssekretäre um die Vierzig, Frau Reimers und Herrn Pahlstrøm. Das ist nur eine Formalität. Sie haben das schon oft gemacht. Ein Dienst für romantische Landsleute, die sich während des Neujahrskonzertes zu Hause vor dem Fernseher verlobt haben und einen schönen Rahmen für ihre Hochzeit wünschen. Heute sind Marianne und ich an der Reihe. Wir haben uns bei einem Goldschmied in der Kärntnerstraße Ringe machen lassen. Ich habe gefragt, ob sie einen Blumenstrauß möchte, was sie abgelehnt hat. »Den mitzuschleppen ist unpraktisch. Wir kaufen uns dafür lieber Champagner.«

Wir werden in einen großen, schönen Raum geführt, wo die Trauung stattfinden soll. Wir stellen uns nebeneinander, vor uns stehen Fräulein Biong, Frau Reimers und Herr Pahlstrøm. Weder Marianne noch ich sind feierlich veranlagt, aber ich merke, daß meine Beine zittern, daß ich zugleich nervös und glücklich bin, mit einem Gefühl von Unwirklichkeit, daß es nun wirklich passiert, daß sie mich ernst genommen hat, daß sie mich heiraten will. Ich denke an Anja, ob ihr das gefallen hätte oder ob nicht. Durch die Gedanken an sie werde ich zu Tränen gerührt, während Marianne ganz ruhig dasteht, mit einem kleinen Lächeln, aber ohne große Gefühle zu zeigen, und ich versuche, mich zusammenzunehmen. In dem Moment drückt Marianne meine Hand und Fräulein Biong beginnt mit ihrer Rede: »Liebes Brautpaar. Ihr seid heute hergekommen, um den Bund fürs Leben zu schließen. Es ist ein großes und wich-

tiges Ereignis, wenn zwei Menschen den Schritt in die Ehe tun ...«
Dann fragt sie uns, ob wir uns haben wollen. Dann antworten wir mit Ja. Dann erklärt uns Fräulein Biong für verheiratet. Wir stecken uns die Ringe an, und ich merke, daß meine Hand zittert. Wir küssen uns.
»Ich bin so glücklich«, sagt Marianne Skoog Vinding, auf diesem Namen hatte sie bestanden.
Ich werde von großen Gefühlen überwältigt. Dazu paßt das Gewitter vor dem Fenster, strömender Regen und Donner. Wir nehmen ein Taxi und nehmen das Hochzeitsmahl im Restaurant des Hotels ein. Foie gras und weißer Spargel. Wir trinken Champagner und Weißwein. Wir essen Walderdbeeren mit Eis und trinken Kaffee und Grappa. Wir bleiben lange am Tisch sitzen und reden über das Schicksal, das uns hierhergeführt hat, zu diesem Punkt im Leben. Und wir schmieden Pläne für die Hochzeitsreise.
Dann gehen wir eng umschlungen hinauf in unser Zimmer.
»Den Rest besorgt der Zimmerservice«, sagt Marianne und zeigt mit einem neckenden Finger auf meinen Nacken.

Die Morgengabe Als wir erwachen, ist es längst Samstag. Da gibt sie mir die Morgengabe. Ich kannte diesen Brauch nicht. Daß eigentlich ich ihr eine geben sollte. Es sind zwei Eintrittskarten, Plätze in der fünften Reihe für das Abendkonzert mit den Wiener Philharmonikern im Musikverein.
»Ich dachte, das würde dich freuen«, sagt sie und gibt mir das Programm. Claudio Abbado dirigiert Mahlers dritte Sinfonie.
Was für ein Zufall, denke ich. Diese Sinfonie schätze ich von allen Sinfonien am meisten! Es ist aber auch die, die mich am meisten beunruhigt.
Ich sage es ihr.

»Warum beunruhigt sie dich?«
»Weil sie soviel Unheimliches und Brutales enthält, jedenfalls am Anfang. Zugleich reicht sie höher in den Himmel als alle anderen Sinfonien, die ich kenne, als wollte Mahler Beethoven übertreffen, das Leben selbst, und das Geheimnis des Daseins in einer einzigen Tonmalerei erfassen.«
»Das hört sich schön an«, sagt Marianne und schmiegt sich eng an mich. »Erzähl weiter. Ich liebe es, wenn du über Musik sprichst, die du liebst.«
»Ich habe irgendwo gelesen, daß Mahler in der Kladde zu der kolossalen Partitur die Überschriften zu den sechs Sätzen notiert hatte. Weißt du, wie der erste Satz heißt? ›Pan erwacht, der Sommer zieht ein‹.«
»Beeindruckend.«
»Das *ist* auch beeindruckend. Eine erschütternde Geschichte. Ein Kampf auf Leben und Tod, zwischendurch mit unendlich schönen Partien, eine Art verzweifelter Sehnsucht. Vielleicht habe ich deshalb diese Musik so oft gespielt, während du in der Klinik warst. Aber bereits im zweiten Satz kommt eine Idylle, die Freude über die *kleinen* Dinge im Leben. Und den Satz hat er ›Was mir die Blumen auf der Wiese erzählen‹ genannt. Aber im dritten Satz, dem Scherzo, das ›Was mir die Tiere im Walde erzählen‹ heißt, kehrt das Unheimliche zurück als ein Gewitter, eine unerwartete Gefahr, ein Raubtier. Und er beschreibt dieses Lebensgefühl so bildhaft, indem er zuerst das Paradies schildert, wie man es wahrnimmt, wenn man an einem Sommertag durch den Wald geht und in der Ferne melancholische Jagdhörner hört. Wie eine zitternde Versöhnung mit der Natur und dem Universum. Aber die Idylle ist nicht von Dauer! Etwas Fürchterliches geschieht. Und Mahler erschreckt uns mehr, als selbst die Natur es fertigbringt.«
»Du erzählst so lebendig«, sagt Marianne. »Ich fürchte mich beinahe.«

»Aber von da an ist alles Versöhnung oder Auferstehung. Vielleicht ist das Mahlers eigenes Credo, sein Glaubensbekenntnis. Satz vier, ›Was mir der Mensch erzählt‹, ist eine wunderbare Elegie, in der ein Mezzosopran Nietzsches berühmten Text aus ›Also sprach Zarathustra‹ singt: ›O Mensch! Gib acht!‹ Verzeih mir die ungenaue Übersetzung, aber ich war nie ein Held im Deutschen. Die Aussage des Textes lautet jedenfalls: ›Was spricht die tiefe Mitternacht? Ich schlief, ich schlief. Aus tiefem Traum bin ich erwacht. Die Welt ist tief, und tiefer, als der Tag gedacht. Tief ist ihr Weh. Lust – tiefer noch als Herzeleid. Weh spricht: Vergeh! Doch alle Lust will Ewigkeit. Will tiefe, tiefe Ewigkeit!‹«
Ich betrachte ihren Arm, während ich diesen Text zitiere. Ich sehe plötzlich, daß sie eine Gänsehaut bekommt.
»Sprich nicht weiter«, sagt sie. »Bitte. Nicht weitersprechen.«
»War es so furchtbar?«
»Ja, furchtbar. Es traf mich mitten ins Herz. Ich möchte jetzt nicht daran erinnert werden. Es war, als würden plötzlich Anja und Bror im Zimmer stehen ...«
»Entschuldigung«, sage ich.
»Da gibt es nichts zu entschuldigen.«
»Aber von da an ist die Sinfonie nur versöhnlich ...«
»Ich will nichts mehr hören!« sagt sie.
»Aber du mußt es hören!« beharre ich.
Und so viele Jahre später weiß ich nicht, ob nicht die letzten Satzüberschriften, obwohl sie nur positiv sind, das auslösten, was sofort geschehen sollte. Daß sie sich von mir betrogen fühlt, daß ich die Signale nicht verstehe, die sie aussendet, daß von nun an jedes Wort gefährlich sein kann.
»Der vorletzte Satz heißt ›Was die Engel erzählen‹. Und der letzte Satz heißt ›Was die Liebe erzählt‹.«
»Dann ist es zu spät«, sagt sie heftig und befreit sich mit einer ungeduldigen Bewegung von mir. Sie ist wütend, auf-

gebracht. Sie geht ins Bad, knallt die Tür hinter sich zu. Ich setze mich aufs Bett, wie gelähmt. Was habe ich gesagt, daß sie so außer sich gerät?

Ich höre keinen Laut im Bad. Ich wage nicht, sie zu rufen. Weint sie? Oder ist sie nur wütend auf mich? Ich bin krank vor Angst.
Eine Viertelstunde vergeht. Da halte ich es nicht länger aus.
»Marianne!« rufe ich. »Fehlt dir etwas?«
Sie antwortet nicht. Da wird mir kalt. Da denke ich das Schlimmste.
Ich werfe die Decke zu Boden und laufe zur Badezimmertür, voller Angst, sie könnte verschlossen sein. Aber sie ist Gott sei Dank offen.
Marianne sitzt auf der Kloschüssel und zittert. Sie zittert so stark, wie ich noch nie einen Menschen habe zittern sehen. Sie blickt mit leeren Augen starr vor sich hin. Ich schaffe es nicht, daß sie mich anschaut.

Ich trage sie zum Bett. Sie läßt mich gewähren. Ich trage sie wie ein Kind auf meinen Armen. Sie hat kein Gewicht. Ich hätte sie bis heim nach Norwegen tragen können. Sie zittert. Sie friert. Ich lege sie unter die Decke. Danach lege ich mich, so ruhig ich kann, neben sie. Ich sage kein Wort. Ich streiche ihr über den Kopf. Ich zittere ebenfalls von dem Schock.
»Verlaß mich nicht«, flüstert sie mit starrem, seltsamem Blick.
»Ich verlasse dich nie«, sage ich.

Trotzdem will sie, als es abend wird, daß ich in das Konzert gehe. Sie sitzt im Bett, hat eine Tablette genommen. Ich weiß nicht, was es ist.

»Natürlich mußt du gehen«, sagt sie. »Ich bestehe darauf. Es ist schließlich meine Morgengabe!«
»Ich gehe nicht ohne dich.«
»Aber du mußt. Das ist nicht schlimm, mein Junge. Das war nur eine Panikattacke. So etwas habe ich schon öfter gehabt. Ich bin Ärztin. Panikattacken gehen vorüber. Aber ich muß wieder zu Kräften kommen. Man ist danach völlig entkräftet, verstehst du.«
Sie sagt das so pädagogisch und ärztemäßig, daß es ihr damit gelingt, mich zu beruhigen. Und als sie später darauf beharrt, sagt, ich müsse um ihretwillen gehen, sie würde im Zimmer bleiben, fernsehen und Champagner trinken, gehorche ich, gehe ins Bad, dusche lange und ziehe den Anzug an.

Aber schon, als ich die Hoteltür hinter mir zumache, spüre ich, daß es ein Fehler ist, daß ich nicht hätte gehen sollen. Von diesem Konzert würde ich ohnehin nichts haben.
Es hat aufgehört zu regnen. Ich gehe den kurzen Weg hinüber zum Musikverein. Es ist ein unwirkliches und einsames Gefühl, so allein zu gehen. Ich zerbreche mir den Kopf, was an den Überschriften sie so getroffen haben könnte. War es der Imperativ der Trauer: Vergeh!? Wogegen sie in all diesen Monaten seit Oktober angekämpft hat. Jetzt, wo sie sich ganz bewußt ein Kind mit mir wünscht. Als ob ein Kind mehr zu ihrer Lebensversicherung werden könnte als ich mit meiner Anwesenheit.

Der Musikverein ist überwältigend. Ich bin noch jung und übermütig. Natürlich denke ich: Werde ich dort einmal spielen? Ich setze mich in die fünfte Reihe, direkt beim Mittelgang. Phantastische Plätze. Der Sitz neben mir ist natürlich leer. Aber sobald das Licht ausgeht, kommen die Studenten von ihren Stehplätzen ganz hinten angelaufen, genau

wie daheim in der Aula in Norwegen. Eine junge Frau, eine schöne Mulattin mit gelocktem Haar, setzt sich neben mich, auf Mariannes Platz. Der Fleck an ihrem Hals verrät mir, daß sie Violine oder Bratsche studiert.
Abbado kommt herein und nimmt den Applaus entgegen. Das Konzert beginnt. Ich denke an die Zufälle des Lebens. Daß ich hier sitze, auf diesem Platz, und krank bin vor Angst. Einige Wochen ist es gutgegangen, mit der starken Marianne. Jetzt sind wir wieder soweit wie im Oktober. Ich stelle mir vor, was sie in diesem Augenblick macht oder denkt. Sie kann so vieles anstellen allein in dem Hotelzimmer.
Und ich kann einfach nicht stillsitzen. Mitten im ersten Satz, in den brutalsten und unheimlichsten Partien, stehe ich auf, entschuldige mich flüsternd bei der jungen Frau neben mir und gehe den Mittelgang zurück zu den Stehplätzen. Wer ist so verrückt, ein Konzert mit Abbado im Musikverein freiwillig zu verlassen? Ich sehe nicht einmal krank aus. Trotzdem habe ich das Gefühl, gleich ohnmächtig zu werden.
Ich bahne mir den Weg durch die stehenden Menschen. Ich störe ein Musikerlebnis für mehr als tausend Menschen. Ich werde für alle Anwesenden der sein, dem während eines Abbado-Konzertes übel wurde. Ich pfeife darauf. Ich will so schnell wie möglich zurück ins Hotel Sacher. Es ist befreiend, hinaus an die Luft zu kommen. Ich renne den ganzen Weg und bin außer Atem, als ich endlich vor der Tür des Hotelzimmers stehe und anklopfe.
»Ja?« höre ich von innen.
»Ich bin es«, rufe ich.
Sie öffnet die Tür, wirkt blaß, aber ruhig. Wer zittert, bin ich. Und ich weine jetzt. Sie nimmt mich in den Arm.
»Aber Junge, warum weinst du denn? Du mußt nicht weinen!«

Blue Mein Alltag beginnt mit einer bösen Überraschung. Ich merke, daß ich technisch weit zurückgefallen bin, daß ich zuviel getrunken habe und mich zittrig fühle, obwohl seit unserer Rückkehr schon eine Woche vergangen ist.
Ich höre fast ganz auf, Wein zu trinken, merke aber, daß Marianne mehr trinkt als je zuvor, als brauche sie den Alkohol zur Beruhigung. Sie erklärt mir:
»Mach dir keine Sorgen wegen meines Alkoholkonsums. Das ist nur kurzzeitig. Außerdem sollst du dich im Moment nicht auf mich konzentrieren. Du mußt Klavier üben, mein Junge. Ich komme zurecht.«

Sie arbeitet wieder ganztags. Vielleicht ersetzt der Wein die Medizin, die sie genommen hat, denn ich sehe sie nie mehr Tabletten schlucken. Nach einigen Wochen erscheint ein merkwürdiger Ausdruck in ihren Augen, aber ich sage nichts. Da sagt sie es von sich aus, an einem Nachmittag im Mai, als der Flieder und die Obstbäume blühen.
Ich sitze wie üblich am Klavier und übe. Sie kommt leise von hinten, streicht mir vorsichtig über die Schulter. Sie hat mich noch nie unterbrochen. Aber ich lasse mich gerne unterbrechen.
»Hast du gemerkt, daß ich aufgehört habe, die Tabletten zu nehmen?« sagt sie und schaut mich mit einem weichen, seltsamen Blick an, den ich nie vergessen werde.
»Ja«, sage ich. »Aber ich habe mich nicht getraut, dich zu fragen, warum.«
»Seit heute weiß ich, warum«, sagt sie und beugt sich über mich, als wolle sie unsere besondere Verbundenheit zeigen. Das hat sie noch nie gemacht.
»Ich bin schwanger«, sagt sie.

Ein Gewicht ist zwischen uns, ein Raum ist entstanden, in dem wir beide sein können. Für sie ist es wichtig, daß das

Große, das geschehen ist, mich nicht durcheinanderbringen soll. Es ist ihr auch wichtig, zu sagen, daß ein Kind die Karriere, die ich im Begriff bin, aufzubauen, nicht behindern wird. Der Termin ist nicht vor Januar. Dann wolle sie sich freinehmen, sagt sie. Ein ganzes Jahr. Sie freue sich irrsinnig darauf.

An den Abenden reden wir über das, was sich kaum in Worte fassen läßt.
»Freust du dich?« sagt sie.
»Sehr«, sage ich.
»Du wirst ein wundervoller Papa«, sagt sie.
»Zusammen mit dir«, sage ich.
»Ich kann nicht Papa werden«, sagt sie.
»Dummchen«, sage ich.
»Aber zuerst mußt du debütieren«, sagt sie.

Ich übe, gehe häufiger zu Selma Lynge, bis Juni ist nicht mehr lange. Sie weiß nicht, daß ich Marianne geheiratet habe, weiß nicht, daß wir ein Kind erwarten. Es ist besser so. Ich merke, daß Selma Lynge diese Stunden mehr braucht als ich. Sie ist jetzt die Nervösere. Nicht alle, die sie eingeladen hat, werden zu dem Konzert und dem Seminar kommen. Boulez kommt nicht. Pollini auch nicht. Aber andere Namen, die ich vom Hörensagen kenne. Es werde in jedem Fall ein großes Fest, versichert mir W. Gude.
Ich übe mit einem Gefühl, daß etwas Großes geschehen wird, daß das Kind, das kommen wird, die Züge der Mutter und die von Anja haben wird. Deshalb bin ich wegen des Konzertes weniger nervös. Ich habe es in mir. Ich muß sogar aufpassen, daß mir die Stücke nicht langweilig werden, daß ich die Musik nicht mehr spüre, daß ich unbewußt und automatisch spiele.

Eines Tages kommt Marianne mit »Blue« nach Hause, der neuen Platte von Joni Mitchell. Sie ist aufgeregt wie ein Schulmädchen.
»Stell dir vor«, sagt sie und hüpft vor mir auf und ab. »Zehn neue Songs!«

Am gleichen Abend spielen wir »All I Want« zum erstenmal. Wir spielen »My Old Man«, »Little Green«, »Carey« und »Blue«. Wir spielen »California«, »This Flight Tonight« und »River«.
Der letzte Song bewegt sie besonders. »Der Fluß«, denke ich, der sich in so vielen Formen verwirklicht. In Joni Mitchells Version ist er nicht nur eine Melodie. Er ist auch ein Text. »Oh I wish I had a river, I could skate away on.«
Marianne steht abrupt von der Couch auf und geht zum Plattenspieler.
»Ich mag nichts mehr hören«, sagt sie kurz.
Ich wage nicht zu fragen, warum. Ich weiß nur, daß sie »A Case Of You« und »The Last Time I Saw Richard« noch nicht gehört hat.
Ab jetzt hören wir nicht mehr zusammen Musik. Sie arbeitet den ganzen Tag, läßt mich während der Vorbereitung zum Konzert möglichst viel allein. Am Abend sitzen wir nur und reden, und ich merke, daß auch ich genug habe von der Musik. Die sieben Stunden, die ich am Steinway sitze, sind genug.

Vorbereitung auf den Tag des Gerichts Der Juni kommt. Ein ganz anderer Juni als früher. Ein Juni mit Marianne. Ein Juni für meinen ersten Konzertabend in der Aula. Der Juni 1971, der nur einmal in der Geschichte kommt, der nie wiederkommen wird.

Selma Lynge ist jetzt besonders genau. Sie zwingt mich, meine Tempi zu erhöhen, um zu testen, ob meine Technik das aushält. Besonders testet sie den letzten Satz der Sonate von Prokofjew, der ja wie ein Maschinengewehr ist, ein Kriegsbombardement ohnegleichen in der Klavierliteratur.
»Wozu braucht man noch Rock 'n' Roll, wenn man das hier hat?« sagt Selma Lynge und lächelt befriedigt, überzeugt davon, witzig zu sein.
Aber ich sehe, daß ihre Nerven blank liegen. Sogar Torfinn Lynge kichert nicht mehr. Statt dessen flüstert er, wenn ich jeden zweiten Tag zur verabredeten Zeit komme, mit einem Finger auf den Lippen: »Endlich. Sie wartet im Wohnzimmer auf dich.«
Dann geht er auf Zehenspitzen zur Tür und läßt mich ein.

In der vorletzten Unterrichtsstunde vor dem Konzert, am Samstag, dem 5. Juni, ist Selma Lynge nervöser denn je. Das wirkt ansteckend auf mich. Sie gibt mir das Gefühl, daß so vieles schiefgehen kann. Ich sage es ihr.
»Ja«, antwortet sie, »auch darüber müssen wir sprechen. Denk nur an das Konzert von Horowitz in der Carnegie-Hall.«
»Ja, Cathrine schenkte mir die Platte zum achtzehnten Geburtstag«, sage ich.
»Alle warteten auf ihn, nach einem Jahr der Abwesenheit. Alle wußten, daß er Probleme mit den Nerven hatte. Alle wollten, daß er wieder spielt. Und was passiert ihm als erstes bei diesem Konzert?«
»Er spielt falsch«, sage ich.
»Genau. Ein haarsträubender Patzer in der ersten Phrase von Busonis Klaviertranskription von Bachs ›Toccata, Adagio und Fuge‹. Versuche nachzuempfinden, was er in dem

Augenblick gefühlt haben muß. Versuch nachzuempfinden, wie sich ein Favorit fühlt, wenn er beim Eiskunstlauf im Kampf um die Goldmedaille stürzt. Stell dir vor, wie man vor aller Welt die Fassung verliert, seine Unfähigkeit offenbart. Stell dir vor, daß du, wie Anja, auf einmal herausfliegst. Und ihr ist es zu allem Überfluß zusammen mit der Oslo-Philharmonie passiert. Der Dirigent, dieser Trottel, beging überdies den Kardinalfehler, daß er in der Partitur *zurück*ging, statt einige Takte nach vorne zu springen. Daran mußt du denken, Aksel. Ich habe es dir schon früher gesagt, aber ich sage es nun noch mal ausdrücklich: Du mußt kleine Phrasen üben. Jetzt, in den letzten Tagen, mußt du mindestens zwei Stunden pro Tag dafür verwenden, aus den Stücken heraus- und wieder hineinzuspringen. Wenn du herausfliegst, mußt du in deinem Kopf denken: Wo ist die nächste Phrase? Wo kann ich wieder einsetzen?«

Sie macht mich sehr nervös, wenn sie das sagt, obwohl ich schon detailgetreu übe, seit ich mein Repertoire kenne. Aber jetzt, so knapp vor dem Konzert, kann ich mich, vielleicht weil mich Marianne emotional geöffnet hat, intensiver hineinversetzen in das Gefühl, wie es ist, auf dem Podium zu sitzen und jede Erinnerung zu verlieren, das Gefühl, daß das Musikstück völlig weg ist und nicht wiederkommt, daß ein Vorhang herabkommt und mich, aus reiner Barmherzigkeit, vom Publikum trennen möge.

Ich übe kleine Phrasen. Ich springe in die Stücke, die ich spielen muß, hinein und aus ihnen hinaus. Das bringt mich aus der Ruhe, daß ich plötzlich von Schwäche überfallen werde, daß ich zu zittern anfange. Ist das eine Panikattakke? Kann mir so etwas mitten im Konzert passieren?

Am Abend, als Marianne bei mir ist, frage ich sie, beschreibe ihr das Gefühl, das ich habe. Sie wird ängstlich.

»Du überforderst dich«, sagt sie. »Vielleicht ist das vor al-

lem meine Schuld. Du hast jetzt einfach an zuviel zu denken.«
»Du hast mir nur Kraft gegeben«, sage ich.
Aber ich sehe an ihrem Gesicht, daß sie mir nicht glaubt, daß sie sich Sorgen macht.
»Vielleicht sollten wir ab jetzt getrennt schlafen«, sagt sie.
»Das fehlte gerade noch«, sage ich.

In der Nacht ist sie mir so nahe wie früher. Immer noch sind wir fast wie Kinder, ohne Hemmungen und Grenzen. Aber in meinen Gedanken ist ein neuer Ernst, ein Respekt vor ihr. Ich betaste ihren Bauch. Er ist ein bißchen größer geworden. Da drinnen ist etwas. Wir liegen dann nebeneinander, streichen uns übers Haar, küssen uns auf die Wange.

Am Montag vor dem Konzert gehe ich ein letztes Mal zu Selma Lynge. Sie ist streng und ernst, als wolle sie mich auf den Nervenschock vorbereiten, den ich in zwei Tagen durchleiden werde. Sie erzählt mir, daß die ersten ihrer Freunde bereits angekommen sind, daß sie im Grand Hotel abgestiegen sind. Daß sie mit ihnen am Abend vor dem Konzert essen gehen wird. Sie erzählt mir, daß ein bekannter Journalist der Frankfurter Allgemeinen Zeitung in der Aula sein wird. Ebenso wie ein berühmter Impresario aus London. Alle sind ihre Freunde. Sie wird über mich nur Gutes sagen. Der Rest liegt jetzt bei mir.

Ich spiele ihr das ganze Programm vor, mit Pause und allem. Sie sitzt in ihrem Stuhl und hört zu, ist aufmerksam für das geringste Detail.
Danach habe ich das Gefühl, daß es gutgegangen ist.
»Du hast es geschafft, das ganze Konzert mit nur zwei Patzern zu spielen«, sagt sie. »Das ist schön. Und denk daran, daß ein Patzer noch keine Katastrophe ist. Du kannst dir im

Grunde einige Patzer leisten, wenn du genug Selbstvertrauen hast. Es geht um Selbstvertrauen, denk daran. Es geht darum, stark zu sein.«
Ich nicke. »Ich bin stark«, sage ich.

Danach kommen die Journalisten. Sie hat mir davon erzählt, aber ich hatte es vergessen. Fast wie eine Pressekonferenz in Selma Lynges Wohnzimmer. Alle wissen, daß sie am Tag meines Debüts Geburtstag hat. Alle wissen von den Berühmtheiten, die aus ganz Europa kommen, wissen von dem Seminar in Bergen. Es wird ein Doppelporträt. Lehrer und Schüler. Jeder sagt schmeichelhafte Dinge über den anderen. Sie erzählt von ihrer Vergangenheit und was sie nach Norwegen gebracht hat. Ich erzähle, was mich zu Selma Lynge gebracht hat. Daß sie schlicht und einfach die Größte ist. Danach stehen wir nebeneinander vor dem Bösendorfer Flügel und werden abgelichtet.

Als wir fertig sind, als die Journalisten gegangen sind und Selma Lynge mir die letzten Instruktionen gegeben hat, gehe ich zum letztenmal den Weg über den Fluß. Es ist purer Leichtsinn von mir, das zu tun, wieder über die glitschigen Steine zu balancieren. Aber ich kann es nicht lassen. Vielleicht habe ich die vage Sehnsucht in mir, daß ich abrutsche, daß ich mir den Arm breche, daß ich im letzten Augenblick davonkomme, daß ich statt dessen bei Marianne liege und behutsam ihren Bauch betaste.

An diesem Nachmittag ist Marianne fürsorglicher als sonst. Sie hat ein Steak für mich besorgt, weil sie meint, daß ich Proteine brauche. Sie hat einen leichten Weißwein besorgt, obwohl Weißwein sicher nicht zu Fleisch paßt. Sie meint, daß ich etwas zum Entspannen brauche, aber nicht zu viel. Es ist wichtig, daß ich gut schlafe. Gleichzeitig ist es wichtig, daß ich nicht das Gefühl von etwas absolut Außergewöhnlichem bekomme.

Abends ruft Rebecca Frost an. Sie ist seit Monaten zurück von der Hochzeitsreise, ohne sich mit einem Wort gemeldet zu haben. Sie spricht leise, fast flüsternd.
»Ich würde morgen so gerne kommen«, sagt sie. »Aber du weißt ja, daß ich nicht kann. Christian würde mich ermorden. Ich möchte dir nur unbedingt sagen, daß ich die ganze Zeit an dich denken werde, daß ich hoffe, dich wiedersehen zu können, sobald Christian mir mehr vertraut. Denk daran, wenn du auf dem Podium sitzt, daß du der Beste bist auf der Welt. Das wird dir helfen. Und solltest du über die Anzughose stolpern, was der Himmel verhüten möge, dann zieh es trotzdem durch.«
Wir lachen beide. Aber sie macht mich traurig. Starke Rebecca, denke ich. Und so offen dafür, das Glück zu erobern.

Alles ist jetzt auf mich fixiert. Und das liebe ich nicht. Aber Marianne ist wieder pädagogisch, als wir in der letzten Nacht nebeneinanderliegen.
»Denk daran, das ist zeitlich begrenzt«, sagt sie. »Übermorgen wird alles anders sein. Dann wird so vieles Vergangenheit sein. Dann beginnt ein neues Leben für dich. Dann gibt es nichts mehr, vor dem du dich fürchten mußt. Das gönne ich dir, mein Junge. Das gönne ich dir wirklich.«
Ich merke die Anspannung in ihrer Stimme, denke aber an nichts Schlimmes. Außerdem bringt sie mich schnell dazu, mich auf andere Dinge zu konzentrieren.
»Entspann dich jetzt, Aksel«, sagt sie neckend. »Denk nicht mehr an Beethoven. Er kommt klar. Schlimmer ist es mit mir. Verstehst du nicht, daß ich ein Weib in tiefer Not bin?«

9. *Juni* 1971 Als ich an diesem Morgen erwache, habe ich das Gefühl, mit allem allein zu sein. Marianne steht wie gewöhnlich vor mir auf und geht in die Praxis. Aber als ich am Vormittag hinunter in die Küche komme, denn sie hat mich ermahnt, lange zu schlafen, sehe ich, daß sie den Frühstückstisch gedeckt hat. Weichgekochtes Ei. Saft in einem Becher. Brot und Aufstrich. Kaffee in der Thermoskanne. Auf der Anrichte ein Zettel mit ihrer klaren, etwas hastigen Handschrift: »Ich liebe dich in jedem Fall, mein Junge.«

Ich spiele ein letztes Mal das Repertoire durch, achte darauf, kleine Phrasen mental zu verankern, wie Selma Lynge mir geraten hat. Ich darf mich vor dem eigentlichen Konzert nicht zu sehr verausgaben.
Das Telefon klingelt, es ist Vater aus Sunnmøre. Er klingt nervös und verwirrt. »Ingeborg und ich wären natürlich gerne gekommen, aber Ingeborg hat Probleme mit einem Knie«, sagt er.
»Ich verstehe«, sage ich. »Ist nicht schlimm. Weißt du, wo sich Cathrine aufhält?«
»Nein«, sagt er ausweichend. »Aber ich glaube, sie wollte bald nach Norwegen zurückkommen.«
Dann wird es still. Wir haben uns nichts mehr zu sagen.
»Alles Gute«, sagt er.
»Danke Vater«, sage ich. »Und gute Besserung für Ingeborg.«

Marianne hat versprochen, nicht vor fünf Uhr zu erscheinen. Aber ich habe darauf bestanden, daß sie mich in die Stadt begleitet. Ich fühle mich ruhig, nicht allzu nervös, auch wenn es im Magen kribbelt. Ich habe ein Bad genommen. Das mache ich selten. Aber wegen der Nervosität ist mir kalt. Nicht einmal das glühend heiße Wasser wärmt.

Dann kommt sie, steht in der Tür, wedelt mit einer Magnumflasche Champagner.
»Die trinken wir heute nacht!« sagt sie.
Sie strahlt, ihre Augen leuchten. Sie hat Kraft für uns beide, denke ich. Das beruhigt mich.
»Hast du genug gegessen?« sagt sie.
»Ja«, lache ich. »Ich bin neunzehn Jahre alt. Ich kann für mich sorgen.«

Ich ziehe den Frack an, den ich mir für die Veranstaltung geliehen habe. Es ist das erstemal, daß ich ein solches Kleidungsstück trage. Es fühlt sich steif und ungewohnt an und ist nicht bequem.
Als mich Marianne sieht, fängt sie zu grinsen an.
»Ist das wirklich nötig?« sagt sie.
Ich versuche zu lächeln. »Das ist nicht Woodstock«, sage ich. »Das ist bitterer Ernst.«

Wir fahren gemeinsam mit der Straßenbahn in die Stadt. Ich möchte zeitig da sein. W. Gude hat angerufen und gesagt, daß es ausverkauft sein wird. Die Buschtrommel hat gesprochen, sagt er. Ich mag das nicht. Ich bin nicht dafür geschaffen. Mir wäre es lieber gewesen, wenn dreißig uninteressierte Menschen im Saal gesessen hätten.
Marianne will meine Hand halten, aber ich muß sie bewegen, weich kneten. Der Sommer ist gekommen. Die Sonne steht noch hoch am Himmel.
»Ich freue mich auf diesen Sommer«, sagt Marianne, als wolle sie mich ablenken. »Er wird anders als alle andern werden.«
Ich küsse sie auf die Wange.
»Ja«, sage ich. »Zeit der Erwartung.«
»Zeit des Friedens, der Harmonie und der Versöhnung«, sagt sie.

Wenn wir von der Haltestelle Nationaltheater nach oben kommen, werden wir uns trennen, wie verabredet. Sie wird hinübergehen ins Blom, wo wir uns zum erstenmal getroffen haben, und dort ein Glas Wein trinken. Ich gehe dann zum Hintereingang der Aula und spiele den Flügel ein, bevor der Klavierstimmer William Nielsen eine dreiviertel Stunde vor dem Konzert die letzten Justierungen vornimmt.
Wir stehen direkt gegenüber der Universität und dem Haupteingang zur Aula. Ich werde den Augenblick nie vergessen. Sie ist schön, stark und strahlend. Sie schaut mir erwartungsvoll in die Augen, obwohl auch sie nervös sein muß, denke ich.
»Es wird wunderbar klappen«, sagt sie. »Jetzt gebe ich dir einen letzten Kuß. Und dann wirst du spielen, daß ihnen Hören und Sehen vergeht.«
Sie küßt mich auf die Stirn. Wie eine Segnung.
»Ich sitze im Saal, in der siebten Reihe, und werde dich anfeuern.«
»Mach es nur nicht wie meine Schwester«, sage ich. »Sie hat mitten im Konzert ›Bravo‹ gerufen.«
»Ich weiß, wann ich rufen und schreien muß«, sagt sie. »Vergiß nicht, ich war in Woodstock.«
Dann umarmt sie mich flüchtig, dreht sich um und geht schräg über die Straße ins Blom.

Ich überquere die Straße und gehe am Hauptgebäude der Universität entlang zum Hintereingang. Ich begrüße Nielsen. Er sitzt unten im Künstlerfoyer und sagt, daß er mit der letzten Feinstimmung wartet, bis ich fertig bin. W. Gude ist noch nicht gekommen.
Ich gehe in den leeren Saal. Ich bin ganz allein.
Ich setze mich an den Flügel.
Ich weiß, daß Selma Lynge in diesem Augenblick in Empfangsraum des Continental einen Aperitif für ihre promi-

nenten Gäste gibt. Ich weiß aus Erfahrung, daß Menschen vor der kleinen Luke der Konzertkasse rechts von der Tür stehen, unterhalb des Eingangs zur Aula, um ihre Eintrittskarten abzuholen. Ich weiß, daß die Kritiker jetzt von ihrem Mittagsschlaf aufwachen und auf die Uhr schauen.
Es scheint unwahrscheinlich, daß es voll wird.
Ich spiele vorsichtig, um die Stimmung des relativ neuen Steinway nicht zu schädigen. Ich bin etwas enttäuscht von der Tastatur, die so leicht geht. Das vorige Instrument, das hier stand, hatte einen größeren Widerstand und gleichzeitig eine größere Tonschärfe.
Ich mache mich mit dem Flügel vertraut. Streife durch alle Komponisten, die ich spielen werde, in der richtigen Reihenfolge. Valen, Prokofjew, Chopin, Beethoven, Bach und Byrd.
Abschließend spiele ich noch einige Takte aus meinem eigenen kleinen Stück »Elven«.

William Nielsen steht jetzt in der Tür und wartet. Die Zeit wird knapp.
»Ich bin fertig«, sage ich.
»Ist das Instrument gut?« fragt er, vorsichtig und aufmerksam, wie er immer ist, egal ob er mit Rubinstein spricht oder mit mir.
»Ich vermisse den vorigen Flügel«, gebe ich zu. »Dieser hat nicht dieselbe Tiefe. Aber da ist nichts zu machen.«

Das Wartezimmer Ich sitze im Wartezimmer. Dem Künstlerfoyer. Ich saß schon früher hier, aber nie ganz allein. Die Erinnerung an Rebeccas Debüt wird wach. Die Erinnerung an Anja. Es scheint plötzlich lange her zu sein. Dabei war das alles erst im vergangenen Jahr.
Es klopft an der Tür.

»Ja?« sage ich.
Es ist Selma Lynge, in Begleitung von W. Gude. Ich sehe an ihren Augen, daß sie Champagner getrunken haben, daß sie nervöser sind als ich.
»Alles Gute zum Geburtstag«, sage ich zu Selma Lynge.
»Vergiß es«, erwidert sie. »Wie geht es dir, mein Junge?«
»Ich bin bereit«, sage ich.
W. Gude betrachtet mich mit väterlichem Blick. »Ich kann die letzten Minuten hier sitzen bleiben, wenn du willst.«
»Gern. Erzähl mir etwas Kluges und Beruhigendes«, lache ich.
»Nein, das tust du nicht«, sagt Selma Lynge scharf. »Der Junge braucht Ruhe. Er muß sich konzentrieren.« Und mit einem Blick auf mich: »Vergiß nicht, an die kleinen Phrasen zu denken.«

Noch zwanzig Minuten. Noch siebzehn Minuten. Noch vierzehn Minuten. Als es noch zwölf Minuten sind, muß ich pinkeln. Als es noch sechs Minuten sind, muß ich noch mal pinkeln. Als es noch drei Minuten sind, muß ich richtig aufs Klo.
W. Gude klopft an die Tür.
»Es ist soweit!« sagt er mit seiner euphorischsten Stimme.
»Ich sitze auf dem Klo!« rufe ich aus der halb offenen Toilettentür, aber bei geschlossener Tür vom Künstlerfoyer zum Gang.
»Herrgott junger Mann! Weißt du, wieviel Uhr es ist?«
»Ich komme!« sage ich. »Noch zwei Minuten.«
»Wir müssen pünktlich sein«, ruft W. Gude. »Zu spät anfangen verunsichert das Publikum.«
»Zwei Minuten!« wiederhole ich.

Ich ziehe mich in einer Minute an. In der zweiten Minute stehe ich still im Künstlerfoyer und fühle mich zerbrechlich und nackt, wie das Skelett eines Vogels.
Ist das nicht einfach nur Eitelkeit? denke ich. Ein Haschen nach dem Wind?
Dann gehe ich hinaus zu W. Gude, der geduldig gewartet hat und mit seinen schwarzen Schuhen tippt.
»Tut mir leid«, sagt er, »aber Zeitkontrolle bedeutet etwas in einer solchen Situation. Kann ich noch etwas für dich tun?«
»Du kannst das Konzert für mich geben.«
Er lacht laut. Das bekannte Pferdegewieher.
»Du bist ein Witzbold«, wiehert er. »Es wird klappen. Die ganze Welt wartet!«
»Danke«, sage ich. »Bringen wir es hinter uns.«
»Ich gebe dir noch einen guten Rat«, sagt W. Gude. »Nicht denken, wenn du auf dem Podium sitzt. Nur konzentrieren.«

Am Rande des Abgrunds W. Gude verläßt mich, eine Minute bevor ich hinaus muß auf das Podium. Jetzt bin ich allein mit dem Hausmeister, der kein Wort sagt. Seine einzige Aufgabe besteht darin, mir die Tür aufzuhalten, so wie ich einmal für Anja Skoog die Tür aufgehalten habe.

Da verlöscht das Licht. Dann verstummen die Gespräche. Dann gehe ich hinaus auf das Podium mit dem gelb lackierten Boden vor Munchs ›Sonne‹.
Sie klatschen für mich. Ich fühle eine Art Verlegenheit. Bin das wirklich *ich*, der hier heute abend spielen soll? Der die Aufmerksamkeit dieser Menschen mehr als eineinhalb Stunden in Beschlag nehmen soll?
Ich fühle mich da oben fremd und fehl am Platze.

Als erstes sehe ich, daß Cathrine im Saal sitzt. Sie ist also wegen mir rechtzeitig zurückgekommen. Das rührt mich. Sie ist meine Schwester. Auch sie liebte Anja und fuhr um die halbe Welt, um über den Verlust hinwegzukommen. Während ich das Gegenteil machte, zu Hause blieb und Anjas Mutter heiratete.
Aber sie weiß es noch nicht.
Dann erblicke ich Selma Lynge und ihre prominenten Freunde. Ich dachte, sie würden mich nervös machen. Doch das ist nicht so. Sie spornen mich an. Ich habe Lust, ihnen etwas zu zeigen. Daß ich etwas kann. Daß die Musik nach neun Monaten Schwangerschaft ein Teil von mir geworden ist. Daß ich mich sicher fühle, weil Marianne da sitzt und mich sieht, mir aufmunternd zulächelt. Weil ich weiß, daß sie mir alles Gute wünscht, weil sie unser Kind im Bauch hat.
Weiter wage ich nicht zu schauen.

Das Zittern kommt mit Fartein Valen. Zwei Präludien für Klavier, op. 29. Die wenigsten kennen diese Musik. Ich fühle mich kraftlos, aber niemand kann es hören. Ich schwitze an den Fingern. Ich merke, daß mir die Gedanken entgleiten, daß ich unkonzentriert werde, daß ich auf einmal erschöpft bin. Valen, denke ich. Er hat nie geheiratet. Er war tief religiös, beherrschte neun Sprachen und züchtete Rosen. Er arbeitete mit dem dissonierenden Kontrapunkt. Aber diese Gedanken sind gefährlich. Ich erinnere mich an W. Gudes Rat. Nicht denken. Nur konzentrieren.
Das hilft.

Der Applaus nach den zwei Präludien ist höflich, etwas reserviert. Nur wenige mögen Fartein Valens atonale Musik. Manche werden das sicher für einen ungewöhnlichen Anfang eines Debütkonzertes halten.
Ich lasse mir nichts anmerken. Jetzt kommt die erste Be-

währungsprobe. Prokofjews 7. Sonate. Da passiert etwas in meinem Kopf, als ich mich nach dem Applaus setze. Als stellte ich Erwartungen an mich selbst. Als hätte ich das Gefühl, daß das Leben etwas für mich bereithält, daß ich mich vor einer großen Freude befinde, nach einer großen Trauer. Daß ich etwas Wichtiges vermitteln möchte.
Das Zittern verschwindet. Der Schweiß auf den Fingern auch. Ich beginne mit den ersten, zornigen Oktav-Phrasen, dem irritierenden ersten Satz, der so hitzig und stechend ist, fast böse. Technisch geht es tadellos, aber erst im zweiten Satz finde ich Gewicht und Empfindung, das, was das Klavierspiel über das Gewöhnliche erhebt. Ich erlaube mir zu denken, daß das gut ist. Ich erlaube mir, zu glauben, daß ich es schaffe, etwas Gefühltes zu vermitteln, etwas Erlebtes, etwas Wesentliches.
Nicht denken, Aksel. Nur konzentrieren.

Es scheint, als sei die Sonate vorüber, bevor sie begonnen hat. Die letzten wahnsinnigen Oktavkaskaden am Ende des letzten Satzes sitzen wie ein Schuß. Das Instrument ist zum Glück scharf genug intoniert, um die Energie zu vermitteln. Es klingt großartig. Ich kann es selbst hören. Das gewaltige Crescendo. Ich habe genug Kraft. Ich habe Marianne den halben Brunkollen runter auf dem Rücken getragen. Jetzt mache ich das wieder. Und ich komme ohne einen Patzer durch.
Der Applaus will nicht enden. Laute Bravorufe, aber diesmal an der richtigen Stelle. Ich schaue hinüber zu Marianne. Sie klatscht mit hoch erhobenen Händen. Sie ruft mir »Bravo« zu. Aber sie tut es lautlos und mit einem Lächeln, erinnert sich, was ich über Cathrine sagte. Da fühle ich mich endlich sicher. Da vergesse ich, zu Selma Lynge zu schauen. Ich brauche es nicht. Chopin schaffe ich ohne ihre Hilfe. Die f-Moll-Phantasie ist auch ein Crescendo, unterbrochen

von einem Traum, ehe ein erneutes Crescendo die Grenzen überschreitet und den Weg zu Versöhnung und Resignation findet.
Ich bin in der Musik. Lebe darin. Beherrsche sie. Ich spüre Marianne in meiner Nähe. Spüre alles, was sie in mir entzündet hat. Und ich muß ihr nichts beweisen. Ich muß nur mit heiler Haut durch dieses Konzert kommen, dann können wir neue Pläne schmieden, dann können wir neue Fragen stellen, dann werde ich nur für sie und für unser Kind da sein.
Erneuter Applaus. Mehr Bravo-Rufe. Ich verbeuge mich vor der Pause. In der Freude verspüre ich einen Stich. Rebecca und Margrethe Irene müßten hier sein.
Marianne ist hier.

In der Pause kommen Selma Lynge und W. Gude zu mir hinunter. Sie sind übermütig wie zwei Kinder. Selma Lynge umarmt mich begeistert.
»Mein Junge«, sagt sie mit zitternder Stimme. »Du weißt gar nicht, wie toll du spielst, wie dankbar ich bin.«
W. Gude vollführt eine weite Armbewegung und sagt: »Das ist historisch, junger Mann! Du bist einfach eine Klasse für sich!«
»Geht jetzt«, sage ich und winke sie aus dem Foyer. Ich brauche sie nicht mehr.

Dann gehe ich hinaus zum zweiten Teil, bin klar und bewußt, vorbereitet auf Beethoven, dankbar für die Ruhe, die ich spüre, die kommt, weil ich sicher bin, weil ich, trotz allem, genug geübt habe, dieses Werk in- und auswendig kenne, die linke Hand ohne die rechte spielen kann und umgekehrt, weil ich außerdem Dutzende von kleinen Phrasen kenne.
Und jetzt, so viele Jahre danach, kann ich mich erinnern,

wie langsam ich spiele und wie schnell es geht. Ich erinnere mich, daß sich die Bruchstücke aneinanderfügen wie Perlen auf einer Kette. Ich erinnere mich, daß die Themen singen und daß die Fugenpartien Gewicht bekommen. Ich erinnere mich nicht an den Applaus hinterher. Ich erinnere mich nur, daß ich mich in Harmonie mit mir selbst fühle, daß ich eine neue Selbstsicherheit errungen habe, daß ich zu Marianne schauen kann, die sie mir gegeben hat, daß ich mich auf den Schluß freue, die ernste Bach-Sequenz mit dem Präludium und der Fuge in cis-Moll. Und ich freue mich, daß alles vorbei ist, daß ich auf Nullstellung gehen kann, daß ich wie Rebecca den Gedanken wagen kann, mich zu fragen: »Ist es das wert?« Aber vorläufig spüre ich die Freude bei jedem Ton, den ich anschlage. Noch wächst Bach unter meinen Fingern. Noch habe ich das Gefühl, daß das Leben eine Architektur hat, daß es einen Sinn gibt, eine Logik, eine Konsequenz.

Und wie ich so am Rande des Abgrunds stehe, ohne es selbst zu begreifen, spüre ich, daß die Beine tragen, daß die Finger Stärke haben, daß ich lächeln kann, als mich der Saal am Ende auf einer Woge des Applauses und der lautstarken Anerkennung trägt. Aber weswegen applaudieren sie? denke ich. Weil ich etwas, rein musikalisch, klar ausgedrückt habe? Oder wegen des Weges dorthin, der sportlichen Leistung, all der schweren Tage, die ich hatte?

Ich spiele Byrd. »Erste Pavan« und »Galliard«. Das genügt nicht. Sie wollen mehr. Da mache ich etwas Dummes. Da werde ich übermütig und spiele »Elven«. Und viele Jahre später, sitzend an meinem Schreibtisch, muß ich denken: Hatte das eine Bedeutung? Hat das zu einem Gedanken, zu einer plötzlichen Eingebung geführt? So wie es eine Eingebung von Marianne Skoog gewesen sein muß, die Zimmerannonce an den Lichtmast zu heften, so wie es eine Eingebung von mir war, direkt zum Elvefaret zu gehen und an ih-

rer Tür zu klingeln. So viele Zufälligkeiten in einem Leben, verbunden mit unheimlichen Folgen. Wenn Bror Skoog an jenem Tag nicht Marianne belauscht hätte ... Wenn Mutter nicht zwei Flaschen Wein getrunken hätte ... Wenn ich nicht zur Klinik gefahren wäre und um ihre Hand angehalten hätte ...
Es ist zu spät, jetzt daran zu denken. Es war zu spät, damals daran zu denken. Als ich »Elven« spielte. Als das Publikum stutzte. Als ich etwas Unerwartetes machte, das es nicht mochte. Das ich bewußt und willentlich machte, ohne daß es sie aufhalten konnte, sie hindern konnte, sich von ihrem Platz zu erheben, sofort, als die letzten Takte kaum verklungen waren, sofort, als der höfliche, etwas verunsicherte Applaus losbrach.
Sie drehte sich jedenfalls um und winkte mir zu, so wie Mutter winkte, bevor sie im Wasserfall ertrank. Und ich, völlig absorbiert von meinem Freudenrausch dort oben auf dem Podium, sah nicht, daß es ein Abschied war. Ich glaubte, es sei ein Versprechen, daß sie den Arm in die Höhe reckte, um mir zu sagen, daß sie gleich bei mir sein würde, daß sie durch den Haupteingang hinaus- und um das große Gebäude herumlaufen würde, um im Künstlerfoyer auf mich zu warten, bis ich nach einer weiteren Zugabe, was es war, weiß ich heute nicht mehr, vom Podium kommen würde.
Aber ihr Bild sehe ich deutlich vor mir: So froh, so jugendlich und mit einem Kind im Bauch. Sie war so erleichtert, denke ich jetzt, weil Schluß war, weil alles Leiden ein Ende haben würde. Sie war so erleichtert, daß das Leben keine Schufterei mehr sein würde. Sie war so erleichtert, weil sie sah, daß es mir gutgehen würde. Und vielleicht, denke ich jetzt, während ich mit gekrümmtem Rücken schreibe und mich so erschöpft fühle, war da bis zum Schluß eine Freude. Eine Erwartung trotz allem. Vielleicht dachte sie in den letzten Sekunden ihres Lebens, als sie wieder auf dem Sche-

mel stand in dem Kellergemach, an das Zitat von Nietzsche, das ich ihr mit meinen Worten vorgesagt habe, als wir nur einige Wochen vorher im Hotel Sacher in Wien frisch verheiratet im Bett lagen:
»Weh spricht: Vergeh! Doch alle Lust will Ewigkeit. Will tiefe, tiefe Ewigkeit!«